Tobias O. Meißner

SIEBEN HEERE

Tobias O. Meißner

SIEBEN HEERE

Roman

PIPER
München Berlin Zürich

Von Tobias O. Meißner liegen bei Piper vor:

Die dunkle Quelle. Im Zeichen des Mammuts 1
Die letzen Worte des Wolfs. Im Zeichen des Mammuts 2
Das vergessene Zepter. Im Zeichen des Mammuts 3
Brücke der brennenden Blumen. Im Zeichen des Mammuts 4
Der Mann, der nicht geboren wurde. Im Zeichen des Mammuts 5
Die Vergangenheit des Regens. Im Zeichen des Mammuts 6
Die Dämonen
Die Dämonen. Freiheit oder Finsternis
Die Dämonen. Am Ende der Zeiten
Die Soldaten
Barbarendämmerung
Klingenfieber
Sieben Heere

FSC
www.fsc.org
MIX
Papier aus verantwortungsvollen Quellen
FSC® C083411

ISBN 978-3-492-70312-3

Satz: Satz für Satz. Barbara Reischmann, Wangen im Allgäu
Druck und Bindung: CPI books GmbH, Leck
Printed in Germany

1

Als das friedliche Land Akitania im Frühherbst von den sieben Heeren Nafarroas eingenommen wurde, hielt die Welt nicht in ihrer Umdrehung inne.

Die Sonne barg nicht ihr Gesicht in den Wolken, Flüsse verhielten nicht ihren Lauf. Kein Wind stemmte sich, kein Regen vergoss Tränen.

Die Besetzung war kein Geschrei, kein Empören, sondern eher ein Rascheln und Wispern.

Das Knarren von Leibgurten. Knistern von hohem Gras. Das rasselnde Schnauben der eigenartigen Tiere, auf denen die Anführer der Nafarroaner über die südlichen Berge, das westliche und nördliche Meer und die östlichen Wälder in das Land gekommen waren. Nur hier und da schabte Metall gegen Metall. Jemand nieste. Einige fluchten oder lachten.

Es wurde weder gebrüllt noch in rasendem Galopp gestürmt.

Es wurde nicht gekämpft. Nicht verbrannt. Nicht niedergemacht.

All dies war nicht notwendig.

Die Heere Nafarroas kamen, wie der Herbst kommt, langsam und unaufhaltsam, nach und nach alles einfärbend mit ihrem schwarzweißen Rüstzeug aus gebrochenem Licht.

Das friedliche Land Akitania hatte kein nennenswertes Heer. Die Menschen waren Bauern, Händler, Handwerker, Viehhirten, Mundschenke, Baumeister und Dichter.

Wie eine Umwälzung, die so langsam vonstattengeht, dass sie kaum Staub aufwirbelt, trotteten die Truppen Nafarroas zu ihren aberhunderten von neuen Bestimmungsorten, wohlverteilt über das ganze Land, dem gliedernden Plan des Beraterstabes und der Interpreten folgend, den ihre schöne Königin nach mehreren Monaten der reiflichen Erwägung nun in die Tat umzusetzen beschlossen hatte.

Die sieben großen Heere teilten sich auf in den sieben neuen Regionen, bis jeder Einzelne der Soldaren seinen Posten in der Fremde eingenommen hatte, und bis die Fremde keine Fremde mehr war, da sie jetzt ebenfalls dem Land Nafarroa gehörte.

2

Aus dem Dorf Hagetmau war es das Mädchen namens Nendlèce, das die einmarschierende Truppe als Erste zu Gesicht bekam.

Zuerst traute sie ihren Augen nicht. Etwas funkelte zwischen den Bäumen, fing das blonde Licht der Sonne ein und machte etwas ganz anderes daraus. Eine Rüstung. Mehrere Rüstungen. Schwarz und weiß gemusterte Harnische. Helme mit blank glänzendem Kamm.

Dann bemerkte sie das Tier, auf dem der Anführer ritt.

Gesehen hatte sie ein solches Tier noch niemals, nur in den Erzählungen der Älteren und im Hagetmauer Geschichtenbuch beschrieben: Es war eine Mischung aus Pferd und Vogel, mit Federn, die wie Eisenschuppen starrten, und einem Schnabel, so dick, als könnte man damit Türen durchschlagen. Ein Gryph. Ein leibhaftiger Gryph, wie herabgestiegen von dem Wandgemälde, das sie einmal in Maylis betrachtet hatte.

Die Soldaren, die diesem Berittenen folgten, waren zu Fuß, in einer durch Erschöpfung schon leicht unregelmäßig gewordenen Formation. Insgesamt dreißig Mann. In Nendlèces Augen waren dreißig fremde Männer ein ganzes Heer.

Sie mussten aus Nafarroa stammen. Etwas anderes war gar nicht denkbar. Eine umherstreifende Räuberbande in einheitlichen Rüstungen? So etwas gab es nicht. Ein gezähmter Gryph nördlich der Berge von Pyr? Davon hatte sie noch nie gehört.

Aber was machte eine Truppe aus Nafarroa so weit nördlich des Gebirges, das beide Länder unmissverständlich voneinander trennte?

Nendlèce zerbrach sich den Kopf, bis ihr schier die Augen tränten, aber sie konnte sich auf diesen Anblick dennoch keinen Reim machen.

Erst vor wenigen Wochen war sie sechzehn Jahre alt geworden. Immer hatte sie ihr langes, hellbraunes Haar zu einem buschigen Zopf gebunden, damit es ihr beim Rennen in den Wäldern nicht hinderlich wurde. Gerne hätte sie es ganz abgeschnitten und es kurz wie ein Junge getragen, aber ihre Eltern sagten, dass niemand ein solches Mädchen anschauen würde, und sie hofften wahrscheinlich darauf, sie bald an einen wohlhabenderen Händler aus Urgons oder Samadet oder noch weiter weg verheiraten zu können. Dabei war Varlie, ihre große Schwester, auch noch nicht verheiratet, und Varlie war sogar schon 18 Jahre alt, und wenn man ganz genau hinschaute – besonders früh am Morgen – konnte man bereits feststellen, dass sie nicht mehr ganz jung war.

Nendlèce dagegen sah noch sehr kindlich aus, und sie ärgerte sich manchmal darüber, dass ihre kleine Nase ihrem Gesicht etwas Flüchtiges verlieh. Stolz dagegen war sie auf die Narbe, die ihre linke Augenbraue in zwei Hälften teilte. Gerne erzählte sie ortsfremden Markttreibenden, dass das beim Reiten passiert war. So ganz gelogen war das nicht, aber eben auch nur die halbe Wahrheit: Als sie noch sehr klein gewesen war, hatte sie das Schaukelpferd eines befreundeten Mädchens so wild beansprucht, dass sie sich mitsamt dem Holzspielzeug überschlagen hatte. Seitdem hatte sie diese Narbe und trug sie wie ein Ehrenabzeichen der Tapferkeit.

Ansonsten war das aber eine schwierige Sache mit der Tapferkeit. Weil man so vieles dabei falsch machen konnte, über das die Erwachsenen dann schimpften.

Auch jetzt, im Angesicht dieses rätselhaften Heeres, war ihre große Schwester Varlie Nendlèces größter Halt. An wen sonst sollte sie sich wenden? Wem Bescheid geben über die sich durch die Wälder an Hagetmau heranpirschende Truppe von Feinden? Nicht schon gleich Rauthne, der Dorfbyrgherin. Die würde sie nur für ein übermütiges Kind halten und ihr nicht glauben. Auch nicht Mardein, dem Seher und Feuersemanen, denn der hatte die Soldaren nicht kommen sehen, obwohl er doch anscheinend vorausahnend war. Varlie. Varlie allein würde wissen, was zu tun war, weit mehr noch als ihre Eltern, die sicher wieder nur besorgt wären um ihren Hausrat, wie jedes Mal, wenn das Wetter oder die mannigfaltigen Kreaturen der Wildnis Hagetmau zu schaffen machten.

Nendlèce beobachtete den Trupp weiterhin. Sie war sicher, bislang unbemerkt geblieben zu sein. Viel zu klein war sie dazu, viel zu sicher und gewandt beim Pirschen durchs Unterholz. Aber sie traute sich auch nicht heraus aus ihrer wohl verborgenen Position. Viel zu schlecht konnte sie einschätzen, wie gut das Gehör oder die Witterung des Gryph waren.

Sie vergewisserte sich, dass der Trupp auf dem Weg nach Hagetmau blieb. Wartete, bis sich der kleine Heerwurm aus ihrer Sichtweite hinausgeschlängelt hatte. Ein Flecken Gryphlosung war auf dem Weg zurückgeblieben. Wie ein Beweis dafür, dass Nendlèce sich das alles nicht nur eingebildet hatte.

Dann rannte sie los. Wusste, dass der Weg, den die Soldaren nahmen, sich wand, sich den Gegebenheiten des hügeligen Terrains anpasste, und kannte selbst einen kürzeren Weg, der unbequemer war und steiler, auf dem sie jedoch das Dorf bestimmt ein Viertel einer Stunde vor den Soldaren erreichen konnte.

Ein Viertel einer Stunde nur, um Hagetmau zu warnen! Um gemeinsam mit Varlie und vielleicht dann auch mit der ältlichen, schnell überforderten Rauthne alles in die Wege zu leiten, was nun zu tun war.

Nendlèce rannte. Die Bäume fetzten an ihr vorüber, das Sonnenlicht flackerte, von Blättern zerhackt. Sie atmete regelmäßig dabei. Unter den Mädchen von Hagetmau gab es keines, das ihr im Rennen oder Reiten etwas vormachen konnte. Nendlèce war die schnellste. Wenigstens das Tragen einer Hose anstatt eines Kleidchens erlaubten ihr ihre Eltern, damit sie sich im Wald besser bewegen konnte. Mit weiten Sätzen wie ein Reh sprang sie über quer liegende Stämme hinweg und überholte somit die Truppe, die sich Hagetmau näherte.

3

Das Dorf wurde für Nendlèce sichtbar. Denn über die dicht bewaldeten Felsen kam sie, anders als die Soldaren, die sich durch tieferes Gelände voranbewegten.

Achtzig Häuser, aus grauen Steinen geschichtet, mit Holz und Gräsern gedeckt. Die markantesten Gebäude und Plätze waren von den Felsen aus alle zu sehen. Die mit rötlichen und schwarzen Holzschindeln verkleidete Ratshalle, in der die Byrgherin Rauthne alle zwei Wochen die Neuigkeiten des Landes Akitania verkündete, soweit sie ihr denn zu Ohren gekommen waren: Dekrete der Krone, Gerüchte und Entwicklungen aus der Umgegend oder der nächstgelegenen großen Stadt Marmandeh, sogar – für die Bauern besonders interessant – Wetterprophezeiungen von Wolkensemanen. Dann der Marktplatz, den die Hagetmauer scherzhaft *Hafen* nannten. Hier fand einmal im Monat ein buntes Markttreiben statt, wenn die fahrenden Händler sich für diesen Tag in Hagetmau trafen, bevor sie nach Doazit und Maylis weiterzogen. Am Marktplatz die Stube des Tortenmacherpärchens, die Geschmeideschmiede, die Kleidermacherin, die auch Ausbesserungen und Reinigungen kundig vornahm. Etwas dahinter, aber immer noch am Hauptweg die einzige Schenke Hagetmaus, *Das schwarze Lamm.* Im nördlichen Bereich des Dorfes schließlich das höchste Bauwerk: der steinerne Glockenturm des kleinen Abelion-Tempels, umgeben von einem sorgsam gepflegten Apfelbaumhain, denn Äpfel waren Abelions heilige Früchte. Alarm konnte man läuten mit dieser Glocke. Falls es brannte. Falls der Fluss Lut empfindlich über die Ufer trat. Oder auch – was noch nie vorgekommen war, zumindest nicht, seit Nendlèce sich erinnern konnte – wenn ein Heer aus Nafarroa anrückte.

Vor dem Dorf der schmale Fluss. Klar und hell durchsprudelte er sein Bett. Die Brücke. Die Brücke konnte man zerstören, das würde die Soldaren aufhalten. Bis auf den Gryph. Der würde sich aufschwingen in die Luft mit seinen wie Metall funkelnden Flügeln und mitten auf dem Marktplatz von Hagetmau niedergehen, zwischen Tortenmacher und Geschmeideschmiede. Und Feuer speien? Konnten Gryphe Feuer speien? Mardein, der Feuersemane, müsste das wissen.

Nendlèces Gedanken überschlugen sich beinahe noch schneller als ihre Füße.

Aber sie schrie die Neuigkeiten nicht hinaus, als sie den Waldhang in weiten, sicheren Sätzen hinabstürmte zum Dorf, die Brücke querte und den südlichen Bereich des Dorfes. Die Hagetmauer, an denen sie vorüberkam, würden sie doch ohnehin nur für verrückt gehalten haben. Für ein Kind halt.

Varlie. Ihre große Schwester Varlie würde wissen, was zu tun war, ob man läuten, hinausschreien, zu den Waffen greifen oder sogar fliehen musste.

Die Haustür stand offen, um die Wohnräume zu lüften.

Nendlèce sprang über die Schwelle ins Innere und rempelte damit beinahe ihre Mutter um. »Kind! Pass doch auf!«, rief die Mutter aus und schnalzte tadelnd.

»Wo ist Varlie?«, fragte Nendlèce ganz atemlos.

»Am Ufer wahrscheinlich. Irgendwo. Treibt sich mit diesem Taugenichts Tautun herum.«

Nendlèce war schon wieder losgelaufen. Sie wusste, wo am Ufer sich Varlie am liebsten aufhielt. Flussabwärts in Richtung der Mühle, wo verblühter Flieder sich weit über das Wasser reckte. Schon auf halbem Weg sah sie ihre Schwester ihr entgegenkommen, mit mürrischem Gesichtsausdruck. Varlie hatte sich ihr hübschestes Kleid angezogen, das mit den aufgestickten Blütenkränzen, aber Tautun war wohl wieder nicht gekommen zur Verabredung. Er »vergaß« so etwas gerne und oft.

»Nin, was ist los?«, fragte Varlie, die sofort spürte, dass ihre kleine Schwester nicht einfach nur aus Übermut ganz außer Puste war.

»Soldaren!«

»Soldaren?«

»Aus Nafarroa, glaube ich! Dreißig Mann in Rüstungen! Einer reitet auf einem Gryph! Und sie kommen direkt auf Hagetmau zu!«

»Das kann doch nicht sein! Irrst du dich auch nicht?«

»Nein, ich hab sie selbst gesehen.«

»Wo sind sie?«

Nendlèce deutete auf den Weg, den die Soldaren kommen

mussten. »Noch etwa ein Viertel einer Stunde entfernt, vielleicht weniger.«

»Das gibt es doch gar nicht.«

Nendlèce sah, wie es in Varlie arbeitete. Varlie war ein auffallend hübsches Mädchen, mit ihren klaren hellen Augen und dem beinahe hüftlangen Haar, das sie im Gegensatz zu ihrer kleinen Schwester meistens offen trug, so auch jetzt, von ein paar Nadeln in Form gesteckt. Aber sie hatte – noch mehr als Nendlèce – etwas Wildes an sich. Etwas Ungestümes und Launisches, das den meisten jungen Burschen im Dorf Angst einjagte. Nur Tautun hatte diesen Zug an ihr wohl eine Zeit lang reizvoll gefunden, denn er war selbst so, jähzornig bis hin zur Unzugänglichkeit. Aber jetzt – alle im Dorf wussten das, nur Varlie wollte es nicht wahrhaben – hatte er Varlie wohl auch schon wieder satt bekommen.

Varlie zeigte weder Furcht noch Besorgnis angesichts der von Nendlèce geschilderten Gefahr. Da war etwas anderes, das in ihren Augen aufflackerte: Tatendrang. Etwas, das sie von ihrem eigenen, nagenden Kummer ablenken konnte.

»Wir holen uns *die Säge*. Und dann verständigen wir Rauthne und Mardein.«

»*Die Säge*? Bist du sicher?«

»Wann, wenn nicht dann, wenn Soldaren kommen?«

Die Säge befand sich seit Generationen im Familienbesitz. Ein Erbstück ihres abenteuer- und rauflustigen Urgroßvaters mütterlicherseits. Die beiden Mädchen wussten genau, wo sie verwahrt war, denn schon oft hatten sie sich auf den Dachboden geschlichen, um dieses eigentümliche Schwert zu bestaunen.

Diesmal schlichen sie nicht. Sie gingen ganz aufrecht und hastig hinein, an ihrer irgendetwas vor sich hin murmelnden Mutter vorbei, nahmen die Stiege nach oben, wo ihre Räume waren, und wo Varlie sich erst einmal unsanft ihres Kleides entledigte, um ebenso wie Nendlèce in Hosen, ein weites

Hemd und festere Bundschuhe zu schlüpfen. Dann kramten sie den Truhenschlüssel heraus, kletterten die Leiter auf den Dachboden hoch, schlossen die Truhe damit auf und bargen die *Säge* aus den Tüchern, in denen sie eingewickelt war wie ein Neugeborenes. Die lange, schwere, leicht gekrümmte Klinge mit den an eine Säge erinnernden Zacken in der Schneide und mit dem kunstvoll gewirkten messingfarbenen Griff, in den die Hand der Trägerin sich einführen musste wie in das Innere einer Seemuschel.

Varlie war diese Trägerin. Immer nur Varlie. Niemals Nendlèce.

Aber es sah gut aus. Das große Schwert schmiegte sich um Varlies Rechte. Nendlèce fand diese Waffe schon beidhändig schwer zu heben, sie konnte sich gar nicht vorstellen, dieses Ding einhändig zu schwingen. Nendlèce war die Schnelle, Varlie von ihnen beiden die Starke.

Sie gingen wieder nach unten. Standen da, mitten im niedrigen, mit Zierrat aus Wäldern und Feldern und allerlei Markttreiben vollgestopften Raum. Geweihe und Felle, kleine Tonkrüge und Kettchen aus der Geschmeideschmiede.

»Was ist denn jetzt los?«, fragte die Mutter. »Ich habe euch doch schon tausendmal gesagt, dass das kein Spielzeug ist! Könnt ihr nicht oder wollt ihr nicht hören?«

»Soldaren kommen. Wir müssen vorbereitet sein«, sagte Varlie mit triumphierendem Unterton. Dann eilten die Schwestern nach draußen und rannten gemeinsam auf die Ratshalle zu, noch bevor ihre Mutter ihnen Einhalt gebieten konnte.

4

Die Dorfbyrgherin Rauthne hatte ihre innen mit silbernen und rötlichen Fellen ausgeschlagenen Räume im westlichen Teil der Ratshalle. Wie oftmals saß sie gerade mit dem Feuersemanen Mardein zusammen und spielte eine Partie Bildkarten, als Varlie und Nendlèce in das Gebäude gestürmt kamen. Rauthne war am Gewinnen, sie hatte die Bildkarten mit den höheren Zahlwerten an sich gebracht, deshalb reagierte sie erst auf die beiden Mädchen, als diese schon beinahe gegen den Kartenspieltisch stießen.

»Nanu, so eine Überstürztheit«, bemerkte die greise Dorfbyrgherin. »Und wozu schleppt ihr dieses uralte Ding mit euch herum? Ihr wollt doch nicht etwa einen Apfelbaum umsägen?« Dies war ein deutlicher Verweis für die unziemliche Hast der beiden Mädchen: Einen der Gottheit Abelion heiligen Baum zu beschädigen galt in Akitania als großer Frevel.

»Verzeiht uns, ehrenwerte Byrgherin«, sagte Varlie, »aber Soldaren aus Nafarroa nähern sich dem Dorf. Ein ganzer Trupp. Uns bleibt weniger als das Viertel einer Stunde, um uns zu rüsten!«

»Was für ein Unfug: Soldaren aus Nafarroa«, sagte die Byrgherin nur und blieb einfach sitzen.

Zum Zeichen ihrer Amtswürde war ihr Schädel kahlgeschoren und an den Schläfen mit den rötlichen Schutzschnörkeln Abelions bemalt. Ihr schmaler Leib steckte in der dunkelroten, schweren Robe des Unter den Menschen Ausgezeichnetseins. Vielleicht, weil ihr die weiblich wirkenden Haare fehlten, erinnerte ihr Gesicht ein wenig an das eines Mannes, vielleicht hatte sie aber auch schon immer etwas Herbes an sich gehabt. Jedenfalls war ihr Gesicht von Tausenden von Runzeln durchzogen, mehr noch, als man von ihren

70 Lebensjahren erwartet hätte. Die meisten dieser Runzeln waren durch Lachen entstanden, einige davon aber auch durch Entschlossenheit, durch Nachdenken und durch das Durchsetzen nicht ganz einfacher Entscheidungen.

Der ihr gegenüber sitzende Mardein, der dicke Sehgläser vor den Augen trug, die er als »Brenngläser« bezeichnete, und der ganz in abgewetztes, seiner Behauptung nach feuerfestes Wildleder gekleidet war, murmelte: »Habe ich nicht eine große Umwälzung geweissagt? Eine Umwälzung, die in Hagetmau ihren Anfang nehmen wird?«

»Ach, du«, wehrte die Byrgherin belustigt ab. »Du weissagst so allerhand. Vor zwei Jahren hast du uns eine große Dürre vorausgesehen, und vor lauter Regen verschimmelte uns der Weizen auf den Feldern.«

Mardein war nur vier Jahre jünger als die Byrgherin, wirkte aber, als wäre er erst in seinen Fünfzigern. Seine Wangen hatten eine dauerhaft rote Farbe – einige sagten, das komme vom Branntwein, er selbst hielt dem entgegen, dass es von der frischen Luft und der regelmäßigen Übung des Glockenläutens kam –, und seine ungestümen langen Haare hätten ihm sogar durchaus etwas Jugendliches verliehen, wenn sie nicht bereits von dunkelgrauer Farbe und an den Stirnseiten schon sehr weit zurückgewichen gewesen wären. »Aber diesmal sehe ich Rüstungen«, beharrte er mit seiner leisen, wie summend klingenden Stimme. »Schwarz und weiß.« Mardein schien zwei verschiedene Stimmen zu besitzen. Das Kräfte sparende Summen des Alltags und ein grollendes Tosen, das er nur bei Tempelandachten verwendete, und bei dem sich Hagetmauer immer wieder aufs Neue fragten, wo er es hernahm.

»Gar nichts siehst du. Ohne deine Gläser könntest du nicht einmal die Karten in deinen Fingern erkennen. Wer hat denn überhaupt etwas gesehen, ihr Mädchen? Von wem stammt dieses Gerücht?«

»Ich habe sie gesehen«, sagte Nendlèce und trat einen halben Schritt vor. »Mit meinen eigenen Augen. Und ich bin gerannt, um vor ihnen hier sein zu können.«

»Hmja. Wie viele sollen es denn sein?«

»Dreißig. Ihr Offizier reitet einen Gryph.«

»Aber das ist doch vollkommen unsinnig. Wir sind hier mehr als zwanzig Marschstunden von den Bergen entfernt. Warum sollten Soldaren aus Nafarroa so weit landeinwärts durch Akitania geraten?«

»Warum, wissen wir auch nicht, ehrwürdige Byrgherin«, sagte nun wieder Varlie, »nur dass es so ist, wissen wir.«

»Hast du sie denn auch gesehen?«

»Das Wort meiner Schwester genügt mir. Sie erfindet keine Geschichten. Als sie letztes Jahr im Wald Wölfe gehört hat, wollte ihr auch erst niemand glauben. Bis dann die ersten Schafe gerissen wurden.«

»Daran erinnere ich mich natürlich gut. Hmja. Es kann aber trotzdem nicht sein. Wir haben Frieden mit Nafarroa. Ihr letzter Versuch, in Akitania einzumarschieren, liegt mehr als hundert Jahre zurück. Und sie haben sich blutige Nasen geholt, seinerzeit. Von wo kommen sie, sagst du?«

»Von Süden.« Nendlèce beschrieb den Weg genauer.

»Reitet ihnen ein Bote voraus? Vielleicht sind sie nur auf der Durchreise, auf dem Weg in unsere Hauptstadt? Eine Art Delegation.«

»Ein Bote müsste jetzt schon hier sein. Der ganze Trupp ist nicht mehr weit entfernt.«

Nendlèces Beharren auf ihrer Geschichte versetzte die alte Byrgherin nun doch langsam in Unruhe. Sie legte die Karten weg, schaute kurz bedauernd ihren höheren Zahlwerten hinterher und stemmte sich aus ihrem Stuhl hoch.

»Umwälzung«, knurrte Mardein, und erhob sich ebenfalls.

»Lasst uns nach draußen gehen, Ausschau halten, mit den Leuten reden«, schlug Rauthne vor. »Wer weiß noch von diesem Gerücht?«

»Nur unserer Mutter haben wir davon erzählt.«

»Na, die wird euch auch nicht geglaubt haben. Sonst wüsste es jetzt schon das halbe Dorf. Lasst uns auf den Platz gehen.«

Drinnen war es so dunkel gewesen, dass die Sonne sie nun alle ein wenig blendete. Mardeins Brenngläser knackten regelrecht, so satt tranken sie sich mit Licht.

»Ich will jemanden auf dem Glockenturm haben, nur für alle Fälle. Das kann doch nicht schaden, oder? Mardein, schick jemanden hinauf, er soll nach Süden Ausschau halten.« Mardein gab dem zehnjährigen Pellit, der gerade zufällig vorüberschlenderte, das entsprechende Kommando. Als Dorfsemane, Seher und rechte Hand der Byrgherin hatte er Befugnis, anderen Anweisungen zu geben. Pellit machte sich unverzüglich an den Aufstieg, trat sich vor lauter Eifer an der Leiter beinahe selbst auf die Hände.

»Ist heute sonst noch jemand von Süden gekommen? Hat sonst jemand etwas gesehen?«

Rauthnes Frage richtete sich an sämtliche Passanten. Niemand konnte Nendlèces Aussagen bestätigen, aber spätestens jetzt begann das Gerücht in Hagetmau umzugehen, und schon nach kurzer Zeit hatte sich auf dem Platz eine neugierige und beunruhigte Menge von etwa vierzig Personen versammelt.

»Wonach soll ich denn Ausschau halten?«, krähte Pellit von oben herab. Sein zerzauster Kopf tauchte neben der Glocke auf wie ein zweites, kleineres Geläut.

Rauthne überlegte kurz, dann rief sie hoch: »Melde alles, was dir außergewöhnlich vorkommt.« Zu Mardein raunte sie: »Wenn er nicht weiß, worum es sich handelt, wird er nicht denselben Fehler machen können wie das Mädchen.«

»Worum könnte es sich denn handeln?«, knarzte Mardein.

»Was weiß ich? Eine Händlerkarawane vielleicht.«

»Und der Gryph? Was sieht aus wie ein Gryph?«

»Ein Ochse mit einem schmückenden Überwurf, der an Flügel erinnert.«

»Er hatte einen Vogelkopf mit Schnabel«, versetzte Nendlèce, die das Getuschel mit angehört hatte.

»Hmja«, schnaubte Rauthne unwillkürlich. »Vielleicht sind es fahrende Schausteller, die einen Gryph mit sich führen.«

Darüber dachte Nendlèce immerhin nach. War es möglich, dass sie sich so geirrt hatte? Aber die Brustharnische, schwarz und weiß gefärbt wie in Nafarroa üblich. Das Marschieren der Männer in Zweierreihen. Und sie hatten keinen Karren bei sich gehabt. Schausteller oder Händler waren doch niemals ohne Karren unterwegs!

Varlie war unzufrieden. »Was stehen und gaffen wir denn so herum? Uns bleibt nur noch ganz wenig Zeit, uns gegen den Überfall zu wappnen! Sollten wir nicht die Brücke verbarrikadieren? Die Leute zu den Waffen rufen?«

»Zu welchen Waffen denn?«, entgegnete ihr die Dorfbyrgherin. »Deine *Säge* ist doch schon so ziemlich das Einzige, was sich in dieser Hinsicht in ganz Hagetmau finden lässt. Nur Tautun besitzt noch ein Kurzschwert, das er mal einem Durchreisenden beim Wettzechen abgenommen hat. Wo steckt Tautun überhaupt? Hat ihn jemand gesehen?« Tautun war wie ein ständiges Nagen im Hinterkopf der Byrgherin. Er war der Dorfaufrührer. Derjenige, der sich am liebsten prügelte. Der immer über den Durst trank. Der Reisende anpöbelte. Scheunen demolierte. Der alles anzweifelte und in den Dreck zog, was man sich in langen Beratungen zum Wohle des Dorfes überlegt hatte. Seit Jahren schon hoffte sie, er würde Hagetmau endlich verlassen, um anderswo Unfrieden zu stiften. Aber er blieb, womöglich aus Trägheit, womöglich aus Rachsucht aufgrund der unglücklichen Entscheidungen seiner Kindheit, womöglich aber auch, weil sich hinter seinem großspurigen Gebaren eigentlich ein Feigling verbarg. Hier im Dorf wusste er, wen er einschüchtern konnte, ohne etwas befürchten zu müssen. Draußen in der Fremde jedoch würden alle Karten neue Zahlwerte erhalten.

Folster, der stiernackige Wirt vom *Schwarzen Lamm*, drängte sich zur Byrgherin und dem Semanen durch: »Was soll ich machen, wenn wirklich Soldaren kommen? Ich will nicht, dass sie bei mir alles kurz und klein schlagen und die Zeche prellen. Wenn ich aber einfach dicht mache, fangen sie vielleicht im Dorf an zu plündern.«

Rauthne verzeichnete mit einem Nicken, dass Folster sich immerhin nicht nur um seine einladend hergerichtete Wirtsstube, sondern auch um das restliche Dorf sorgte. »Noch wissen wir nicht, ob überhaupt Soldaren kommen. Ich finde es mehr als unwahrscheinlich. Wir haben nur die Aussage eines einzelnen Mädchens.«

»Das aber nicht dafür bekannt ist, Geschichten zu erfinden«, sagte Hernyet, die schmale und hoch aufgeschossene Dorflehrerin.

In der Menge entstand plötzlich Gedränge. Der schnauzbärtige Vater von Nendlèce und Varlie schubste sich hindurch. Ganz rot im Gesicht war er vor Ärger. »Ich will, dass ihr sofort nach Hause kommt. Was soll das denn, eurer Mutter einen solchen Schrecken einzujagen! Und dass du die Waffe einfach so entwendest, darüber wird noch zu sprechen sein, mein junges Fräulein.« Er fasste nach der *Säge*, doch Varlie entzog sie ihm einfach. Für einen Augenblick sah es so aus, als würde er sich die Finger an der gesägten Klinge aufreißen. Es war nichts passiert, denn der Vater hatte seine Hand erschrocken wieder zurückgezogen, aber den Umstehenden stockte nichtsdestotrotz der Atem.

»Ihr versteht wohl alle nicht, worum es hier geht«, sagte Varlie entschlossen, mit kräftiger Stimme. »Nendlèce hat uns allen einen Vorteil verschafft, indem sie uns rechtzeitig vor einem Überfall gewarnt hat. Aber ihr steht nur herum und schwatzt und wartet. Wenn die Soldaren hier sind und Feuer legen und mit ihren Schnabelhakenwaffen auf uns einzuprügeln beginnen – was dann?«

Die Unruhe griff auf dem Platz um sich wie das von Varlie heraufbeschworene Feuer, brach sich durch brodelndes Gemurmel Bahn. Der Vater stand immer noch vor seiner Tochter, eingeschüchtert jedoch von ihrem kriegerischen Gebaren.

»Greifen sie denn überhaupt an?«, fragte die alte Tortenmacherin aus der Menge. »Ich meine, stürmen sie und brüllen dabei und schwenken ihre Fahne? Oder befinden sie sich einfach nur auf irgendeiner Mission, womöglich auf dem Weg zu unserer Hauptstadt?«

»Das ist richtig«, pflichtete ihr ebenfalls greisenhafter Mann ihr bei. »Sie könnten eine … diplomatische Abordnung sein. Wir sollten sie eher willkommen heißen, anstatt das Dorf in Furcht zu versetzen.«

»Willkommen heißen?«, schnappte Varlie. »Es sind Feinde aus Nafarroa! In Rüstungen! Und bis an die Zähne bewaffnet!« Letzteres hatte sie erfunden, aber als Nendlèce ihr von »Soldaren« berichtete, hatte sie sich die gar nicht anders als waffenklirrend vorstellen können.

»Sie könnten dennoch einfach nur eine gut ausgerüstete … diplomatische Abordnung sein«, griff ein anderer auf. »Wir haben Frieden, oder etwa nicht?« Mehrere widersprachen Varlie jetzt. Die Hagetmauer an sich unterschieden sich nicht von anderen Dörflern Akitanias oder anderswo: Sie wollten ihr Dasein ungestört fristen und fürchteten jegliche Unruhe, jegliches Rätsel, jegliche Unwägbarkeit. Dennoch – oder gerade deshalb – versetzte jedes außergewöhnliche Waldesrauschen sie in Entsetzen.

Die Byrgherin Rauthne wollte gerade die Arme erheben, um der brodelnden Menge ein paar ordnende und beruhigende Worte zuteil werden zu lassen, als von oben Pellits

Stimme gellte: »Ich kann etwas sehen. Auf dem Weg nach Süden. Nähert sich der Brücke.«

»Was ist es denn, was du siehst?«, fragte Rauthne.

»Ein … ein … ein Reitvogel … und ein Trupp Soldaren!«

»Wie viele Soldaren?«, fragte Rauthne nach oben.

»Sie sind noch nicht alle aus dem Wald. Es könnten hunderte sein!«

»Es sind nur dreißig«, schwächte Nendlèce ab. »Ich habe sie alle überblicken können.«

»Glaubt ihr uns jetzt endlich?«, schrie Varlie und schwenkte die *Säge*. Sie schrie insbesondere ihren eigenen Vater an. »Wir sollten zur Brücke laufen und sie dort aufhalten. Wenn sie nur reden wollen, können sie ja dort mit uns reden. Aber sie sind dann wenigstens nicht schon mitten im Dorf!«

»Ihnen entgegenzugehen ist klug«, raunte Mardein der Byrgherin zu. »Aus Höflichkeit wie aus Wehrhaftigkeit.«

»Jawohl«, sagte der Tortenmacher, »lasst uns eine … diplomatische Abordnung bilden!«

Rauthne seufzte. Sie wollte viel lieber Karten spielen, als einem Gryph entgegenzuschreiten. Und nafarroanischen Soldaren. Aber sie war die Byrgherin. Sie trug Abelions Schutzschnörkel. Und die Robe des Unter den Menschen Ausgezeichnetseins. Es war ihre Aufgabe, den anderen voranzugehen. Mit gutem Beispiel.

»Also gut«, sagte sie, war jedoch der Meinung, dass ihre Stimme dabei zu wackelig geklungen hatte. »Also gut«, wiederholte sie deshalb noch einmal sicherer. »Wer uns begleiten möchte, soll das tun, aber hinter Mardein und mir bleiben. Varlie, du und deine Schwester, ihr könnt mitkommen, immerhin habt ihr die Soldaren als Erste gemeldet, aber ihr haltet euch zurück, verstanden? Kein Wort will ich von euch hören. Und dieses scheußliche Ding gebt ihr an euren Vater zurück!«

»Aber…«

»Unverzüglich, Varlie!«

Es sah aus, als würde sich Varlie erst aufbäumen, dann aber etwas in ihr gekappt werden. Sie begriff, dass sie zwar nafarroanischen Soldaren, nicht aber den verweisenden Blicken ihres Vaters, der Byrgherin, dem Semanen, der Lehrerin und dem Tortenmacherpaar etwas entgegenzusetzen hatte. Wenigstens Nendlèce hielt noch zu ihr. Aber Tautun? Tautun, den sie sich am allermeisten an ihrer Seite wünschte, ließ sich nirgends blicken und hatte sie abermals völlig im Stich gelassen.

Sie gab die *Säge* an ihren Vater, und zwar so, dass er sich nicht schneiden konnte. Dabei kam es ihr vor, als ließe sich ihre Hand schwerer aus dem umwindenden Griff lösen, als sie hineingefunden hatte. Ihr Vater jedenfalls schien beschlossen zu haben, den unerhörten Vorfall von vorhin erst einmal hintanzustellen. Zumindest, bis die Sache mit den Soldaren geklärt war.

»Ich will auch mitkommen!«, plärrte Pellit von oben.

Rauthne dachte kurz darüber nach, ob es sinnvoll sein könnte, weiterhin mittels eines Ausgucks den Überblick zu behalten. Aber Nendlèce hatte nur von dreißig Soldaren gesprochen. Und Pellits Stimme würde ohnehin nicht bis zur Brücke unmissverständlich vernehmlich sein. Also winkte sie ihn herunter.

»Wo ist mein Sohn?«, fragte sie raunend den Semanen.

»Sicherlich bei irgendeinem Mädchen, mein Feuerorakel hat sich da nicht so festgelegt«, antwortete dieser mit schiefem Grinsen. »Meinst du denn, er könnte uns von Nutzen sein?«

»Bei Verhandlungen immer. Er macht einen blendenden Eindruck auf Fremde, das hat sich doch schon oft erwiesen. Und Tautun?«

»Bei dem wäre wahrscheinlich selbst mein Feuerorakel überfragt.«

Rauthne seufzte. Ihr Sohn war, wenn er auch wenig Ehrgeiz zeigte, so doch ihre Hoffnung und Stütze, wenn Dinge schiefzulaufen begannen. Tautun dagegen war ihre verlässliche Sorge. Am liebsten hätte sie beide unaufhörlich im Auge behalten.

»Gehen wir«, sagte sie und setzte sich in Bewegung. Mardein folgte ihr, dahinter zwanzig zu gleichen Teilen Neugierige und Beherzte aus dem Dorf, unter ihnen Varlie und Nendlèce, die sich von ihrem Vater nicht nach Hause zwingen ließen, weshalb auch er lieber dabei blieb, der Wirt Folster, die Lehrerin Hernyet, die die Größte im ganzen Zug war, und der junge Pellit, der sich schier überschlagend zu ihnen gesellte. Das Tortenmacherpaar hatte sich in seinen Tortenmacherladen zurückgezogen, und die rund zwanzig weiteren Dorfbewohner, die sich vorhin noch neugierig versammelt hatten, verzichteten nun ebenfalls murmelnd darauf, einem leibhaftigen Gryph gegenüberzutreten.

5

Die beiden Gruppen erreichten die Brücke beinahe gleichzeitig.

Die Brücke überspannte lediglich sieben Schritte. Der Lut war kein breiter Strom.

Die nafarroanischen Soldaren, die ihre Marschordnung beim Verlassen des Waldes verändert hatten und in vier breiten Siebenerreihen zur Brücke vorgerückt waren, verhielten auf ein knappes Kommando des Gryphreiters, der von einem Unteroffizier zu Fuß flankiert wurde.

Der Gryphreiter befahl auch diesem Unteroffizier, zurückzubleiben, und betrat als Einziger die schmucklos nüchterne Holzkonstruktion, ritt gemessenen Schrittes bis zu ihrer Mitte vor.

Der Fluss Lut rauschte munter. Die Krallen des Gryph scharrten vernehmlich auf dem alten Holz.

Kein Hagetmauer hatte ein solches Fabelwesen bislang dermaßen deutlich in Augenschein nehmen können.

Es war größer als ein Pferd. Die Flügel angelegt, metallisch schimmernd wie mit einer Art Lasur überzogen. Seine Augen waren gelblich und wirkten streng wie die eines Adlers oder Falken, aber wie bei einem Adler oder Falken lag das lediglich an der Form der Augenbrauen. In Wirklichkeit schaute es wachsam nach hierhin und dorthin, mit Kopfbewegungen, die deutlich weniger ruckartig als die eines Vogels waren, und die am ehesten an einen gelehrigen Hund erinnerten. Sein grauer, rissiger Schnabel war riesig, das Gefieder blauschwarz und von ebenso dunklem Fell durchsetzt. Dieses Wesen schien Vogel und fellbewehrtes Säugetier zugleich zu sein, ein Reittier, ein Flugtier, ein Kampfinstrument, vielleicht sogar mit magischen Fähigkeiten. Mardein allein wusste mit Sicherheit, dass es kein Feuer speien konnte.

In seinem Sattel, der mit Ketten am Leib des Gryphen festgeschnallt war, saß der Offizier, der sich durch mehrere Details der Rüstung von seinen Soldaren unterschied. Als Einziger trug er auf seinem einteiligen Glockenhelm nicht nur einen metallischen, sondern einen mit Gryphfedern verzierten Kamm. Als Einzigem war bei ihm die Brust seines schwarzweißen Krebsharnischs mit einem Banddekor und einer Schnurbördelung versehen. Als Einziger hatte er nicht nur einen mattschwarzen Schnabelstreithammer im Seitenhalfter, sondern in einem Gehenk am Gryph eine Säbelhelmbarte, eine mit einem nafarroanischen Wimpel verzierte Hellebarde mit einer Säbelklinge über einem Schnabelhaken.

Den Hagetmauern kam diese Waffe ganz besonders furchteinflößend vor. Im Grunde genommen wirkte sie wie ein leicht gekrümmtes Schwert an einer mannslangen Stange, aber gleichzeitig durch den zweiteiligen Widerhaken noch besonders grausam. Man konnte damit stechen, schneiden, sensen, reißen, sie womöglich sogar schleudern. Wenn man darin geübt war.

Der Gryphreiter machte den Eindruck eines Mannes, der sein Handwerk verstand. Die Augen in seinem markanten, von einem gestutzten rötlichbraunen Vollbart verzierten Gesicht ähnelten im Ausdruck denen des Gryphen, als er das Dorf und seine bunt gemischte Abordnung musterte. Dennoch hatte seine Haltung im Sattel etwas beinahe Lässiges. Etwas Überlegenes.

Seine Männer wirkten müde und staubig und nachlässig rasiert. Die Byrgherin überschlug, wie lange sie unterwegs sein mochten. Zwanzig Stunden durch Akitania mindestens. Aber wie viele Tage vorher schon durch die weitläufigen, gefahrvollen und nur auf wenigen Pässen querbaren Berge von Pyr? Und davor, von ihrem ursprünglichen Stützpunkt in Nafarroa? Vielleicht, dachte Rauthne, waren sie einen ganzen Monat lang unterwegs gewesen. Oder sogar noch länger. Hagetmau, ein Ort der Ruhe, musste ihnen nun wie die Erfüllung all ihrer Sehnsüchte scheinen.

»Seid gegrüßt«, sagte der Offizier mit heiserer Stimme. »Dies ist Hagetmau?« Er sprach den Namen natürlich falsch aus.

Für einen Moment gingen der Byrgherin ganz merkwürdige Ideen im Kopf herum. Was, wenn sie jetzt einfach sagte: Nein, Hagetmau liegt weiter flussabwärts? Aber das war natürlich Unsinn. Zum einen gab es Wegweiser in der Umgegend, die unbezweifelbar nach Hagetmau deuteten, und zum anderen würden die Soldaren wiederkehren, nachdem sie erkannt hätten, dass man sie angeschwindelt hatte, und dann hätten sie allen Grund, ärgerlich zu sein. Feindseliger jedenfalls als jetzt, wo es fast so aussah, als ob man miteinander ganz ruhig ins Gespräch kommen könnte.

Ganz ruhig. Ins Gespräch.

»Ja, das ist Hagetmau. Ich bin die Byrgherin Rauthne.« Jetzt wusste ihr Gegenüber immerhin, wie man den Dorfnamen richtig aussprach.

Der Offizier richtete sich im Sattel ein wenig auf und formulierte die folgenden Sätze in einem einzigen Ausatmen: »Ich bin Capitar Jerlo Angaszin vom Dritten Nafarroanischen Heer. Das sind meine Männer.« Dann holte er neu Luft und sagte: »Hagetmau gehört ab sofort zum nafarroanischen Protektorat. Ist dies bereits eine offizielle Delegation oder wollen wir auf dem Marktplatz das Volk zusammenrufen? Ich möchte zu den Bewohnern dieses Dorfes sprechen, um die neuen Gegebenheiten zu erläutern, damit es keine Schwierigkeiten gibt.«

Seine Worte verwirrten die Byrgherin so sehr, dass sie sich beinahe an Mardein festhalten musste, damit ihr nicht schwindelig wurde. Was bedeutete das: *nafarroanisches Protektorat*? *Ab sofort*? *Die neuen Gegebenheiten?* Sie irritierte auch der schwere Akzent des Capitars. Die Sprachen von Akitania und Nafarroa waren miteinander verwandt und ähnlich genug, dass man einander einigermaßen verstehen konnte, wenn jeder bei seiner Sprache blieb, aber wenn einer versuchte, sich der Worte des anderen zu befleißigen, hörte man das Fremde umso deutlicher heraus.

»Hmja, wir sind nur zwanzig, in Hagetmau leben jedoch über fünfhundert Menschen. Vielleicht wäre es tatsächlich sinnvoller, Ihr sagt das, was Ihr zu sagen habt, zu möglichst vielen? Damit es dann hinterher nicht zu Missverständnissen kommt. Oder zu Übertreibungen durch die mündliche Weitergabe.« *Übertreibungen wie: »Hagetmau gehört jetzt zum nafarroanischen Protektorat«*. So etwas war doch ganz unvorstellbar. Es hatte gar keinen Krieg gegeben. Und schon gar nicht hatte Akitania einen solchen verloren.

Der Offizier nickte. Sein Gryph ebenfalls, aber eher, um eine Pferdebremse zu verscheuchen, die sich in seinen Augenwinkel setzen wollte.

»Dann folgen wir euch zum Marktplatz, Byrgherin«, sagte er. Er gab zwei Kommandos an seine Männer in nafarroanischer Sprache. Die vier Siebenerreihen verdichteten und verlängerten sich gleichzeitig zu vierzehn Zweierreihen, damit die Männer die Brücke passieren konnten. Ihr militärischer Drill in dieser Hinsicht schien tadellos zu sein, die Formationsveränderung ging leise und ohne Missverständnisse vonstatten.

Rauthne wechselte einen flackernden Blick mit Mardein. »Umwälzungen«, brummte dieser nur.

Sie schaute noch den Wirt und die Lehrerin an, dann kurz sogar Varlie und Varlies Vater. Das Mädchen schien es nicht fassen zu wollen, dass Rauthne die feindlichen Soldaren ins Innere von Hagetmau *einzuladen* im Begriff stand.

Dann sagte die Byrgherin: »Gehen wir.«

Sie fühlte sich so seltsam. Als würde sie auf weichgekochten Stelzen gehen.

Wenn sie richtig verstanden hatte, was der Offizier gerade gesagt hatte, dann war jetzt alles anders als noch vor wenigen Augenblicken. Dann war sie nicht mehr Byrgherin. Hagetmau nicht mehr ihr Dorf. Die Krone Akitanias nicht mehr zuständig für Hagetmau. Die Krone Akitanias möglicherweise gar nicht mehr existent. Denn wie war es sonst zu erklären, dass Soldaren Nafarroas zwanzig Stunden landeinwärts auftauchten, ohne dass es vorher zu einem Alarm, zu Heeresbewegungen, zu Kämpfen, zu Rekrutierungen, zu Chaos und Geschrei und Brand gekommen war?

Der Himmel war so blau und ehrlich wie ehedem.

Aber unter ihm hatte sich alles verrückt.

6

Die Soldaren marschierten in Zweierreihen über die Brücke und verbreiterten sich dahinter wieder zu Siebenerreihen. Wie ein Lebewesen, das fließend seine Form ändert. Beinahe ohne Kommandos ging das vonstatten.

Durch das Dorf Hagetmau lief ein Wachrütteln. Dann ein Aufschaukeln.

Es war keine richtige Panik, denn wenn man aus dem Haus schaute, konnte man Rauthne und Mardein und andere sehen, die sich ganz unbedrängt zusammen mit den fremden Soldaren bewegten. Man konnte auch sehen, dass der Gryph kein Feuer spie, sondern gezügelt war und sich nicht wilder gebärdete, als ein Pferd das getan hätte. Dennoch hatte Hagetmau noch nie so viele Soldaren beherbergt. Nicht Soldaren der Krone und erst recht nicht welche aus dem immer entweder verfeindeten oder mindestens beargwöhnten Nafarroa. Vor sechs Jahren waren einmal drei Soldaren der Krone durch das Dorf gekommen und im *Schwarzen Lamm* abgestiegen. Das war bislang die eindrucksvollste militärische Präsenz gewesen. Und jetzt: dreißig! Und ein Gryph!

Einige Dorfbewohner rannten aus ihren Häusern, belauerten die Prozession von hinter den Häusern aus. Andere verbarrikadierten sich. Häuften Schränke und Kommoden hinter ihre Türen. Zwei Familien überlegten, aus Hagetmau zu flüchten, ließen es aber sein, zumindest so lange, bis man hatte in Erfahrung bringen können, was überhaupt geschehen war, und aus welcher Himmelsrichtung eigentlich die größte Gefahr drohte.

Die meisten jedoch kamen neugierig nach draußen, schwatzten aufgeregt miteinander, tauschten Mutmaßungen aus, bauschten Gerüchte noch zusätzlich auf. Von einem Krieg war die Rede. Vom Abdanken der Krone. Sogar von einer ganz neuen, unbekannten Gefahr, die die Krone veranlasst haben musste, nafarroanische Truppen zur Unterstützung ins Land zu holen.

Einige benutzten den Begriff »Missverständnis«.

Auf dem Marktplatz fächerten sich die Soldaren nochmals auf: Aus den vier Siebenerreihen wurden zwei beeindruckende Vierzehnerreihen, die gegeneinander verschoben waren, so dass sie beinahe einen Halbkreis bildeten, der die Richtung nach Süden, zu den Bergen, nach Nafarroa, abschirmte. Als hätte sich von dort aus eine riesige zweizinkige Forke aus Gerüsteten nach Hagetmau hineingeschoben.

Rauthne und Mardein sorgten dafür, dass so viele Hagetmauer wie möglich sich vor dieser Forke versammelten. Einige dieser Dörfler trugen Bewaffnung in Händen, zumindest das, was in einem Dorf wie diesem an Bewaffnung vorhanden war: Heugabeln, Dreschflegel, Stuhlbeine als Keulen, Fleischmesser, eine Einhandsäge. Varlies und Nendlèces Vater hatte immer noch das gesägte Schwert in der Hand, das Einzige, das hier zu sehen war.

Der Capitar Angaszin betrachtete das Treiben mit Geduld. Auch die Bewaffnung. Er schien nichts anderes erwartet zu haben. Seine Soldaren waren durch Helme und Harnische weit besser gepanzert als jeder Dörfler, und mit ihren Schnabelstreithämmern auch deutlich durchschlagskräftiger bewaffnet.

Ein eifriger Dörfler wollte die Glocke des Abeliontempels Sturm läuten, doch Mardein, der für die Betreuung des Tempels zuständig war, konnte ihn davon abhalten. »Wir wollen doch den Gryph nicht unnötig beunruhigen, oder?«

Rauthne bemerkte, dass ihr Sohn Baresin sich auch endlich in der Menge zeigte. Sein nach städtischer Mode wohlgeformtes Haar war etwas zerzaust, und tatsächlich hatte er eine der Töchter eines dem Dorf vorgelagerten Hofes im

Arm, aber immerhin interessierte er sich für den Aufruhr, der in Hagetmau herrschte. Er drängte sich aber nicht durch zu seiner Mutter, um Näheres zu erfahren. Offensichtlich hielt er es für klüger, sich angesichts der unklaren und möglicherweise gefahrvollen Gesamtlage vorerst im Hintergrund zu halten.

Baresin hatte ein interessantes Gesicht. Er hatte die spitze Nase seiner Mutter geerbt. Um diese beherrschende Nase herum allerdings das geradezu weiblich hübsche Gesicht seines Vaters, eines Durchreisenden, der vor annähernd vierzig Jahren dreimal durch Hagetmau gekommen war und der damals in ihn verliebten jungen Byrgherin ein Geschenk dagelassen hatte: eine Schwangerschaft, und dann, aus dieser hervorgehend, einen unehelichen Sohn.

Sie hielt auch nach Tautun Ausschau. Tautun, der Unruhestifter. Ein einziges Schmähwort von ihm konnte jegliche beginnende Verhandlung zum Kippen bringen. Es war wichtig, ihn im Auge zu behalten. Aber er war nach wie vor nirgends zu sehen. Wusste er etwas? Wusste er etwas über das Vorrücken der Nafarroaner nach Akitania, und hatte er sein Wissen aus Geringschätzung gar nicht erst mit dem Dorf teilen wollen? Sie verwarf diesen Gedanken. Tautun taugte nicht zum Intriganten. Hätte er etwas gewusst, hätte er damit beim Zechen im *Lamm* geprahlt. Unüberhörbar für jeden.

Dafür sah sie das Tortenmacherpaar wieder. Ihre Gesichter tauchten im Fenster ihres Ladens zwischen den Torten auf, wie aus Zucker gegossen oder aus Marzipan geformt.

Der Gryph hustete oder nieste. Jedenfalls schüttelte er sich kurz und scharrte mit einer seiner Krallen. Sein Reiter hielt ihn am kurzen Zügel. Hagetmau bewegte sich um ihn her wie ein Marktplatztreiben in einem langsamen Schreittanz des Misstrauens.

7

Für den Capitar Jerlo Angaszin war dies die entscheidende Stunde seiner ganzen Mission. Die eigentliche Übernahme des ihm zugewiesenen Dorfes.

Das Überqueren der Berge und das Bewegen im noch feindlichen Akitania war auch schon nicht ohne Gefahrenstellen gewesen – aber jetzt ging es ums Ganze. Vom Sattel seines Gryphen aus versuchte er, alles im Auge zu behalten, und er wusste, dass sein Unteroffizier Santag Freconvil, auf den er sich voll und ganz verlassen konnte, desgleichen tat.

Wie näherten sich die Hagetmauer? Waren sie eher wütend oder arglos? Entschlossen oder neugierig? Rotteten sich welche im Hintergrund zusammen? Was taugte ihre Bewaffnung? Nahmen sie Schilde oder Behelfsschilde wie zum Beispiel einen Schemel zur Hand, um sich besser verteidigen zu können?

Ganz besonders wichtig: Gingen auf Dächern oder dem Tempelturm Bogenschützen oder Speerwerfer oder Steineschleuderer in Stellung?

Nichts dergleichen.

Schon von der Brücke aus hatte er den Tempelturm mit der Glocke gesehen. Und die Dächer.

Die Dorfabordnung an der Brücke hatte vollkommen harmlos gewirkt. Keine wettergegerbte Bauernwehr, im Kämpfen erfahren und aufeinander eingespielt. Sondern eine bunte Horde Zivilisten, also lauter Einzelpersonen. Eine Gruppe, die unter Druck in eigenständig Flüchtende zerfallen würde. Sogar Kinder waren dabei gewesen. Mädchen.

Auch jetzt, in der Mitte des Dorfes, sah er einhundert, zweihundert, schließlich dreihundert Dörfler sich versammeln und durcheinander wimmeln wie Hühner auf einer Freifläche, aber niemanden, der ihm ein Gefahrenpotenzial darzustellen schien. Einer der Männer hatte ein nicht unbeachtliches, gesägtes Schwert in der Hand, aber es war offensichtlich ein Erbstück, der Mann hatte keine Ahnung, wie man es auch nur richtig in die Hand nahm.

Eindrücklich gewarnt worden waren sie vor den magisch begabten Semanen. Und vor den Byrghern und Byrgherinnen mit ihren apfelroten Schädelmarkierungen, weil diese oftmals ebenfalls magische Fähigkeiten besaßen oder sogar richtige Semanen waren.

Abelion. Der uralte Gott der Äpfel. Seine trutzigen Tempel, hier sogar mit einem Turm.

Magie.

In früheren Kriegen hatten die Akitanier Semanen aufgeboten, die mit einem Ruck ihrer Hände ganze Reitereien zu Fall bringen konnten.

Diese beiden hier aber sahen harmlos genug aus. Die Byrgherin war schon so alt, dass sie kaum noch schnell gehen konnte. Und der wildledergekleidete Dorfsemane neben ihr, mit den langen, schütteren grauen Haaren, den Pulverbeutelchen um den Hals und am Gurt und den dicken Augengläsern wirkte trotz seiner blühenden Gesichtsfarbe kaum weniger hinfällig.

Dennoch sah Capitar Angaszin in ihm die größte Widrigkeit Hagetmaus. In seinen Pulvern mochte etwas sein, das blenden konnte, betäuben oder sogar lähmen. Schon kurz hinter der Brücke hatte er deshalb seinem Unteroffizier Freconvil die Anordnung gegeben, den Semanen unablässig im Auge zu behalten und ihn im Ernstfall mit einem Schlag sofort niederzustrecken. Der Semane war nur ein einzelner Mann, ein verhältnismäßig betagter noch dazu. Ihn zu überwältigen würde höchstwahrscheinlich jeglichen darüber hinausreichenden Aufruhr zum Erliegen bringen.

Capitar Angaszin musste beinahe ein Lächeln unterdrücken.

Er fragte sich, ob die anderen Capitars in den anderen Dörfern ebenso leichtes Spiel gehabt hatten. Oder ob einige seiner ärgsten Konkurrenten um eine Beförderung auf Widrigkeiten gestoßen waren, mit denen sie dann nur ungeschickt umzugehen wussten. Was sie im Rennen um die wirklich begehrten Posten – Posten, auf denen man sich nicht mehr wochenlang mit dreißig schwitzenden und murrenden Befehlsempfängern durch unwirtliche Einöden quälen musste – empfindlich zurückwerfen würde.

Hagetmau jedenfalls befand sich schon jetzt vollständig in seiner Hand.

Das Dorf war nur zu verschlafen, zu einfältig und zu arglos, um das bereits begriffen zu haben.

8

Er richtete sich im Sattel auf. Seine Stimme wurde so durchdringend, dass sie von einigen Häusern zerstreut widerhallte.

»Bewohner Hagetmaus! Ich bin Capitar Jerlo Angaszin vom Dritten Nafarroanischen Heer. Ich bringe euch frohe Botschaft: Mit dem heutigen Tag haben sich die Zeiten für immer zum Besseren geändert. Ganz Akitania gehört ab heute zu Nafarroa.«

Er ließ diese Worte, jedes Einzelne von ihnen eindrücklich betont, erst einmal wirken. Mehrere hundert Dörfler schauten zu ihm empor wie Schafe zu ihrem Hirten.

»Offiziell hat die akitanische Krone zu diesem Zeitpunkt noch nicht abgedankt. Aber es handelt sich nur noch um eine Frage von wenigen Tagen. Der nafarroanische Plan ist ein Ergebnis jahrelanger Erwägungen, Erkundigungen und

Verbesserungen. Schon jetzt gehört der gesamte Süden eures Landes uns. Auch in all euren Nachbardörfern,« – er holte eine knittrige Karte aus seiner Brusttasche, entfaltete sie und las daraus vor – » in Doazit, Maylis, Cazalis, Momuy, Samadet und Urgons« – er sprach jeden dieser Namen falsch aus, aber die Hagetmauer verstanden dennoch, was gemeint war – »etablieren sich in dieser Stunde Truppen wie die meine und übernehmen sanft und fürsorglich das Kommando. Ihr braucht euch nicht im Geringsten zu ängstigen. Ihr braucht nicht um euer Leben oder Hab und Gut zu fürchten. Denn alles Entscheidende ist bereits geschehen. Wir sind hier, mitten auf eurem Marktplatz, und Hagetmau gehört jetzt uns. Kein einziger Tropfen Blut musste vergossen werden. So kann es auch bleiben, es liegt nur an euch.«

Er konnte sehen, wie die Erkenntnis in die langsamen Dörfler einsickerte. Wie trockene Schwämme kamen sie ihm vor, die nun aufquollen und ein wenig sogar von Licht erfüllt wurden im Akt des Begreifens.

»Ja, ihr seid jetzt, von diesem bedeutsamen Augenblick an, Nafarroaner! Akitania wird sicherlich seinen Namen behalten dürfen, als Verwaltungsdistrikt Nafarroas. Auch eure Dörfer werden ihre Namen behalten, die eurer eigenen, von uns mit Respekt bedachten Kultur entspringen. Akitania wird in sieben neue Regionen gegliedert, jede einzelne davon einem unserer sieben Heere unterstellt. Aber für euch, für euch einfache, brave Menschen, wird sich im Grunde genommen überhaupt nichts ändern. Ihr werdet weiterhin einen Zehnten entrichten, nur eben nicht mehr an eine fragwürdige und schwächliche Greisenversammlung, die sich anmaßend *die Krone* nennt, sondern an die wunderschöne und junge Königin Nafarroas, Belanca. Der Zehnte wird sich nicht erhöhen. Nicht wie unter eurer alten und brüchigen *Krone*, wo er sich alle paar Jahre in immer drückendere Höhen schraubte. Ihr werdet weiterhin eurem Tagwerk nachgehen, als hätte sich überhaupt nichts verändert. Nur dass ihr jetzt nicht mehr bloß das unentschlossene und leicht einzunehmende Akitania seid, sondern ein Teil des starken und durchsetzungsbegabten Nafarroas, was euch auch gegen etwaige Feinde aus dem Osten oder gegenüber welchen, die über das Meer kommen mögen, wichtige Vorteile verschaffen wird.

Meine Männer werden hier in Hagetmau Quartier beziehen, um sicherzustellen, dass alles in geordneten Bahnen verläuft. Schon nach zwei Monaten etwa werden wir unsere Besatzungsstärke um die Hälfte reduzieren können. Unsere Präsenz in eurem Alltag wird sich also sichtlich verringern. Nach zwei weiteren Monaten werden wir voraussichtlich nur noch fünf Mann hier stationieren müssen. Um euch Hilfe anzubieten. Um euch eine Dorfwache zu sein, die euch in allen euren Anliegen unterstützen wird. Und binnen eines halben Jahres, wenn alles ruhig geblieben ist, wenn ihr euch als gute, mitarbeitende und mitdenkende Nafarroaner erwiesen habt, werden wir nur noch Soldaren hier zurücklassen, wenn ihr uns ausdrücklich darum ersucht, etwa weil ihr diese Annehmlichkeit des Schutzes und der Kompetenz inzwischen zu schätzen gelernt haben werdet.

Ich werde mit eurer Byrgherin sämtliche kleinteilige Fragen erörtern. Gemeinsam werden wir euch über alles unterrichten, was für euch neu sein wird. Aber wie gesagt, eigentlich wird sich so gut wie gar nichts ändern. Ihr werdet weiterhin Handel treiben mit euren Nachbarn, denn auch eure Nachbarn sind jetzt ein Teil der großen nafarroanischen Familie. Nafarroa fordert nichts von euch. Ihr müsst nicht mehr oder härter arbeiten. Ihr müsst nicht entbehren. Ihr bekommt nur geboten. Unsere starke Hand, die jetzt über euch wacht und nun die eure ist. Dies ist ein Tag der Freude. Sowohl für euch als auch für uns. Weil anstatt des bisherigen *ihr* und *uns* von jetzt an ein *wir* gebildet wird. Weil endlich zusammengewachsen ist, was sich jahrhundertelang ganz unnötig und für beide Seiten nachteilhaft beharkt hat. Gibt es Fragen?«

Er stellte dieses »Gibt es Fragen?« ganz ruhig, ganz selbstverständlich in den offenen Raum des Marktplatzes, so wie einer, der gerade die Tagesordnung des nächsten Dorffestes durchgegangen war.

Die Hagetmauer wirkten wie vor den Kopf geschlagen. Einige gafften mit offenen Mündern, vollständig unfähig, das eben Gehörte zu verarbeiten.

Aber es hatte keine Kämpfe gegeben. Das zumindest leuchtete allen ein. Wenn dies ein Krieg war und dieser Krieg verlorengegangen war, dann war dies der glimpflichste, der unbemerkteste, der angenehmste Krieg aller Zeiten gewesen.

»Was ist mit der Byrgherin?«, wagte Hernyet, die Lehrerin, zu fragen. »Ist Rauthne weiterhin unsere Byrgherin?«

»Selbstverständlich bleibt Rauthne weiterhin eure Byrgherin. Mit ihr werde ich die wenigen Dinge durchgehen und beraten, die getan werden müssen. Ich freue mich auf diese Zusammenarbeit. Auf diese Herausforderung.«

»Und unsere Religion?«, fragte Mardein, der Semane.

Das war in der Tat ein heikleres Thema.

Der Capitar versuchte sich an einem beruhigenden Lächeln. »Unsere großzügige Königin sieht keinen Sinn darin, die ihr unterstellten Provinzen an ihrer ureigensten Glaubensausübung zu hindern. Ihr werdet euren Abeliontempel behalten dürfen. Im Laufe der Zeit jedoch wird sicherlich auch noch ein Tempel der Königin hinzukommen, die in weiten Teilen Nafarroas als leibhaftige Göttin verehrt wird. Ihr werdet wählen können. Wenn ihr erst einmal erfahren habt, welche Wohltat es ist, unter Belancas schützender Hand zu leben, werdet ihr verstehen lernen, weshalb sie jeder erdenklichen Ehrbezeugung, selbst der Anbetung, mehr als würdig ist.« Das hatte er schön gesagt, fand er selbst. Dass einige seiner Soldaren unwillkürlich nickten, bestätigte ihn in dieser Einschätzung.

»Und warum?«, fragte Varlie.

Der Capitar wandte sich ihr zu, lehnte sich nach vorne. »Warum was?«

Ihr Vater versuchte nach Varlie zu fassen, um sie mundtot zu machen, aber sie entzog sich ihm mit einer heftigen Gebärde. »Warum das alles? Uns wurde kein Krieg erklärt. Warum marschiert Nafarroa einfach bei uns ein und besetzt uns?«

Der Capitar versuchte sich wieder an einem Lächeln. Es fühlte sich an, als würde er sich mit einem zu stumpfen Messer rasieren. Überhaupt musste er sich mehreres merken: *Ich muss die Aufrührerischsten, die Unbequemsten isolieren und zum Verstummen bringen. Dann habe ich alles unter Kontrolle. Dieses Mädchen. Den Kerl mit dem Schwert. Am besten auch den Semanen. Er wirkt harmlos, aber die Stärke seiner Magie ist nicht einschätzbar. Das ist ein unnötiges Risiko. Nach ein paar Tagen wird jeder Widerstand gebrochen sein. Auftrag ausgeführt. Der nächste Auftrag bitte.*

»Weil es eben kein Krieg ist, mein Mädchen. Es handelt sich um eine Übernahme. Eine Übernahme zum beiderseitigen Nutzen.«

In der Menge der Dörfler entstand ein Murmeln, ein Grummeln. Etwas Unzufriedenes. Am Anfang waren sie vielleicht noch überrumpelt gewesen. Jetzt regte sich Unwillen.

Capitar Angaszin richtete sich wieder ganz auf, zog auch den umherwitternden Kopf des Gryphen an den Zügeln sanft in die Höhe. »Oder wäre euch ein Krieg lieber gewesen? Ich ganz persönlich bin der Ansicht, dass so eine Übernahme für alle Beteiligten besser ist. Ihr müsst nicht um eure Männer und Söhne trauern. Eure Dörfer bleiben intakt, euer Vieh kann wie bisher genutzt werden. Wir machen uns nicht unsere Ausrüstung schmutzig und schartig. Wir einigen uns wie

Erwachsene.« Mit diesem Begriff erteilte er besonders dem fragenden Mädchen einen Verweis. »Ich will euch nicht verhehlen, dass man mir bei der Übernahme dieses Dorfes freie Hand gelassen hat. Sämtliche Capitare haben bei ihren Dörfern freie Hand bekommen. Es gibt womöglich welche, die legen erst einmal Feuer, legen in Ketten, legen Hand an Frauen, Hab und Gut. Mit mir habt ihr es aber gut getroffen. Ich verabscheue Komplikationen. Ich werde auf euch achtgeben, bis alles geregelt ist und in geordneten Bahnen verläuft. In einem halben Jahr seid ihr mich los, denn ich und meine Männer genießen dann das süße Leben in eurer Hauptstadt.« Seine Männer konnte sich das Grinsen nicht verkneifen. Er lächelte ebenfalls bei diesem äußerst angenehmen Gedanken. Hagetmau, was für ein nichtssagendes Loch inmitten von nach Gülle stinkenden Feldern! Die Hauptstadt Akitanias jedoch, Pararis, bestand aus silbernen Kuppeln und juwelenbesetzten Türmen, so erzählte man sich. Die betörendsten Frauen der bekannten Welt gab es dort!

»Fünf von euch will ich in den kommenden Stunden an meiner Seite haben. Die Byrgherin, den Semanen, dich« – er deutete auf Varlie –, »dich« – er deutete auf ihren Vater, der so bleich wurde, wie Varlie ihn noch nie zuvor gesehen hatte – »und dich«. Er deutete auf irgendjemanden. Um zu demonstrieren, dass er auch durchaus willkürlich vorgehen konnte, griff er sich einfach irgendeinen aus der Menge heraus, der sich bislang weder zu Wort gemeldet hatte noch sonstwie aufgefallen war. Ein Junge in Varlies Alter. Sein Name war Sinion. Er war so dünn, dass er, wenn er seitlich stand, kaum einen Schatten warf, und hatte ein längliches, melancholisches Gesicht. Seine Augen waren sehr groß und sehr hell und an den Seiten leicht abwärts gerichtet, so dass er einen immer fragend, staunend und ein wenig traurig anzublicken schien. Sinion erbleichte beinahe ebenso wie Varlies Vater. Weil er sich nichts hatte zuschulden kommen lassen. Weil er überhaupt noch niemals in seinem ganzen Leben etwas angestellt hatte, das ihm eine besondere Beachtung eingebracht hätte. Er war so schüchtern, dass er furchtbar stotterte, sobald er nur den Mund aufmachte. Und jetzt wurde er von den Besatzern als einer der Unruheherde dieses Dorfes dingfest gemacht!

»Meinen Vater braucht Ihr nicht festzusetzen, Capitar«, sagte Varlie mit beinahe so etwas wie Hohn in der Stimme. »Er kann mit dem Schwert nicht im Mindesten umgehen. Er hat es mir nur aus der Hand genommen, weil er nicht wollte, dass ich damit etwas anstelle.«

»Aha. Dann bist du also die Schwertträgerin dieses Dorfes?«

»Kann man so sagen, ja. Durchaus.«

Angaszin lächelte, in Gedanken noch – oder schon – halb in Pararis. »Wir werden noch Gelegenheit haben, uns näher kennenzulernen. Ihr Leute könnte euch jetzt zerstreuen. Geht eurem Tagwerk nach, steckt eure Köpfe zusammen, beratet euch, tauscht euch aus, was immer euch behagt. Ich werde meine Männer an allen strategisch wichtigen Punkten des Dorfes positionieren. Unser Hauptquartier wird eure Ratshalle sein, ich sehe, dass dort am ehesten Platz ist für dreißig Mann. Meinen Gryph werde ich in einem Stall unterstellen, der von Pferden geräumt wird. Wir kümmern uns darum. Ansonsten würde ich vorschlagen, dass wir morgen Mittag hier auf dem Marktplatz eine weitere Dorfversammlung abhalten, damit die Byrgherin und ich euch gemeinsam über alle weiteren Schritte unterrichten und alle eure Fragen beantworten können. Und, ach ja, fast hätte ich vergessen, es noch einmal ausdrücklich zu erwähnen: Selbstverständlich seid ihr keine Gefangenen. Ihr könnt Hagetmau verlassen, wann immer es euch beliebt, und in jeder erdenklichen Richtung. Aber täuscht euch nicht über die Gegebenheiten: Jedes Dorf im Umkreis sowie das gesamte Land südlich von hier befindet sich ebenso wie dieses fest in nafarroanischer Hand, und mit jeder verstreichenden Stunde rücken unsere Heere weiter nach Norden vor und treiben die Übernahme voran. Also wohin auch immer ihr euch wenden wollt: Es wird nirgends anders sein als hier. Und an einigen … unvernünftigeren Orten wird es womöglich sogar deutlich weniger gemütlich zugehen als in Hagetmau. Also lebt wie bisher euer Leben und erfreut euch an der neugewonnenen Gunst einer wirklichen Königin.«

Er ließ einen Blick über die Menge schweifen, der wie eine Sense war. Oder wie ein Hieb mit seiner Säbelhelmbarte. Die Leute duckten sich darunter weg, um nicht auch noch den Unglücklichen zugeordnet zu werden, die als Druckmittel festgenommen wurden.

Denn nichts anderes waren die Byrgherin, der Semane, Varlie, ihr Vater Erac und Sinion als Geiseln.

So wie ganz Hagetmau und sämtliche übrigen Ortschaften im Süden nun als Geiseln genommen waren, um die akitanische Hauptstadt Pararis desto leichter in die Knie zwingen zu können.

9

Die Menge verlief sich murmelnd, aber fügsam. Schleppenden Schrittes. Unsicher.

Rauthne blickte sich um, ob Tautun inzwischen irgendwo aufgetaucht war. Er allein hätte jetzt alles noch durch eine unbedachte Aktion des Protestes wieder in größere Unruhe stürzen können. Aber sie sah ihn weiterhin nirgends. Ihr Sohn Baresin dagegen nickte ihr durch die Menge hindurch aufmunternd zu, als wollte er ihr sagen: »Das wird schon alles gut ausgehen, Mutter. Der Capitar scheint doch ein vernünftiger Mensch zu sein.«

Nichtsdestotrotz fühlte sie sich wie geohrfeigt.

Alles war nun verändert. Ihr Rang als Byrgherin nur noch eine Nostalgie. Die vormals gewichtige Robe des Unter den Menschen Ausgezeichnetseins nur noch ein hohler Mantel. Die wahre Bestimmungsvollmacht ging nun von einem ortsfremden Offizier aus.

Sie machte sich große Sorgen. Der Capitar beging in ihren Augen einen Fehler, dessen Folgen er nicht so ohne Weiteres überschauen konnte. Sie beabsichtigte, ihn darauf hinzuweisen, und näherte sich gegen die Strömung der den Platz verlassenden Hagetmauer dem Gryph.

»Capitar? Capitar!«

»Byrgherin?«

»Ich möchte Euer Vorgehen nicht über Gebühr kritisieren, sicherlich wisst Ihr genau, was Ihr tut. Aber haltet Ihr es wirklich für klug, mich und den Semanen von den Menschen fernzuhalten? Wir sind doch genau jene, die mäßigend auf die Leute einwirken können, möglicherweise auch als Euer Sprachrohr. Wenn Ihr uns entfernt, wird das Dorf eher ein Aufkeimen von Beunruhigung erfahren. Von Kopflosigkeit. Die Gefahr von Schwierigkeiten wird dadurch zunehmen.«

Angaszin hörte sich das geduldig an. »Ich verstehe, was Ihr meint. Und freue mich, dass Ihr mitdenkt. Aber Ihr könnt beruhigt sein. Ich will Euch nicht für lange dem Dorfgeschehen entziehen. Nur für ein paar Stunden, für die Dauer einer eingehenderen Beratung. Dann könnt Ihr wieder Byrgherin sein. Selbstverständlich mir gegenüber weisungsgebunden.«

Sie nickte, war aber kaum beruhigt. Gerade die ersten Stunden konnten so sehr entscheidend sein. Gerade in diesen ersten Stunden wollte sie ihren Leuten beistehen können.

Deutlicher als jemals zuvor spürte sie jetzt auch ihr Alter. Niemals hatte sie damit gerechnet, vor ihrem Ausscheiden aus der Byrgherinnenwürde noch eine derartige – wie hatte Mardein es immer wieder genannt? – »Umwälzung« miterleben und mitgestalten zu müssen. Sie sehnte sich danach, einfach nur schlafen zu gehen. Dann aufzuwachen und festzustellen, dass der Auftritt der Nafarroaner lediglich ein böser Traum gewesen war.

Die Soldaren verteilten sich nun. Vier von ihnen blieben auf dem Marktplatz zurück, wie um beständige Präsenz zu zeigen. Einer ging dorthin, wo vorher der junge Pellit gewesen war: auf den Tempelturm, um einen Überblick zu bekommen über das gesamte Dorf. Drei weitere kümmerten sich um die Unterbringung des Gryphen, von dem der Capitar jetzt abstiegen war. Vier gingen zur Brücke, um diesen wichtigen Punkt Hagetmaus abzusichern. Die restlichen siebzehn eskortierten ihren Capitar und die fünf von den anderen isolierten Hagetmauer zur Ratshalle, wo sie Quartier beziehen wollten.

Das war nur im großen Versammlungssaal möglich, in dem normalerweise alle zwei Wochen die Neuigkeiten Akitanias verhandelt wurden. Die Dekrete der Krone. »Niemals wieder«, dachte Rauthne bitter. In wenigen Stunden oder wenigen Tagen würde es die Krone nicht mehr geben. Sie würde durch eine andere ersetzt werden, durch eine, die auf dem Kopf einer einzigen viel zu jungen Frau saß, anstatt von einem Gremium weiser Frauen und Männer gebildet zu werden. Deswegen war Akitania ein friedliches Land gewesen, und Nafarroa ein kriegerisches. Das sich nun das friedliche einverleibt hatte.

Der Saal, mit dunklen Holzdielen ausgelegt, die Wände verziert mit Stickereien, die einige der berühmtesten akitanischen Legenden zeigten – wie der starke Jyl einen Brunnen mit bloßen Händen aushob, wie der tapfere und listige Dmon den doppelköpfigen Menschenfresser niederwarf und mit dessen eigenen Haaren erdrosselte, wie die reiche und eitle

Oncu sich in einem Labyrinth aus Spiegeln verfing, wie die schöne Avma einem Sturmsemanen so den Kopf verdrehte, dass das Wetter ewig sonnig blieb –, diente bei unfreundlicher Witterung und im Winter auch als Tanzplatz. *Vorbei,* dachte Rauthne. Hier würden jetzt Soldaren schlafen und niemand mehr zu tanzen wagen. Erst in der Zukunft, wenn sie wieder abgezogen waren, in ein anderes Land, um sich auch dieses anzueignen.

Das alles fühlte sich so falsch an. Es schmerzte nicht wie ein Stich oder eine reißende Wunde, es war eher wie ein dröhnend ungutes Ziehen in Bauch und Kopf. Eine insgesamte Schieflage der Welt, auf der man jetzt dennoch behutsam zu gehen lernen musste.

Die Soldaren richteten sich ein, so gut das anfangs möglich war. Im einfallenden Licht der bis zur Decke reichenden Fenster sortierten sie mit Bast bespannte Stühle zu schmalen Schlafgelegenheiten, Tische zu etwas breiteren. Decken wurden gebraucht. Kissen. Hagetmau konnte sicherlich einiges entbehren. In den Wäschetruhen etlicher Häuser lagerte Altes, schon lange nicht mehr Benutztes.

Die Versorgung mit Nahrung wäre schon ein größeres Problem. Dreißig zusätzliche hungrige Mäuler. Capitar Angaszin nahm Varlies Vater die *Säge* ab und spielte an den Zähnen dieser Waffe herum, als er sich mit seinem Unteroffizier Freconvil und den fünf Hagetmauern auf Stühlen im Kreis setzte.

»Selbstverständlich wird es zu Anfang nicht einfach sein, dreißig zusätzliche Männer zu ernähren. Aber ich kann mir gut vorstellen, dass die Königin, um diese ungewöhnliche Belastung wissend, den Zehnten in diesen Monaten niedriger ansetzen wird. Es wird also alles gerecht zugehen. Niemand strebt hungernde und unzufriedene Dörfer an. Wenn wir dann erst einmal abgezogen sein werden, nach und nach, um anderen und dringlicheren Aufgaben zugeteilt zu werden, wird eure Belastung sinken, und der Zehnte kann wieder steigen.« Er duzte die Dorfbewohner weiterhin, während sie ihn ehrerbietig ansprechen mussten. Die Machtverhältnisse waren auch diesbezüglich eindeutig geklärt.

Varlies Vater Erac bemühte sich, auf seine Tochter den Eindruck zu machen, sie bräuchte sich nicht zu sorgen, denn er würde auf sie achtgeben. In Wirklichkeit hatte er viel mehr Angst als sie. Sinion hatte sogar noch mehr Angst als Erac, er wirkte, als erwartete er, gleich hingerichtet zu werden. Varlie starrte allen Soldaren, die sie lüstern betrachteten, trotzig entgegen, als wollte sie sagen: »Trau dich nur, du wirst ja sehen, was dann passiert.« Mardein, der Semane, verhielt sich anders als sonst, nicht so schläfrig. Er verfolgte sehr aufmerksam jedes Detail, blieb aber äußerst schweigsam.

Auf Rauthnes Schultern ruhte die hauptsächliche Last. Sie erklärte dem Capitar die Gegebenheiten des Dorfes. Die beiden Brunnen, die einzige Brücke, das Gelände ringsum, die verstreut liegenden Gehöfte außerhalb des Dorfes, die aber nichtsdestotrotz zu Hagetmau gehörten, die Schenke, der Tortenmacherladen, die Geschmeideschmiede, die beiden Ställe, das kleine Schulgebäude für die Kinder, das Geschäft der Kleidermacherin, die Stellmacherwerkstatt mit dem an der Fassade hängenden Rad, das Haus der zwei Heberinnen, der Monatsmarkt, der in acht Tagen wieder anstand.

»Ich sehe keinen Grund, warum der Markt dieses Mal ausfallen sollte«, sagte der Capitar guter Dinge. »Die Händler sollen ihr Gewerbe weiter ausüben können. Ihr seid jetzt alle Nafarroaner, und wir Nafarroaner wissen genauso gut, Handel zu treiben und Feste zu feiern wie die Akitanier.«

»Wwwwir sind jetzt … beides, oder?«, wagte Sinion schüchtern zu fragen.

»Beides?«, fragte der Capitar nach, indem er sich vorlehnte und weiterhin mit den Fingern an den Zähnen der *Säge* kleine zupfende Geräusche machte.

»Na... Na... Nafarroaner und Aki... tanier. Akitania als ... als Unterprovinz Nafarroas.«

»Ja, das ist richtig. Ihr seid jetzt Nafarroaner, bleibt aber innerhalb Nafarroas durchaus Akitanier. Warum denn auch nicht? Wir sind doch alle Freunde. Niemand braucht sich für irgendetwas zu schämen.«

Diese Worte behagten Rauthne überhaupt nicht. Sie schienen harmlos zu sein, ließen aber auch die Möglichkeit zu Übergriffen anklingen. Übergriffe auf Frauen. *Niemand braucht sich für irgendetwas zu schämen.* Sie wollte das ansprechen, aber andererseits auch keine schlafenden Hunde wecken. Stattdessen erging sie sich weiterhin in Alltagskleinigkeiten, erklärte dem Capitar auch, dass, wenn Hagetmauer vom *Hafen* sprachen, sie den Marktplatz meinten. Er nickte zu allem. Auch sein Unteroffizier hörte aufmerksam zu und machte sich sogar Notizen.

»Wenn ich Euch einen Rat geben darf, Capitar«, wagte Rauthne sich dann vor, »lasst den Tempel und die Apfelbäume unangetastet. Es sind Heiligtümer, besonders die Bäume.«

Capitar Angaszin lachte kehlig. »Auch in Nafarroa haut man einen Apfelbaum nicht einfach um, wenn er noch gute Früchte tragen kann. Diese Früchte darf man doch ernten, oder ist das etwa ebenfalls verboten?«

»Selbstverständlich ernten und genießen wir die Äpfel. Sie bringen uns unserem Gott näher.«

»Ja, was durch den Magen geht, verbindet. Sehr klug. Ich freue mich schon auf Apfelkuchen. Der eine oder andere meiner Soldaren mag ein köstliches nafarroanisches Rezept beizusteuern haben.«

Rauthne deutete eine zustimmende Verneigung an.

Als Nächstes sprach der Capitar Varlies Vater direkt an. Der erschrak.

»Du da, wie ist eigentlich dein Name?«

»Erac, Herr«, sagte der Vater beinahe etwas zu unterwürfig.

»Klebt an dieser Sägeklinge nafarroanisches Blut, was meinst du? Das Ding ist so alt, das könnte gut aus einem der letzten Kriege zwischen unseren Ländern stammen.«

»Das … das weiß ich nicht genau«, log Erac. »Die Waffe stammt aus der Familie meiner Frau, ich selbst habe ihren ursprünglichen Besitzer, den Großvater meiner Frau, nie kennengelernt, er war schon nicht mehr am Leben, als meine Frau und ich, also meine damals zukünftige Frau und ich uns begegneten.«

»Aber ich weiß es«, mischte Varlie sich ein.

»Du, Mädchen? Wie kannst du deinen Urgroßvater kennengelernt haben, wenn er schon nicht mehr lebte, als deine Eltern sich begegneten?«

»Meine Mutter hat mir von ihm erzählt. Es steht ganz außer Zweifel, dass diese Waffe sich langsam durch nafarroanische Eingeweide gefressen hat, und das viele, viele Male.«

Es wurde so still in dem riesigen Saal, dass man von ganz hinten das Quietschen eines gerade gewienert werdenden Soldarenstiefels hören konnte.

»Sieh mal einer an«, sagte der Capitar, und betrachtete die *Säge* wie mit neuen Augen. »Stell dir vor, dein Urgroßvater hätte damit meinen Großvater in zwei Hälften gesägt. Mein Großvater mütterlicherseits kam nämlich in einem Grenzscharmützel mit Südakitaniern ums Leben. So eine sinnlose Sache. Damit genau solche Narreteien sich nicht mehr ereignen können, werde ich diese Waffe beschlagnahmen. Sie hat ausgedient.«

Rauthne musste sich eingestehen, dass sie nun ein wenig beeindruckt war von dem nafarroanischen Offizier. Immerhin hatte er sich nicht im Mindesten von Varlie provozieren lassen. Vielleicht hatte Hagetmau tatsächlich Glück im Unglück gehabt, wenigstens nicht von einem aufbrausenden Prahlhans besetzt und kommandiert zu werden, sondern von jemandem, der seine Machtbefugnisse eher ruhig und sachlich verwaltete.

Gleichzeitig kamen ihr aber auch wieder Zweifel. Durfte sie sich als Byrgherin denn überhaupt so schnell abfinden mit den neuen Verhältnissen? War es nicht ihre von Abelion verliehene Pflicht, ihre Dorfbewohner vor Übergriffen aus Nafarroa zu bewahren? Dienten nicht die Schutzschnörkel an ihren Schläfen genau dazu: ihr mehr Kraft zu verleihen, um sich Widrigkeiten entgegenstellen zu können? Um ihre Robe des Unter den Menschen Ausgezeichnetseins als mütterliche Zuflucht zu behaupten, in deren Falten sich die zu ihr aufblickenden, einfachen Menschen geborgen fühlen durften?

Aber wie gelähmt war sie. Wie überrollt von den Ereignissen. Dreißig Mann in Harnischen. Und ein Gryph. Und überall in allen anderen Dörfern ringsum: ebenfalls jeweils dreißig Mann und ein Gryph.

Diese Soldaren waren den Dörflern gegenüber zwar klar in der Unterzahl – aber wer konnte sich ihnen denn entgegenstellen? In jedem Dorf gab es höchstens ein, zwei, drei Leute, die womöglich eine Waffe zu handhaben wussten. In Hagetmau sicherlich Tautun, vielleicht der Wirt Folster, vielleicht Varlie, falls sie heimlich mit der *Säge* geübt hatte. Aber diese ein, zwei, drei Leute waren gegenüber dreißig erfahrenen Soldaren hoffnungslos unterlegen.

Der Capitar hatte recht: Falls Blut flösse, würde es sinnlos fließen. Nicht das Geringste würde sich an den neuen Verhältnissen ändern. Außer, dass der Schmerz und die Trauer sich erhöhten.

»An wen wendet man sich eigentlich in Hagetmau«, fragte der Capitar, der ganz anderen Gedanken nachging, »wenn man krank ist?«

»An mich«, sagte Mardein.

»Ist das so? Bist du also ein Semane der Medizinen?«

Jetzt war es Mardein, der sich nicht sticheln ließ. »Eigentlich ein Semane des Feuers. Aber das ist nur die Gabe, die Abelion mir verliehen hat. Womit ich mich aber darüber hinaus aus eigenem Willen noch befasse, ist, den Menschen zu helfen, denen es nicht gut geht.«

»Mit Magie?«

»Nur manchmal. Gelegentlich hilft ihnen eine gewisse Wärme, die zu erzeugen ich in der Lage bin.«

Der Capitar wechselte einen Blick mit seinem Unteroffizier, der eifrig mitschrieb. Er legte die *Säge* nun weg, als störte sie ihn in seiner Konzentration. »Wie hat man sich das vorzustellen? In Nafarroa erzählt man sich Wunderdinge über die akitanischen Semanen. Man behauptet, dass einige von euch sogar über seherische Fähigkeiten verfügen?«

»Ich habe nicht vorausgesehen, dass Hagetmau heute nafarroanisch wird, insofern kann es um meine seherischen Fähigkeiten nicht allzu gut bestellt sein.« Mardein lächelte fein bei diesen Sätzen, der Capitar lächelte zurück. Es war ein sehr höfliches Duell, in dem sie sich jetzt miteinander maßen.

Rauthne staunte. Normalerweise bauschte Mardein seine Weissagungen bis zur Peinlichkeit auf, ließ nichts unversucht, sich als so prophetisch wie möglich darzustellen. Dem Nafarroaner gegenüber aber schlug er eine andere Taktik ein und spielte seine Begabung eher herunter. Um noch etwas in der Hinterhand zu halten? Weil er sich eben noch nicht damit abgefunden hatte, dass die Dinge nun für immer so bleiben würden, wie diese Soldaren und ihre ferne Königin sich das vorstellten?

»Also was kannst du? Feuer machen? Feuerbälle formen und schleudern?«

Mardein schwieg kurz. Dann begann er zu antworten: »Es ist schwierig zu erklären. Ich kann nicht einfach…« – doch der Capitar unterbrach ihn mit erhobener Hand.

»Natürlich würdest du Letzteres nicht mir gegenüber zugeben, denn damit würdest du dich als mögliche Gefahr für meine Männer darstellen und müsstest fürchten, dass ich dich einfach nur zur Vorsicht ruhigstelle. *Endgültig* ruhigstelle, denn dazu habe ich sowohl die nötigen Männer als auch die Befugnis. Aber du denkst nicht weit genug, Semane. Für uns seid ihr Akitanier keine Fremdlinge, die wir möglichst schwächen wollen, um euch desto besser niederhalten zu können. Ihr seid jetzt ebenfalls Nafarroaner. Und als Nafarroaner sind wir alle Verbündete. Wir streben an, dass die akitanischen Semanen ihre unbestreitbare Nützlichkeit fortan in den Dienst Nafarroas stellen. Dies ist sogar einer der ausdrücklichen Wünsche der Königin. Das neue, vereinte Nafarroa soll stärker und bedeutsamer werden, als es die uneinigen Länder Nafarroa und Akitania bislang jemals sein konnten. Deshalb sind die Semanen uns etwas wert. Das wiederum bedeutet, dass die Königin bereit ist, etwas zu tun, wozu eure bisherige Krone entweder nicht willens oder nicht in der Lage war, nämlich den Semanen eine besondere Stellung und auch ein besonderes Gehalt einzuräumen.«

»Je mehr ein Semane kann, desto höher werden seine Stellung und sein Gehalt sein?«, fragte Mardein, sein feines Lächeln niemals aufgebend.

»So ist es. So sollte es doch mit allem sein, nicht wahr?«

Jetzt war Rauthne gespannt: Würde Mardein sich nun anbiedern und sich verkaufen, oder würde er weiterhin etwas in der Hinterhand halten wollen? Es verblüffte sie selbst, aber nach all den Jahrzehnten, die sie ihn schon kannte, fühlte sie sich außerstande, sein Verhalten vorherzusehen. Das lag daran, dass sie beide noch niemals einer so außergewöhnlich komplizierten Situation wie der heutigen gegenübergestanden hatten.

»Es würde mich freuen, mich im neuen Nafarroa nützlich machen zu können«, sagte Mardein und deutete im Sitzen eine Verbeugung an. »Gerne auch mit Rang und Gehalt. Ich kann mit medizinischen Kenntnissen, der Erzeugung von

Feuer sogar mit nassem Holz, der Bekämpfung und Eindämmung von Bränden sowie wohliger Wärme im Winter dienen. Die Zukunft ist mir leider jedoch verschlossen, und als ich einmal versuchte, einen Feuerball auf eine tollwütige Rindenhyäne zu schleudern, habe ich mir nur beide Hände verbrannt.«

»Und die Rindenhyäne?«, hakte der Capitar nach.

»Lachte. Das Lachen von Rindenhyänen hat etwas sehr Einprägsames.«

»Na schön, wir werden ja sehen«, sagte der Capitar, und danach redeten sie weiter über die Gebäude und Bewohner Hagetmaus.

Rauthne erinnerte sich noch sehr gut an den Vorfall mit der Schaum geifernden Rindenhyäne, die aus dem Wald gekommen war. Mardein hatte danach wochenlang Verbände an beiden Händen tragen müssen.

Die Rindenhyäne jedoch war nicht nur in Flammen aufgegangen, sondern aus ihrem Inneren heraus von einem hellen, knallenden Blitz zersprengt worden.

10

Der Abend senkte sich.

In den Häusern Hagetmaus herrschten hitzige Diskussionen oder eisiges Schweigen. Hinter Vorhängen hervor lugte man nach draußen. Von fast überall im Dorf waren die an unterschiedlichen Punkten postierten feindlichen Soldaren zu sehen. Die Feinde, die wie Freunde taten.

Am meisten war man über die Festsetzung der fünf Dörfler entrüstet. Ihre Byrgherin. Ihr Semane. Erac und eine seiner Töchter, nur weil sie übermütig mit der *Säge* hantiert hatten. Und Sinion. Weshalb um alles in der Welt eigentlich ausgerechnet Sinion? Seine Mutter wollte in den Tempel laufen und wehklagen, aber sie traute sich nicht. Überall waren die Soldaren zu sehen.

Im Wirtshaus *Das schwarze Lamm* herrschte eine beklemmende Stimmung. Man hatte sich unter den dunkel bemalten Deckenbalken und zwischen den an der Wand hängenden Goldaugenhirschgeweihen versammelt, weil man sich eigentlich nur noch hier besprechen konnte, wenn es sowohl in der Ratshalle als auch auf dem Marktplatz bereits von Fremden wimmelte. Kaum jemand hatte Appetit, auf Bier nicht und auf Essen schon gar nicht. Baresin war anwesend, der gutaussehende Sohn der Byrgherin. Man wandte sich an ihn, als könnte er die Byrgherin in einer Situation wie dieser ersetzen, aber er hatte sich, obwohl er mit ziemlicher Wahrscheinlichkeit ihr Nachfolger werden würde, bislang noch nie sonderlich für ihre Aufgaben interessiert, stattdessen das Leben lieber leicht genommen. Mit einem peinlichen Schweißfilm auf der Oberlippe, der daher rührte, dass man so ungebührlich viel von ihm erwartete, saß er in einer Ecke und winkte schlaff ab, wenn man ihm irgendwelche Vorschläge unterbreitete. Irgendwann wurde es Folster, dem kräftigen und wuchtigen Wirt, zu bunt. Er knallte sein Handtuch auf den Schanktisch und sagte: »Ich biete mich jetzt im Austausch gegen unsere Byrgherin als Geisel an. Unser Dorf braucht jetzt seine Byrgherin nötiger als meine Schenke.« Doch seine Frau und sein Sohn konnten ihn davon abhalten. Ihr bestes Argument war: »Wer weiß, ob sie dich nicht dabehalten, ohne die Byrgherin freizulassen? Die können doch jetzt tun und lassen, was sie wollen. Wer will ihnen denn auf die Finger klopfen?«

Ja, wer? Wer?

In Hagetmau gab es keine akitanischen Soldaren. Die nächste nennenswerte Stationierung von Bewaffneten, die in diesem Bereich des Landes für die Aufrechterhaltung von Ruhe und Ordnung zuständig waren, befand sich in Banos, noch hinter Doazit und Maylis. Jedoch handelte es sich auch nur um zehn Mann. Selbst wenn Banos, das nördlich von Hagetmau lag, noch nicht von den von Süden her vordringenden Truppen Nafarroas besetzt worden sein sollte – was könnten zehn Mann gegen dreißig ausrichten? Es war aussichtslos.

Einige rangen die Hände.

Einige weinten sogar.

Einige steckten die Köpfe zusammen, ohne dass dabei etwas Handfestes herauskam.

Viele jedoch fanden sich ab.

Es war gekommen, wie es eben gekommen war.

Schon immer hatte man mit der Möglichkeit leben müssen, dass es eines Tages wieder Krieg gegen Nafarroa geben würde, dass dieser Krieg verloren gehen könnte, dass man die Heimat aufgeben musste. Eine ganz ferne, kaum noch als solche zu erkennende Furcht war das gewesen. Eine Ahnung, leichter als ein Unbehagen. Ein Arrangement mit der Wechselhaftigkeit des Schicksals. Der Unberechenbarkeit von Abelions Willen, selbst wenn man einen Semanen besaß, um diesen Willen zu erahnen. Man fand sich ab, so, wie man sich auch mit den Launen des Wetters abfand.

Aber nun war alles ganz anders abgelaufen. Kein Krieg. Kein Geschrei. Keine Toten oder Verwundeten. Einfach nur ein Einmarschieren und Inanspruchnehmen.

Die meisten fanden das empörend. Weil es anmaßend war. Weil es das akitanische Ehrgefühl untergrub. Aber wenn sie dann erst einmal darüber nachgedacht hatten, fanden sie es eigentlich annehmlicher, als wenn es vorher erst blutige Gemetzel gegeben hätte.

Vor allen Dingen war der Hagetmauer an sich nämlich ein praktisch denkender Mensch.

So musste nichts neu aufgebaut werden. Niemand war zu betrauern. Keine im fremden Land Vermissten. Keine Verstümmelten, die zwar heimkehrten, aber nicht mehr in der Lage waren, ihre Arbeit zu tun. Keine eigenen Truppen, die wie in früheren Jahrhunderten die Dörfer bis aufs Blut ausplünderten, um ihre Versorgungszüge aufzustocken. Auch ein eigenes Heer war für einen Bauern stets eine arge Belastung.

Die Vermeidung eines Krieges war weitaus billiger als jeder Krieg. Insofern hatten die Nafarroaner geradezu rücksichtsvollen Weitblick walten lassen.

So dachten zumindest die Männer.

Die Frauen dagegen waren nicht so leicht zu beruhigen. Sie konnten sich lebhaft vorstellen, was Soldaren brauchten, die fern der Heimat waren und dort die unumschränkte Macht ausübten. Wer sollte sie denn aufhalten? Würde ihr eigener Offizier, dieser Capitar, der immerhin ein besonnener Mann zu sein schien, sie überhaupt im Zaum zu halten vermögen, wenn nach einigen Tagen, spätestens einigen Wochen die Gier der dreißig Männer einfach überhand nahm?

»Wir sollten sie vergiften«, raunten einige der Frauen. »Wenn sie sich an unseren Vorräten vergreifen, sollten wir etwas beimengen, das sie krepieren lässt.«

»Wir sollten sie im Schlaf ermorden«, raunten andere. »Noch bevor es zu irgendwelchen Übergriffen kommt. Ihnen einfach allen im Schlaf die Kehlen durchschneiden.«

Aber die Männer traten diesem aus Furcht geborenen Blutdurst mit Tatsachen entgegen. Die Soldaren schliefen nie alle gleichzeitig. Die erste Einteilung ihres Offiziers hatte das schon deutlich gemacht. Zwölf standen Wache außerhalb ihres Quartiers, und nur achtzehn schliefen in der Ratshalle. Wenn überhaupt. Wenn nicht von denen auch noch mindestens drei Wache hielten.

Mit der Nahrung würden sie es sicherlich genauso halten. Sie mussten damit rechnen, dass die Akitanier dem Essen etwas untermischten. Also würden sie nicht alle zugleich essen. Sie würden fünf ihrer Männer vorkosten lassen. Nein, schlauer noch: Sie würden ihre fünf Hagetmauer Geiseln vorkosten lassen. Wenn sich bei denen dann auch nur das leiseste Unwohlsein zeigte, würden sie mit ihren nachtschwarzen Schnabelstreithämmern grässliche Vergeltung üben. Und die Hagetmauer Frauen würden letzten Endes niemand anderen als ihre eigene Byrgherin und ihren eigenen Semanen vergiftet haben.

Nein, so konnte man unmöglich vorgehen.

Lähmung machte sich breit. Die Lähmung der Ratlosigkeit. An wen konnte man sich wenden, wenn selbst Byrgherin und Semane schon in fremder Hand waren, wenn in der Nähe des Tempels sich Geharnischte herumtrieben, wenn die Krone kurz vorm Abdanken stand?

Einige erwähnten den Namen Tautun. Aber Tautun war nirgends zu finden. Er trieb sich ohnehin gerne im Nachbardorf Samadet herum, wo, wie er zu sagen pflegte, »die Küsse der Mädchen noch ein bisschen süßer schmeckten« als in Hagetmau, und blieb dann oft mehrere Tage fern. Wahrscheinlich hatte man ihn schon längst in Samadet festgesetzt, weil er sich dort bei der Übernahme durch die Nafarroaner unziemlich aufgeführt hatte. Außerdem: Was sollte ein einziger Hitzkopf schon gegen dreißig Gepanzerte ausrichten? Selbst wenn er ein Kurzschwert sein Eigen nannte – was war schon ein Kurzschwert gegen einen Schnabelstreithammer?

Aber sonst fiel niemandem etwas ein.

»Warum verbrennt Mardein sie nicht einfach alle?«, sagte jemand brummig. Das löste eine hitzige Diskussion darüber aus, wie groß Mardeins magische Fähigkeiten waren und was diese Fähigkeiten bei Weitem überstieg, was zu tun Mardeins Pflicht war und was zu tun die Lage nur noch verschlimmern würde.

Und Rauthne? Sie war beliebt, aber sie war alt. Sie sprach

mit der Weisheit Abelions, aber was nützte Weisheit gegen eine Streitmacht? Die Byrgherin fand gute, wohlgewählte Worte in Zeiten des Friedens, sie brachte ihren Dörflern schonend bei, was die Krone beschlossen hatte – aber in Zeiten des Krieges waren Worte annähernd wertlos.

Nun gingen wieder hitzige Diskussionen los darüber, ob man sich überhaupt in Zeiten des Krieges befand, denn es war ja kein Blut geflossen. Jedoch waren Geiseln genommen worden! Aber *waren* es denn wirklich Geiseln, oder saßen sie eigentlich nur im Kreis beieinander und berieten mit dem Capitar, wie es weitergehen würde?

Es war empörend, dass sie alle nun Nafarroaner sein sollten.

Aber war es wirklich *von Nachteil*? Für wen? Verdoppelte sich nicht genau genommen auf einen Schlag das Gebiet, mit dem man Handel treiben konnte? Bislang hatten Akitania und Nafarroa gemeinsamen Handel eher vermieden, woran natürlich auch die nur mühselig zu überwindenden Berge von Pyr ihren Anteil hatten. Aber nun konnte man zum Beispiel auf dem Seeweg miteinander Austausch treiben, denn nördlich und südlich der Berge war nun *ein* Land.

»Warum muss das Nafarroa sein? Kann es nicht Akitania sein?«, murrte wieder einer, und erneut gingen hitzige Diskussionen los.

Bis zum Dunkel der Nacht einigte man sich im Großen und Ganzen darauf, dass man abwarten sollte; dass Abelion seine Schützlinge nicht einfach einem überharten, ungerechten Schicksal aussetzen würde, denn die Apfelbäume um den Tempel herum trugen pralle Früchte, und das war gegen Ende des Sommers schon immer ein gutes, Hoffnung verheißendes Zeichen gewesen.

11

Im Haus von Erac und seiner Frau Naura glich das Abwarten einer Folter.

Der Ehemann fehlte bei Tisch, entführt und festgehalten von den feindlichen Besatzern. Die ältere und mannbarere der beiden Töchter fehlte bei Tisch, verschleppt von einer Rotte schmutziger Soldaren. Dass auch noch das Familienerbstück die *Säge* fehlte, fiel im Vergleich dazu schon gar nicht mehr ins Gewicht.

Nendlèces Mutter Naura stand vollkommen neben sich. Erst tischte sie auf für vier, als ob nichts geschehen wäre, und als ob Erac und Varlie jeden Augenblick zur Tür hereinspaziert kommen könnten. Dann brachte sie zwei Gedecke weg, um kein Unheil anzuziehen. Dann nahm sie Nendlèce unterm Mund das Essen weg und schrie, Nendlèce sei an allem schuld, denn Nendlèce hätte die feindlichen Unholde zuerst entdeckt und womöglich deren Aufmerksamkeit überhaupt erst auf Hagetmau gelenkt. Das tat ihr dann kurze Zeit später wieder furchtbar leid, sie weinte und zwang Nendlèce zum Essen, denn »wenigstens eine in der Familie müsse stark bleiben«, während sie selbst feierlich schwor, »keinen Bissen mehr anzurühren«, bis Erac und Varlie wieder wohlbehalten zu Hause wären. »Ob die beiden denn überhaupt zu essen bekommen?« Dann, nach einer längeren Pause: »Oder was meinst du, könnte es sein, dass die Nafarroaner … *Menschenfresser* sind?«

Es war nicht zum Aushalten. Nendlèce, die ohnehin keinen Appetit hatte, sprang vom Abendbrottisch auf, sagte, sie ginge die Lage auskundschaften, wehrte das Festkrallen ihrer Mutter geradezu mit Gewalt ab und schlüpfte nach draußen. Die Luft roch so viel besser außerhalb des Hauses, war nicht so erdrückend tränen- und speisenversalzen.

Hagetmau lag still. Man konnte sich durchaus der Täuschung hingeben, alles wäre wie immer und niemand in Gefahr.

Ganz unwillkürlich lenkten ihre Schritte sie in Richtung der Ratshalle. Dort wurden ihre Schwester und ihr Vater festgehalten. Nendlèce fühlte sich tatsächlich schuldig, die stundenlangen Vorwurfsblicke ihrer Mutter waren nicht ohne zermürbende Wirkung geblieben, aber wenigstens die Dummheit mit der *Säge* war nicht ihre, sondern Varlies Idee gewesen. Ohne die *Säge* wären Varlie und ihr Vater jetzt sicherlich nicht in Beugehaft.

Schon von fern konnte Nendlèce zwei nafarroanische Soldaren sehen, die vorm Eingang zur Ratshalle standen. Ein dritter schlenderte um das Gebäude herum. Es sah alles gar nicht besonders angespannt aus. Menschen, die einen für sie nicht außergewöhnlichen Dienst versahen. Sie wussten, dass ihnen in einem solchen Dorf eigentlich überhaupt keine Gefahr drohen konnte.

Nendlèces Gefühle diesbezüglich waren zwiegespalten. Sie wollte, dass die Eindringlinge wieder verschwanden und ihre Familie freigaben. Aber sie wollte nicht, dass es zu einem Aufstand kam, der in ein Gemetzel münden würde. Sie hatte Angst vor Schmerzensschreien und grässlichen Wunden. Einmal hatte sie gesehen, wie ein Zimmermann von einem Dach gerutscht war und sich dabei an einem Nagel den Arm weit aufgerissen hatte. Sie hatte schauerliches, schwammiges Gewebe in dem Arm gesehen, bis hinein auf den Knochen. Ihr war so schlecht geworden, dass sie zwei Tage nichts mehr hatte essen können.

Was sollte sie jetzt machen? Sie wollte in die Ratshalle, sich überzeugen, dass es Varlie und ihrem Vater gut ging, und ihrer Mutter anschließend davon berichten, damit diese endlich damit aufhören konnte, sich wie eine Verrückte aufzuführen. Aber sie wollte sich nicht den Soldaren ausliefern. Die konnten sie einfach dabehalten, wie auch schon Sinion, der weder wichtig war im Ort noch eine Waffe hatte. Sie konnten tun und lassen, wonach immer ihnen der Sinn stand. Dann hätte ihre Mutter auch ihre zweite Tochter eingebüßt.

Nein, sie konnte nicht in die Ratshalle. Aber wohin, wohin nur?

In die Wälder hinaus, in denen sie sich immer so wohl gefühlt hatte? Um zu rennen, über Wiesen und Auen im Mondlicht zu rennen?

Es waren akitanische Wälder gewesen, die immer gut zu ihr waren. Jetzt stand Hagetmau umzingelt von nafarroanischen Wäldern, und wer konnte wissen, welche Gefahren in deren Schatten kauerten?

Nein, nicht hinaus aus dem Dorf. Wohin nur, wohin? In den Tempel? Dorthin wandte sie sich jetzt, schleichend und von Deckung zu Deckung huschend. Hagetmau war nachts nur von wenigen an Gebäuden hängenden Laternen erleuchtet, das meiste Licht spendeten der Mond und einige vereinzelte Hausfenster. Aber auch am Tempel war ein Soldar. Er stand nicht, sondern saß auf der Schwelle und döste womöglich, aber er würde erwachen und seine schwarze Eisenhammerwaffe mit dem spitzen Kopf ziehen, um ihr den Durchgang zu verwehren. Oder er würde sie einlassen, aber nicht mehr hinaus. Nein, nicht in den Tempel.

Die Schenke? Das *Schwarze Lamm*? Dort waren noch viele Lichter, dort trank man sich dumm und schwatzte sich dann größer, als man war. Aber sie war zu jung, um des Nachts ins *Schwarze Lamm* zu gehen. Sie fürchtete sich auch davor, die Unsicherheit und Befangenheit in den Augen der betrunkenen Erwachsenen zu sehen, die keinen Deut mehr wussten, wie es jetzt weitergehen sollte, als sie, aber so taten, bis ihnen die Prahlerei ausging.

Nein, nicht dorthin.

Einen Ort gab es noch in Hagetmau, der sie wie magisch

anzog. Um den ihre Gedanken den ganzen Abend über schon gekreist waren.

Der Stall. Der Stall, in den man den Gryph gebracht hatte.

Dieses Vogelpferd aus der Nähe zu sehen, es vielleicht sogar berühren, streicheln zu dürfen, das wünschte sie sich. Konnte sie das wagen? Würde dort nicht auch mindestens ein Soldar sein? Aber vielleicht döste der ja auch. Immerhin konnte man sich in den Stall eher durch ein Seitentürchen schleichen als über die strenge Pforte des Tempels.

Sie wollte es auskundschaften gehen. Wusste nicht, in welchen der beiden Ställe man das Fabelwesen verbracht hatte, aber das konnte sie ja leicht herausfinden.

Schon vor dem ersten Stall standen zwei Soldaren. Dösten nicht, sondern unterhielten sich leise miteinander auf Nafarroanisch. Lachten. Waren guter Dinge.

Hier musste es sein.

Nendlèce pirschte sich um den gesamten Gebäudeblock herum, überstieg dann hinter dem Stall einen maroden Zaun und näherte sich dem flachen Bau von hinten. Sie kannte sich hier so gut aus, dass sie selbst im Dunkeln nicht gegen irgendwelche herumliegenden Gerätschaften stoßen konnte, denn sie besuchte beide Ställe so gut wie täglich und war beinahe jedes Pferd im Dorf auch schon geritten. Im Reiten und im Rennen machte niemand ihr etwas vor.

Sie fand die kleine Hintertür und hakte diese auf. Von drinnen drang der vertraute Geruch nach Pferdeharn und Stroh, aber auch etwas Neues, Fremderes. Vorne, wo die Soldaren standen, war eine Stalllaterne an, die lange, zackige Schatten über das gesamte Innere schleuderte. Sämtliche Pferde waren in den anderen Stall gebracht worden. Hier bewegte sich nur noch ein einziges Wesen, in einem Einzelstand, den man durch Herausnehmen der Trennwand verbreitert hatte.

Der Gryph.

Als er sie witterte, hob er den Kopf und legte ihn schief. Er spreizte sogar die Flügel ein wenig, bis sie raschelnd an die Seiten des Standes stießen.

Nendlèce hob beide Hände und flüsterte beruhigend, so leise, dass sie selbst es kaum hören konnte, die schwatzenden Soldaren sicherlich nicht, das Tier jedoch gewiss.

Der Gryph reckte ihr das in einen mächtigen Schnabel mündende Gesicht entgegen. Er blinzelte. Wahrscheinlich erwartete er, wie alle Tiere, die umzäunt gehalten werden, etwas Leckeres aus ihrer Hand. Nendlèce schaute sich um, ob sie etwas entdecken konnte, aber da stand kein Futtereimer in der Nähe. Sie konnte sich kaum vorstellen, was ein Gryph eigentlich fraß. Greifvögel fingen Mäuse und Hamster. Was fing ein Gryph? Katzen, Hunde und Rindenhyänen?

Sie wollte ihn berühren. Den Schnabel, vielleicht. Die Federn an seinem Hals oder an seinen Flügeln noch lieber. Seine vier Beine mit den Krallenfüßen waren nicht mit Federn, sondern mit dichtem schwarzen Fell bedeckt, das sehr weich aussah und im Laternenwiderschein glänzte.

Auf seine fremdartige, leicht furchteinflößende Art war der Gryph wunderschön. Wenn er sich hoch aufrichtete, war sein Kopf höher als der eines Pferdes, der Leib jedoch entsprach in etwa einem gefiederten, geflügelten Ross. Und er roch eigentümlich. Gar nicht wie ein Pferd. Sondern ganz leicht nach Minze und etwas Süßlichem wie Waldmeister. Vielleicht fraß er solche Kräuter gern.

Nendlèce war ganz dicht heran. Das Tier bewegte sich im Einzelstand, reckte den Hals noch mehr. Stupste ihre hingehaltene Handfläche mit der Schnabelspitze an und leckte mit einer rauhen, beinahe harten Zunge dagegen.

»Na, du gehörst aber nicht zur Stallmannschaft, oder?«

Eine barsche Stimme hinter ihr. Nendlèce, die bis eben noch ganz verzaubert gewesen war, die nichts wahrgenommen hatte außer goldenem Schimmer auf Schwarz und den prüfenden, blinzelnden Augen des Gryphen, die von dunkler Farbe waren wie nächtliche Brunnen, erschrak bis ins Mark. Ruckartig fuhr sie herum. Durch diese plötzliche Bewegung erschreckte der Gryph sich ebenfalls und machte, ein meckerndes Geräusch ausstoßend, einen Halbsatz zurück.

Einer der beiden Soldaren. Nur ein breiter, schwer bewaffneter Schattenriss vor dem Laternentor. Der andere schaute ebenfalls. Sie konnte noch zur Hintertür zu rennen versuchen, aber die beiden Männer würden sie vielleicht einholen können. Niemand konnte Nendlèce im Rennen etwas vormachen, außer womöglich Soldaren aus Nafarroa.

»Ich, ich wollte nur ...« Nendlèce konnte kaum sprechen, so sehr schlug ihr das Herz gegen den Hals.

»*Was* wolltest du nur? Du wolltest doch unserer Citlali nichts antun?«

Citlali? Der Gryph hieß Citlali? Und war ein Weibchen?

»Antun? Aber nein! Ich, ich, ich wollte nur...«

»Sie dir aus der Nähe anschauen?« Die Stimme des Soldaren klang trotz seines harten Akzents nun schon versöhnlicher.

Nendlèce ließ ihre Schultern sinken. »Ja. Tut mir leid.«

»Du musst vorsichtig sein. Sie lässt nicht jeden an sich heran. Aber dich scheint sie zu mögen.«

»Ja? Meint Ihr?«

»Sonst hätte sie sich nicht genähert. Hier, versuch mal, ihr eine Rübe zu geben.« Er machte einen Schritt auf sie zu und nahm eine Schüssel auf. Allein schon beim Geräusch der Schüssel reckte der Gryph wieder seinen Hals.

Der andere Soldar fragte den Hereingekommenen etwas auf Nafarroanisch, das sie nicht verstehen konnte. Dieser antworte knapp. Der Draußengebliebene fragte etwas anderes und lachte dann, wie Männer lachen, die gerade etwas Gemeines über ein Mädchen sagen. Der Hereingekommene wies ihn zurecht. Zumindest kam es Nendlèce vom Klang her so vor.

Er trat an sie heran und hielt ihr eine Rübe hin. So wie auch Nendlèce dem Gryph eine Rübe hinhalten sollte. Alles verdoppelte sich. Das Licht war sehr trügerisch und beleuchtete den Soldaren nur von schräg hinten, aber er schien ein gar nicht so scheußlich aussehender Mann zu sein, fand Nendlèce.

Zögerlich nahm sie die Rübe an. Wandte sich ab von dem Soldaren und versuchte ihr Glück bei dem Gryphweibchen. Das ließ sich nicht lange bitten. Genau wie ein Pferd machte es einige Schritte nach vorn, reckte den Kopf der Rübe entgegen und fasste sie. Nur eben nicht mit weichen warmen Lippen und einem Gebiss dahinter, sondern mit einem harten, borkigen Schnabel und einer Zunge, die ebenfalls hart, aber nicht kalt war.

Nendlèce war wieder ganz verzaubert.

Der Soldar stand nun so dicht hinter ihr, dass er ihr die Hände hätte auf die Schultern legen können.

»Siehst du, sie mag dich.«

»Be… bedeutet der Name Citlali irgendetwas?«

»Ja. Das heißt *Stern* in einem unserer alten Dialekte.«

»Kann sie so hoch fliegen wie die Sterne sind?«

»Vielleicht. Wenn niemand sie reitet. Hast du denn auch einen Namen?«

Nendlèce zögerte. Dann nannte sie ihn. Sehr leise und mit belegter Stimme.

Der Soldar wiederholte den Namen, bekam in der schwungvollen Art seines Landes den nasalen Klang der ersten Silbe nicht richtig hin. »Ich bin Juyan«, sagte er dann. »Vielleicht kannst du uns ab morgen bei Citlali zur Hand gehen, sie scheint dich deutlich besser leiden zu können als diese beiden Rohlinge, die im Stall arbeiten. Aber jetzt solltest du dich nach Hause sputen. Es ist mitten in der Nacht, und wenn der Capitar dich hier mit uns findet, bekommen wir alle drei Ärger.«

Sie nickte nur. Konnte den Blick kaum von dem Märchenwesen wenden. Schaute auch kurz den Soldaren an, aber ganz flüchtig nur. Dann entschwand sie mit vor Aufregung pochendem Herzen durch die kleine Hintertür.

Erst draußen fielen ihr Varlie und ihr Vater wieder ein, und sie schämte sich, als ob sie die beiden im Stich gelassen hätte, aber sie beruhigte sich schnell wieder, denn sie konnte ja ohnehin nichts für sie tun.

Immerhin schienen die Nafarroaner keine Unmenschen zu sein. Wahrscheinlich waren die fünf Geiseln bei ihnen in der Ratshalle ganz gut aufgehoben. Vielleicht war es sogar nützlich gewesen, dass Nendlèce sich mit dem Gryph und einem der Soldaren angefreundet hatte. Sie hatte immerhin nicht *nichts* getan wie ihre Mutter, die immer nur haderte und stichelte, aber nur wenig zum Guten änderte.

Solange die Menschen noch miteinander sprachen, fand Nendlèce, und sei es auch mit hartem Akzent, war nicht alles verloren.

12

Fünf Hagetmauer verbrachten die Nacht inmitten der nafarroanischen Soldaren.

Die Soldaren unterhielten sich über den in Akitania üblichen Beruf der *Heberin*. Das schien sie sehr zu faszinieren.

»Ich habe einen Alten gefragt, und er hat mir sehr bereitwillig Auskunft gegeben. Eine Heberin hilft nicht nur bei der Geburt, sondern auch bei der Zeugung.«

»Bei der Zeugung? Da ist sie dabei?«

»Ja. Sie nimmt das Gemächt des Mannes in die Hand,

wenn es ernst wird. Dadurch bewirkt sie, dass die Frau sicher schwanger wird.«

»Aber … das ist ja eine Aufgabe für eine Hure!«

»Ja. Heberinnen scheinen eine Mischung aus Hure und Helferin zu sein. Der Witz ist, dass es in diesem Dorf zwei Heberinnen gibt: eine junge, sehr hübsche, und eine eher gruselige Vettel. Also ich würde mir nur von der Hübschen helfen lassen.«

Allgemeines Gelächter. Einer jedoch machte eine Kennermiene und sagte: »Das kann durchaus auch reizvoll sein, eine alte und hässliche dabeizuhaben. Vorausgesetzt, die Frau, die du schwängern willst, ist sehr schön.«

Alle dachten darüber nach, aber die meisten verzogen das Gesicht und schüttelten die Köpfe.

Im großen Kamin am Rande der Halle tanzten die Flammen und beleuchteten das hölzern überdachte Nachtlager mit zuckendem Licht.

Rauthne war so müde, dass sie sofort einschlief. Sie träumte nicht einmal. Nur ein ganz leises, rasselndes Schnarchen ging von ihr aus.

Mardein dagegen saß noch lange mit dem Rücken an die Ratshallenwand gelehnt da und beobachtete. Gleich nach dem Entzünden des Kamins hatte ihn der Unteroffizier darum gebeten, seine Pulverbeutelchen und die an seinem Gürtel befestigte Pfeife abzulegen. Nur zur Sicherheit. »In den Beuteln ist nichts, womit ich ein Feuer entzünden könnte, nur Kräuter und Tabak«, hatte Mardein gesagt, doch der Unteroffizier hatte darauf bestanden. »Wenn Ihr etwas rauchen wollt, könnte Ihr dazu jederzeit vor die Tür gehen, in Sichtweite unserer Leute«, hatte der Unteroffizier ihm vorgeschlagen, und diese höfliche Anrede mit dem »Ihr« hatte den Semanen einigermaßen besänftigt. Er hatte seine Beutel und die Pfeife mit dem einem Apfel nachempfundenen Kopf abgenommen. Nun lagen sie in der Nähe der *Säge* und bildeten zusammen mit dieser den bisherigen Hagetmauer Beschlagnahmungshaufen.

Er betrachtete die Soldaren im Schein des Wärme ausatmenden Feuers. Ihr Verhalten untereinander. Wer die etwas Stärkeren und die etwas Schwächeren im Verband waren. Er wusste aus seiner Lebenserfahrung, von den Reisen, die er in jungen Jahren zusammen mit anderen Semanen zu den mit Abelions Atem gesegneten Orten des Landes unternommen hatte, dass es keine Gruppe gab, die sich im Ernstfall nicht in Einzelteile auflöste. Aber ihm war auch klar, wie sinnlos es letzten Endes war, einen solchen Ernstfall heraufzubeschwören. Diese Soldarengruppe war nicht die einzige, die nach Akitania vorgedrungen war. Wie ein Schimmelpilz hatten sich die Nafarroaner wahrscheinlich inzwischen bereits überall festgesetzt. Dass es zu spät war für irgendeine Form des Widerstands, dass man sich eigentlich nur noch fügen konnte wie die Byrgherin in ihre Machtlosigkeit, das hinderte ihn wie Bauchschmerzen bis in die Mitte der Nacht hinein am Schlafen.

Varlie konnte ebenfalls keine Ruhe finden. Ihr war es unangenehm, neben ihrem Vater liegen zu müssen. Dafür fühlte sie sich viel zu erwachsen und zu fraulich. Sie konnte sich nicht mehr an ihn kuscheln, das war für immer vorbei. Auch die Nähe der etwa fünfzehn sich im Saal aufhaltenden Soldaren machte sie beklommen. Ihr war nicht entgangen, dass fast jeder von denen ihr Blicke zugeworfen hatte. Blicke voller Hunger. Blicke, die sie sich von Tautun erhofft hatte, aber nicht von dahergelaufenen Strolchen von jenseits der Berge.

Einzig die Nähe Rauthnes beruhigte sie etwas. Und auch Mardeins Anwesenheit, dessen offene Augen hinter den dicken Gläsern im Widerschein des Feuers glommen, als tränke er sich an seinem Element satt. Als hätte wenigstens er noch nicht alles verloren gegeben.

Erac wälzte sich hin und her. Er wollte seiner Tochter deutlich machen, dass er für sie da war. Aber sie brauchte ihn nicht mehr. Seine jüngere Tochter und seine Frau eigentlich viel eher. Er war am falschen Ort festgesetzt worden und befürchtete, durch die dumme, nutzlose und sperrige *Säge* noch mehr Schwierigkeiten zu bekommen.

Auch Sinion fand nur sehr schwer in den Schlaf. In seinem Kopf raste es. Fast wie Träume, aber noch war er wohl wach. Er sah, wie er sich zur Wehr setzte. Sich nicht mehr herumschubsen ließ. Wie er Varlie in seine Arme nahm, um sie zu beschützen. Wie er dem Capitar die *Säge* entwand und ihn damit bezwang, ein Zeichen setzte, etwas auslöste. Es gab einen kurzen heftigen Kampf der *Säge* gegen die Säbelhelmbarte. Er sah aber auch, wie er von den Soldaren zusammengetreten und verlacht wurde. Wie man ihn hinter den Gryph band und durchs Dorf schleifte, zur Abschreckung für alle. Er sah alles gleichzeitig, ein widersprüchliches Gezappel.

Das erschöpfte ihn so, dass er schließlich in ganz ähnliche Träume glitt.

Der Capitar schlief nicht weit davon entfernt, den Kopf auf dem Sattel des Gryphen, die rechte Hand ganz dicht sowohl bei der *Säge* als auch bei seiner Säbelhelmbarte, Mardeins Pülverchen und dessen Apfelpfeife.

13

Nach dem folgenden Sonnenaufgang kehrte eine neue Art von Alltag in Hagetmau ein.

Gestern und über Nacht hatte der nafarroanische Capitar seine Männer sich noch aus ihren eigenen Vorräten versorgen lassen, auch, um Reibereien mit der Dorfbevölkerung zu vermeiden. Sogar die Geiseln hatten von diesem Proviant abbekommen, zum Zeichen der Verbrüderung. Diese mitgeführten Vorräte waren jedoch von Anfang an knapp bemessen gewesen, um das Vorrücken der Truppe ins zuerst noch gegnerische Land nicht unnötig zu belasten. Ab jetzt sah der Einsatzplan des Capitars vor, dass er und seine Männer das Dorf zum Proviantieren benutzten. Somit begann im Grunde genommen jetzt die Phase, in der der Feldzug für Nafarroa Gewinn einbrachte.

Er verständigte sich ausführlich mit der Byrgherin und dem Semanen über dieses Thema. Die Byrgherin bestätigte ihm, dass der bisherige Sommer ertragreich gewesen war. Königin Belanca hatte für die Eroberung Akitanias nicht zufällig ein Jahr ausgewählt, in dem die Sonne Nafarroa wie mit sengenden Geißeln ausgedörrt, es in Akitania aber reichlichen Regen gegeben hatte. Hagetmau verfügte wie alle Dörfer Akitanias über gut gefüllte Vorratskammern.

Rauthne hatte durchaus darüber nachgedacht, dem Capitar diese Vorräte zu verschweigen – aber welchen Nutzen würde Hagetmau daraus ziehen? Die Soldaren würden alles auf den Kopf stellen, die Vorräte dann entweder finden und das Dorf für seine Heimtücke strafen oder sie nicht finden und den Dörflern anschließend das tägliche Brot missgönnen. Es gab überhaupt nichts zu gewinnen durch solche Unaufrichtigkeiten. Nur durch vertrauensvolle Zusammenarbeit schien ihr eine sichere Zukunft erreichbar.

Der Capitar hatte den Befehl, den Winter über noch in Hagetmau stationiert zu bleiben. Der Winter war der gefährlichste Zeitraum. In ihm litten die Dörfer die größte Not. Wurde er überstanden, ohne dass es zu Aufständen kam, würde ein Bewusstsein dafür wachsen, dass die Dinge bewältigbar und sinnvoll waren, so, wie sie sich durch die Vereinigung beider Länder entwickelt hatten.

Insofern war ihm klar, dass er nicht einfach nur die Vorratskammern plündern konnte. Sondern er musste mit Maßen vorgehen.

Seine Männer sollten sich nicht an der Feldarbeit beteiligen. Sie waren schließlich Soldaren. Aber auf Jagd konnten sie gehen. Den Dörflern diese Aufgabe sogar ganz abnehmen. Sie dadurch mehr und mehr entwaffnen und unter ihren eigenen Schutz stellen. Die bisherigen Jäger konnten sich dann der Feldarbeit zugesellen und die diesbezüglichen Erträge steigern. Denn darum ging es: Dreißig zusätzliche Mägen zu füllen, ohne dass die fünfhundert alteingesessenen Mägen zu knurren beginnen mussten.

Dieses Problem wurde von allen, auch der Byrgherin und dem Semanen, als durchaus lösbar eingeschätzt.

Der Capitar stellte sich – diesmal ohne den Gryph, aber auf einem improvisierten Podest – erneut auf den Marktplatz und hieß das Dorf sich versammeln. Deutlich zu sehen standen neben dem Podest die Byrgherin und der Semane, so ungeiselhaft wie möglich, ungefesselt, lediglich von je einem Soldaren flankiert, Mardein schmauchte sogar sein Pfeifchen im Mundwinkel. Der Junge, das Mädchen und der Vater des Mädchens dagegen waren in der Hinterhand der Ratshalle verblieben.

Der Capitar hielt eine Rede, in der die Formulierung »kleinere Opfer bringen, um größere Vorteile zu ermöglichen« dreimal in unterschiedlichen Zusammenhängen vorkam. Er sah die Besorgnis in den Gesichtern der Hagetmauer. Er sicherte ihnen zu, dass es keinerlei unkontrollierte Übergriffe seiner Männer geben würde. Auch die Frauen bräuchten sich keine Sorgen zu machen. Die meisten seiner Männer hätten ohnehin Mädchen oder sogar Ehefrauen und Kinder zu Hause und sehnten sich lediglich danach, die ihnen in Hagetmau gestellte Aufgabe so schnell und so reibungslos wie möglich hinter sich bringen zu können.

Er konnte das Aufatmen, das nach diesen Worten durch

den weiblichen Teil der Bevölkerung, aber auch durch etliche Ehemänner ging, deutlich wahrnehmen. Er wagte die leicht scherzhaft betonte Bemerkung, dass sich im Laufe der kommenden Monate sicherlich das eine oder andere der Dorfmädchen in einen seiner schmucken Soldaren vergucken würde, aber dass er auch hierbei darauf achten würde, dass es nicht zu Komplikationen kam. »Da wir jetzt ein Volk sind, spricht nichts gegen Verbindungen romantischer Natur. Wir müssen eben nur im Auge behalten, dass meine Männer bald von hier abkommandiert werden, und zwar bedauerlicherweise desto früher, je angenehmer unsere Zusammenarbeit mit dem Dorf sich gestalten wird.« Auch auf diese Formulierung war er stolz. Er verdeutlichte dadurch noch einmal, dass, selbst wenn die Hagetmauer ihn und seine Männer einfach nur loswerden wollten, es umso ratsamer war zu kooperieren.

Seine Gedanken schweiften ein wenig ab. Er dachte darüber nach, wie egal es ihm eigentlich war, was aus Hagetmau wurde, wenn seine Männer erst einmal abgerückt waren. Solange sie sich hier befanden, musste alles ruhig bleiben. Das war wichtig für das Erfüllen der Mission zur vollsten Zufriedenheit der Königin und seines Generars. Aber falls es hinterher zu Aufständen kam, würde das für einen Soldaren wie ihn nur umso mehr lohnende Betätigung bedeuten. Nichts war langweiliger als ein dauerhafter Frieden. Nichts erfolgversprechender als ein unruhiges Land.

Er sammelte sich wieder und sprach einzelne Aspekte der Nahrungsversorgung an. Der Wirt des *Schwarzen Lamms* wurde in die Pflicht genommen, das Tortenmacherpärchen ebenfalls. »In den schwierigen Tagen, in denen die Krone Akitanias sich noch störrisch gebärdet und die unvermeidbare Abdankung aufzuschieben versucht, ist an eine Entlohnung noch nicht zu denken. Aber je schneller die Einheit unserer beiden Länder auch in Verträgen festgeschrieben werden kann, desto eher werden Kompensationen aus dem Vermögen Akitanias in sämtliche Dörfer geleitet werden können. Dann werdet ihr alle sehen und begreifen können, dass es euer Schaden nicht sein wird, zum wunderbaren Nafarroa zu gehören. In Nafarroa nämlich leidet niemand Not. Jedes einzelne Dorf profitiert vom Wohlstand und der Fülle des gesamten Landes.«

Das war eine glatte Lüge. Mehrere Dürreernten hintereinander hatten die Königin und ihren Beraterstab überhaupt erst auf den Gedanken gebracht, sich das nördlicher gelegene und deshalb weniger ausgemergelte Akitania einzuverleiben. In Nafarroa hatte es in den letzten Jahren große Not gegeben. Auch im Heimatstädtchen von Capitar Angaszin. Wann immer er in seiner Uniform durch die Straßen gegangen war, hatten sich ihm dutzende dürrer Ärmchen entgegengestreckt, und Stimmen, die schnarrten wie die von Zikaden, hatten ihn um Almosen angesungen. Zuletzt hatte es sogar Versorgungsprobleme in den sieben Heeren gegeben. Neunundvierzigtausend Soldaren zu versorgen war Nafarroa zu viel geworden. Der Feldzug nach Norden war eine Art Ausfall, um die Belagerung der Knappheit in allen Dingen zu sprengen und sich die Taschen und die Bäuche endlich neu zu füllen. Nafarroa war im Laufe des letzten Jahrzehnts ärmer geworden als Akitania, das war die ganze, bittere Wahrheit. Aber es war wehrhafter, wütender und verfügte – auch auf dem Thron – über jüngeres, leidenschaftlicheres Blut.

Der Capitar fasste zusammen: »Gemeinsam werden wir die Aufgabe, die vor uns liegt, die Herausforderung des Zusammenwachsens, anpacken und bewältigen. Meine Männer führen die Erfahrungen eines ganzen Landes mit sich. Wendet euch an sie, wenn ihr Fragen des täglichen Daseins habt. Wendet euch an mich und an meinen Unteroffizier Santag Freconvil. Wir werden euch mit Rat und Tat zur Seite stehen. Wir werden die Bestien der Wälder wie auch herumstreifende Räuberbanden von euch fernhalten, damit ihr desto unbekümmerter eurem Tagwerk nachgehen könnt. Wir sind jetzt alle Nafarroa, wir sind Brüder und Schwestern eines geeint erstarkten Landes.« Er dachte darüber nach, ob er bereits »Es lebe die Königin!« ausrufen konnte, aber dazu erschien es ihm noch zu früh. Es würde nur ein murrendes Geschiebe geben, lediglich einige wenige würden sich schon so weit mitreißen lassen. Einen Monat. Einen Monat gab er sich. Dann, im bunten Vorüberwehen der Herbstblätter, würde Hagetmau wie aus einer Kehle und aus vollem Herzen »Es lebe die Königin Belanca! Es gedeihe Nafarroa!« brüllen.

Fürs Erste begnügte er sich mit der Schlussformel: »Ich danke euch allen und verlasse mich auf eure Zusammenarbeit.« Ihm war klar, dass es in seinem kleinen Trupp einige gab, die diese Art der Sanftmut gar nicht schätzten. Die der Meinung waren, ihre Waffen und Rüstungen gäben ihnen das Recht, hart durchzugreifen und unverschämte Forderungen zu stellen. Doch der Capitar Jerlo Angaszin war ein ehrgeizigerer Mann. Sein Ehrgeiz bestand darin, nicht einen Einzigen seiner Männer durch eine Unaufmerksamkeit, durch ein zu rohes Wort am falschen Platz und eine dadurch provozierte hitzige Reaktion einzubüßen. Damit hoffte er, sich gegenüber anderen Capitaren, die in den ihnen zugeteilten Dörfern möglicherweise unvorsichtiger und verlustreicher vorgehen würden, vor Generar Gwaum, dem Befehlshaber des Dritten Heeres, auszuzeichnen.

Gwaum war ein alter Kämpe aus den Freibeuterkriegen der Südküste, mit Narben übersät wie mit den Zeichen einer lästerlichen Schrift.

Vielleicht würde seine Inspektionsreise ihn durch Hagetmau führen. Dann würde Angaszin ihm ein Schmuckkästchen von einem Dorf präsentieren. Ja, mehr noch – das wurde ihm erst jetzt so richtig bewusst, während er darüber nachdachte: Indem er dafür sorgte, dass in Hagetmau kein einziges Härchen gekrümmt wurde, vergrößerte er die Wahrscheinlichkeit, dass die Strategen des Dritten Heeres die Inspektionsreise des Generars durch genau dieses besonders gut vorzeigbare Dorf leiten würden!

Die anderen Capitare mochten sengen, brennen, pressen und zwingen.

Er dagegen beabsichtigte, sein Dorf zur Begeisterung zu erziehen.

Das war nicht nur klüger, sondern auch einfacher. Wenn alle am selben Strang zogen, war das viel überschaubarer, als zu dreißigst fünfhundert vereinzelte Unruheherde unter Kontrolle halten zu müssen.

14

Die übernächste Stunde fand den Capitar im Abeliontempel.

Für die Dörfler musste das so aussehen, als erweise er ihrer Schutzgottheit seinen Respekt. In Wirklichkeit wollte er sich nur ein Bild machen von diesem obskuren Apfelmännchen, von dem alle hierzulande dauernd sprachen.

Das Tempelinnere war ganz anders als die Räume der Königinnenverehrung in Nafarroa. Hier gab es kein Gold, keinen Prunk, kein Glitzern, nicht das Irisieren bunten Glases. Rußig und uralt stand eine Statue, die wahrscheinlich einen Mann, vielleicht aber auch eine Art Baum darstellte, hinter einer Ansammlung von Wachs- und Rauchgefäßen. Davor gab es Sitzbänke, aber gar nicht viele. Für mehr als fünfzig Betende gleichzeitig bot diese Kammer, durch die nur aufgrund schießschartenschmaler Durchbrüche überhaupt Licht fiel, keinen Platz.

Die Statue ließ den Capitar unwillkürlich an seinen Generar Gwaum denken. Auch der war ihm immer borkig vorgekommen wie eine alte Korkeiche. Je länger Angaszin dieses Götterbildnis nun in der ungenügenden Beleuchtung betrachtete, desto mehr schien er ein Gesicht ausmachen zu können. Ein strenges, hartes Gesicht mit weit nach unten gezogenen Mundwinkeln.

Der Capitar war überrascht. Er hatte etwas vollkommen anderes erwartet von einer Gottheit, zu deren Ehren man Apfelbäume pflanzte. Etwas Rundlicheres, Rotes oder Grünes, jedenfalls Freundliches und Süßes. Dies hier war eher ein Gott der Urzeiten, verkörpernd die Unerbittlichkeit von Gewittern, Schneestürmen, Hagel und Nacht.

Lag den Akitaniern eine solche Grimmigkeit zugrunde? Während man in Nafarroa schon längst Gebäude wie mit Zuckerbackwerk verkleidete, Brücken mit bunten Lampions flankierte, Maskenbälle vor Spiegelwänden abhielt und in die Türme nicht nur Glocken, sondern sogar Glockenspiele setzte, forderten die Tempel Akitanias Verzicht und Demut. Aber bei Androhung welcher Strafen? Blieb sonst die Apfelernte aus? Schmiss Abelion wutentbrannt mit wurmstichigen Früchten?

Der Capitar nahm sich vor, sich mit dem Semanen ausführlich darüber zu unterhalten.

Angrenzend an den Tempelraum führte eine aus groben Blöcken gefügte Wendeltreppe in den Turm.

Droben war es windig, die Wolken jagten einander über den ansonsten stechend blauen Himmel. Die anderen Dörfer in der Nähe, Doazit im Nordwesten, Cazalis und Momuy im Südwesten, Urgons und Samadet im Osten, in denen andere Capitare jetzt vielleicht genau wie er auf den Türmen standen und auf ihren neuen Aufgabenbereich hinabblickten, waren von hier aus nicht zu sehen, dafür war der Tempelturm nicht hoch genug – aber der Blick auf Hagetmau war dennoch hübsch.

Dort unten konnte er sie gehen und schauen und schwatzen und ihre vielfältigen Besorgungen verrichten sehen, seine Hagetmauer. Sie hatten Werkzeug über der Schulter oder hielten ein Kind auf den Armen oder führten ein Pferd hinter sich her, winzige Menschen und Pferde, die sich verhielten, als hätte sich nichts verändert. Genau so sollte es sein. Er konnte auch seine Soldaren sehen, an der Brücke, vor dem Stall, um die Ratshalle herum. Er sah, wo noch welche fehlten. Machte sich im Kopf Notizen, die er seinem Unteroffizier diktieren würde.

Das Dach der Ratshalle sah von oben betrachtet schon etwas marode aus. Er fragte sich, ob er Ausbesserungsarbeiten in Auftrag geben sollte. Der Wald war an der Nordseite wahrscheinlich im Laufe von Jahrzehnten sehr dicht an das Dorf herangerückt, er fragte sich, ob er Befehl geben sollte, ihm mit Äxten zuleibe zu rücken. Er fragte sich, ob er die Brücke verbreitern lassen sollte, für den Fall, dass Generar Gwaum sie mit seinem Tross überqueren wollte.

Hagetmau.

Er überlegte, ob er sich in zwei, drei Jahren überhaupt noch an diesen Namen erinnern würde.

Was machte es schon, wenn nicht?

Das Leben eines Soldaren führte ihn hierhin und dorthin. Doch während der einfache Soldar sich so gemütlich wie möglich einzurichten suchte, wohin immer ihn seine Befehle verschlagen hatten, musste ein Offizier stets schon darüber hinausdenken. Hagetmau war nichts anderes als eine Durchgangsstation nach Pararis. Pararis wiederum eine Durchgangsstation zum Palast der Königin, gleichgültig, in welchem Teil der bekannten Welt der in einigen Jahren stehen würde.

Der Capitar lächelte auf sein kleines emsiges Dorf mit den winzigen Menschen hinunter, und der Wind der Höhe zauste wie kraulend durch seinen Bart.

15

Der Rest dieses Tages und die erste Hälfte der ihm folgenden Nacht brachten weiterhin Beruhigung in die für alle ungewohnte und deshalb immer noch angespannte Lage.

Die schwarzweiß gepanzerten Soldaren fraßen sich im Dorfbild fest. Man ging um sie herum, würdigte sie keines Blickes oder nickte ihnen zu, um keinen Ärger zu bekommen – je nachdem, wie tief der Groll auf Nafarroa in den jeweiligen Familien verankert war. Es gab Familien, die beklagten noch immer Lücken im Stammbaum, die durch Gefechte in den Bergen von Pyr gerissen worden waren. Andere Familien jedoch hatten nichts dergleichen vorzuweisen oder konnten sich an nichts erinnern. Für sie unterschieden sich die Soldaren im Grunde genommen kaum von den Zehnteneintreibern der Krone.

Der Capitar hatte Erac, dessen hübscher Tochter Varlie und dem bibbernden Sinion jeweils lange in die Augen gesehen und sich dann entschlossen, die drei in ihre Häuser zurückkehren zu lassen. Als zusätzliches Zeichen des guten Willens. Die Byrgherin und der Semane blieben weiterhin bei den Soldaren in der Ratshalle, als Zeichen der engen Zusammenarbeit. Die *Säge* behielt der Capitar ein, als Zeichen dafür, dass Waffen zwischen den Dörflern und seinen Männern keine Rolle mehr zu spielen brauchten.

Im *Schwarzen Lamm* ereiferten sich an diesem ersten vollständigen Tag der Besatzung nur noch Wenige. Weiterhin erwartete man von Baresin als dem Sohn der Byrgherin kluge oder zumindest aufmunternde Worte, doch Baresin wusste selbst am allerwenigsten, was er von der ganzen Sache zu halten hatte. Gerne hätte er sich irgendwohin abgesetzt, wo die Lage nicht so zugespitzt wirkte, wo sich nicht Gerüstete und mürrisches Dorfvolk gegenseitig auf die Füße traten, aber nach allem, was er gehört hatte, war es jetzt überall in Akitania dasselbe. Beweisen konnte das keiner, bislang war noch niemand von außen nach Hagetmau gekommen und hatte von der Übernahme anderer Dörfer berichtet. Aber genau genommen war das doch auch schon wieder ein Beweis für sich, denn normalerweise kamen am Tag durchaus zwei oder drei Besucher aus den umliegenden Orten oder von noch weiter her. Niemand aus den anderen Dörfern schien nun mehr reisen zu wollen oder zu dürfen, vielleicht waren alle verunsichert. Von Capitar Angaszin hatten die Hagetmauer zumindest die Erlaubnis, das Dorf zu verlassen, aber wohin und wozu? Vielleicht waren die anderen Capitare in den anderen Dörfern weniger zimperlich und setzten jeden Besucher, jeden Fremdling sogleich fest, weil ihnen der eine Akitanier gerade genauso viel galt wie der andere.

Überhaupt war dies die inzwischen vorherrschende Meinung über Capitar Jerlo Angaszin aus Nafarroa: Dass man es mit ihm doch noch ganz gut getroffen hatte. Dass es durchaus schlimmer hätte kommen können. Bislang ging es niemandem im Dorf schlechter als vorher. Eracs Familie und Sinions Eltern hatten eine Nacht lang Sorgen ausstehen müssen, aber nun waren alle wieder zu Hause. Niemandem war etwas geschehen. Vielleicht würde es so bleiben.

»Vielleicht wird es einfach vorübergehen«, meinten einige.

Doch den meisten dämmerte langsam, dass genau das eben nicht mehr passieren würde: dass es vorüberging. Nafarroa war gekommen, um Akitania in Nafarroa zu verwandeln. Auf ewig. Mit der konkreten Magie des Mächtigeren.

Was bedeutete das? Würde man ihnen ihre Währung nehmen? Sehr wahrscheinlich, aber letzten Endes nicht weiter von Bedeutung. Nafarroa hatte ebenfalls Münzen, und Nafarroa war mächtig, also warum sollten diese Münzen schlechter sein oder weniger wert? Würde man ihnen ihre Sprache nehmen? Das wäre schon schmerzhafter. Ihre Lieder und Überlieferungen? Wie sollte man das jemals kontrollieren? Das war doch gar nicht möglich. Ihre Frauen? Nein. Die Nafarroaner hatten selbst genug Frauen. Ihre Vorräte? Ja, aber nur so lange, wie die Soldaren in Hagetmau waren. Danach würde es keine zusätzlichen Mäuler mehr zu stopfen geben. Ihren Glauben? Was war mit ihrem Gott Abelion? Daran wagte niemand zu denken. Die Nafarroaner schienen an nichts zu glauben außer an sich selbst und ihre angeblich so wunderschöne und blutjunge Königin, die wahrscheinlich mittleren Alters war und ein Doppelkinn hatte, wie Baresin im Anflug eines Scherzes behauptete.

Varlie, wieder zu Hause, war nichtsdestotrotz außer sich vor Zorn. Niemand unternahm irgendetwas! Die *Säge* hatte ihr der Capitar einfach so gestohlen, und sie konnte sich dem nicht widersetzen? Ihre Mutter verbot ihr, dauernd von diesem Unheil bringenden Ding zu reden. Sie konnten doch froh sein, diesen Fluch der Familie endlich los zu sein. Varlie verzichtete auf das gemeinsame Abendessen und stampfte hinauf auf ihr Zimmer, um sich dort wärmenden Gedanken der Vergeltung hinzugeben.

Nendlèce kämpfte gegen den Drang an, sich wieder zu dem Gryph hinauszuschleichen, zu Citlali. Aber heute waren Varlie und ihr Vater in Sicherheit, da wäre es trotz der Unstimmigkeiten im Haus sehr ungehörig gewesen, sich von der Familie abzuwenden.

Sinion wurde von seinen Eltern umhegt, als wäre er im Krieg gewesen und heimgekehrt. Aber er wirkte seltsam verschlossen und verändert. Ihm war etwas widerfahren, was er so bislang noch nicht gekannt hatte. Auserwählt als einer von nur Wenigen, war er einer besonderen Situation unterworfen gewesen. Er fragte sich, wie es jetzt weiterging zwischen dem Capitar, der Byrgherin und dem Semanen, und er wünschte sich beinahe in die Ratshalle zurück. »Ich hätte mich als nützlicher erweisen können«, machte er sich selbst Vorwürfe. »Dies war vielleicht meine eine Möglichkeit im Leben, mich auszuzeichnen, etwas Herausragendes zu leisten, und ich habe sie verstreichen lassen, weil ich zu verängstigt war und nicht wusste, wie lange es überhaupt andauern wird.« Tatsächlich war er von seiner Entlassung ganz überrumpelt gewesen. Sowie beinahe enttäuscht.

Der Semane Mardein unterhielt sich mit dem Capitar über den Gott Abelion. »Er ist ein Schutzgott. Hält seine Hände über das Dorf wie ein Baum seine Krone. Und nährt uns, wenn wir der Nahrung bedürfen.«

»Ist Abelion in ganz Akitania geläufig oder nur ganz speziell für Hagetmau zuständig?« Der Capitar ließ Religion klingen wie einen Verwaltungsvorgang.

»Es gibt in Akitania vielerlei Götter, doch Abelion ist der älteste von ihnen, der Urvater. Ihn kennt man überall, aber nicht jedes Dorf und jede Stadt haben sich unter seinen Schutz gestellt. Andere Orte mit anderen Bedürfnissen haben sich andere Götter zum Patron erkoren.«

»Und wie macht er sich bemerkbar?«

Mardein dachte über seine Antwort nicht lange nach. »Es geht uns gut.«

»Mag sein. Aber wir konnten euch mit Leichtigkeit erobern. Er hat euch nicht vor uns beschützt.«

Der alte Mann lächelte. »Vielleicht ja doch. Es ging doch alles glatt, nicht wahr? Es geht uns immer noch gut.«

Rauthne, die Byrgherin, hörte sich das alles wie aus weiter Entfernung an. Sie fühlte sich so müde, dass sie am liebsten den ganzen Tag geschlafen hätte. All diese Umwälzungen und die dreißig neuen Gesichter und Namen im Dorf überforderten sie, und sie wollte als Byrgherin am liebsten abdanken. Aber wer war denn schon reif dafür, ihr diese Bürde abzunehmen? Ihr Sohn Baresin? Viel zu sehr ein Taugenichts, gutmütig zwar, aber weichlich. Varlie? Durchaus vielversprechend, aber zu aufbrausend, noch viel zu jung und leidenschaftlich. In zwanzig Jahren vielleicht. Hernyet, die Lehrerin, wäre eine gute Wahl, aber als Byrgherin würde sie nicht mehr so viel Zeit für ihren Unterricht haben, und der war in Hagetmau für alle Kinder unersetzlich. Dasselbe galt für Folster, den Wirt. Die meisten waren einfach zu eingebunden in wichtige Tätigkeiten.

Nur sie selbst nicht. Sie war zur Byrgherin geworden mit siebenundzwanzig Jahren, nur weil sie sich unter dem damaligen Byrgher bei Versammlungen stets mit guten Vorschlägen hervorgetan hatte, und weil sie mit ihrem bisherigen Lebensweg als ältester, unverheirateter Tochter eines leidlich wohlhabenden Bauern nicht zufrieden gewesen war. Seit dreiundvierzig Jahren trug sie nun schon die Robe des Unter den Menschen Ausgezeichnetseins. Sie konnte sich an ein leichtgewandetes Gehen kaum noch erinnern.

Nun hatte sich über Nacht – nein, an einem hellichten Tag – alles verändert, und sie hatte es kaum richtig mitbekommen.

Immer wieder kehrten ihre Gedanken zu der Brücke zurück, als sie den Fremden ganz arglos entgegengegangen war, begleitet von ein paar Beherzten. Hatte sie denn da überhaupt keine Vorahnung gehabt, dass das Dorf ihr jetzt aus den Händen genommen wurde und ihre rotrobige Gestalt fortan nur noch der Zierde dienen würde, der Unterstreichung des bereits Gesagten?

Aber selbst wenn sie eine solche Ahnung gehabt hätte – was wäre ihr denn noch zu unternehmen möglich gewesen? Nachdem die Soldaren die Brücke bereits erreicht hatten, war es doch ohnehin für jegliche Maßnahmen zu spät gewesen. Selbst die Brücke war nur ein kraftloses Symbol. Das Flüsschen Lut war in seinem ganzen Verlauf so schmal, dass man es jederzeit durchwaten konnte, erst recht hoch zu Gryph.

Nendlèce hatte das Dorf ja noch wenigstens vorgewarnt.

Jedoch irgendwo südlich von hier hatte jemand alles Wichtige zu tun versäumt.

Zwanzig Stunden landeinwärts lag Hagetmau. Wie konnte es sein, dass auf diesen zwanzig Stunden die Heere Nafarroas nicht bemerkt wurden, dass es keinen Alarm gab, kein Glockengeläute, keine Botenreiter, die die Dörfer weiter nördlich warnten?

Eigentlich gab es nur zwei logische Erklärungen dafür. Entweder hatte es im Süden Kämpfe gegeben und die südlichen Orte waren mundtot gemacht worden, ihrer Glocken und Boten beraubt – oder aber der Capitar war mit seinen Mannen ganz alleine unterwegs, hatte sich unbemerkt hierhin durchgeschlichen und *behauptete* nur, dass sich überall ringsum desgleichen ereignet hatte. Weil er in Wirklichkeit lediglich ein Räuberhauptmann war, der sich mit seinen Spießgesellen auf Kosten Hagetmaus den Bauch vollschlagen wollte.

War das vorstellbar? Dass man ihnen hier nur etwas vorgaukelte?

Würde Abelion einen dermaßen bösen Streich zulassen?

Mit diesen sie von allen anderen Dorfbewohnern entfernenden Gedankengängen schlief die siebzigjährige Byrgherin schließlich ein.

16

Zu Beginn der zweiten Hälfte dieser Nacht kehrte Tautun nach Hagetmau zurück.

Tautun hatte ein mürrisches Gesicht. Immer. Schon als Kind. Eigentlich hatte sich an seinem Kindergesicht gar nicht viel geändert, nur dass es nun auf breiten Schultern saß, die jedermann klar machten, dass mit dem Träger dieser ständig unzufrieden wirkenden, abweisenden Miene besser nicht zu spaßen war. Er war groß, beinahe so kräftig wie Folster, der Wirt, und gefiel den Mädchen, weil er sich nichts sagen ließ und seine jungenhaft unleidliche Miene gar nicht hässlich war, sondern etwas angenehm Eigenständiges aufwies.

Er war in Samadet bei einem Mädchen gewesen und hatte – versteckt auf einem Heuboden – die dortige Übernahme durch einen Gryphreiter und seine Schergen mitbekommen. Er hatte gesehen, wie ein vorlauter Bauer eins mit dem Schnabelhammer übergezogen bekam, wie Frauen an den Haaren gezerrt wurden von grinsenden Uniformierten, wie die Leute zusammengetrieben und eingeschüchtert wurden. Er hatte die Fäuste geballt und sich ruhig verhalten. Was hatte er letzten Endes mit Samadet zu schaffen? Er war nur zum Vergnügen hier.

Sobald es richtig dunkel geworden war, hatte er seinem Mädchen noch einen festen Kuss gegeben und sich davongemacht, in den Wald, in dem die Rindenhyänen in dieser Nacht unruhiger umherhechelten als sonst, aufgewühlt wahrscheinlich durch die Nähe von Gryphen. Glücklicherweise hatte Tautun sein Kurzschwert immer dabei, wenn er Hagetmau verließ. Aber er war durchgekommen, ohne von einem Rudel angefallen zu werden. Die Tiere des Waldes schienen nicht zu wissen, was sie von all diesen Neuerungen zu halten hatten. Dass sich ein Dörfler in finsterster Nacht durchs Unterholz bewegte, kam auch nicht allenthalben vor.

Als er schließlich die alte Mühle passiert hatte und die unmittelbare Umgebung Hagetmaus erreichte, wartete er misstrauisch. Der Mond spielte heute hinter Wolken Verstecken, Tautun lauerte, bis sein silbriges Licht den Dorfeingang erhellte. Schon von jenseits der Brücke konnte er die beiden Soldaren Wache halten sehen. Hagetmau also auch. »Verdammt nochmal, was ist denn bloß los?«, hatte er sich gefragt.

Er kannte die Stelle, wo der Lut am allerschmalsten war. Hier sprang er ans Dorfufer, wartete anschließend abermals, in die Böschung gekauert, ob man ihn nicht bemerkt hatte. Gab es auch in Hagetmau jetzt etwa einen Gryph? Nichts geschah. Er näherte sich von hinten den flusswärts gelegenen Häusern, sah weitere Soldaren, die in der Nähe der Ratshalle postiert waren und sich angeregt miteinander unterhielten.

Hagetmau in der Gewalt von Nafarroanern. Samadet ebenfalls. Das war kaum zu glauben.

Wohin sollte er? Er wohnte alleine in einer Hütte am nördlichen Dorfrand, von wo er zur Jagd aufbrechen konnte, ohne erst durchs ganze Dorf zu müssen. Die Krone hatte die Jagd auf die gefährdeten Bestände der Goldaugenhirsche nun schon seit einigen Jahren untersagt, Tautun jedoch wollte sich nichts vorschreiben lassen und brachte manchmal unerlaubte Beute mit. Aber was sollte er jetzt dort? Niemand konnte ihm in seiner Hütte erklären, was die Nafarroaner so weit von den Bergen von Pyr entfernt zu suchen hatten.

Varlie. Varlie würde zwar wütend auf ihn sein, weil er ihre letzte Verabredung wieder einmal nicht eingehalten hatte, aber sie war eigentlich ohnehin immer wütend. Darin waren sie sich ähnlich. Wenn nicht auf ihn, dann schimpfte sie auf ihre Eltern, ihre Schwester, den Regen, das Ausbleiben von Regen, Hagetmau, die ganze Welt. Sie war hübsch anzuschauen, aber auf Dauer anstrengend anzuhören. Aber was machte es schon, wenn er sie jetzt weckte?

Er schlich sich bis zum Hause Eracs und stemmte sich dort in das spätsommerlich zur Nacht geöffnete Fenster der beiden Mädchen hoch.

Nendlèce bemerkte ihn zuerst und riss sich mit einem ächzenden Einatmen die Decke bis hoch über die Nase. Varlie erwachte erst dadurch. Es durchfuhr sie heiß und kalt zugleich, den Mann, nach dem sie sich lange gesehnt hatte, der sie aber immer wieder im Stich gelassen hatte – auch, als sie von den Nafarroanern als Geisel gehalten worden war – so urplötzlich in ihrem Schlafzimmer zu finden.

Sie ärgerte sich jedoch sogleich über ihr Erschrecken. Eigentlich legte sie gar keinen Wert mehr auf ihn, wollte sich auch nicht wie unterwürfig und hilflos von jemandem befreien lassen, wenn man sie gefangen nahm. Von Tautun schon gar nicht. Jetzt ging es um Wichtigeres als nur um sie und ihn.

»Wo hast du bloß gesteckt?«

»Woanders. Überall sind fremde Soldaren!«

»Ja. Akitania gehört jetzt Nafarroa, sagen sie.«

»Was? WAS?«

»Sie kamen vorgestern.« Varlie erzählte ihm das Wichtigste, sorgfältig darauf bedacht, dass ihre nebenan schlafenden Eltern sie nicht hören konnten. Dass sie eine Nacht lang gefangen gehalten worden war, ließ sie natürlich nicht aus, spielte es aber herunter, als hätte sie nicht die geringste Angst verspürt. Dass der Capitar die *Säge* gestohlen hatte, betonte sie mehrmals. Und dass Rauthne und Mardein sich noch immer im Gewahrsam der Besatzer befanden.

Tautun, ein breitschultriger Umriss mit kurzem, beinahe stacheligem Haar, hörte auf der Bettkante sitzend zu und fügte dann seine eigenen Erlebnisse in Samadet an. Nendlèce fühlte sich vernachlässigt und drängte sich zu den beiden, erzählte, wie sie die Allererste überhaupt gewesen war, die die Soldaren gesehen hatte.

»Hm«, machte Tautun. »In Hagetmau waren sie also vorgestern schon, in Samadet tauchten sie erst gestern auf. Vielleicht gibt es noch Dörfer, in denen sie erst morgen ankommen. Noch weiter im Osten womöglich. Aber das ist schon sehr weit weg von hier.«

»Was ist mit Urgons?«, schlug Varlie vor. Urgons lag etwa genauso nah östlich von Hagetmau wie Samadet, jedoch weiter nördlich. Die von Süden kommenden Nafarroaner hatten also dorthin einen noch weiteren Weg zurückzulegen als nach Samadet.

Tautun nickte. »Vielleicht kann man Urgons noch warnen. Es wäre doch zu schön, wenn wenigstens eines der Dörfer in unserem Umkreis nicht gleich einknicken würde wie ein sabbernder Greis. Aber ich würde ein Pferd brauchen.« Tautun besaß keins.

»Ich könnte hinreiten«, schlug Nendlèce ganz atemlos vor. »Ich bin sowieso schneller als du und finde mich im Dunkeln auf einem Pferd viel besser zurecht.«

Tautun griff ihr ins Haar und zauste es, ähnlich, wie wenn man einem Hund das Fell krault. »Deine Eltern würden mich häuten.« Nendlèce kämpfte sich schmollend von ihm los.

»Unsere Eltern sind Feiglinge«, schnaubte Varlie. »Die haben sich längst ergeben und lernen wahrscheinlich schon eifrig Nafarroanisch. Ich spucke auf sie. Oh, wenn ich doch nur die *Säge* noch hätte, Tautun, ich würde an deiner Seite kämpfen!«

»An meiner Seite gegen dreißig? Das wird schwierig. Oder gibt es sonst noch jemanden, auf den wir zählen könnten?«

Ihr fiel niemand ein. Sie hatte als Geisel des Capitars auch nicht mitbekommen können, ob sich zum Beispiel im *Schwarzen Lamm* jemand deutlich gegen die Besatzer ausgesprochen hatte. Nendlèce war auf ihrer Seite. Vielleicht auch Sinion, den die Besatzer mit seiner Geiselnahme ganz schön erschreckt hatten. Aber der war ein stotternder Schwächling, ganz anders als Tautun.

»Lassen wir Nendlèce reiten«, schlug sie vor. »Es ist einen Versuch wert. Vielleicht kann Urgons seine Besatzer zurückschlagen, und dann Samadet und Hagetmau zu Hilfe kommen. Alles würde dadurch nochmal in Bewegung geraten.«

»Ich kann nicht einfach ein Kind für mich vorschicken.«

»Aber dieses *Kind*, wie du sie nennst, ist die beste Reiterin, die wir haben. Selbst wenn sie auf Soldaren stoßen sollte, kann sie ihnen immer noch davonpreschen. Du und ich würden das sicherlich nicht fertigbringen.« Nendlèce wuchs förmlich unter dem Lob ihrer großen Schwester.

»Kann sie das denn überhaupt schaffen, bevor eure Eltern wachwerden und alles bemerken?«

»Nach Urgons sind es weniger als fünfzehn Meilen«, sagte Nendlèce. »Den Weg kenne ich in- und auswendig, ich bin ihn schon tausendmal geritten. In einer Stunde kann ich dort sein, in zwei wieder hier.«

»Aber auch im Dunkeln?«

Nendlèce lachte, als hätte Tautun etwas sehr Dummes gesagt. »Der Weg verändert sich doch nicht, nur weil es dunkel ist. Nachts wachsen keine Bäume, die es tagsüber nicht gibt.«

Das stimmte natürlich. Sie würde sich nicht quer durch die Wälder schlagen, wie er das getan hatte. Der Weg von Samadet führte am Flüsschen Sames entlang, das sich östlich von Hagetmau mit dem Lut vereinigte, und beschrieb einen Umweg, den man abkürzen konnte, indem man direkt durch den Wald auf den Zeitaltersee zuhielt. Nach Urgons dagegen war die schmale Straße gleichzeitig der kürzeste Weg.

»Aber sobald du Soldaren siehst, machst du kehrt und kommst zurück.«

»Ja«, sagte Nendlèce nickend.

»Ich meine es ernst: Du versuchst nicht, an ihnen vorbeizukommen! Sonst hast du welche vor dir und welche hinter dir, und dann können sie dich einfangen.«

»Ich bin vorsichtig.«

»Versprich es mir ebenfalls«, verlangte Varlie eindringlich.

»Ja, ja«, sagte Nendlèce und machte dabei eine wegwerfende Handbewegung.

17

Nendlèce wusste, welches Pferd sie brauchte. Es war ein junger Hengst namens Mauru, der einer Bäuerin namens Jisell gehörte. Nendlèce durfte Mauru immer reiten, zu jeder Tages- und Nachtzeit. Tatsächlich war dies nicht das erste Mal, dass sie ihn nachts »entführte«, sondern bereits das dritte.

Von Vorteil war auch, dass sich der kleine Hof von Jisell am östlichen Rand Hagetmaus befand. Dort waren keine Soldaren mehr stationiert. Sie schlich sich aus den spärlichen Lichtern des inneren Bereiches und war dann bereits in Sicherheit.

Die Nacht war kühl, kühler vielleicht sogar, als es für diese Jahreszeit normal war, aber Nendlèce hatte vorgesorgt und sich sehr warm angezogen. Ihr Auftrag war sehr einfach und überschaubar: Nur auskundschaften, und wenn es möglich war, das Dorf Urgons vor der heranrückenden Truppe warnen. Zurück sein in etwa zwei Stunden. Beinahe ein Kinderspiel. Aber nicht ganz. Es handelte sich um eine wichtige Mission im Interesse Akitanias, und dieses Wissen füllte Nendlèce bis fast zum Zerplatzen mit Stolz. Auch wenn es nicht Rauthne gewesen war, die ihr diesen Auftrag erteilt hatte, sondern der Nichtsnutz Tautun. Aber dieser Nichtsnutz war immerhin *draußen* gewesen. Hatte die Eroberung Samadets mitangesehen. Und war nicht dabei festgesetzt worden wie Varlie und ihrer beider Vater hier in Hagetmau.

Sie erreichte Mauru, der im Stehen vor sich hingedöst hatte, tätschelte ihn beruhigend, führte ihn aus seiner Koppel. Sie brauchte keinen Sattel, eine einfache Decke und ein von ihr aus Lederschnüren selbstgeflochtenes Zaumzeug, das sie von zu Hause mitgebracht hatte, waren ihr lieber. Sie schwang sich auf Maurus Rücken, blickte sich aus diesem erhöhten Blickwinkel noch einmal in alle Richtungen hin um und ritt dann los, anfangs noch ganz langsam und durch Gras, um so wenig Geräusche wie möglich zu machen, dann, als sie den Handelsweg nach Urgons erreichte, gab sie dem Pferd die Fersen und sprengte los.

Die Nacht um sie herum begann zu rasen, die Bäume wischten vorüber, der Mond zitterte wie von einem Pfeil angeschossen, der Wind fuhr ihr durchs Haar. Es war herrlich. Seit die Nafarroaner in Hagetmau einmarschiert waren, hatte sie manchmal schon das Gefühl gehabt, dort nicht mehr atmen zu können. Jetzt fühlte sie sich frei.

Da Urgons ebenso nördlich des Lut lag wie Hagetmau, führte der Weg einfach in sanften, weit ausholenden Kurven am Fluss entlang, ohne dass sie jemals eine Brücke überqueren musste. Sie hielt Ausschau nach Lichtern, nach Lagerfeuern, nach Booten voller Soldaten, nach Truppenteilen, die sich schattengleich zwischen Bäumen bewegten, aber nichts dergleichen war zu sehen. Das Land zwischen den Dörfern schien völlig frei zu sein. Sie fragte sich ohnehin, wieso es genügen sollte, die Dörfer zu besetzen, um ein Land einzunehmen. Was war mit den Gehöften dazwischen, den Bäumen, Tieren, dem Fluss? Was kümmerte es den Mond und die Sterne, welche Vorstellungen die Königin von Nafarroa von der Welt hatte?

Als sie sich Urgons näherte – was sie an einer Flussbiegung erkennen konnte, deren Umrisse ihr sehr vertraut waren – zügelte Nendlèce Mauru. Sie war erpicht darauf, keinerlei Fehler zu machen, nicht übereifrig wie ein Kind irgendwelchen Vorposten in die Arme zu reiten.

Sie hatte gut daran getan. Als sie – neuerlich über weiches Wiesengelände reitend, um die Geräusche verschlucken zu lassen – das Dorf im Dunkeln noch gar nicht erkennen konnte, sah sie den Schein eines kleinen Lagers. Und von dem Feuerchen beflackert zwei unverkennbar schwarzweiß gepanzerte Gestalten.

Sie bewachten Urgons.

Also auch hier bereits. Genau wie in Hagetmau. Die Nafarroaner waren in Urgons und hatten Posten eingerichtet, um alle Bewegungen kontrollieren zu können.

Verdammt. Sie war zu spät. Aber es sah nicht so aus, als wäre sie nur wenige Stunden zu spät. Wahrscheinlich waren die Soldaren schon im Laufe des Tages dort angekommen, vielleicht sogar noch einen Tag früher.

Kurz dachte sie darüber nach, ob es sich lohnen würde, es bei einem weiteren Dorf zu versuchen. Aber nördlich von hier lag Banos am nächsten, und das war wiederum westlicher als Hagetmau, würde also selbst in gestrecktem Galopp mindestens eine Stunde mehr bedeuten, wahrscheinlich noch länger, denn der Weg von Urgons nach Banos war ihr nicht vertraut. Nein, sie würde es nicht innerhalb der vereinbarten Zeit zurück schaffen. Varlie und Tautun würden sich Sorgen machen und das Schlimmste befürchten. Sich gegenseitig mit Vorwürfen traktieren.

Schade. Aber nichts zu machen.

Sie ritt zurück nach Hagetmau, träumte währenddessen davon, wie es sein musste, auf Citlali, dem Gryph, zu reiten und sich nach einer kurzen Wegstrecke des Anlaufnehmens aufzuschwingen in den Himmel, um es den Vögeln gleichzutun. Das musste ein unbeschreibliches Gefühl sein. Ein Gefühl von Macht und Freiheit.

In Hagetmau stellte sie den schlafensmüden Mauru wieder bei Jisell unter, rieb ihn noch ab und wetzte dann geduckt in den Schatten nach Hause, um Varlie und Tautun Bericht zu erstatten.

Irgendeiner Verfänglichkeit musste sie dabei in die Quere gekommen sein, denn Tautun und ihre Schwester lösten sich zerzaust, errötet und erschrocken voneinander, als Nendlèce plötzlich am Fenster emporklomm und sich zappelig ins Zimmer zog. Aber die beiden waren wirklich froh, sie wohlbehalten wiederzusehen.

Schnell jedoch verfinsterte Tautuns Miene sich wieder.

»Das ist doch wirklich nicht zu fassen. Da bin ich mal einen oder zwei Tage nicht da, und schon haben sämtliche Schlappschwänze der Gegend unser Land an den Feind verraten.«

Er blieb nicht bis zum Morgengrauen, sondern stahl sich fluchend davon, wohin auch immer.

18

Der Capitar trat am Morgen vor das Tor der Ratshalle und reckte sich.

Er blinzelte in die heute wolkenverhangene Sonne hinauf.

Dieser eine Tag noch. Der dritte Tag der Übernahme. So viel Zeit hatte der Generar seinen Capitaren gegeben, ihre jeweiligen Dörfer nach eigenem Gutdünken vollständig unter Kontrolle zu bringen. Danach – also morgen – sollte der Capitar sich entweder selbst auf seinen Gryph schwingen oder einen seiner Leute damit beauftragen, weiter nordwärts zur Stadt Marmandeh zu fliegen. Dort wollte das Dritte Heer sein Hauptlager für diesen Sektor errichten, dort sollte der Capitar den Vollzug seiner Mission bestätigen und weitere Befehle einholen.

Gähnend holte er die zerknitterte und leicht speckige Karte aus seiner Brusttasche und studierte sie erneut. Hier war Hagetmau und Hagetmaus Bezirk, umgeben von den unregelmäßig geformten Bezirken der Nachbardörfer. Dieses Muster aus zu besetzenden Dörfern zog sich weiter und weiter nördlich, bis dort Marmandeh eingezeichnet war, nicht ganz in der Mitte des dem Dritten Heer zugeteilten Sektors, sondern deutlich in der nördlichen Hälfte. Von Marmandeh aus würde Generar Gwaum den gesamten Sektor leiten.

Der Capitar dachte kurz über die anderen sechs Sektoren nach, in die Akitania eingeteilt worden war. Nicht sämtliche Heere waren über die Berge gekommen so wie das Dritte und das Vierte. Drei Heere hatten sich auf Schiffe begeben und waren dann von Norden und von Westen in Akitania einmarschiert, zwei hatten sich durch die östlichen, barbarischen Grenzländer bewegen müssen, um das Land von dieser Seite her aufzurollen. Es war ein gigantischer Plan, einer, wie es ihn in der jüngeren Geschichte der bekannten Welt noch nicht gegeben hatte. Entwickelt, um das riesige Akitania als Ganzes zu umfassen. Damit es keine Teilbereiche gab, die sich abspalten konnten, die Widerstand leisteten, Unruhestifter anziehen und heraufbeschwören konnten. Damit es kein endloses Gewürge gäbe, sondern einen einzigen wohlvorbereiteten Handstreich von etwa ein bis zwei Wochen Dauer – und danach Frieden, Wohlstand und Zukunft für alle.

Es war ein Plan, sicherlich nicht nur von Königin Belanca alleine ausgetüftelt, und nicht nur von ihrem kompetenten Beraterstab, sondern auch von den Interpreten der Wolken und Wellen gestützt. Eine wahrhaftige Vision, an der mitwirken zu können den Capitar mit Stolz erfüllte.

Er ging zu einer Pferdetränke hinüber und wusch sich darin das Gesicht, die Hände, die Unterarme, den Nacken. Unter ihm im Bottich schwappte der verhangene Himmel.

Sein Unteroffizier Freconvil trat aus der Ratshalle und kam auf ihn zu. So vieles gab es jeden Tag zu besprechen und in die Wege zu leiten. Unzählige Details.

Schon in der letzten Nacht hatte es der Capitar der Byrgherin gestattet, in ihren eigenen Räumlichkeiten innerhalb des Ratsgebäudes zu nächtigen. Er wollte die alte Frau nicht dadurch in Verlegenheit bringen, dass er sie zwang, sich die ganze Zeit über in einem Raum mit annähernd zwanzig schnarchenden und grunzenden Männern aufzuhalten. Eine weitere zusätzliche Wache postierte er somit vor ihrer Tür.

Der Semane Mardein wohnte normalerweise im Tempel, aber ihm konnte ohne Weiteres zugemutet werden, bei den Soldaren zu bleiben. Capitar Angaszin wurde immer noch nicht richtig schlau aus dem langhaarigen Alten. Er konnte seine seherischen und magischen Fähigkeiten nicht abschätzen und schwankte zwischen der Idee, ihn durch Fesseln und Knebeln richtig unschädlich zu machen, und dem Gedanken, ihn eher einzubinden. Wie die Byrgherin. Die nafarroanischen Truppen würden nicht lange in Hagetmau stationiert bleiben. Die Byrgherin sollte nicht ihres Ranges entkleidet und durch einen Nafarroaner ersetzt werden, sondern fortan ein nafarroanisches Hagetmau im Sinne der Königin verwalten. Das war einer der brillantesten Aspekte von Königin Belancas Vision: Die Akitanier nicht einfach nur auszumerzen oder massiv zu unterdrücken, sondern sie einfach mit einzuspannen vor den großen Karren der von Nafarroa beherrschten, bekannten Welt. Rauthne wusste viel besser Bescheid über die Belange und Personalien dieses Dorfes als jeder Neuankömmling, der sich erst jahrelang mühsam einarbeiten müsste. Deshalb hatte sie bereits jetzt ihre alten Räume wieder zugestanden bekommen, sozusagen als vorgezogenen Lohn.

Angaszin ging mit Freconvil die Einteilung der ständigen Posten durch. Zwei an der Brücke. Zwei am Stall des Gryphen. Zwei vor der Ratshalle. Zwei weitere, die um die Ratshalle herum patrouillierten und den Marktplatz und das allgemeine Dorftreiben im Auge behielten. Einer vor Rauthnes Räumen im Inneren der Ratshalle. Zwei am nördlichen Ausgang des Dorfes nahe den Wäldern an der Straße nach Doazit und Maylis. Und einer auf dem Tempelturm. Dieser Aussichtspunkt war einfach zu praktisch, um ihn nicht zu besetzen.

Das ergab zwölf Mann im Einsatz und – Freconvil und ihn einmal ausgenommen – sechzehn Mann, die sich jeweils ausruhen konnten. Eine gute Ausgangslage für beständige Rotation, so dass die Posten immer ausgeruht und aufmerksam sein konnten.

»Ich könnte mir noch eine weitere Zweier- oder Dreierpatrouille vorstellen, die sich frei durchs Dorf bewegt, einfach nur, um überall Präsenz zu zeigen«, schlug Freconvil vor.

Dieser Gedanke hatte durchaus etwas für sich. Die Dörfler könnten sich sonst zu schnell an die Orte gewöhnen, an denen sie die festen Posten zu erwarten hatten, diese Orte meiden und sich anderswo versammeln. Eine frei umherschwärmende Patrouille bedeutete zusätzlichen Überblick.

Aber eben auch zusätzlichen Druck.

Der Capitar schüttelte langsam den Kopf. »Mir schwebt etwas anderes vor. Etwas, das etwas weniger militärisch daherkommt und eher dazu beiträgt, dass die Dörfler sich an uns gewöhnen. Ich möchte, dass unsere Männer, die gerade keinen Dienst haben, damit anfangen, ihre freie Zeit im Dorf zu verbringen. Sie sollen in die Schenke gehen. Dort essen und trinken. Über den Marktplatz schlendern. In den Wäldern spazieren gehen. Musizieren, wenn sie das können. Sich alles ansehen. Mit den Leuten plaudern. Handel treiben, sofern sie das möchten. Sich überall aufhalten und so ganz natürlich im Dorfbild aufgehen.«

»Uniformiert?«

»Ja, mit Harnisch, durchaus, und bewaffnet – aber ohne Helm. Die Helmlosigkeit soll die Dienstfreien von den Posten unterscheiden. Uniform, aber ein wenig freier und ungezwungener, als wenn sie im Dienst wären. Selbstverständlich müssen wir ihnen vorher einschärfen, bei den Mädchen nicht übergriffig zu werden. Im Laufe mehrerer Monate werden sich diesbezügliche Schwierigkeiten nicht vermeiden lassen, aber ich würde gerne wenigstens die ersten Wochen so reibungsfrei wie möglich gestalten. Die ersten Wochen sind die schwierigsten. Danach gehören wir schon so gut wie dazu.«

Freconvil brummte zustimmend. Zwei Hagetmauer Frauen gingen vorüber und nickten den beiden Offizieren höflich grüßend zu. Der Capitar beantwortete diese Geste mit einer Halbverbeugung samt galanter Handbewegung. Die Frauen schienen entzückt. Freconvil grinste.

»Sollen unsere Männer in der Schenke bezahlen?«

»Nein. Ich werde mit dem Wirt darüber sprechen. Er wird nach der Übernahme von Pararis sicherlich Kompensation erhalten, aber anfangs werden Opfer gebracht werden müssen. Ich denke, wir werden auch die Tortenmacher dazu bringen können, uns täglich ein paar Leckereien im Sinne des Zusammenwachsens unserer Völker zu kredenzen, meinst du nicht auch?«

Freconvil brummte wieder und grinste dabei. Dann gingen sie die weitere Liste der zu erledigenden Dinge durch. Die Bequemlichkeit der Soldarenschlafstätten sollte durch weitere Kissen und Decken verbessert werden. Die Verpflegung um höhere Fleischrationen aufgestockt. Der Gryph sollte von einem einheimischen Mädchen versorgt werden, von dem einer der dort postierten Soldaren erzählt hatte, denn die eigentlichen Stallknechte gingen allzu abergläubisch furchtsam und deshalb grob mit Citlali um. Mindestens dreimal am Tag sollten der nach Osten führende Weg Richtung Urgons und Samadet und der nach Südwesten führende nach Cazalis und Momuy kontrolliert und auf Spuren untersucht werden, nur zur Sicherheit, immerhin gab es in den Wäldern Akitanias auch Bestien. Der Monatsmarkt stand in fünf Tagen bevor, und die Hagetmauer, die mit dem Markt zu tun hatten, sollten ermuntert werden, diesen wie gehabt vorzubereiten, denn auch die Capitare der anderen Dörfer waren vom Generarsstab dazu angehalten, den Warenverkehr zwischen den Ortschaften aufrechtzuerhalten, damit Akitania nicht verkrüppelt wurde. Ein Akitania, das seine Besatzungstruppen, weil überall Mangel herrschte, nicht ernähren konnte, nutzte niemandem etwas. Die Geschmeideschmiede hatte Besorgnis vor Plünderung geäußert und sollte vom Capitar persönlich besucht und beruhigt werden. Gleichzeitig konnte man dort defekte Ausrüstungsteile und Waffen zur Reparatur in Auftrag geben. Desgleichen konnte auch die Hagetmauer Kleidermacherin den Bedürfnissen der Truppe zuarbeiten, denn die Soldaren führten nur wenig Ersatzwäsche mit sich, und die unter den Harnischen getragene Kleidung würde in den kommenden Monaten sicherlich immer wieder der Ausbesserungen bedürfen. Dann hatte der Capitar noch über einen weiteren Punkt nachgedacht: Einer seiner Männer, ein freundlicher Schlaks namens Demtri, konnte sich in den Schulunterricht einbringen und damit beginnen, den Kindern Nafarroanisch beizubringen. Je früher das geschah, desto besser. Selbstverständlich würden die Akitanier sich weiterhin auf Akitanisch miteinander unterhalten dürfen, aber die offizielle Amts- und Schriftsprache dieses Landes würde schon sehr bald das Nafarroanische sein.

So viele Details, so viel zu bedenken, am Laufen zu halten oder neu einzurichten. Je stärker man sich auf ein einfach scheinendes Gebilde wie ein solches Dorf einließ, desto mehr heikel aufeinander abgestimmte Gegebenheiten und Verbindungsbahnen fielen einem ins Auge. Linien, Netzwerke, Verläufe. Letzten Endes bis in das Gesicht jedes einzelnen Einwohners hinein, bis in die Sorgenfalten, die sich dort bilden mochten.

Wieder grüßte der Capitar ein paar in argwöhnischer Entfernung vorübergehende Passanten.

»Und unsere Vollzugsmeldung?«, hakte Freconvil nach.

»Morgen. Wie ursprünglich anberaumt.«

»Werdet Ihr selbst fliegen, oder soll ich das übernehmen?«

Der Capitar lächelte. Noch mindestens drei weitere Männer der Truppe konnten mit dem Gryph gut umgehen und waren für den Botenflug geeignet. Dass der Unteroffizier sich selbst als einzige Auswahlmöglichkeit anbot, zeigte nur die Dringlichkeit seines Wunsches, das Kaff Hagetmau hinter sich zu lassen und etwas städtischere Luft zu schnuppern. In der Truppe gab es keinen einzigen Mann, der nicht von Pararis träumte, und Marmandeh war womöglich immerhin schon ein Vorgeschmack darauf.

»Ich halte es für keine gute Idee, wenn ich das selbst übernehme. Für die Bewohner bin ich das Gesicht unserer Truppe. Ich bin derjenige, an den man sich wenden wird, wenn man etwas auf dem Herzen hat. Wenn ich mehrere Tage weg bin, kommt doch nur Unruhe auf. Ich weiß aber auch noch nicht, ob ich dich entbehren kann. Das werde ich morgen entscheiden.«

Unteroffizier Freconvil fügte sich in sein Los, sich noch nicht auf diese interessante Aufgabe freuen zu dürfen, die ihn vielleicht direkt bis vor Generar Gwaum führen würde.

19

An diesem Tag mischte sich der Soldar namens Demtri auf Geheiß seines Capitars in den Unterricht der Lehrerin Hernyet ein. Ihm war eingeschärft worden, sehr behutsam vorzugehen, aber das wäre gar nicht notwendig gewesen. Demtri war von Natur aus ein gutgelaunter, eher sanfter Junge, der nur Soldar geworden war, weil sein Vater ihm nach mindestens fünf Jahren Dienst in der Uniform der Königin eine vorzeitige Auszahlung seines Erbteils versprochen hatte.

Hernyet war sehr verängstigt, viel verängstigter als noch

vor ein paar Tagen, als sie an der Seite der Byrgherin beherzt den fremden Soldaren zur Brücke entgegengeschritten war. Das war eine ganz natürliche Reaktion gewesen, ein trotziges Behaupten des Eigenen gegenüber dem Fremden. Jetzt aber drang dieses Fremde schon bis in ihr Lehrzimmer vor, Hernyets ureigenste Domäne, und behauptete sich dort, stellte ihre Pläne um, warf Absprachen mit den Kindern über den Haufen, verwirrte die Kinder und hinterfragte ganz allgemein den Sinn dieses Unterrichts. Denn wenn nichts mehr Akitania war, und alles nun Nafarroa – welchen Sinn hatte es dann überhaupt noch, den Kindern die Lieder und Gebräuche Akitanias beizubringen?

Dem Soldaren Demtri schien es aber gar nicht um Historie oder Historienveränderung zu gehen, sondern eher um die Sprache an sich. In Hernyets Klasse hatte es sogar schon Nafarroanischunterricht gegeben. Man lebte ja schließlich nicht im Kriegszustand miteinander, man war benachbart, lediglich durch die Berge getrennt, es gab Händler auf dem Monatsmarkt, die nafarroanische Spezialitäten verkauften, welche sie jenseits der Berge erstanden hatten. Im Grunde genommen war das Land Nafarroa mit zumindest einigen seiner Eigentümlichkeiten den Hagetmauern weniger fremd, als diese bewaffneten Soldaren all jenen Dörflern waren, die mit Waffen und Soldarentum überhaupt nichts anzufangen wussten.

Demtri übte ein paar Vokabeln mit der Klasse, die sich aus Kindern sämtlicher Altersstufen zusammensetzte, auch die heute sehr übernächtigte Nendlèce war darunter. Die Klasse hielt sich gut, aufgrund der Vorkenntnisse, die Hernyet bereits letztes Jahr vermittelt hatte. Das Wort »Apfel« hieß auf Nafarroanisch ganz ähnlich wie auf Akitanisch, wurde nur härter auf der zweiten Silbe betont. Aber schon »Baum« hieß ganz anders, und hatte auf Nafarroanisch so viele Silben, wie ein Baum Äste hat. Als Demtri das so erklärte, wagte die angespannte Kinderschar ein befreites Lachen.

Der Unterricht dauerte zwei Stunden, machte allen Beteiligten Spaß, und Hernyet stellte fest, dass sie diesen schlaksigen Soldaren gut leiden konnte, mehr, als sie das von einem nafarroanischen Besatzer jemals geglaubt hätte.

Auch Nendlèce war recht angetan. Aber als sie nach der Schule ihrer Schwester Varlie davon erzählen wollte, war diese nirgends zu finden.

20

Varlie war alt genug, um nicht mehr zur Schule gehen zu müssen. Im Allgemeinen half sie ihrem Vater Erac beim Flussfischen, damit verdiente sich die Familie ihr Geld. Aber heute war sie auch dort nicht anzutreffen. Erac fischte unter den prüfenden Blicken der beiden nafarroanischen Brückenposten und fragte sich, was seine ungestüme älteste Tochter wohl schon wieder aushecken mochte.

Varlie drückte sich lange in der Nähe der Ratshalle herum. Sie spielte mit dem Gedanken, vom Capitar die *Säge* zurückzufordern. In ihren Augen war der Capitar ein ziemlicher Waschlappen, der sich nur Greise als Geiseln zu halten getraute und der ansonsten tunlichst darauf achtete, es sich mit möglichst niemandem zu verscherzen. Einmal konnte sie ihn dabei beobachten, wie er zur Geschmeideschmiede hinüberschlenderte, um sich dort ebenfalls lieb Kind zu machen. Er wusste wohl, wie es um ihn und seine Schergen stand. Dreißig gegen fünfhundert. Zugegeben, hundert dieser fünfhundert waren noch Kinder, hundert weitere waren alt oder krank oder schwach, aber an die dreihundert gingen Tag für Tag ihren Berufen nach, waren tüchtige, kräftige Leute. Wenn diese dreihundert sich zum Widerstand entschlossen, würden der Capitar und seine Mannen mitsamt ihres prahlerischen Gryphen einfach hinfortgeschwemmt werden wie Blätter, die in den Lut fielen.

Aber die dreihundert entschlossen sich nicht.

Der Capitar hatte ihnen schlau die Byrgherin und den Semanen genommen. Es gab keine Empfehlung, keine Aufforderung, keine Anleitung und keinen Zuspruch mehr für die Bevölkerung, weder in der Ratshalle noch im Tempel. Sie konnten sich diesen Zuspruch nur selbst geben, beim Saufen im *Schwarzen Lamm.* Varlie konnte dieses Wirtshaus nicht leiden, wo die Männer lallend groß taten, und zwar je lauter, desto erbärmlicher.

Sie wollte ihre *Säge* wiederhaben.

Und Tautun.

Wie geistesabwesend hatte dieser sich heute Morgen in seiner kleinen Wildererhütte auf ihre Zärtlichkeiten eingelassen, aber dann war er – wie immer – davongelaufen und hatte sich jetzt wohl irgendwo im Wald verschanzt. Nicht einmal er nahm es mit den Nafarroanern auf. Vielleicht fürchtete er, als stadtbekannter Raufbold sofort dingfest gemacht zu werden. Dennoch verstand sie nicht, wie er überhaupt nichts unternehmen konnte. Weshalb überhaupt niemand etwas unternahm.

Seit dem Nachmittag war Tautun wieder bei sich zu Hause. Mehrmals suchte Varlie die Wildererhütte auf, schmulte durch die Fenster. Tautun lag meistens auf seiner Liegestatt und starrte an die Decke. Wälzte sich hin und her. Schien nicht zu dösen, sondern zu grübeln. Aber traute sich doch nicht vor die Tür.

Stattdessen lief ihr mehrmals Sinion über den Weg. Sinion, der Stotterer. Auch der drückte sich in der Nähe der Ratshalle herum. Auch er war immerhin eine Nacht lang dort Geisel gewesen.

Varlie hatte abgesehen von früherem gemeinsamem Unterricht bei Hernyet nie viel mit Sinion zu schaffen gehabt, aber jetzt sprach sie ihn an. »Haben sie dir auch etwas weggenommen, oder warum schleichst du den ganzen Tag hier wie die Katze um den heißen Brei?«

Sinion erschrak, als sie sich so plötzlich an ihn wandte. Wie hätte er ihr denn auch erklären können, dass er sich danach sehnte, wieder Geisel zu sein, wieder einer von nur Wenigen, wieder bedeutsamer als jetzt und sonst.

Er lächelte verlegen und trollte sich, ohne ein einziges Wort geantwortet zu haben.

Varlie schnaubte verächtlich. Alle, alle trollten sich oder starrten an die Decke. Kein Einziger traute sich etwas zu.

Vielleicht hatte Hagetmau sein Schicksal, als Ganzes geraubt worden zu sein, wirklich verdient.

21

Baresin, der Sohn der noch immer in der Ratshalle festgehaltenen Byrgherin, verbrachte jetzt jeden Tag und jede vorrückende Nacht im *Schwarzen Lamm*. Erst wenn Folster abschloss, ging Baresin nach Hause. Sobald Folster seine Pforte dann wieder öffnete, war Baresin zur Stelle.

Grund dafür war nicht etwa, dass Baresin ein Trinker war oder ein Vielfraß. Oder auch nur ein notorischer Schwätzer. Oder weil er sich in diesem Gemisch aus Rauch, Zwiebelsuppendampf, Speckgeruch und aufgestoßenem Bier besonders behaglich fühlte. Eigentlich stand ihm der Sinn eher nach verfeinerten Genüssen.

Aber er hatte das *Lamm* zur neuen Heimstatt gewählt, weil

er hier das Gefühl hatte, dass die Leute sich beständig um ihn scharten, ihn um Rat angingen. Dass sein Wert nur an diesem Ort im Steigen begriffen war.

Das war ein ganz neuer Beweggrund für ihn.

Bislang hatte er sich noch nicht allzu viel um die Belange Hagetmaus geschert. Er wurde zwar immer als wahrscheinlicher nächster Dorfschulze gehandelt, war aber der Meinung gewesen, dass das alles noch früh genug auf ihn zukäme, und dass er sein Leben bis dahin genauso gut auch einfach nur genießen konnte, anstatt andauernd in zitternder Erwartung des bedeutungsvollen Tages zu schweben.

Aber nun war alles ganz anders gekommen. Der bedeutungsvolle Tag hatte nicht im Ableben seiner Mutter mit vielleicht achtzig oder sogar erst neunzig Jahren bestanden, sondern in der Annexion ganz Akitanias. Man hatte seine Mutter als Geisel genommen. Den Semanen ebenfalls. Das ganze Dorf, ja das ganze Land hatte man wie mit einem Würgegriff gepackt und umverteilt. Das veränderte die Dinge so grundlegend, dass Baresin nach ein, zwei Tagen der Zögerlichkeit nun langsam bereit war, sein bisheriges müßiggängerisches Leben als abgeschlossene Vergangenheit zu betrachten.

Er war von mittlerem Alter, von einnehmendem Äußeren, nach der Mode Marmandehs, der nächsten größeren Stadt, gekleidet und dadurch ausgesprochen beliebt bei den Frauen des Dorfes. Die Schulzenwürde ging zwar nicht von selbst von Eltern auf ihre Kinder über, aber Baresin hatte allenfalls Folster und Hernyet als Konkurrenten um diesen Posten zu fürchten. Folster würde wahrscheinlich ablehnen, weil er mit seiner Schenke schon genug zu tun hatte. Eigentlich wartete der Wirt nur darauf, gefragt zu werden, um daraufhin großmütig verzichten zu können. Hernyet dagegen war ein wenig zu verschlossen und den Bauersleuten im Umkreis des Dorfes viel zu gebildet, um ihr Vertrauen in den Dingen des täglichen Lebens erwerben zu können. Also blieb eigentlich nur Baresin. Er hatte den Posten so gut wie sicher. Schließlich war er der Sohn derjenigen, die die Robe des Unter den Menschen Ausgezeichnetseins länger getragen hatte als jemals zuvor ein Byrgher oder eine Byrgherin im Geschichtenbuch Hagetmaus.

Natürlich war er nicht erpicht darauf, den Rest seines Lebens in dieser hässlichen und schweren Gewandung herumzulaufen sowie sich sein noch wunderbar volles Haar abscheren und sich den Schädel mit albernen Ornamenten bemalen lassen zu müssen, die einen nicht einmal vor Geiselhaft schützten. Er hatte nie eingesehen, warum der Byrgherrang ritueller geprägt war als der Semanentitel. Schon seit Längerem beabsichtigte er Reformen, grundlegende Traditionsbrüche, die Hagetmau zum modernsten Dorf südlich von Marmandeh machen würden.

Doch nun? Nun war das alles einerlei. Hagetmau und Marmandeh waren nafarroanisch. Als Byrgher vertrat man dadurch plötzlich nafarroanische Interessen. Der ganze althergebrachte Ornat konnte wahrscheinlich einfach wegfallen, ohne dass irgendjemand ihm eine Träne nachweinte.

Baresin ärgerte sich darüber, dass die Nafarroaner ihm seine wohlüberlegten Reformen überflüssig gemacht hatten. Aber er freute sich zu seiner eigenen Überraschung, dass die Menschen dadurch schon jetzt zu ihm kamen. Auch wenn er ihnen im Grunde genommen nichts anderes raten konnte, als sich ruhig zu verhalten und dem Capitar keine Scherereien zu machen, damit das Dorf sich keinen Zorn zuzog. Dennoch wandte man sich immer wieder an ihn. Denn wer sich einmal an ihn gewandt hatte, empfahl dies auch anderen weiter. Baresin *sah aus* wie jemand, auf dessen Urteil man vertrauen konnte. Das war sein allergrößtes Guthaben.

Ab und zu wagte er es, sich bei seinen Ratschlägen sogar weit aus dem Fenster zu lehnen. Weil er den Capitar als einen umsichtigen und auch zugänglichen Menschen einschätzte, sagte er zum Beispiel: »Wenn dir das wirklich Kummer bereitet, kann ich ja mal mit dem Capitar sprechen, um ihm deine Sorgen begreiflich zu machen.« Oder: »Sollten die Soldaren nichtsdestotrotz frech und anmaßend werden oder sich an eurem Eigentum vergreifen, so kommt zu mir und berichtet mir davon. Ich werde dann die geeigneten Maßnahmen ergreifen.«

Tatsächlich stand er immer kurz davor, sich dem Capitar als Mittelsmann anzubieten, als Hagetmauer, der die Nöte der Dörfler verstand und in schnelle Worte zusammenzufassen vermochte. So würde er die kostbare Zeit des Offiziers nicht vergeuden, diesen aber dennoch auf Probleme hinweisen, die dem Ortsfremden sonst womöglich entgehen würden. Was Baresin zurückhielt, war einfach nur eine ganz allgemeine Grundträgheit, die zu seinem Charakter ebenso gehörte wie sein modisches Auftreten. Sobald er erst einmal in der Pflicht stand – so viel war ihm klar –, würde er keinen ruhigen Augenblick mehr haben, würde Hagetmau sich wie die Robe seiner Mutter auf seine schmalen Schultern senken. Insofern war er froh, dass seine Mutter noch lebte und diese Bürde selber tragen konnte. Doch genoss er es dennoch unbändig, sich im *Schwarzen Lamm* zumindest den Anschein eines stellvertretenden Byrghers geben zu können.

Lange würde das nicht mehr gutgehen, dachte er bei sich. Bald würden die Hagetmauer, denen er versprochen hatte, mit dem Capitar zu reden, ungeduldig werden. Dann würde er halt wirklich mit ihm reden müssen. Morgen. Spätestens übermorgen. Bislang lief ja auch ohne ihn noch alles in geordneten Bahnen.

Als am späten Nachmittag der Störenfried Tautun unter die nachtdunklen Balken vom *Lamm* trat, betrachtete Baresin ihn durchaus mit Sorgen. Den dorfbekannten Unruhestifter hatte er nicht im Mindesten vermisst, hatte eher schon gehofft, Tautun wäre bei einem seiner Streifzüge von den Besatzungssoldaren eines anderen Dorfes aufgegriffen und dort interniert worden. Aber da war er. Setzte sich an einen einzelnen Tisch und begann, düster und schweigsam vor sich hin zu trinken.

An diesem Abend wurde jenes Vorhaben des Capitars in die Tat umgesetzt, dass seine Männer sich mehr unters Dorfvolk mischen sollten. Zwei unbehelmte, aber geharnischte und bewaffnete Nafarroaner suchten erstmals das *Lamm* auf, um dort eine der einheimischen Speisen zu probieren.

Zwischen dem Capitar und seinem Unteroffizier hatte es diesbezüglich eine letzte Diskussion gegeben. Der Capitar hatte seine Meinung geändert in Bezug auf sein Vorhaben, dass die Soldaren im *Lamm* nicht bezahlen sollten.

»Ihr meint, dass die Dörfler murren würden, wenn die Soldaren nicht bezahlen?«, hatte Freconvil gefragt.

»Ja. Es kommt mir wie eine unnötige Demonstration der Überlegenheit vor. Wie Überheblichkeit. Das können wir in den weiteren Wochen alles so handhaben. Aber zu Beginn würde ich nach wie vor gerne jede Konfrontation vermeiden.«

»Also geben wir den Soldaren das Geld, mit dem sie bezahlen können?«

»Ja. Wir lassen es uns dann hinterher aus der Kriegskasse zurückerstatten.«

Der Unteroffizier hatte diese Vorsichtsmaßnahme übertrieben gefunden, sie als Kriegslist seines Vorgesetzten aber akzeptieren können. Also hatte Freconvil schon im Laufe des Tages mit dem Wirt Folster eingehend gesprochen. Folster wusste, dass er die beiden Soldaren bedienen und anschließend wie von jedem Gast Geld von ihnen verlangen sollte. Für die Dorfbewohner sollte so der Eindruck entstehen, dass nicht mit zweierlei Maß gemessen wurde. Mehr noch: dass durch die fremden Soldaren sogar neues Geld in die Dorfkasse kam.

Die beiden Soldaren verhielten sich nicht im Mindesten großspurig. Eher schüchtern. Sie wussten, dass sie aus etwa zwanzig Augenpaaren beargwöhnt wurden, jede einzelne ihrer Bewegungen. Sie erkundigten sich nach der »guten akitanischen Küche« und bestellten dann beide die Zwiebelsuppe, nach der der ganze Schankraum duftete, und als Hauptspeise Pökelfleisch mit Erdäpfeln und dem rötlichen Kraut, das von Folster als »einigermaßen einheimisch« bezeichnet wurde. Dazu helles Bier. Beide bestellten genau dasselbe, um keine Missverständnisse heraufzubeschwören. Sie bewegten sich umsichtig wie Schreitvögel auf einem sehr brüchigen Untergrund. Der Wirt brachte die Gerichte und Getränke. Sie tranken Bier und aßen die mit Käse überbackene Suppe, ohne laut anzustoßen oder mit dem Geschirr zu klappern. Sie redeten auch kaum miteinander. Beide kamen sich ein wenig vor wie Freiwillige auf einem Einsatz hinter den feindlichen Linien. Aber die Suppe mundete ihnen ausgezeichnet. Dann wurde ihnen das dampfende Fleischgericht aufgetischt.

Niemand spielte Musik. Die Gespräche der Einheimischen, die sich ohnehin größtenteils um die Besatzer gedreht hatten, waren peinlich berührt zum Erliegen gekommen. Im *Schwarzen Lamm* herrschte eine ganz eigentümliche Atmosphäre. Wie bei einem Begräbnis, bei dem man noch nicht wusste, wer überhaupt gestorben war.

Tautun saß ungefähr sieben Schritte von den beiden Soldaren entfernt und wartete darauf, dass irgendetwas passierte. Er war es gewöhnt, als Aufrührer verschrien zu sein. Nun wunderte er sich, dass die Soldaren ihn nicht beachteten, dass sie niemand vor ihm gewarnt hatte, dass sie nicht schon längst nach ihm auf der Suche gewesen waren. Er wunderte sich, und wunderte sich auch wieder nicht. Mit jedem Gläschen Obstbrand, das er in sich hineinschüttete, wechselte das. Warm und kalt. Trocken und feucht. Äußerst ruhig und unwillkürlich wütend.

Natürlich kannten die Soldaren ihn nicht. Die Byrgherin hatten sie sofort festgesetzt. Den Semanen ebenfalls. Varlie, wegen ihrer *Säge.* Selbst den Trottel Sinion. Aber nicht ihn, nicht Tautun. Für ihn interessierten sie sich nicht. Die in Samadet hatten ihn nicht verfolgt, weil er kein Samadeter war. Die in Hagetmau beachteten ihn nicht, weil er nichts weiter war als ein unwichtiger Nichtsnutz. Und ein verkörpertes schlechtes Gewissen. Als einziger Überlebender eines schweren Fehlers.

Schaum wucherte in ihm auf. Schaum, der sich zunehmend rot färbte.

Wie war das alles möglich? Dass sie jetzt hier saßen, ganz selbstverständlich, und nicht einer, nicht ein Einziger lehnte sich gegen sie auf? Varlie war immerhin zornig, aber weil man ihr ihre lächerliche und unpraktische *Säge* weggenommen hatte, gebärdete sie sich wie gelähmt. Nendlèce ritt immerhin durch die Nacht, aber sinnlos. So wie sonst auch, wenn sie durch die Nacht ritt, einfach nur, weil ihr das Spaß machte.

Alles war genau so: sinnlos. Hagetmau war ein dermaßen kläglicher Flecken, dass man ihn einfach wegwischen konnte, und niemand protestierte.

Das konnte doch nicht sein? Konnte so etwas möglich sein?

Vielleicht protestierte ja die Byrgherin. Aber selbst wenn, hatte es nicht dazu geführt, dass die Soldaren wieder abzogen. Hier saßen sie und fraßen und hatten hier doch gar nichts zu suchen.

Tautun stierte auf seine Finger. Streckte sie. Ballte sie. Streckte sie. Trank ein weiteres Gläschen. Winkte Folster, dass der ihm noch eins bringen sollte. Folster schaute bereits besorgt drein. Der Feigling. Er war kräftig genug, die beiden Soldaren einfach zu packen, jeden mit einer Hand am Genick, und sie aus seiner Schenke zu werfen, in hohem Bogen auf den Marktplatz hinaus, aber er tat nichts dergleichen, er liebedienerte. Vielleicht war es ihm auch egal, von wem er sein Geld bekam.

In Samadet waren die Soldaren mit großer Rohheit vorgegangen. Sie hatten an Haaren gezerrt, herumgeschubst, langsamere Dörfler umgestoßen. Einem hatten sie sogar eins übergebraten. Mit ihrem komischen Kriegshammer. Möglich, dass der nie wieder aufgestanden war. Aber wenigstens konnte Samadet hinterher sagen, dass Blut geflossen war. Dass man sich nicht einfach so verschenkt hatte. Auch wenn es kein besonders heroisches Blut gewesen war, sondern nur das Blut eines kleinen Gerangels. Aber wenigstens ein Widerstand. Es war nicht hinnehmbar, dass niemand auch nur ein einziges Wort des Widerstands wagte.

»Na, schmeckt's euch denn wenigstens?«, fragte er schließlich laut zu den Soldaren hinüber. Einfach nur, um überhaupt etwas zu sagen. Er hatte das Gefühl, sonst platzen zu müssen. Aber natürlich war das eine harmlose Frage, harmlos wie alles in Hagetmau. Einer der Soldaren schaute zwar kurz auf, aber beide taten, als hätten sie nicht verstanden.

Tautun schnaufte zweimal durch, bis sich etwas Neues in ihm angestaut hatte, dann setzte er nach. »Musstet ihr extra so weit marschieren, um endlich mal was Vernünftiges zu fressen zu kriegen?«

Im Hintergrund des Raumes verkrampfte sich Baresin. Dieser verfluchte Tautun, zuverlässig in seiner Dreistigkeit und Einfalt. Der würde noch alles verschlimmern! Auch der Wirt Folster hielt in seiner Bewegung inne und schaute zu den beiden Soldaren hinüber.

Die kauten und taten, als wären sie sehr schwerhörig.

»Gibt es nichts Anständiges zu futtern in Nafarroa?«, stichelte Tautun hinterher und wusste gar nicht, dass er damit einen wunden Punkt berührte. In Akitania war nicht bekannt, dass in weiten Teilen Nafarroas die Hungersnot mehrerer Dürresommer herrschte.

Die beiden Soldaren verstanden natürlich, was er fragte. Die Sprachen waren nicht so unterschiedlich, dass man nicht zumindest die Zusammenhänge begreifen konnte. Sie wurden unruhiger. Man konnte ihnen ansehen, dass sie nicht genau wussten, bis zu welchem Punkt ihre Vorgesetzten von ihnen erwarteten, sich etwas gefallen zu lassen.

Mehrere im Raum warfen Baresin flehentliche Blicke zu. Der spürte deutlich, dass es jetzt an der Zeit sei, sich für Hagetmau einzusetzen. »Halt einfach den Mund, Tautun«, sagte er deshalb so leichthin wie möglich in Tautuns Richtung. Er beabsichtigte, die Situation einfach glattzustreichen wie eine Falten werfende Tischdecke, erreichte aber eher das Gegenteil. Die Soldaren hörten seine Stimme aus der anderen Richtung des Raumes und fühlten sich plötzlich von Hagetmauern in die Zange genommen. Beide griffen ganz unwillkürlich nach den Griffen ihrer an Gurtgehenken befestigten Schnabelstreithämmer.

»Sind die schön handlich, die Dinger? Lasst mich doch mal einen halten.« Tautuns Aussprache war schon nicht mehr ganz klar. Als er jetzt aufstand, war auch die Bewegung ein wenig verschliffen. Es sah ganz außergewöhnlich umständlich aus, so als müssten seine Beine sich unabhängig vom restlichen Körper entfalten.

Mehreren im Raum stockte der Atem.

»Warum steht er jetzt auf? Warum steht er jetzt auf?«, wandte sich ein altes Männlein an Baresin.

Der wischte sich ganz unwillkürlich mit dem Zeigefingerrücken der rechten Hand den Schweiß von der Oberlippe. »Keine Ahnung. Tautun, mach jetzt keinen Ärger. Lass uns nach draußen gehen, in Ordnung?«

Die beiden Soldaren saßen sich gegenüber. Einer konnte Tautun gut sehen, der andere Baresin. Es ergab sich jetzt aber, dass derjenige, der mit dem Rücken zu Baresin saß, sich zu diesem hin umwandte. Vielleicht verstanden sie doch nicht alles, was gesagt wurde. Der andere, der eher mit dem Rücken zu Tautun saß, wandte sich zu diesem hin um. Alles wurde dadurch umständlich verschränkt.

Tautun stand bereits und ging auf die beiden Soldaren zu. Schlenkernd. Vollkommen unbewaffnet immerhin. Angesichts der Besatzung hatte er sein Kurzschwert lieber zu Hause gelassen. Der Wirt überlegte kurz, ob er sich ihm in den Weg stellen wollte, traute sich dann aber nicht. Er hatte schon immer eine unterschwellige Furcht vor Tautuns Ungestüm gehabt.

Dafür erhob sich jetzt auch Baresin. Um Tautun abzufangen und ihn nach draußen zu geleiten. Die Soldaren jedoch mussten dieses Aufstehen in ihrer beider Rücken missverstehen.

Der, der Tautun in seinem Rücken näher kommen sah, erhob sich jetzt ebenfalls, die Hand am Waffengriff, und sagte: »Macht keinen Ärger. Wir wollen nur essen.«

»Niemand macht hier Ärger«, beeilte sich Folster, der Wirt, zu versichern.

Baresin sagte fast gleichzeitig: »Keine Sorge, ich kümmere mich um ihn.«

Die Soldaren schauten sich kurz an. Mit Folster war nun ein Dritter hinzugekommen.

Tautun blieb grinsend stehen, beinahe schon in Reichweite des einen Soldaren, und streckte fordernd die Hand aus: »Gib doch mal her so ein Ding! Sollen die an eure Gryphen erinnern, oder warum haben die so plumpe Schnäbel?«

Der Soldar wusste nicht genau, was er tun sollte. Er hatte den Eindruck, man wolle ihn entwaffnen. Und zwar zu dritt. Er zog den Hammer aus dem Gehenk und erhob ihn Richtung Tautun. »Bleib zurück, du, sonst …«

Weiter kam er gar nicht.

Tautun schien auf eine solche Geste regelrecht gelauert zu haben. Mit einer Geschwindigkeit, die niemand einem Angetrunkenen zugetraut hätte, langte er nach dem Hammerstiel, packte ihn und zerrte daran. Der Soldar hatte deutlich weniger Körpermasse als Tautun. Er ruckte nach vorne, Tautun packte ihn, drehte ihn, überdehnte seinen Arm, und mit einem Schmerzenslaut ließ der Soldar den Hammer los.

Tautun hatte den Hammer nun in der Hand, aber nicht am Griff, sondern dicht unterm Kopf. Er warf ihn hoch, um ihn am Griff erneut zu fangen, langte aber daneben, weil er alles andere als nüchtern war. Polternd schlug der Hammer auf den Holzboden. Sofort bückte sich der Soldar, um an seine Waffe zu gelangen, doch Tautun hielt ihn mit der Linken immer noch fest. Genau genommen hielt er ihn halb und stieß er ihn halb.

Der andere Soldar hatte sich nun ebenfalls erhoben und seinen Hammer gezogen. Er sagte so etwas wie »Jetzt ist es aber genug, Junge!« oder »Jetzt hört der Spaß auf, Freundchen!«, das allerdings unterging, weil Baresin gleichzeitig zu ihm sagte: »Es ist alles nicht so gemeint, macht Euch keine Sorgen!« und das Gezerre der beiden Kontrahenten und der herrenlose Hammer, der von einem Fuß getreten zu rotieren begann, ebenfalls Geräusche machten. Einer der Anwesenden im Raum lachte sogar, weil das Gebalge irgendwie komisch wirkte. Es war ein Lachen aus Verlegenheit.

Der zweite Soldar drehte sich nun wieder zu Baresin um, weil der ihn gerade angesprochen hatte und auf ihn zukam. Er versuchte zu erkennen, ob Baresin bewaffnet war, doch das war offensichtlich nicht der Fall. Baresin hatte beschwichtigend beide Hände erhoben, aber das konnte auch eine Finte sein, um ebenso schnell zugreifen zu können wie Tautun vorher. Baresin wirkte nämlich weniger betrunken.

Tautun gewann inzwischen das Wettgrabschen, Zerren und Treten um den Hammer, indem er den Soldaren dank seiner größeren Kraft einfach zurückriss. Dann nahm er den Hammer auf und wog ihn in der Faust. »Liegt gut in der Hand«, sagte er so undeutlich, dass es weder nach Akitanisch noch nach Nafarroanisch klang. »Liegt wirklich gut in der Hand.«

Der Soldar fasste nach dem Hammer, wehrte sich gegen Tautuns Griff, wurde wilder, fühlte sich durch die Entwaffnung gedemütigt.

Der andere Soldar wandte sich inzwischen von dem wahrscheinlich harmlosen Baresin ab und Tautun zu. Er beabsichtigte, ihm auf den Arm zu schlagen. Mit dem Hammer. Damit dieser die sich unrechtmäßig angeeignete Waffe seines Kameraden fallen ließ. Die Lage war durch den Betrunkenen außer Kontrolle geraten und musste mit Härte wieder zurechtgerückt werden. Es ging nicht anders. Er holte aus.

Tautun drehte sich und schlug ihm von unten her den Hammer mitten ins Gesicht. Es knirschte feucht. Die Schlagbewegung des Soldaren wurde zu einem unkontrollierten Zappeln. Ohne den anderen Soldaren richtig loszulassen, entging Tautun diesem missglückten Schlag komplett und brachte seinen eigenen Schnabelhammer wieder hoch. Dieses Instrument lag tatsächlich ganz außergewöhnlich gut in der Hand, es bewegte sich beinahe von selbst, hatte seinen Schwerpunkt genau am Ende jeder geplanten Bewegung.

Mit seinem zweiten Schlag zertrümmerte Tautun dem Soldaren den Schädel. Der Soldar zuckte und speichelte noch blasig, als er in sich zusammenfiel, aber auf den Dielen hauchte er rasselnd sein Leben aus.

Alle erstarrten. Selbst der Soldar, der seinen Hammer verloren hatte und immer noch mit Tautun ums Gleichgewicht rangelte. Folster fasste sich mit beiden Händen an den Kopf. Seine Augen waren weit aufgerissen, sein Mund eine Grimasse der Qual. Der Lachende von vorhin lachte wieder, diesmal vor Schreck. Baresin hatte ein Gefühl, als würden sämtliche Wände, sämtliche Menschen vor ihm zurückweichen bis an den Horizont und er ganz alleine übrig bleiben.

Kalt war diese Einsamkeit, als wehte ein Wind über eine weite Ebene.

Tautun erschlug nun auch noch den zweiten Soldaren. Niemand hielt ihn auf.

Was hätte man denn auch tun sollen? Dem Soldaren Gelegenheit geben, um Hilfe, um Verstärkung zu rufen? Tautun angreifen, obwohl er betrunken und bewaffnet und im Blutrausch war und augenblicklich sicherlich die größte Gefahr, die in ganz Hagetmau drohte, wilder und unberechenbarer als der Capitar und alle seine Männer?

Ein Hieb.

Noch ein Hieb.

Ein dritter.

Der furchtbare, grausame, endgültige, kaum noch zu ertragende vierte.

Dann war dieser zweite Soldar ebenso tot wie der andere. Das Essen der beiden stand immer noch halbvertilgt und dampfend auf dem Tisch, gegen den niemand gestürzt war. Um ihrer beider Köpfe bildeten sich Muster aus Haaren, Holzmaserung und Blut.

Alle erwachten wie aus einem tintigen Traum, als Tautun nun den Hammer einfach fallen ließ.

Das war überraschend. Sie hätten nicht gedacht, dass er ihn wieder hergeben würde.

»So«, sagte er. »Das war das, was ich zu der ganzen Sache zu sagen hatte. Nun macht was draus.« Schweren Schrittes, als würde ihn erst jetzt die Anstrengung des Tötens überkommen, schlurfte er zurück zu seinem Tisch und ließ sich knirschend auf seinen Stuhl plumpsen.

22

»Wir sind verloren«, jammerte Folster. »Wir sind alle verloren!«

»Es ist nur einer von uns gewesen«, sagte Baresin. »Ihr habt alle genau gesehen, was passiert ist und wie.«

»Und wer soll uns das glauben? Es ist in meiner Schenke passiert! Während wir alle darum herumstanden! Und du, Baresin, hast den zweiten Soldaren ganz kirre gemacht, sonst hätte der sich nicht so ablenken lassen!«

»Ich habe niemanden kirre gemacht!«

»Doch, das hast du! Wir haben alle nichts unternommen oder das Falsche unternommen. So sieht's schon mal aus. Die werden uns fertigmachen. Das gibt nicht mal ein Kriegsgericht oder sowas, denn wir sind ja keine Soldaren. Wir sind stinknormale Dörfler, die zwei Soldaren umgebracht haben. Die werden uns alle, wie wir hier sind, einfach niedermachen.« Folsters Stimme war von Satz zu Satz leiser und brüchiger, aber auch jeglichen Widerspruch erschwerender geworden.

»Jeden Augenblick können andere Soldaren hereinkommen«, dachte Baresin laut nach. Er griff sich einfach irgendjemanden, der nahe dem Fenster saß, einen sehr kleinen Mann mit einer Wollmütze auf dem Kopf, und erteilte ihm einen Auftrag: »Naejon, schau doch bitte nach draußen und gib uns Bescheid, falls jemand kommt.« Der Angesprochene nickte und wandte sich dem Fenster zu, vielleicht froh, sich von dem Blut in der Mitte des Raumes lösen zu können.

»Was hast du denn vor?«, fragte Folster.

»Weiß ich noch nicht. Erst einmal Zeit gewinnen. Beratschlagen.«

»Beratschlagen, sehr witzig. Ohne Rauthne und Mardein.«

Diese Bemerkung versetzte Baresin einen Stich. »Ja, ohne Rauthne und Mardein! Warum denn auch nicht ohne Rauthne und Mardein? Denkst du, das sind die beiden Einzigen im Dorf, die denken können? Außerdem stehen sie uns nicht zur Verfügung, was willst du also machen? Alles verloren geben?«

»Es *ist* alles verloren, Baresin. Jetzt ist wirklich alles verloren.«

»Unsinn, das ist noch gar nicht erwiesen.« Wieder schaute sich der Sohn der Byrgherin suchend im Raum um, bis er jemanden gefunden hatte, der ihm geeignet erschien – einen jungen, langbeinigen Mann. »Wever, ich möchte, dass du rausgehst und zusammensammelst, wen du auftreiben kannst. Ich hätte gerne Erac und Varlie dabei, die beiden waren Geiseln und können uns vielleicht weiterhelfen. Aber pass auf, dass du nicht zu sehr auffällst. Der Bursche oben im Turm hat alles im Auge.«

Wever nickte bei jedem dritten Wort.

»Sei also vorsichtig und bring uns noch ein paar Leute, die uns helfen könnten. Junge Leute, die noch voller Tatendurst sind, verstehst du?«

Wever nickte stumm, mit weit aufgerissenen Augen. Dann wetzte er durch die Tür nach draußen. Der Mann mit der Wollmütze konnte ihn noch eine Weile lang umherflitzen sehen.

»Von der Ratshalle her alles ruhig?«, fragte ihn Baresin.

»Alles ruhig.«

»Gut. Dann helft mir jetzt mit, die Leichen nach hinten zu schaffen und die Blutspuren zu tilgen.«

»Was?«, schnappte Folster. »Nein, nein, nein, nichts dergleichen wird getan! Das ist Vertuschung, Baresin, damit verurteilst du uns erst recht alle zum Tode.«

»Ach, jetzt auf einmal? Gerade hast du noch gesagt, wir sind bereits alle verloren. Wir sind ohnehin alle mitschuldig.

Also ich will uns allen das Leben retten. Was hast du denn Besseres vor?«

Dem Wirt fiel nichts ein, was er darauf erwidern sollte.

Baresin dachte weiterhin laut nach. »Also gut. Wir können nicht so tun, als hätten die beiden ihren Eintopf nicht vertragen. Tautun hat ganze Arbeit geleistet, ihre Köpfe sehen aus wie von einer Rinderherde zertrampelt. Aber wir können Zeit gewinnen, wenn nicht jeder hereinspazierende Soldar sofort über ihre Leichen stolpert.«

Jetzt fand der Wirt seine Sprache wieder. »Aber Zeit gewinnen wozu? Wo sollen sie denn hingegangen sein? Du hast es doch selbst gerade festgestellt: Der Bursche oben im Turm hat ganz Hagetmau im Blick. Er hat die beiden ins *Lamm* gehen sehen. Also wenn sie nicht mehr herauskommen – wo sollen sie denn dann geblieben sein?«

»Darüber denke ich ja die ganze Zeit nach. Was, wenn wir es nicht wissen? Wenn die beiden einen über den Durst gebechert haben, und wir das alle bestätigen. Und dann sind sie nach hinten raus, durch die Küche. Um zu desertieren oder sich zu Mädchen zu schleichen, was weiß denn ich? Das müssen wir ja auch nicht wissen. Wichtig ist nur, dass der Capitar nach seinen Männern suchen lässt. Dann wird zumindest für ein paar Stunden oder sogar ein paar Tage keiner von uns hingerichtet werden. Oder hat irgendjemand eine bessere Idee?« Die letzte Frage richtete Baresin an den ganzen Raum, drehte sich dabei sogar mit ausgebreiteten Armen einmal um seine Achse. Alle schauten betreten drein oder sogar weg. Auch Tautun rührte sich nicht mehr. Wie eine nicht mehr geführte Marionette saß er da, in sich zusammengesunken. Als hätte er seine Schuldigkeit bereits aufs Alleräußerste getan.

»Dann darf aber wirklich keine Spur mehr bleiben«, sagte Folster schließlich leise.

»Ja, aber das kann doch klappen. Es sind immerhin keine Kerben im Boden oder am Tisch entstanden.«

»Und die beiden Toten müssen wir sehr gut verstecken.«

»Sehr gut verstecken, ja. Bis wir sie irgendwann in den Wald entsorgen können, dort, wo vielleicht schon alles abgesucht wurde.« In Baresins Verstand bildeten sich Fetzen eines Planes, die noch kein gültiges Gesamtbild ergaben, aber immerhin Anhaltspunkte waren.

»Nun ja«, gab schließlich Folster sich einen Ruck. »Alles ist besser, als von Anfang an zuzugeben, dass im *Lamm* Soldaren erschlagen wurden. Kommt, helft mit, wir bringen sie in den Keller. Die Soldaren haben keine Hunde dabei, mit denen sie etwas wittern können. Es gibt Winkel in meinem Keller, in die komme selbst ich so gut wie nie.«

Keiner riss sich darum, die Toten zu berühren. Aber Folster gab jetzt wieder Anweisungen, wie er das – zumindest in den Wänden seiner Schenke – gerne tat. Er bestimmte vier Helfer, und die packten mit angewiderten Gesichtern und sich gegenseitig behindernd mit an.

»So geht das nicht«, unterbrach sie Baresin schließlich. »Seht ihr denn nicht, dass ihr überall Blut verkleckert? Können wir die Köpfe denn nicht erst umwickeln oder … Eimer drüberstülpen, damit sich keine Spur bildet?«

Folsters Frau Clarde holte schließlich Wachstuch. Damit wurden knisternd die zerstörten Soldarenschädel umwickelt. Dann wurden die Leichname in den Keller getragen, während die Wirtsfrau, unterstützt von ihrem etwas schwerfälligen Sohn Ranien, sich daran machte, die Blutflecken wegzuschrubben. Wenigstens waren sie noch nicht angetrocknet, aber es war dennoch eine erstaunlich schwierige Aufgabe, das Blut aus den Dielenfugen zu tupfen.

Folster befehligte unterdessen den Trupp, der in den Keller vordrang. Seine Laterne warf ein schwankendes Licht über Regale und Vorratsschränke. Die Leichenträger stellten sich ganz außergewöhnlich ungeschickt ein: Einmal blieb der Arm eines Toten in einem Durchgang hängen und brachte die ganze Gruppe beinahe zum Kentern, dann wiederum stolperte einer der Träger über einen aussortierten Topf und löste ein lautes Scheppern aus. Folster wusste nicht, wohin mit den Leichen. Vieles war zu klein, zu voll, zu nahe an den Nahrungsvorräten, oder er befürchtete Unglück heraufzubeschwören. Schließlich verschwanden die beiden Toten fürs Erste unter einem von Spinnweben verklebten Brennholzstapel. Es war ein langes Poltern, Ächzen und Klappern, bis von unten endlich Ruhe einkehrte.

Baresin stand neben Naejon mit der Wollmütze und hielt – die Nase beinahe an den wulstigen Scheiben des Fensters – nach Wever Ausschau oder nach Soldaren, die aus der Ratshalle kamen. Aber immer noch blieb draußen alles ruhig. *Das schwarze Lamm* lag ein Stückchen nördlich vom *Hafen* an der Hauptstraße, die das Dorf von der Brücke im Süden bis in den nördlichen Wald hinein durchschnitt. Man konnte von hier aus recht gut im Blick behalten, ob sich jemand vom Marktplatz aus näherte.

Hagetmau war an diesem Abend nicht ausgestorbener als sonst auch, und dennoch kam es den rund fünfundzwanzig Personen, die sich im *Schwarzen Lamm* aufhielten, vor, als sei die Nacht keine Nacht mehr, sondern Nebel, als kündete jedes Geräusch dort draußen von Unheil, und als sei der Tempelturm eine Art Leuchtturm, von dem herab der Blick eines Rachedämons dräuende Strahlen schweifen ließ.

Einige riefen Abelion um Schutz an.

Andere wollten einfach nur nach Hause, weg aus diesem Blutraum. Doch Baresin untersagte jedem ein Verlassen der Schenke, bis eine von allen akzeptierte Lösung gefunden war.

»Ich weiß gar nicht«, begann einer zaghaft, »ob es so eine gute Idee ist, noch mehr Leute hinzuzuholen. Es gibt ohnehin schon zu viele Mitwisser. Wenn auch nur einer von uns plaudert, sind wir alle geliefert.«

»Genau darum geht es«, beharrte Baresin. »Am liebsten würde ich das ganze Dorf hier drinnen versammeln, damit jedem klar wird, was auf dem Spiel steht. Aber das wird wohl nicht gehen.« Er wusste auch nicht so richtig, worauf er eigentlich hoffte. Auf jemanden, der ihm das Entscheiden abnehmen konnte. Aber wer sollte das sein? Tautun, der das ganze Schlamassel angerichtet hatte, hielt sich jetzt fein raus, indem er zu große Trunkenheit vortäuschte. Das war typisch für diesen Maulhelden.

Endlich tauchte Wever wieder auf, gefolgt von einer losen Gruppe aus sechs Mann. Nur sechs, aber immerhin. Hoffentlich kam diese Gruppe dem Wachtposten auf dem Turm nicht schon zu verdächtig vor. Baresin befürchtete jeden Augenblick das Läuten der Glocke zu hören. Aber alles blieb still.

Totenstill.

Wever führte die sechs Neuen ins *Lamm*. Varlie war dabei. Ein älteres Ehepaar, das ein Dutzend Milchkühe sein eigen nannte. Ein Halbwüchsiger, etwa in Nendlèces Alter, aber noch deutlich kindlicher. Die jüngere und hübschere der beiden Heberinnen. Und Sinion.

Wever berichtete Baresin: »Erac wollte nicht kommen, er hat genug von der ganzen Sache. Er hat auch seinen Töchtern das Kommen verboten, Varlie hat sich aber dennoch rausgeschlichen. Die Heberin kam gerade von einer Wöchnerin zurück. Und Sinion konnte ich nicht abschütteln, der drückte sich die ganze Zeit am *Hafen* herum und war der Neugierigste von allen.«

»Ist schon gut«, beschwichtigte ihn Baresin. Er fand es gar nicht schlecht, dass Sinion mit dabei war, immerhin war der Stotterer auch eine der Geiseln gewesen.

Mit wenigen Worten erklärte Baresin sowohl den Neuankömmlingen als auch allen anderen noch einmal die Lage: »Tautun hat zwei Nafarroaner totgeschlagen. Wir haben ihre Leichen erst einmal im Keller verschwinden lassen. Jetzt überlegen wir, was wir tun können. Wie wir Zeit gewinnen. Wie wir aus der ganzen Sache heil wieder rauskommen.«

»Wir müssen Tautun ausliefern, ist doch ganz klar«, sagte die Heberin. »Warum soll das ganze Dorf leiden, nur weil einer von uns ein schwachköpfiger Kraftprotz ist?« Zwischen ihr und Tautun war womöglich vor Jahren mal etwas gewesen. Es war nicht gut ausgegangen.

»Die Frage ist, ob der Capitar das so deutlich trennen wird«, gab Baresin zu bedenken. »Man kennt immerhin den Spruch: *Mitgefangen, mitgehangen.* Vielleicht wird er einfach nur ein Exempel statuieren wollen. Was, wenn er Folster mit verantwortlich macht? Oder mich, weil ich mit dabei war?«

Die Frau schnaubte. »Warum dich? Du bist nicht der Byrgher, niemand wird dich verantwortlich machen. Das mit Folster werden wir wohl riskieren müssen. Eine andere Möglichkeit gibt es nicht. Bedankt euch bei Tautun, dass die Dinge so liegen.«

»Wir hatten darüber nachgedacht, den Vorfall mit den beiden Toten zu vertuschen. Es so aussehen zu lassen, als seien die Soldaren abgehauen. Ist doch nicht unmöglich, dass sie zurückwollen in ihre Heimat.«

»Aber sie sind doch erst seit wenigen Tagen hier«, wandte nun Naejon ein, der weiterhin am Fenster Ausschau hielt. »Besonders gefährlich oder auch nur unangenehm war ihr Einsatz bislang nicht. Sie schlagen sich mit unseren Vorräten die Bäuche voll und pennen den ganzen Tag in der Ratshalle. Ich glaube nicht, dass die das nicht mehr aushalten.«

Durch die Versammlung lief ein zustimmendes Murmeln.

»Ich bezweifle auch, dass das gutgehen wird«, sagte nun Folster. Vorhin hatte er sich noch mitreißen lassen. Die Aussicht, zumindest die Toten und die Blutflecken fürs Erste aus dem Blick zu bekommen, hatte ihn milder gestimmt. Aber nun waren ihm wieder Zweifel gekommen. »Sie werden alles durchkämmen. Sie werden Spuren im Wald suchen von zwei

Flüchtlingen. Und nichts finden. Überhaupt nichts. Außer den zwei Leichen, letztendlich, in meinem Keller.«

»Wir könnten falsche Spuren legen im Wald«, schlug Baresin vor. »Zwei von uns könnten die Flüchtenden vortäuschen. Die Spuren könnten wir … zum Beispiel bis zum Zeitaltersee führen lassen. Dort verlieren sie sich dann. Weil die beiden entweder dort reingesprungen oder aber vielleicht sogar ertrunken sind.«

Wieder das Murmeln, diesmal skeptischer. Wer sollte das denn machen? Was, wenn sie dabei erwischt oder gesehen wurden? Die Nafarroaner waren doch jetzt überall.

»Es sind nun nur noch achtundzwanzig«, sagte Varlie mit klarer Stimme. »Das ist doch gut und nicht schlecht. Wir sollten Tautun dankbar sein, dass endlich mal einer von uns etwas unternommen hat. Wenn einer von uns ausreicht, um zwei von denen zu erschlagen – warum haben dann die restlichen vierhundertneunundneunzig von uns weiterhin Schiss vor den achtundzwanzig, die noch übrig sind?«

Betretene Stille kehrte ein. Kaum einer wagte sich auch nur zu rühren. Einzig Folster fuhr sich wieder mit beiden Händen durch die Haare, als müsste er seine Schädeldecke am Wegfliegen hindern.

»Schlägst du etwa vor, dass wir sie alle umbringen?«, fragte Baresin. »Und dann? Das ganze Land ist doch von denen besetzt. Wenn die mitbekommmen, dass Hagetmau dreißig ihrer Leute erschlagen hat, dann machen die Hagetmau dem Erdboden gleich. Damit nirgendwo in Akitania ein anderes Dorf auf ähnliche Gedanken kommt.«

»Und wwwwwwas ist … was ist …«, begann Sinion umständlich zu stottern, und als sich ihm mehrere Anwesende zuwandten, wurde er noch unsicherer und krümmte sich schier unter den Blicken, »wwwwwas ist … wwwwwenn sie es … was ist, wwwwenn sie es nnnnnicht mmmmitbekommen?«

»Wie sollen sie es denn nicht mitbekommen, dass eine ihrer Besatzungsabteilungen komplett verschwunden ist? Meinst du, die werden von hier aus niemals Meldung machen? Oder es wird nie jemand vom Heer vorbeikommen und nach dem Rechten schauen?«

Sinion versuchte, sich nicht beirren zu lassen. Er wusste genau, was er sagen wollte, nur es zu sagen, während jetzt bald alle, auch und besonders Varlie, ihn fragend und schrecklich ungeduldig ansahen, das kam ihm wie eine schwierige Kletterpartie in großer Höhe vor. »Hahahahahaben sie denn … hahaben sie denn schon eine M…M…M…Meldung gemamamacht?«

Als jetzt niemand antwortete, fasste er sich ein Herz und sprach weiter. »Ich hahahabe nnnichts gesehen, und ich wawawawar immer…immerhin bbbei ihnen in der Halle. Sie ha…haben keine Brieftau…tau…tauben. Und kkkeine Pferde losgeschickt. Wahrscheinlich hahaben sie nur den Gr… Gryph. Und der steht im St… im St…«

»Der steht im Stall«, half Wever aus. Alle quälte es, wie sehr Sinion sich abmühen musste.

»Ja, ddder ist noch nnnicht be…nutzt worden. Also haben sie nnnnoch nie…nie…niemandem mit…mit…mitgeteilt, dass sie hier ange…angekommen sind.«

»Ja, und?«, fragte jetzt Baresin stellvertretend für alle.

»Sie…sie…sie kkönnten im Wald verloren…gegangen sein. Von Rin…Rin…Rindenhyänen zer…zerrissen. Oder sonst etwas. Sie kkkönnten hier nie…nie angekommen sein. Dann könnte keiner uns die Schuld … dann könnte keiner uns die Schuld geben.«

Niemand verstand, worauf er hinauswollte.

Naejon kratzte sich die Mütze. »Aber sie *sind* doch hier angekommen. Was bringt es uns, wenn niemand davon weiß?«

In die jetzt entstehende Pause hinein sagte Sinion wie mit

Anlauf: »Wir…wir können sie alle umbringen. Und dann … die Leichen in…in…in den Wald schaffen.«

Mehrere redeten jetzt durcheinander, Frauen wie Männer. »Sie umbringen?« »Wie soll denn das gehen?« »Wer soll das machen?« »Wir sind doch nicht wie Tautun.« »Das klappt niemals. Sie haben Waffen und Rüstungen und wir nichts.«

Auf den letzten der Sprecher zeigte Sinion mit dem Finger. »Ddddas st…st…stimmt nicht! Mit jedem, den wir töten, hahahaben wir eine Waffe und eine Rüs…tung mehr. Jetzt haben wir schon zwei!«

Alle schauten ihn verblüfft an, entweder, weil er jetzt einmal einen kurzen Satz ganz ohne Stottern herausgebracht hatte, oder, weil seine Rechnung so einleuchtend klang.

»Ja, aber trotzdem …« »Wie soll man das denn anstellen?« »Sie können doch viel besser mit ihren Waffen umgehen als wir.« »Sicher, wir sind in der Überzahl …« »… aber wer von uns traut sich denn einen Kampf zu?«

»Ich«, antwortete Varlie. »Und Tautun. Wir beide können das machen.«

»Jjjja, das geht«, sagte Sinion, und alle wandten sich wieder ihm zu. In ihren Gesichtern war jetzt kein Mitleid mehr. Sie hörten wirklich zu, was er zu sagen hatte. »Weil sie sich so zer…zer…zersplittert haben. Einer ist im Turm. Den müssen wir natürlich zu…zu…zuerst nehmen, weil er sosososososonst Alarm schlägt. Dann zwei an der Brücke. Zwei am Stall. Zwei am…am…am Waldrand. Das macht schon neun, mit den beibeiden, die wir schon … die wir schon haben. Dann die zwei, die um die Rats…Ratshalle gehen. Da müssen wir ei… einen guten Augenblick ab…ab…abwarten. Dann die zwei vor der Halle. Und dann ist schon fast diediedie Hälfte besiegt. Dann sind schon … dann sind schon nur noch sieb… zehn übrig. Und in der Nacht schlafen von den siebsiebzehn minminmindestens fünf…zehn. Wenn wir schnell sind. Wenn wir gegeschickt sind. Dann ist das zu schaff…schaffen.

Und wir brauchen eigent…eigentlich immer nur … Varlie und Tautun. Weil sie immer nur höch…höch…höchstens zwei Gegner haben. Varlie und Tautun sind eine gugute Idee. Sehr gut sogar. Varlie lenkt sie ab. Redet mit ihnen. Und Tautun pirscht sich vovovon hinten heran und…und…und schlägt sie tot. Wie vorhin. Zwei Mann.«

Je mehr er sprach, desto leichter schien es ihm zu fallen.

23

Die Versammelten ließen das alles ausführlich sacken. Bis hierhin klang es tatsächlich gar nicht so undurchführbar. Zumal die ganze Last auf niemandem sonst ruhte außer auf Tautun – der den ganzen Schlamassel ja zu verantworten hatte – und Varlie, die selbst schuld war, wenn sie so tatendurstig und großmäulig daherkam.

Aber allen war anzusehen, dass ihnen unwohl war, weil dieser Plan ausgerechnet von Sinion kam, einem, der sich auch in den Ratsversammlungen nie zu Wort meldete. Aus nachvollziehbaren Gründen.

Sein Gestammel forderte Widerspruch geradezu heraus.

»Aber dann?«, fragte Folsters Frau Clarde, und raffte dadurch die Zweifel sämtlicher Anwesender zusammen. »Wenn das alles geschafft wäre? Wenn selbst die an der Ratshalle ohne Lärm geschafft wären? Und ich sage nicht, dass das einfach zu bewerkstelligen ist. Aber sagen wir: Es hätte geklappt. Was machen Tautun und Varlie dann mit siebzehn Mann im Innenraum? Selbst wenn die schlafen? Die kommen doch zu sich! Und dann ist es aus.«

»Dadadada … wären sie nicht mehr all…allein. Wenn die

Wachen nicht mehr … nicht mehr da sind, dann können wir alle ins Innere. Mindestens zwanzig, dreidreidreißig, vierzig. An den Fenstern auch noch welche. Wewewenn welche flüchten wollen …«

»Du verrechnest dich, Sinion«, sagte Baresin beinahe begütigend. »Wir alle zusammen hier im *Lamm* sind keine dreißig Leute.«

Doch Sinion ließ sich nicht mehr abbringen. Sein längliches Gesicht verzerrte sich, seine Augenlider flatterten wie unter einem Krampf. »Wenn die Wachen nicht mehr … nicht mehr da sind, dann haben wir Zeizeizeit gewonnen. Dann können wir noch mehr Leute wecken. Hundert. Hundert würden wahrscheinlich…hundert würden wahwahwahrscheinlich mitmachen. Wir können die da … drinnen einfach überrollen. Bevor sie überhaupt memerken, was ihnen ge… geschieht.«

»Das ist doch Verrücktheit«, wehrte die Heberin ab. »Ein Blutbad! Und dann? Dann sind wir immer noch in einem besetzten Akitania.«

»Aber vievielleicht lässt … lässt man uns in Ruhe.«

Alle dachten nach. Murmelten. Bleckten die Zähne. Wirt Folster raufte sich immer noch die Haare.

»Also hört mal, Leute«, begann er dann. »Selbst wenn wir das alles schaffen würden, wäre das leider keine Lösung. Die werden doch nachforschen. Selbst wenn wir die ganzen Leichen in den Wald schleppen und ein paar Hyänenkadaver dazulegen und es aussehen lassen, als hätten die sich alle gegenseitig zerfleischt – dann ändert das immer noch nichts an der Tatsache, dass die Hagetmau mit dreißig Mann besetzen wollten und Hagetmau dann nicht besetzt ist. Also werden sie weitere dreißig Mann schicken. Oder, wenn wir Pech haben, diesmal fünfzig. Oder hundert. Weil sie die Wälder um uns herum für so gefährlich halten. Wir verbessern doch nichts. Wir verschlimmern nur alles.«

»Darum geht es aber nicht«, sagte Baresin. »Ich finde es verhältnismäßig egal, ob wir nun von dreißig oder von fünfzig Mann besetzt werden. Jetzt ist doch erst einmal nur wichtig, dass wir nicht alle wegen Mordes drankommen. Besonders du, Folster, denn bei dir ist es passiert.«

»Ich finde es traurig, wie ihr bereit zu sein scheint, alles mit euch machen zu lassen, was den Nafarroanern einfällt.« Es war Varlie, die diese Worte gesprochen hatte. Sämtliche Köpfe, durch Folsters Worte der Vergeblichkeit schon beinahe wieder zu bequemer Resignation eingelullt, ruckten wieder ein Stück weit hoch, wie aufgestört. »Davon abgesehen hat Baresin es erfasst: Wir können nicht mehr zu dem Zustand zurück, wo nichts geschehen ist. Das ist vorbei. Es hat zwei Tote gegeben. Ob wir zwei Tote verschwinden lassen oder dreißig, kommt eigentlich auf dasselbe hinaus. Nur dass wir, wenn wir dreißig verschwinden lassen, wieder frei sind. Frei wie Akitania vor ein paar Tagen noch war. Wie es vielleicht nie mehr sein wird, wenn alle Akitanier solche Feiglinge sind wie ihr.«

Die Anwesenden wichen ihrem wütenden Blick aus. Dadurch erhielt Varlie nur zusätzlichen Aufwind.

»Sinions Plan hat Hand und Fuß«, fuhr sie fort. »Tautun und ich erledigen die Drecksarbeit. Zuerst der auf dem Turm. Wie kommen wir am besten an den ran?«

»Mit den Uni... Uniformen«, sagte Sinion. »Von den beiden Toten.«

»Sehr gute Idee! Im Dunkeln und von oben wird er kaum den Unterschied erkennen können. Wir gehen in den Uniformen raus und zu ihm hoch und bringen ihn um. Alles andere wird einfacher. Die Zweierposten sind so ungeschickt aufgestellt, dass sie sich gegenseitig nie sehen können. Nur die, die sich um die Ratshalle herumbewegen, werden schwierig, aber wenn wir die abpassen, wenn sie gerade am weitesten von der Eingangstür und den beiden anderen Posten entfernt sind, wird das klappen.«

»Mädchen, du sprichst vom Morden. Vom Umbringen. Als wenn das etwas ganz Alltägliches wäre«, sagte die Heberin.

»Ja. Und ihr alle sprecht von Unterwürfigkeit. Vom Stillhalten. Vom Aufgeben. Vom sich mit den neuen Machthabern gut Stellen. Als wenn gar nichts geschehen wäre. Als wenn die uns nicht einfach unser ganzes Land und alles, was uns gehört, gestohlen hätten!«

»Vor allem unsere *Säge*«, sagte jemand ganz leise, Varlies eigentliche Motivation spöttisch in Frage stellend, aber er verstummte unter ihrem wütenden Blick.

Varlie holte neuen Atem. »Uns bietet sich hier eine Möglichkeit. Tautun hat den Anfang gemacht. Den Anfang, zu dem keiner von euch in der Lage gewesen wäre. Wenn wir jetzt nicht zugreifen, dann war das alles völlig umsonst.«

Jetzt meldete sich die Milchbäuerin zu Wort, die zusammen mit ihrem Ehemann erst mit Varlie und Sinion ins *Lamm* gekommen war. »Schätzchen, ich fürchte, dir ist nicht ganz klar, welches Unheil du auf Hagetmau heraufbeschwören willst. Die Lage jetzt ist nicht schön, aber sie ist immerhin erträglich. Haben die Nafarroaner welche von uns umgebracht? Nein. Haben sie uns wirklich unser Hab und Gut weggenommen? Nein, nur in Maßen beanspruchen sie unsere Vorräte für sich. Jetzt ist in diesem Zimmer ein Mord geschehen. Ein Doppelmord sogar. Ging die Gewalt von den Nafarroanern aus? Nein. Von uns. Von *einem* von uns. Was droht uns also? Dass Tautun bestraft werden muss. Hingerichtet. Dass vielleicht alle, die Augenzeugen waren, bestraft werden müssen. Vielleicht sogar alle, die jetzt an dieser Beratung teilnehmen. Gut. Aber das sind immer noch nur dreißig Menschen. Ich sage das wohlweislich im Bewusstsein der Tatsache, dass ich auch einer von diesen dreißig Menschen bin. Ich und mein Mann. Niemand kann mir also vorwerfen, ich würde mich aus allem heraushalten. Ich wäre bereit, ein solches Urteil zu tragen. Dreißig Bestrafungen. Wenn wir aber so weitermachen, wie Varlie und Sinion sich das ausgedacht haben – dann wird es nicht bei dreißig Bestrafungen bleiben. Dann werden die nafarroanischen Heere, die unser ganzes Land besetzt haben, Hagetmau ausmerzen. Das ganze Dorf. Nicht nur die Menschen, auch die Tiere. Unsere Kühe. Unsere Wohnstätten. Alles. Weil dies ein Dorf ist, das dreißig Morde begangen hat. Gemeinschaftlich. Das werden die nicht einfach mit ein paar gestrengen Worten abtun. Das können die sich gar nicht leisten. Die werden an unserem Dorf ein deutliches Zeichen setzen müssen. Nichts wird von uns bleiben als die vage Legende, dass wir dumm waren und aufmüpfig.«

Varlie ärgerte sich darüber, dass alleine schon die Länge dieser Rede die wankelmütigen Anwesenden wieder in ihren Bann gezogen hatte. »Du hast uns nicht richtig zugehört«, versetzte sie nur. »Wir wollen nicht als aufmüpfig dastehen – wir wollen, dass es so aussieht, als sei der Trupp im Wald umgekommen. Dadurch schützen wir ganz Hagetmau. Alle, die hier versammelt sind. Auch dich und deinen Mann. Und sogar Tautun. Es wird keine einzige Bestrafung geben. Das ist unser Ziel.«

»Die ganze Zeit reden wir über Tautun«, sagte Naejon. »Tautun hat *dies* getan. Tautun wird *das* tun. Vielleicht sollten wir ihn mal fragen, ob er überhaupt bereit wäre, es zusammen mit Varlie mit dem gesamten Rest der Besatzer aufzunehmen. Wenn ihr mich fragt, scheint er nämlich ziemlich hinüber zu sein.«

Die Aufmerksamkeit aller wandte sich nun Tautun zu, der zusammengesunken auf seinem Stuhl saß und so rasselnd atmete, als würde er schnarchen.

»Tautun?«, sprach Varlie ihn an. Als er nicht reagierte, trat sie vor ihn hin und ging vor ihm in die Hocke. »Tautun?«

»Ja doch, ich bin wach«, knurrte er, ohne den Kopf zu heben. Dann hob er ihn doch. »Ich warte nur ab, bis ihr verdammten Hornochsen endlich mit eurem Gequatsche fertig seid. Können wir nicht bald loslegen? Sonst kommen die nächsten Soldaren nach dem Rechten sehen, und alles fliegt auf.«

»Viel…vielleicht wäre es jaja gar nicht so schlecht, wenn nochmal zwei bis vivivier Mann nachschauen kommen. Mit denen würden wir leicht fertig. Und umumumso weniger sind dann noch in der Rats…Ratshalle.«

»Aber das dauert alles zu lange«, gab Folster zu bedenken. »Bis jetzt haben wir noch Glück, dass die beiden noch nicht mal aufgegessen hatten. Aber so langsam wird man sie vermissen. Und die nächsten, die nachschauen kommen, dann auch. Dann hätten wir keine Zeit mehr, uns die ganzen Zweierposten einen nach dem anderen vorzuknöpfen.«

»Bist du denn jetzt plötzlich auch dafür?«, fragte ihn Clarde, seine Frau.

»Naja.« Der Wirt wand sich unbehaglich. »Ich habe wirklich keine Lust, bestraft zu werden, nur weil Tautun sich in meiner Schenke danebenbenommen hat. Also wenn es so ist, wie Varlie sagt, dass wir dadurch einer Bestrafung entgehen können, dann bin ich wohl dafür. Ich sehe auch keinen anderen Weg, als es so schnell wie möglich zu machen.«

Das war eine bedeutsame Veränderung, dass nun nicht mehr nur die jugendlich Ungestümen, Varlie und Sinion und Tautun, für den Kampf plädierten, sondern auch der mit beiden Beinen auf dem Boden der Tatsachen stehende Wirt. Es war, als hätte sich plötzlich die Temperatur in dem großen Raum verändert. Die Versammelten fingen wieder an zu murmeln, tuschelten miteinander, tauschten sich aus, waren uneins mit sich selbst.

Schließlich fragte einer: »Was sagst du, Baresin? Was rätst du uns?«

Mit einem Mal sah der Sohn der Byrgherin sich endgültig in der Position, seine Mutter vertreten zu müssen. Er war derjenige, an den man sich wandte, wenn man nicht mehr weiterwusste. Nach einem kurzen Moment des Erschreckens spürte er, wie dieses Gefühl durch ihn hindurchrieselte wie eine silbern sprudelnde Kraftquelle.

Hagetmau. *Sein* Hagetmau. Hatte die Möglichkeit, sich auszuzeichnen unter allen Orten Akitanias.

Aber der Preis? Der entsetzliche, kaum zu verantwortende Preis …

»Schlimmer kann es nicht mehr werden«, sagte er schließlich halblaut, wurde dann aber deutlicher. »Seit ein paar Tagen leben wir unter der Knute. Diese Knute mag mit Seide umwickelt sein und mehr drohen als schlagen, aber es ist nichtsdestotrotz eine Knute. Ich sage: Schütteln wir das Joch ab.« Ihm fiel selbst auf, dass die beiden Bilder »Knute« und »Joch« nicht ganz zusammenpassten, aber beides entstammte dem bäuerlichen Leben und verdoppelte dadurch womöglich die Wirkung auf seine überwiegend einfachen Zuhörer. »Eigentlich haben wir von diesem Punkt an nur noch zwei Möglichkeiten: Die eine ist, wir versuchen zu lügen und zu verschweigen, aber wer weiß, wie lange das gut geht, bis einer sich verplappert. Oder bis sie doch mit Hunden kommen und die Leichen finden. Die andere ist, wir nehmen das Heft in die Hand. Die Lüge wird dadurch kaum größer. Nicht aus der Sicht der nafarroanischen Heere. Ob wir zwei von denen erschlagen oder dreißig, mag für uns ein mühseliger und blutiger Unterschied sein, aber für die Königin von Nafarroa ist es gleichgültig, ob wir einen erschlagen haben oder einhundert. Sie wird uns bestrafen, bestrafen *müssen*, um nicht an Gesicht zu verlieren.« Konnte man »an« Gesicht verlieren, oder nur »das« Gesicht, und stattdessen »an« Macht und Einfluss? Egal. Weiter. Je länger er jetzt sprach, desto mehr wurde das alles *sein* Plan, *seine* Entscheidung. Je länger er jetzt sprach, desto mehr überzeugte er sich selbst von der tatsächlichen Durchführbarkeit. »Tautun hat uns in eine schwierige Lage gebracht.« Er hätte auch sagen können »Tautun hat den ersten Schritt getan«, aber das hätte diesen Totschläger nur zu sehr in ein ruhmreiches Licht gerückt. So war es besser. Ihm die Schuld zuschanzen und sich selbst als Retter hinstellen. »Wir können jetzt die Köpfe in den Sand stecken und greinen, oder wir nutzen diese schwierige Lage als Chance. Ich sage: Nutzen wir sie als Chance! Diese Soldaren sind besiegbar, das hat Tautun uns bewiesen. Ein Einziger von uns hat ausgereicht, um zwei von denen totzuschlagen. Dieser eine ist noch nicht einmal verwundet worden. Ich sage: Machen wir es mit den restlichen 28 einfach genauso! Befreien wir Hagetmau! Selbst wenn wir dabei scheitern sollten, wird man sich an uns erinnern als den letzten Ort, in dem Akitania noch Akitania war!« Das mit dem »Scheitern« hätte er besser verschweigen sollen. Er sah Furcht in den Gesichtern.

Drei jedoch rissen bei den letzten Worten jubelnd die Arme hoch, so mitreißend fanden sie diesen Aufruf. Folster ermahnte sie sofort: »Seid ihr von Sinnen? Das hören die doch!« Das akitanische Hurra verstummte augenblicklich, hatte aber dennoch einige der Furchtsamen wieder mit etwas Zuversicht versorgt.

Baresin schaute mit dringlich zusammengekniffenen Augen in die Runde. Schaute jedem Einzelnen ins Gesicht. Es gab keine richtige Abstimmung. Es stellten sich einfach zu Wenige dagegen, um an der allgemeinen Zustimmung Zweifel aufkommen zu lassen. Der Sohn der Byrgherin ließ allen noch ein paar Momente Zeit. Niemandem fiel mehr etwas ein. Alle wirkten übernächtigt und resigniert, wie auf einen unebenen Weg gesetzt, den sie sich nicht ausgesucht hatten, der aber weit und breit der Einzige zu sein schien, der überhaupt noch so etwas wie Hoffnung barg. Schließlich wandte er sich an Sinion. »Also, wie war noch einmal der Plan?«

Sinion brauchte dreimal so viele Worte und Anläufe, als nötig gewesen wären, um alles zu erklären, aber sein Plan war klar strukturiert und jedermann verständlich:

Zuerst der im Turm. Wichtig hierbei war, dass der Soldar weder dazu kam, die Glocke zu läuten noch »Alarm!« zu schreien.

Dann die beiden an der Brücke, im Süden.

Dann, das Dorf vorsichtshalber umgehend, die beiden am nördlichen Waldrand.

Als Nächstes nach Süden in den Ort vordringen bis zum Stall und seinen beiden Bewachern.

Von dort in der Nähe konnte man schon sehr gut die Ratshalle beobachten. Die beiden patrouillierenden Soldaren abpassen, wenn sie gerade von den am Ratshalleneingang stehenden Wächtern so weit wie möglich entfernt waren. Sie so leise wie möglich niederringen.

Dann schnell zum Eingang. Die letzten beiden.

Danach hätten die Hagetmauer ein wenig Zeit gewonnen. Sie konnten jetzt noch mehr Verbündete aus den Häusern holen, sie bewaffnen, die eroberten Rüstungen und Streithämmer verteilen.

Zuletzt mit so vielen Leuten wie möglich in die Ratshalle eindringen. Tautun voran, der sicherlich fünf Schlafende erschlagen konnte, bevor sie überhaupt richtig zu sich kamen.

»Was ist mit Rauthne und Mardein?«, fragte die Heberin. »Sie werden damit drohen, die beiden umzubringen. Deshalb haben sie sie ja als Geiseln genommen.«

»Es mumumuss alles sehr…sehr schnell gehen«, sagte Sinion. »Sie düdüdürfen gar nicht erst … sich absprechen könn…können.«

»Die Geiseln sind alles, was sie noch haben«, sagte Baresin nachdenklich. »Wenn wir in die Ratshalle eindringen, werden sie bereits ahnen, dass draußen alles verloren ist. Würden sie die Geiseln also töten, hätten sie gar nichts mehr gegen uns in der Hand.«

»Bei Abelion, Baresin, es ist deine *Mutter*, mit deren Leben du da spielst!«, mahnte die Heberin.

»Ich weiß«, antwortete er so ruhig wie möglich, obwohl er spürte, wie eine klamme Hand sein Innerstes zusammenpresste. »Aber erstens ist es kein Spiel. Es geht um alles oder nichts. Und zweitens kenne ich meine Mutter besser als jeder von euch. Ich bin mir sicher, dass sie es satt hat, als Geisel gegen ihre eigenen Leute gehandhabt zu werden. Sie wäre unbedingt dafür, wenn sie wüsste, dass wir etwas unternehmen wollen.« In Wirklichkeit war er sich dessen überhaupt nicht so sicher. Rauthne verhandelte sicherlich die ganze Zeit über mit dem Capitar, um für beide Seiten annehmbare Kompromisse zu erzielen. So war sie. Eher gemäßigt als aufbrausend. Aber sie wusste nichts von den beiden Toten im *Schwarzen Lamm.* Diese beiden Toten waren es, die alles andere außer Kraft setzten.

»Was ist denn eigentlich mit dem Gryph?«, fragte einer.

»Was soll mit dem sein?«, fragte Baresin leicht geistesabwesend zurück.

»Na, wir können doch nicht so tun, als hätten die Soldaren Hagetmau nie erreicht, aber einen Gryph im Stall stehen haben!«

»Das ist ein Problem für hinterher, finde ich. Jetzt geht es ja erst einmal nur darum, die … Säuberung vorzunehmen.«

»Der Gryph ist im Stall angebunden«, mischte Varlie sich ein. »Hat meine Schwester mir erzählt. Er wird sich also nicht in die Kampfhandlungen einmischen können.«

Folster verzog jetzt wieder missbilligend das Gesicht. »Der ganze Plan beruht viel auf Anschleichen und Heimlichkeit. Ich finde, Tautun ist viel zu besoffen, um irgendetwas leise tun zu können.«

»Des…deshalb haben wir ja VvvVarlie. Sie lelenkt die Soldaren ab. Tautun macht nununur den Rest.«

»Trotzdem darf er dabei aber nicht herumtorkeln.«

»Wer torkelt denn hier, du Butterfass?« Tautun hatte sich aus dem Stuhl hochgestützt und machte tatsächlich Anstalten, sich auf den Wirt zu stürzen. Zwei Mann und Folsters Frau gingen dazwischen.

»Na, immerhin ist er in der richtigen Stimmung für das, was wir jetzt vorhaben«, bemerkte Baresin sarkastisch. Dann klatschte er in die Hände. »Schluss mit dem Unsinn, wir haben keine Zeit zu verlieren. Folster, wir brauchen die Rüstungen und die Hämmer der beiden Toten.«

»Die haben wir doch gerade erst mühsamst im Keller verborgen!«

»Das spielt jetzt aber keine Rolle. Wenn unser Plan gelingt, brauchen wir sie nicht mehr in deinem Keller zu verstecken. Sie kommen dann mitsamt den anderen in den Wald. Falls unser Plan jedoch fehlschlägt – naja, dann kommt es auf zwei Leichen mehr oder weniger wohl auch nicht an.«

24

Die Toten wurden unter dem Holzstapel hervorgezerrt und gefleddert. Dabei verrutschten ihre Kopfumwicklungen und alles wurde wieder sehr hässlich, aber es musste schnell gehen. Naejon behielt weiterhin seinen Beobachtungsposten am Fenster bei und achtete darauf, ob sich weitere Soldaren aus der Ratshalle näherten. Draußen blieb alles ruhig. Als gäbe es ein ausgleichendes Gegengewicht zu der Aufgeregtheit im Inneren des *Schwarzen Lamms*.

Während Tautun und Varlie sich die immerhin nicht allzu blutbesudelten Krebsharnische der beiden Getöteten umschnallten, machte Sinion ein ganz sorgenzerfurchtes Gesicht.

»Was hast du, Sinion?«, fragte ihn Baresin.

»Ddddas ist zuzuzu riskant. Alles hänghängt von dem im

Turm ab. Der Weg nach o… nach oben ist lang und sie können auf … auf die Frafragen vom Wächter nicht antworten. So kommen sie nienienie an ihn heran, o-ohne dass er Verdachdacht schöpft. VaVarlie sieht als Mann nicht über… überzeugend … nicht sehr überzeugend aus. Ganz oben mümüssen sie nah zu ihm hin, ohne dass er sie erke…erkennen kann.«

»Also was wollen wir tun? Wer soll sonst gehen, außer Varlie? Wer von uns sieht überhaupt den beiden Toten ähnlich?«

»Varlie geht«, antwortete Sinion nach einer plötzlichen Eingebung. »Aber a…als Frau! Tautun zerrt sie als Gegegeschenk nach oben, er lalacht dreckig, sie wehrt sich, dadurch entsteht Unruhe, der Soldar wiwiwird eher auf sie achten als auf … auf Tautun, so kommt Tautautun an ihn ran.«

»Das ist gut, so machen wir's«, sagte Varlie. Zum ersten Mal in ihrem Leben bedachte sie Sinion mit so etwas wie einem anerkennenden Blick, wenn auch nur kurz, denn jetzt musste sie sich den Harnisch wieder abschnallen. Sinion jedoch schien unter diesem Blick um einen halben Kopf zu wachsen.

Varlie wog den Schnabelstreithammer in der Hand. Schwer kam ihr der vor, fast so schwer wie die *Säge*, nur viel kompakter. Weniger elegant. Gedrungen.

Die *Säge*. Wenn alles glattging, würde sie sie schon in ein, zwei Stunden endlich wieder in Händen halten können.

»Den lass besser hier. Als … Geschenk an den Wachtposten solltest du nicht bewaffnet sein«, sagte Baresin zu ihr.

»Aber das ist umständlich. Dann muss ich erst wieder ins *Lamm* zurück, um mir eine Waffe zu holen, und wir sollten eher schnell vom Turm aus zur Brücke, findest du nicht auch? Ich will den Zweiertrupps nicht unbewaffnet entgegentreten. Das ist zu gefährlich, falls Tautun gegen zwei gleichzeitig Schwierigkeiten bekommt.«

»Das stimmt schon. Aber der Posten im Turm wird ebenfalls bewaffnet sein. Nimm dir seinen Hammer.«

»Und wenn er nicht bewaffnet ist? Weil er nur Ausschau halten soll?«

»Was diskutiert ihr so blöd rum?«, raunzte Tautun dazwischen. »Ich nehme einfach beide Hämmer an mich, dann kann ich Varlie jederzeit einen abgeben.«

»Auch gut«, sagte Baresin etwas hilflos, denn das war natürlich die simpelste Lösung.

Jetzt meldete sich Folster zu Wort: »Was ist, wenn ihr beide gerade unterwegs seid, an der Brücke oder am nördlichen Waldrand – und genau dann kommt ein Trupp ins *Lamm*, um nachzuschauen, was aus den beiden geworden ist, die essen gegangen sind?«

»Dann müsst ihr euch um die kümmern«, sagte Tautun nur.

»Aber ihr nehmt beide Waffen mit!«

Baresin ging dazwischen. »Folster, es wird nicht anders gehen. Wir müssen uns dann eben mit Messern, Nudelhölzern und Fleischhämmern behelfen. Wir sind fast dreißig hier drinnen, und wie viele werden die zu uns reinschicken? Doch wohl höchstens fünf auf einmal. Allerhöchstens fünf. Wahrscheinlich eher weniger.«

»Aber das ist meine Schenke! Das ist doch kein Schlachthaus!«

»Für diesen Einwand ist es wohl bereits zu spät«, sagte Baresin bitter.

»Eine der Rüstungen lassen wir euch ja da«, sagte Tautun grinsend. »Dann kann sich wenigstens einer von euch schon mal wappnen.« Er klopfte Baresin auf die Schulter, so dass es diesem tatsächlich ein wenig wehtat, dann packte er Varlie grob, hielt ihr beide Hände hinter dem Rücken zusammen, gab ihr einen beinahe beißenden Kuss auf den Hals und stieß sie voran Richtung Tür. Varlie stemmte sich zuerst gegen ihn, fügte sich dann aber in ihre Rolle als »Geschenk«. Ohne ein weiteres Wort verließen die beiden das *Schwarze Lamm*, um den von Sinion skizzierten Mordplan auszuführen.

»Und? Wer nimmt nun den übriggebliebenen Harnisch?«, fragte Clarde in die Runde.

Baresin warf einen beinahe sehnsüchtigen Blick auf den auf einem Tisch liegenden schwarz-weiß gemusterten Panzer. »Keiner«, sagte er schließlich. »Es ist keine gute Idee, wenn die hier hereinkommen, und einer von uns trägt eine ihrer Rüstungen.«

Dem widersprach niemand. Der Harnisch wurde hinter dem Schanktisch in ein Fach gestopft.

Naejon hielt weiterhin nach draußen Ausschau.

Der Turm war von hier aus zu sehen, aber als Dunkelheit vor Dunkelheit. Was immer dort jetzt vor sich gehen mochte, es blieb von der schwarzen Magie der Nacht umhüllt.

25

Draußen war es eigenartig warm. Das Wetter war unentschieden in dieser Woche, gestern noch recht kühl, heute beinahe stickig. Die Luft wirkte ähnlich aufgeheizt wie im *Schwarzen Lamm*, wo bereits so viel geschehen war und so viele wichtige Entscheidungen getroffen worden waren.

Tautun und Varlie gingen nicht über den *Hafen*. Zu groß die Wahrscheinlichkeit, am Marktplatz von den patrouillierenden Soldaren gesehen und aufgegriffen zu werden.

Sie bewegten sich stattdessen durch Nebengässchen Richtung Abeliontempel, aber ohne sich dabei anzupirschen, sondern raschen Schrittes. Die Zeit brannte ihnen allen unter den Nägeln. Die Zeit bis zu einem alles zunichtemachenden Glockenläuten oder Alarmgeschrei.

Die ungefähr zehn Meter, die sie bis zum Tempeleingang und den dort stehenden Apfelbäumen zurücklegen mussten, waren die kritischsten. Aber sie vertrauten auf das Dunkel, auf die Entfernung, das Sehen von oben, die Müdigkeit des Postens, die bisherige Eintönigkeit seiner Wachschicht, auf die Geschwindigkeit ihrer Bewegungen. Ärgerlicherweise waren die Soldaren ohne Helme ins *Lamm* gekommen. Mit Helm wäre Tautuns Tarnung besser gewesen. Aber ohnehin zwickte ihn der Harnisch überall. Keiner der Soldaren des Capitars hatte einen so breiten Brustkorb wie Tautun. Von Nahem betrachtet würde er nie als einer von denen durchgehen.

Sie tauchten unter die Apfelbaumzweige. Ihre Gottheit gewährte ihnen Sichtschutz nach oben.

Varlie ächzte, als sie fast über die Tempelschwelle stolperte. Tautun zerrte sie, als sei sie tatsächlich seine Gefangene. Beinahe hätte ihr ein solches Spiel durchaus gefallen können. Aber es war kein Spiel, sondern tödlicher Ernst. Am oberen Ende der Stufen musste ein Kampf auf Leben und Tod stehen. Varlie schwitzte unter den Achseln, auf der Stirn, zwischen den Schulterblättern und Brüsten. An einigen Stellen klebte ihr einfaches Hauskleid an ihr wie etwas Lebendiges, und sie wand sich ganz unwillkürlich in ihm, bei jedem Stoß und Ruck Tautuns.

Es war nahezu stockfinster im Tempel. Nur eine einzige Kerze war angezündet worden, spiegelte sich mattgolden auf Schmuckscheiben aus Zinn. Wäre Mardein nicht in Gefangenschaft geraten, hätten im Tempel auch des Nachts mindestens drei oder vier Lichter gebrannt. So jedoch schien Abelions Gebetsstätte verfinstert, dem düsteren Ansinnen durchaus angemessen.

Sie durcheilten die Tür zum Turm. Das Innere des Turms war eine steinerne Wendeltreppe mit mindestens zwanzig

Umdrehungen. Von oben drangen weder Licht noch Geräusche. Fast, als wäre dort niemand. Aber die ganzen letzten Tage und Nächte war immer jemand auf Posten gewesen. Unsichtbar, lautlos. Wie ein gutes oder ein schlechtes Gewissen. Alles sehend. Alles überwachend. Der alles entscheidende Punkt im Netzwerk des Capitars.

Die Treppe war finster wie eine endlos ihnen entgegenrollende Welle aus Pech. Aber verlaufen konnte man sich nicht. Tautun musste Varlies Hände freigeben, damit sie sich den Weg aufwärts ertasten konnte. Sie zog sich beinahe wie bei einer Bergbesteigung hinauf.

Es war ein seltsamer Zufall, aber Tautun war noch nie in seinem Leben diesen Turm hochgestiegen. Nicht einmal als Kind. Er hatte sich – geprägt von seinen skeptischen Eltern – nie viel aus Abelion gemacht, aus Abelions Geboten, Abelions Gebräuchen, den Gesetzen der Krone, den Gesetzen irgendeines anderen Landes, das sich selbst krönte. Gerne hätte er jetzt dem oben kauernden Wachmann den Namen der nafarroanischen Königin entgegengelallt, um ihn in Sicherheit zu wiegen, aber er hatte sich diesen Namen gar nicht merken können.

Sie umrundeten weiter und weiter. Schwindelig wurde ihnen schier, sie wussten bald nichts mehr über die Himmelsrichtungen. Nur »oben« und »unten«, das war unverwechselbar.

Oben rührte sich etwas. Rückte an die Treppe heran. Stellte eine Frage auf Nafarroanisch. Eine unsichere Jungenstimme. Viel zu früh in eine Uniform gepresst.

Tautun stieß Varlie an, so dass sie aufstöhnte. Sie begriff und stieß noch einen Schmerzenslaut aus. Sagte: »Lass mich, ich will nicht!« Tautun konnte sich gut an die Stimmen der beiden Getöteten erinnern, der eine hatte sehr tief geklungen, also lachte er jetzt rau und tief.

Der Mann oben rief ein Wort nach unten, fragend, zweimal. Wahrscheinlich einen nafarroanischen Namen. Tautun antwortete mit einem Grunzen, Varlie mit einem weiteren Ächzen. Bald mussten sie oben sein, bald.

Der Wachtposten redete jetzt mit ihnen. Sie verstanden kein Wort, obwohl die Sprachen sich so ähnelten. Vielleicht war es auch nur ein Selbstgespräch. Vielleicht so etwas wie: »Mädchen sind aber verboten, das wird uns alle in Schwierigkeiten bringen«, oder »Ich wünschte, ihr hättet in dieser Schenke nicht so viel getrunken, dann würdet ihr nicht auf solche dummen Ideen kommen«, oder »Ich wünschte, ich hätte ebenso viel zu trinken gehabt wie ihr.«

Der Übergang zur Glockenplattform kam so plötzlich, dass Varlie strauchelte und den Blick auf Tautun freigab. Aber der duckte sich, geistesgegenwärtig. Er hätte in diesen Augenblicken selbst nicht zu sagen gewusst, ob der Alkohol ihn noch beeinträchtigte oder nicht. Er spürte einen Drehwurm, aber der kam eindeutig von der Wendeltreppe, nicht vom Saufen.

Die Plattform war vollkommen dunkel, vielleicht war das ihr Glück. Es war natürlich sinnvoll, dass der Wachtposten aus dem Dunkel heraus ins Dunkel spähte und seine Augen nicht dauernd von einer kleinen Lampe oder einer Fackel geblendet wurden.

Seine Augen waren dadurch gut an die Nacht gewöhnt, und dennoch sah er für ein paar Momente nur das Mädchen, das ihm entgegenstolperte, sah in ihren tiefen, bewegten Ausschnitt und auf ihre schmalen Füße, die aus dem Tritt gekommen waren, sah ihr sehr langes Haar, das ihr wild vorm Gesicht hing, und sehr nervöse Augen. Hinter ihr duckte sich einer im Harnisch, es war nicht zu erkennen, um wen von den beiden ins Wirtshaus Gegangenen es sich handelte.

Tautun stieß Varlie nochmal. Sie fiel dem jungen Soldaren beinahe entgegen. Der breitete die Arme aus, um sie galant abzufangen. Er lächelte sogar, aber ein wenig verweisend, mit einem Ausdruck von »Das ist wirklich keine gute Idee« im Gesicht.

Hinter Varlie schnellte Tautun in die Höhe und schlug mit dem Hammer zu. Peinlicherweise hatte sein Drehwurm ihm einen leichten Drall nach außen verpasst, so dass der Hammer den Kopf des Jungen knapp verfehlte.

Der Wachtposten machte ein Geräusch, als würden sein Atem und sein Herz gleichzeitig stehen bleiben. Varlie prallte mit Handballen und Knien hart auf den Boden, und diesmal war ihr Ächzen nicht gespielt. Tautun holte nochmal aus und berührte dabei nur um ein Haar mit dem Hammer nicht die Glocke.

Das wäre es gewesen.

Das Alarmsignal, das sie unbedingt hatten vermeiden wollen.

Dann kam der Hammer nach vorne und herab. Traf den immer noch wie angewurzelt dastehenden, weil völlig erschrockenen Jungen mitten ins Gesicht. Drang durch Haut und Fleisch vor. Der Junge strauchelte, hatte selber überhaupt nichts auch nur entfernt Waffenähnliches in Händen. Tautun packte ihn an der Panzerbrust, damit er nicht noch über die Brüstung in die Tiefe fiel, und schlug ein zweites Mal zu. Das dritte Mal dann nur noch, um absolut sicherzugehen, aber das war schon nicht mehr nötig gewesen.

Varlie kauerte in der Hocke, während neben ihr, dunkel in dunkel mit dunkel verschmiertem Gesicht, der Tote zu liegen kam. Tautun blieb stehen und spähte über die Brüstung. Hielt Ausschau, wie es die Aufgabe des gerade von ihm Erschlagenen gewesen war.

»Ich kann die an der Brücke sehen«, raunte er, noch außer Atem, mehr vom Treppensteigen als vom Umbringen. »Der Mond ist jetzt gerade verflucht hell, aber es gibt immer wieder dichte Wolkenfelder, eins von denen sollten wir abpassen.«

»Pass auf, dass die *dich* nicht sehen. Du hast gewiss einen breiteren Umriss als dieses Jüngelchen hier.«

Tautun knurrte als Entgegnung. »Die am Nordrand haben sich offensichtlich ein gemütliches Feuerchen angezündet. Ich kann den Schein flackern sehen. Die an der Ratshalle leuchten sich selbst ordentlich heim mit mindestens einem halben Dutzend Fackeln, die den ganzen *Hafen* zum Glühen bringen. Verdammt, die sind so ein gutes Ziel, mit einem anständigen Bogen könnte man die alle von hier aus wegpicken. Haben nicht außer mir noch zwei oder drei Jäger in unserem Dorf gute Bögen?«

»Durchaus. Aber es wird niemals gelingen, alle vier Soldaren gleichzeitig zu treffen. Wenn auch nur ein einziger Alarm geben kann, ist alles aus, dann setzen die in der Ratshalle Rauthne und Mardein Messer an die Kehlen.«

»Ja, da magst du recht haben.« Tautun stieß wieder ein grollendes Geräusch hervor. »Überhaupt nichts zu sehen ist übrigens von unseren Freunden am Stall. Stehen die da etwa im Dunkeln rum?«

»Ich weiß es nicht. Nendlèce müsste es wissen, die war mehrmals dort.«

»Nendlèce schläft. Fast ganz Hagetmau schläft.«

Das stimmte. Es war gewiss noch nicht Mitternacht, aber die Dörfler standen im Allgemeinen früh auf, und nur in etwa einem Dutzend der achtzig Häuser brannten überhaupt noch Kerzen oder Öllampen. Eines davon war das *Schwarze Lamm.*

»Also weiter jetzt, zur Brücke«, sagte Varlie und stemmte sich in die Höhe. Sie zitterte. Das war weder Drehwurm noch Gestoßenwerden. Das war das Töten. Sie hatte sich zwar noch nicht richtig beteiligt. Aber sie hatte es gesehen. Den Leichnam, der neben sie fiel. »Wie machen wir es?«

Tautun dachte kurz nach. Ohne sich von der Dorfaussicht abzuwenden, fragte er: »Hat er einen Hammer?«

»Ja. Die haben wohl alle einen. Er hat sogar einen Helm.«

»Ja, das hat es schwierig gemacht mit dem Zuschlagen. Ich musste ihm ins Gesicht hauen. Würde Krach machen, so ein Hammer auf einem Helm. Nimm jedenfalls den Hammer. Kannst ihn dir vielleicht ans Bein binden, mit einem Gurt. Unter dem Kleid sieht das dann keiner.«

»Ja.« Varlie löste einen der Gurte von der Uniform des Jungen und band sich damit den Hammer seitlich an den rechten Oberschenkel.

Tautun unterbreitete inzwischen seinen Plan. Er hatte tatsächlich einen, erstaunlich genug für einen wie ihn. Es musste aber auch nichts besonders Filigranes sein, es ging nur ums Angreifen. »Du kommst aus dem Dorf. Tust betrunken. Ein bisschen frech. Du verstehst schon. Torkelst. Stürzt. Lässt dich auffangen. Das hat gerade auch gut funktioniert. Verwickle sie in angeberisches Gequatsche. Ich überquere an einer anderen Stelle den Fluss und komme dann von hinten, wenn du sie ablenkst.«

»Über die Brücke? Das könnte man aber hören. Die Bohlen knarzen manchmal.«

»Ich komme durch den Fluss. Er rauscht laut genug, dass man mich nicht hört.«

»Abelion! Wie umständlich. Können wir es nicht anders machen? So, dass du hinterher nicht pitschnass bist?«

»Nein, so ist es am sichersten. Glaub mir. Von Mal zu Mal werden wir uns besser einspielen. Wir müssen das nach der Brücke noch dreimal machen. Und ich werde deine Hilfe brauchen. Ich kann nicht zwei Mann gleichzeitig töten, so dass keiner von ihnen schreien kann.«

»Ich weiß. Ich werde alles tun, was ich kann.«

»Gut. Du hast mehr Mumm als jeder andere in Hagetmau. Obwohl ich zugeben muss, dass unser kleiner Stotterer mich heute ebenfalls überrascht hat.«

»Sinion. Ja, in der Tat. Wer hätte das gedacht?« Sie lächelten beide.

Dann traten sie aufeinander zu und küssten sich innig. Beiden kam der Atem des anderen ganz außergewöhnlich hitzig vor. Für einen kostbaren Augenblick bekamen sie beide Lust auf etwas ganz anderes als Töten, aber Varlies Blick fiel auf den Leichnam des Jungen, und sie löste sich, die Spirale der Treppe hinab.

26

Die Stufen nach unten, jetzt in umgekehrter Drehrichtung. Tautun fluchte über Abelion, der seine Verehrer dazu anhielt, mit ihren Glocken so prahlerisch hoch hinaus zu wollen.

Der Drehwurm war jetzt entgegengesetzt. Tautun musste unten im Tempel kurz verschnaufen, aus Sorge, die Brücke um mindestens einhundert Meter zu verfehlen.

Varlie hatte keine solchen Probleme mit der Drehung. Sie zitterte dennoch leicht, trotz der Wärme dieser Nacht.

»Alles klar mit dir?«, fragte Tautun, obwohl er es war, der sich an eine Wand lehnen musste.

Sie antwortete erst nicht. Dachte nach. Es waren sieben Schritte. Der Turm. Die Brücke. Der Waldrand. Der Stall. Die Patrouille. Die Posten am Ratshalleneingang. Zuletzt die Ratshalle selbst. Sieben Schritte, die immer tiefer hineinführten in den blutroten Magen eines Ungeheuers. Der letzte Schritt, das Massaker im Inneren eines Hauses, das bislang nur Ratschlüsse, Eheversprechen, Festessen und Tanz gesehen hatte, würde vielleicht zu viel für sie werden, unerträglich, das ahnte sie jetzt schon. Aber das mit Tautun, Seite an Seite, zu zweit gegen immer wieder zwei, das ging. Das hatte etwas an sich von einem schreckenerregenden Versteck- oder Verfolgungsspiel. »Ja, alles klar«, sagte sie.

Sie traten aus dem Tempel. Das war ein neues Gefühl, denn es gab keinen Wachtposten mehr, der das ganze Dorf im Blick hatte. Innerhalb lediglich zweier Tage hatten alle Hagetmauer sich bereits an dieses Beobachtetwerden gewöhnt. Nun jedoch konnten Varlie und Tautun nach nur einem einzigen von sieben Schritten bereits spüren, dass Hagetmau wieder freier geworden war und unbedrängter hinausatmete in die Nacht.

Sie wandten sich ab von den Fackeln, die die Dorfmitte beinahe wie ein Brand erhellten. Huschten in die von dem Licht erzeugten Schatten. Erreichten den östlichen Dorfrand. Hier trennten sie sich. Varlie sollte zurück ins Dorf pirschen und sich von dorfeinwärts der Brücke nähern, so, dass sie von den Ratskellerwachen nicht gesehen werden konnte. Tautun dagegen würde in der Nähe des Ortes, wo sie beide sich mehrmals heimlich getroffen hatten, über den dort sehr schmalen Lut springen und sich der Brücke durchs Wasser nähern. Varlie musste ihm dazu ein wenig Zeit einräumen.

Sie küssten sich noch einmal. Diesmal wirkte es weniger dringlich. Ein Abschiedskuss, womöglich. Eine Formalität, während beide in Gedanken schon bei dem Gefahrvollen waren, das ihnen unmittelbar bevorstand.

Tautun tauchte ins Dickicht ein. Raschelte noch eine Weile, dann war er weg. Varlie ordnete ihr Kleid, ihr Haar. Zupfte sich den Ausschnitt so provozierend wie möglich. Sie empfand es als unangenehm, sich dauernd auf ihre weiblichen Reize verlassen zu müssen, während Tautun den großen Kämpfer mimen durfte. Aber sie sah ein, dass sie beide aus einer Unterlegenheit heraus agieren mussten. Zwei Menschen gegen insgesamt elf. Sie mussten jeden noch so geringen Vorteil nutzen, der sich ihnen bot, und sie als junge, schöne Frau war angesichts von Soldaren kein allzu geringfügiges

Argument. Sie überprüfte auch den Sitz des Streithammers an ihrem Schenkel. Wie eine Beinschiene kam der ihr vor. Oder wie ein Knochen, der nach einem offenen Bruch herausstand.

Kurz dachte sie an Nendlèce, die jetzt schlief und vielleicht vom Gryph träumte.

Der Gryph. Ja, was würde aus dem werden?

Sie dachte an ihre Eltern, die ihr sicherlich verboten hätten, zu tun, was sie gerade tat. Alles daran würden sie missbilligen. Auch weil sie es mit Tautun tat.

Varlie gab sich einen trotzigen Ruck und trat aus der Deckung von Hütten auf die Straße zur Brücke. Sie versuchte, einen schwankenden Gang nachzuahmen, hatte das deutliche Gefühl, eine hundsmiserable Schauspielerin zu sein, tröstete sich aber damit, dass wenigstens der Junge auf dem Turm sie nicht mehr sehen und beurteilen konnte.

Die beiden behelmten Soldaren standen nicht mitten auf der Brücke, sondern auf der Dorfseite. Eine kleine Laterne mit einer brennenden Kerze darin hatten sie an das Geländer gehängt. Jetzt wandten sie sich ihr zu, mit schläfrigen Bewegungen. Es musste sehr langweilig sein, eine Brücke zu bewachen, auf der sich nachts nicht das Geringste tat. Dass Reisende oder Händler mitten in der Nacht Hagetmau erreichten, kam so gut wie niemals vor. Selbst ein heimkehrender Streuner wie Tautun würde nicht die Brücke benutzen, sondern anderswo über den Lut springen.

So wie jetzt.

Varlie musste sich zusammenreißen, um nicht im mondglitzernden Wasser nach ihm zu suchen.

Hatte er nicht auch von Wolkendecken gesprochen? Er konnte bestimmt erst angreifen, wenn der Mond den Fluss nicht mehr so schillern ließ.

Die beiden Soldaren lachten und sagten etwas auf Nafarroanisch. Dann versuchte sich einer im Akitanischen, und das gar nicht einmal so schlecht: »Wen wir haben denn hier? Du dich hast verlaufen, meine Kleine?« Das Wort »Kleine« betonte er auf der zweiten Silbe, deshalb klang es ungewohnt.

Varlie machte eine schlenkernde Hüftbewegung. Kam sich albern vor. Hoffte, dass der Hammer unter dem Kleid nicht allzu deutlich auftrug. Drehte sich etwas, so dass diese Seite mehr im Schatten lag.

Ihr kam in diesem Moment eine Idee. Man konnte den Soldaren einen Krug Wein mitbringen, sagen, es sei ein Geschenk des Wirts für die, die im Finsteren ausharren mussten. Der Wein würde sie ablenken. Sie vielleicht sogar einlullen. Aber diesmal war es zu spät dafür. Bei den Schritten drei bis sechs war das womöglich machbar. Besonders beim Stall, wo die Gefahr, von der Patrouille gehört zu werden, aufgrund der Nähe am größten war. Während jemand trank, konnte er weder reden noch schreien.

Aber im Moment half das alles nichts. Varlie musste sich ermahnen, im Hier zu bleiben. Diese beiden Grinser. Jetzt.

Wie nur sollte Tautun es fertig bringen, klatschnass an sie heranzukommen, ohne dass sie das Wasser hörten, das aus seiner Kleidung troff? Varlie musste Geräusche machen, nur so war das zu bewerkstelligen. Aber sie durfte andererseits auch wieder nicht so laut sein, dass die Posten an der Ratshalle aufmerksam wurden. Hagetmau war so verflucht überschaubar.

»Ich hab mich nicht verlaufen«, lallte sie möglicherweise etwas übertrieben. »Euch zwei hab ich gesucht. Die Hagetmauer sind nämlich alle Langweiler, Langweiler allesamt!« Das stimmte sogar. Ihre Geschichte würde dadurch glaubhafter werden, dass sie ihrer Verachtung für die Hagetmauer Dorfburschen freien Lauf ließ.

Übrigens gefielen ihr die Nafarroaner tatsächlich gar nicht schlecht. Sie waren kein hässlicher Menschenschlag. Die Haut etwas dunkler, südländischer als bei den Akitaniern. Auch die

Augen dadurch schwärzer und lodernder. Einige hatten zu große Nasen, fliehende Kinne, absurd hängende Augenlider oder Wangen. Diese zwei hier an der Brücke jedoch waren recht stattlich und gar nicht unhübsch anzuschauen.

Varlie begann zu plappern. »Ich habe nämlich einen Liebsten, sein Name ist Tautun. Tautun hat mich versetzt, versteht ihr? Versteht ihr, was das Wort *versetzt* bedeutet? Findet ihr, dass es in Ordnung ist, ein Mädchen wie mich zu versetzen? Das war vielleicht früher noch in Ordnung, als Hagetmau unter sich blieb. Jeder versetzte hier jeden, und jeder wurde versetzt. Aber mittlerweile haben sich die Dinge sehr geändert. Mittlerweile wachsen an jeder Brücke zwei hübsche junge Kerle, und da fragt man sich als Mädchen doch, warum man sich überhaupt mit dem zufrieden geben soll, was man schon seit der Kindheit kennt?« Sie stolzierte wie beschwipst vor den beiden herum, die Hammerseite entweder abgewandt oder durch ein Herumzupfen am Kleid kaschiert. Dabei kam sie den beiden sehr nahe. Berührungsnahe. Von wo wollte Tautun eigentlich kommen? Sie durfte ihm nicht unabsichtlich den Zugang zu den beiden versperren. Da er nicht von hinten über die Brücke schleichen wollte, musste er seitlich aus dem Wasser schlüpfen. Aber von welcher Seite denn nur?

Sie schwitzte schon wieder. Die Nacht war schließlich sommerlich warm.

Die beiden Soldaren redeten miteinander. Lachten aber nicht. Sie wirkten erstaunlich unanzüglich. Weil sie nichts getrunken hatten, womöglich. Es schien eher, als würden sie sich darüber unterhalten, ob einer von ihnen das betrunkene Mädchen nach Hause bringen dürfte, oder ob das eine empfindliche Verletzung der Wachpflicht darstellte.

Varlies Schwitzen und ihre ganz allgemeine Mulmigkeit wurden dadurch nicht besser.

Sie musste einen Zahn zulegen, die beiden noch mehr verwirren.

Sie warf sich dem erstbesten an den Hals. Ließ ihn an sich schnuppern, ihn in ihren Ausschnitt schauen, berührte seinen Helm, seinen Kinnbart, seine schwarzweiß marmorierte Harnischbrust. »Hoppla«, machte sie dabei und versuchte zu lachen. »Da muss mich etwas umgehauen haben. Oder angezogen. Ist das etwa magnetisch, dieses Zeug da? Seid ihr so hinterlistig zu akitanischen Mädchen?« Sie klopfte auf den Brustpanzer. »Wir können uns doch gar nicht wehren!«

Der von ihr Angegangene lachte, aber es war ein Lachen der Peinlichkeit vor seinem Kameraden. Er verstand schließlich nicht alles von dem, was sie sagte. Er versuchte aber nicht, Varlie zu begrabschen. Eher schien er bestrebt, sich von ihr zu lösen, ohne dabei grob zu werden.

Vielleicht war er verheiratet.

Varlie hatte plötzlich eine fern wartende Frau vor Augen, vielleicht mit zwei oder drei dunkelhaarigen Kindern. Sie sah Menschen vor sich, nicht mehr Uniformen oder Schritte bis hin zur Befreiung des Dorfes. Menschen mit verweinten Augen.

Ihr Hammer zog so schwer an ihr wie ein Eisengewicht. Was, wenn der Nafarroaner den spüren konnte? Es war zu riskant, so nahe an ihn heranzugehen. Aber sie musste. Musste die beiden von einem wassertriefenden Tautun ablenken, der nirgendwo in Erscheinung trat. Sie musste Krach machen, damit sie ihn nicht hören konnten. Durfte aber nicht laut werden. Musste Nähe aufbauen. Aber auf Distanz bleiben. Musste weich wirken. Dann ganz hart sein. Alles kam ihr plötzlich vollkommen unbewältigbar vor. Ihre Knie wurden unzuverlässig, auch ohne dass sie getrunken hatte.

Sie sank dem einen wieder in die Arme. Der hielt sie aufrecht, sagte auf Akitanisch: »Du vielleicht solltest nach Hause gehen. Man sich sonst weil Sorgen macht.«

Man sich sonst weil Sorgen macht. Das war so gut gemeint. Und so vergebens.

Sie lachte gekünstelt. Versuchte jetzt auch den anderen einzubinden. Ihn zu angeln, indem sie ihn an seinen Harnischkordeln zu sich hinzog. Wie sollte Tautun denn auch hinter ihn gelangen, wenn er so dicht am Brückengeländer stehen blieb?

Sie begann zu raunen. Irgendetwas Verschwörerisches. »Ich will euch ein Geheimnis über Hagetmau verraten, das niemand kennt, auch euer Vorgesetzter nicht. Wenn ihr es wisst, seid ihr ihm gegenüber im Vorteil. Versteht ihr, was das ist, ein Geheimnis?«

»Ein Geheimes?«, erkundigte sich der zweite.

»Geheim*nis*. Kommt näher, kommt näher.« Sie wollte so etwas sagen wie »Die Nacht hat Ohren«, um sie dazu zu bewegen, an sie heranzutreten, aber sie wollte natürlich nicht, dass die beiden sich argwöhnisch umblickten. Alles war so schwierig wie ein rohes Ei auf dem Kopf zu balancieren. Varlie fühlte sich im Mittelpunkt einer Unmöglichkeit. Die Zeit kam ihr unendlich lang vor, jeder Satz völliger Unfug, das Radebrechen der beiden Soldaren wie in einer albernen Theaterbudenaufführung auf dem Markt, ihre eigene Darbietung als Angetrunkene vollkommen unzulänglich, ihr schwante auch, dass die beiden bald riechen würden, dass sie überhaupt keine Alkoholfahne hatte.

Vor allem fühlte sie sich alleingelassen.

Alleingelassen von Tautun. Wie schon so oft.

Aber auch alleingelassen von Nendlèce. Von ihren Eltern. Von Baresin. Von Folster. Von Rauthne und Mardein. Wie hatte es so weit kommen können, dass sie – Varlie – sich als Einzige gegen das nafarroanische Reich zu stemmen hatte, während sämtliche Ortschaften Akitanias einfach auf den Rücken rollten, ihren Bauch herzeigten und klein beigaben?

Dann – nach einer ganzen Reihe von peinigenden und bedrängten Ewigkeiten – geschah endlich etwas. Varlie sah, wie hinter dem einen der beiden Soldaren plötzlich jemand stand.

Wie dem Soldaren eine Hand an die Stirn, an die Helmkante griff. Wie dem Soldaren die Griffstange des Streithammers quer in den Nacken gehalten wurde wie ein Lineal, das man bei Hernyet im Unterricht benutzte. Wie die Hand den Kopf nach hinten riss und hart über den dagegengehaltenen Hammer zog. Das Brechen der Halswirbel war das furchtbarste Geräusch, das Varlie jemals in ihrem Leben vernommen hatte.

Es klang, als würde ihr ein Dasein entgegenbersten, während es endete.

Es fühlte sich an, als würde auch in ihr etwas zerbrechen.

Als würde ihr Leben hier enden, und alles, was danach kam, gar nichts mehr bedeuten.

Dennoch unternahm sie sofort etwas. Weil es nicht anders ging.

Der andere Soldar nämlich erschrak bis ins Mark. Er machte ein einatmend schnappendes Geräusch. Bevor er noch irgendetwas anderes tun konnte, presste Varlie ihm beide Hände ins Gesicht und hielt ihm den Mund zu. Hielt ihm einfach den Mund zu, als wäre sie ein kleines Mädchen. Dafür, ihren eigenen Streithammer unter dem Kleid hervorzuzerren, war nämlich bei Weitem keine Zeit mehr.

Der Soldar wollte weg, doch sie folgte ihm. Irgendetwas schien ihn daran zu hindern, sie wegzustoßen oder zu schlagen. Wahrscheinlich die Tatsache, dass sie ein Mädchen war, das ihm vor wenigen Augenblicken noch gefallen hatte.

Tautun huschte einfach hinter ihn. Er sah grauenerregend aus. Das Wasser, das über sein Gesicht lief, glänzte im schwachen Mondlicht wie ein silbriger Ausfluss.

Er tat es noch einmal. Drückte wieder den Hammer quer mit der Griffstange in den Nacken des Gegners und riss dessen Kopf rückwärts. Er musste zweimal reißen, weil dieser Gegner ahnte, was man mit ihm vorhatte, und sich dementsprechend wand. Aber dann knirschte es wieder. Es klang knorpelig und fett, als würden massive Gelenke aus ihren Pfannen gesprengt.

Varlie ließ das verzerrte Gesicht los, wandte sich fort, sackte am Geländer zusammen, begann zu schluchzen und zu würgen. Sie konnte nichts dagegen tun. Es kam ihr hoch, schwallte in den Fluss.

Der zweite Soldar hatte ihr beim Getötetwerden genau in die Augen gesehen. Während sie sich übergab, fürchtete sie, dass sie damit lauter war als das Töten selbst, und dass sie dadurch alles auffliegen ließ. Sie verkrampfte sich inwendig, als schnürte sie sich selbst die Gurgel ab.

Tautun stand dumm herum, dann durchsuchte er die beiden Toten, nahm ihnen ihre Hämmer ab. Er schien diese Dinger zu sammeln, wie andere Blumen pflücken würden. Er hatte jetzt vier.

Dann erst kümmerte er sich um Varlie, wollte ihr aufhelfen.

Sie wehrte ihn ab. Versuchte, sich mit aller Macht zusammenzureißen, aber noch wollte es ihr nicht gelingen. »Tautun, du … Tautun …« Sie stotterte fast wie Sinion. »Du tötest sie wie *Hühner.*«

»Ich weiß«, gab er zu. »Aber es geht irgendwie nicht anders. Sie haben diese verdammten Helme auf! Es wäre so einfach, ihnen von hinten die Schädel einzuschlagen, wenn diese beschissenen Helme nicht wären. So hat es sein Gutes. Es macht kein Blut und geht schnell.«

»Ich … kann das nicht mehr machen.«

»Musst du ja auch nicht. Bislang läuft es doch. Ich brauche immer nur jemanden, der sie ablenkt. Das muss nicht unbedingt ein Mädchen sein. Es könnte auch dieser aufgeblasene Baresin machen und sie schwindelig quatschen.«

Varlie fiel ein, dass sie vorhin eine Idee gehabt hatte. »Wir … man könnte Wein aus dem *Lamm* holen und ihnen anbieten.«

»Auch nicht schlecht. Jetzt komm weg hier. Nicht, dass uns noch einer sieht.«

»Was … was machen wir mit den beiden Toten?«

»Erstmal nichts. Wir haben nicht genug Zeit. Auf dem Weg nach Norden können wir ins *Lamm* zurück. Da kannst du dann bleiben.« Er zerrte an ihr herum, bis sie aufgestanden war. Sie schämte sich, auch weil sie nun nach Erbrochenem roch. *Und weil sie gemordet hatte. Gemordet!*

Aber sie wusch sich nicht am Fluss, wie sie das normalerweise getan hätte. Das würde alles zu lange dauern. Die aus der Ratshalle mochten nach dem Rechten sehen kommen. Oder einfach nur die Wachschicht an der Brücke ablösen. Die sieben Schritte bis zur Befreiung Hagetmaus waren nichts anderes als ein ganz besonders grässliches und langwieriges Rennen gegen die Zeit

27

Naejon sah sie schon von Weitem durchs Fenster.

»Varlie und Tautun!«, meldete er den anderen, die alle die Köpfe hochrissen, aufgeschreckt aus ihren vielfältig düsteren Gedankengängen. Kurz darauf polterten die beiden durch die Tür. Tautun war klatschnass, Varlie sah aus, als wäre ihr sterbenselend. Aber blutende Wunden schienen sie nicht zu haben.

»Wir haben den auf dem Turm und die beiden von der Brücke«, erstattete Tautun Bericht. Er nahm jemandem den Weinbecher aus der Hand und soff ihn in einem Zug leer. Der Wirtssohn Ranien reichte ihm außerdem ein Tuch, mit dem er sich zumindest das Gesicht, die Haare und den Hals trocken reiben konnte. Seine Kleidung klebte weiter schwer an ihm. »Aber es dauert alles seine Zeit. Und ich glaube, es sollte jetzt wirklich mal jemand anderes mitkommen als Varlie. Ihr könnt doch nicht das Schicksal des Dorfes auf die Schultern eines Mädchens abwälzen.«

Auf dem Weg durch das östliche Hagetmau bis zum Wirtshaus hatte Varlie sich schon wieder über sich selbst und ihre Schwäche zu ärgern begonnen. Jetzt ärgerte sie sich noch mehr über Tautuns Worte, die ihre Schwäche als naturgegebene Eigenschaft eines jeden Mädchens erklärten. Gleichzeitig jedoch ekelte sie sich weiterhin. Auch vor Tautun.

Wie war es möglich, dass es ihm so überhaupt nichts ausmachte?

Als er aus Samadet gekommen war, hatte er noch nach einem anderen Mädchen gerochen. Sie hatte das verdrängt, ihre Abscheu niedergehalten und ihn dennoch an sich herangelassen, während Nendlèce reiten war. Aber jetzt ging er durch Hagetmau, mit ungerührtem Blick und Fusel im Atem, und brach Menschen das Genick, Menschen, die ihm genau genommen überhaupt nichts getan hatten.

Die ganze Übernahme Akitanias war doch bislang nichts weiter als eine abstrakte Behauptung gewesen. Nichts hatte sich verändert. Niemandem war etwas weggenommen worden, niemandem Schaden zugefügt. In wenigen Tagen würde Markt sein, so wie immer. Das Herumlaufen und Umbringen war nicht das Wiederherstellen von Frieden, sondern schlicht und einfach ungerecht.

All das wallte in ihrer Kehle hoch, doch sie fühlte sich zu zerschlagen, um jetzt vor den ganzen Dummköpfen eine flammende Rede halten zu können. Sie würde sich gegen alle stellen müssen, denn alle waren jetzt auf Tautuns Seite, beglückwünschten ihn, klopften ihm auf die nass patschenden Schultern, bewunderten ihn sogar, drängten sich in seine

Nähe, waren ihm dankbar dafür, dass er ihnen das Bluthandwerk abnahm. Tautun war der Dorfschlachter geworden.

Varlie spürte, dass sie mit dem Dorfschlachter nichts mehr gemein hatte.

Sie war wütend. Wütend auf Tautun und seine grausame Gleichgültigkeit. Wütend auf Baresin, der nun so tat, als wäre dieser ganze Schlachtplan seinem Hirn entsprungen. Wütend auf Sinion, der keinen einzigen geraden Satz hervorbrachte, aber den Tod von Menschen als Teil einer in sieben überschaubare Schritte unterteilbaren Strategie kalkulierte. Wütend auf Folster, der mit allem einverstanden war, wenn es denn nur half, das Blut auf den Dielen seiner Schenke zu kaschieren. Sogar die Heberin. Sogar die Heberin war erleichtert, dass das Morden bislang zu gelingen schien.

»Bei Abelion«, dachte Varlie, »dass ich mich an diese Soldaren herangemacht habe! Mein Körper, meine Bewegungen, meine Wärme und Nähe waren das Letzte, was diese beiden armen Männer in ihrem Leben mitbekamen. Das Letzte, was sie ins Jenseits mitnehmen werden.« Sie fühlte sich, als hätte sie diese zwei auf das denkbar Furchtbarste verraten.

Müde und weinerlich verließ sie den vor Stimmen brodelnden Schankraum, um sich hinten in der Waschkammer das gallebittere Unrecht aus dem Mund zu spülen.

28

Im Schankraum verteilte unterdessen Tautun die beiden neu eroberten Hämmer. Baresin bekam einen, das erschien allen angemessen. Und Folster. Weil es sein Dach war, unter dem sie sich versammelt hatten. Sinion bekam keinen, weil niemand – auch nicht er selber – ihm zutraute, mit einer Waffe umgehen zu können.

Man diskutierte, was mit den Leichnamen an der Brücke geschehen sollte.

»Es ist nicht gut, wenn sie so liegen bleiben, dass sie jederzeit gefunden werden können«, sagte Baresin. »Ich meine, im schlimmsten Fall könnte sogar ein in die neue Lage nicht eingeweihter Hagetmauer über die Toten stolpern und Alarm schlagen, ist es nicht so?«

Der langbeinige Wever erklärte sich bereit, zur Brücke zu gehen und die beiden Toten zu verbergen.

»Das ist nicht ungefährlich«, mahnte ihn die Heberin. »Falls andere Soldaren dich dabei entdecken, werden sie denken, du wärst es gewesen.«

»Ich weiß«, versuchte er sie zu beruhigen. »Ich werde sehr vorsichtig sein.«

»Wiwiwir könnten auch den T...Turm bemannen«, schlug Sinion vor. »Das hat zweizweizwei Vorteile. Man kann von unten nicht mehr sehen, dass nieniemand da ist, und gleigleichzeitig gewinnen wir einen ... gewinnen wir einen neuen Überblick, und kökökönnen vielleicht Tautun von oben warnen.«

»Das ist eine sehr gute Idee«, sagte Baresin. »Naejon, magst du das übernehmen? Du bist ja jetzt schon erfahren darin, Ausschau zu halten.«

»Wer steht dann am Fenster?«, fragte Naejon.

»Das mache ich«, sagte Clarde. »Es ist ja ohnehin *mein* Fenster.« Mehrere lachten. Bereits die Ahnung eines Witzchens wurde dankbar angenommen in dieser so schwer wiegenden Nacht.

Wever und Naejon gingen also hinaus ins schwülwarme Dunkel.

»Wer begleitet jetzt mich?«, fragte Tautun. »Es könnten ruhig mehrere sein. Eine ganze Abordnung mit einem Weinkrug der Versöhnung. Und dann komme ich von hinten.« Er grinste anzüglich.

Die Idee, dass es mehrere sein konnten, verteilte die Last. Alle schauten sich an, wagten sich halb vor, schreckten halb zurück. Das Ergebnis war Stillstand.

Baresin rang mit sich. Er konnte sich jetzt unsterblich machen. Unsterblich zumindest im Hagetmauer Geschichtenbuch. Führer der Abordnung, die den Freiheitskampf wagte. Er konnte aber dadurch auch kläglich unter dem niedersausenden Hammer eines der Wachtposten verenden.

Ähnlich erging es Sinion. Jetzt war die Gelegenheit, sich auszuzeichnen. In Varlies Augen in den Rang eines Mannes aufzusteigen. Aber was, wenn er es vermasseln würde? Wenn ausgerechnet er dadurch, dass er sich übermütig zu weit vorgewagt hatte, den ganzen Plan zum Einsturz brachte? Nein, es war klüger, das Kämpfen den Stärkeren zu überlassen. Und in Hagetmau war so ziemlich jeder stärker als er.

»Ich werde mitkommen«, sagte Folster.

»Du, Folster? Warum du?«, fragten gleich mehrere, die nicht verstanden, warum er seine Schenke im Stich lassen wollte.

»Weil es mein Wein ist, der überbracht wird. Weil es Sinn ergibt, dass der Wirt des Dorfes diesen Wein überbringt. Und weil ich es nicht mehr aushalte, verdammt nochmal, hier drin zu hocken und nichts zu tun, während Tautun und Varlie da draußen die ganze Drecksarbeit machen.«

Einige senkten betreten die Blicke.

Zu seiner Frau sagte Folster: »Wir sind ja bald wieder hier. Nachdem wir die Wachen am Wald erledigt haben, kommen wir und füllen den Krug neu auf. Für die am Stall.«

»Ich will mitkommen«, stieß sein Sohn Ranien hervor.

»Du bleibst hier und hütest die Schenke. Dass sich niemand am Met vergreift!« Wieder die Ahnung eines befreienden Witzchens. Wieder lachten mehrere dankbar auf.

»Dann lass deinen Hammer aber lieber hier«, sagte Tautun. »Wie willst du erklären, dass du einen hast?«

»Stimmt.« Folster überlegte kurz, dann gab er den Hammer an seine Frau Clarde weiter. Wie ein Zepter, in dem die Macht über dieses Gasthaus ruhte. Sie blickte ihn eher besorgt als dankbar an.

Baresin gab sich einen Ruck. Vielleicht war es sogar die Übergabe des Hammers, die den Ausschlag gegeben hatte. »Ich komme auch mit«, sagte er. »Ich werde das Reden übernehmen.« Die Wahrheit war, dass er sich neben dem beleibten und kräftigen Folster verhältnismäßig sicher fühlte. Die Soldaren waren immer nur zu zweit. Warum sollten sie ausgerechnet ihn schlagen, wenn doch Folster ein viel größeres Ziel abgab und Tautun auch noch in der Nähe war?

Baresin übergab seinen Hammer nicht an jemand anderen, sondern drapierte ihn achtsam auf dem Tisch, an dem er anfangs gesessen hatte. »Den will ich nachher wiederhaben«, sagte er.

»Was ist mit Varlie?«, fragte der älteste Anwesende.

»Die soll sich ausruhen. Sie hat schon viel gewagt und geleistet«, sagte Tautun, und seine Stimme klang verhältnismäßig sanft dabei.

»Willst du dir nicht etwas Trockenes anziehen?«, wurde Tautun von Clarde gefragt.

»Ich werde keine Zeit haben, mich zu erkälten.«

Folster füllte einen besonders hübsch verzierten Krug mit Wein. Dann verließ er mit Tautun und Baresin seine Schenke und trat den Weg nach Norden an.

29

In der Ratshalle machte man sich langsam Sorgen über das lange Ausbleiben der zwei Soldaren, die der Capitar zum Essen ins *Schwarze Lamm* geschickt hatte.

»Essen, hatte ich gesagt. Nicht saufen, Karten spielen oder Würfeln mit den Einheimischen. Fehlt uns noch, dass wir bei denen Spielschulden machen.«

Der Unteroffizier Freconvil teilte die Besorgnis seines Capitars. »Soll ich nach dem Rechten sehen gehen?«

Der Capitar stocherte wie geistesabwesend mit einem Zweig in der kalten Asche des Kaminfeuers. Diese Nacht war so spätsommerlich warm, dass sie beschlossen hatten, kein neues Feuer zu entzünden. »Ja. Hol die zwei zurück. Nimm noch einen Mann mit. Lass es ruhig so aussehen, als würden wir auf alles ein Auge haben. Als würden wir allzu große Vertraulichkeiten nicht gerne haben. Ich will, dass wir uns öffnen. Aber nicht so weit, dass wir wie Trottel wirken, die darauf angewiesen sind, gemocht zu werden.«

»Gut.« Freconvil suchte sich einen Mann aus, einen der ruhigeren, erfahreneren. Beide schnallten sich ihre Helme um. Dann traten sie hinaus auf den Marktplatz.

Die Luft war wirklich ganz außergewöhnlich mild für diese bereits vorgerückte Jahreszeit. Fast, als würde der Winter dieses Jahr ausfallen und es bereits nach Frühling riechen. Für einen Nafarroaner war das aber keine besonders angenehme Vorstellung, denn es waren keine Winter, sondern besonders lange und heiße Sommer gewesen, die das Land südlich der Berge von Pyr ausgedorrt hatten.

Freconvil grüßte die beiden Wachtposten am Ratshallentor. Er warf auch einen Blick hinauf zum Wachturm, wo der Jüngste ihrer Truppe heute eingeteilt war. Er konnte ihn nicht sehen, aber das Mondlicht wurde gerade von Wolkenfetzen abgeschwächt, also konnte er sich nicht sicher sein. Vielleicht würde er auf dem Rückweg hochgehen und dem Jungen einen Tritt versetzen, falls der hinter der Brüstung eingeschlafen war. Doch zuerst das Wirtshaus. Mit seinem Begleiter ging er quer über den Bereich, den die Einheimischen den *Hafen* nannten. Freconvil stammte aus einer wirklichen Hafenstadt im Süden Nafarroas. Er fand es eigenartig, dass man einen Platz, auf dem es nicht im Geringsten nach Fisch und Salzwind roch, mit einem Hafen in Verbindung bringen konnte. Vielleicht gab es hier ja wenigstens am Markttag einen Fischhändler, der seinen Stand aufbaute.

Er grüßte auch die beiden um die Ratshalle patrouillierenden Soldaren. Abgesehen von dem auf dem Turm schienen alle zufriedenstellend auf ihren Posten zu sein.

Er und sein Begleiter sahen drei Hagetmauer, die wahrscheinlich gerade aus dem Wirtshaus gekommen waren und nach Norden in der Dunkelheit verschwanden. Aber sie dachten sich nichts dabei. Es war ja nicht außergewöhnlich, dass zu dieser Stunde Dorfbewohner die Schenke betraten oder verließen.

30

»Abelion steh uns bei – da kommen welche!«, keuchte Clarde, die Wirtsfrau. Geistesgegenwärtig verbarg sie den Hammer, den ihr Mann ihr gerade erst ausgehändigt hatte, unter der Fensterbank.

»Soldaren?«, fragte ein älterer Mann mit Säufernase überflüssigerweise.

»Ja! Zwei! Ich glaube, einer ist die rechte Hand vom Capitar!«

»Oh, verdammt«, entfuhr es der Heberin. »Was machen wir denn jetzt?«

Clarde ertappte sich dabei, wie sie Sinion fragend ansah. Der blickte offen zurück.

»Zeitzeit gewinnen«, sagte Sinion. »Der alte Plan. Die beiden sind hinhinhinten raus, wir wiwissen nicht, wohin oder wawarum.«

»Wenn wir Zeit gewinnen wollen, sollten wir dich mit ihnen sprechen lassen«, entgegnete Clarde sarkastisch. »Also gut, Leute. Wir wissen von nichts.«

»Der Hammer!«, rief einer und deutete auf den erbeuteten Streithammer, den Baresin auf seinen Tisch gelegt hatte.

»Verflucht!« Clarde machte zwei rasche Schritte, ergriff den Hammer, warf ihn ihrem Sohn zu, der hinter dem Schanktisch stand. Der wich der fliegenden Waffe aus, sie polterte zu Boden, zerschlug aber wenigstens nichts. Der Hammer kam zu dem Harnisch in das Fach unter dem Schanktisch.

»Sind die beiden Toten eigentlich wieder gut versteckt?«, fragte die Heberin Ranien, dem deutlich anzusehen war, dass er die Abwesenheit seines Vaters über alle Maßen bedauerte. Der musste einen Augenblick nachdenken. »Ich habe sie nicht wieder zugedeckt, glaube ich. Ich wusste ja nicht, was wir von ihnen noch brauchen würden.«

»Abelion steh uns bei«, ächzte Clarde. »Wir sind verloren.«

»Achtung jetzt, sie kommen!«, kreischte ein sehr dickleibiger Mann, der vorübergehend Clardes Posten am Fenster eingenommen hatte. Er versuchte noch, von diesem auffälligen Ort wegzukommen und in der Mitte des Raumes so unschuldig wie möglich auszusehen. Gleich darauf öffnete sich die Tür. Freconvil und sein Begleiter traten ein. Keiner von beiden nahm den Helm ab.

Der eigentümliche und äußerst appetitanregende Geruch der akitanischen Zwiebelsuppe fiel über sie her, aber sie ließen sich dadurch nicht ablenken. Der Unteroffizier konnte auf den ersten Blick erkennen, dass etwas nicht mit rechten Dingen zuging. Sämtliche Anwesenden starrten ihn betreten an. Ertappte Sünder, allesamt. Von seinen beiden Soldaren war nichts zu sehen.

»Was ist hier los?«, fragte er in die Runde und legte die Hand auf seinen Hammergriff. »Wo sind meine Männer?« Wie auch der Capitar konnte sich Freconvil verhältnismäßig fließend auf Akitanisch verständigen. Sämtliche Offiziere der sieben Heere hatten mehrere Monate Zeit gehabt, sich auf diesen Feldzug vorzubereiten.

»Das ist es ja eben, Herr Offizier«, sagte Clarde, trat einen Schritt vor und deutete eine Verbeugung an. »Wir haben gerade beratschlagt, ob wir Euch holen sollten, aber wir wussten nicht, wie weit wir uns einmischen dürfen in die Belange von Soldaren. Wir wollen doch keinen Ärger haben.«

»Keinen Ärger? Weshalb denn?«

»Nun, das war so: Eure Männer haben getrunken. Gegessen und getrunken, aber getrunken haben sie womöglich ein wenig über den Durst. Wir dachten uns nichts dabei, nun ja, das ist ja schließlich eine Schenke hier. Sie haben miteinander geredet, immer hitziger. Schließlich sich gestritten. Dann sind sie aufgestanden und nach hinten gegangen, wir dachten, zum Abtritt. Aber das ist schon ziemlich lange her. Dann ist der Wirt, mein Mann, nachsehen gegangen. Wir haben uns Sorgen gemacht. Kann ja vorkommen, dass jemand, der nicht von hier ist, die hiesigen Getränke nicht verträgt. Und auf dem Abtritt war niemand mehr.«

»Was soll das bedeuten? Wo ist der Wirt jetzt?«

»Ihnen hinterher. Sie müssen hinten raus sein.«

»Was? Was ist das für ein Unsinn! Unsere Männer saufen nicht. Habt ihr ihnen etwas ins Essen gemischt?«

»Nein! Warum sollten wir? Was hätten wir davon?«

Das stimmte allerdings. Angesichts von noch achtundzwanzig weiteren hier stationierten Nafarroanern ergab es keinen Sinn, zwei von ihnen zu vergiften. Aber etwas stimmte hier nicht. In den Gesichtern der Wirtshausgäste stand alles Mögliche zu lesen, bei einigen sogar nackte Furcht. Das war nicht einfach nur Ratlosigkeit. Der Capitar war in Hagetmau niemals so grausam aufgetreten, dass das unerlaubte Entfernen zweier seiner Männer bei den Dörflern nackte Furcht auslösen konnte.

Freconvil erinnerte sich an die drei Männer, die er eben vorne aus dem Gebäude hatte kommen sehen. Das hatte nicht im Entferntesten so gewirkt, als wären sie auf der Suche nach welchen, die nach hinten verschwunden waren. War einer von den dreien nicht womöglich sogar der feiste Wirt gewesen? Er hatte es nicht genau erkennen können.

Freconvil wollte keine voreiligen Schlüsse ziehen. Der Gedanke, dass seine Soldaren nicht mehr leben könnten, befand sich außerhalb seiner Reichweite. Viel zu sehr waren ihm die Hagetmauer bislang als fügsame Schafe erschienen. Den Unruhestifter Tautun hatte er nie zu Gesicht bekommen.

»Wie lange ist das jetzt her, dass die beiden hinten rausgegangen sind?«, fragte er barsch.

»Ich weiß nicht genau«, druckste Clarde. »Es ist uns ja nicht sofort aufgefallen. Ich meine, wir kümmern uns um unseren eigenen Kram. Aber nach dem Viertel einer Stunde so etwa ist es uns dann doch aufgefallen, nicht wahr?« Sie fragte irgendjemanden, und der nickte bekräftigend, froh, dass er selber nichts sagen musste.

Freconvil fasste Clarde scharf ins Auge. »Warum führst *du* hier das Wort? Warum sagt *er* nichts?«, und er deutete auf Ranien, der als Einziger hinter dem Schanktisch stand.

Folsters Sohn sagte auch weiterhin nichts, er schwitzte nur, als würde er von unten her gedünstet.

»Nun?«, hakte Freconvil nach, trat in die Nähe des Schanktisches und fasste den Wirtssohn ins Auge.

»Es … es ist, wie meine Mutter sagt, Herr Offizier«, haspelte dieser und machte gleich drei angedeutete Verbeugungen hintereinander. Freconvil kam das alles zu kriecherisch vor. Irgendetwas verbargen diese Leute, nur was? Hatten sie seinen Soldaren einen üblen Streich gespielt, und die beiden kotzten sich nun im Küchenhof die Seelen aus dem Leib? Sein Begleiter schloss zu ihm auf. Es war klüger, eine Einheit zu bilden in diesem unübersichtlichen Raum mit den vielen Geweihen, die überall wucherten.

»I…ichich habe sie etwas von einem … Mmmmädchen sagagagen hören«, meldete sich Sinion zu Wort.

»Himmel der Gerechten, stottern hier denn alle? Was hast du gehört, Junge?«

»Vovovon einem Mmmmädchen, das hinten auf sie wartet. Eine…eine…eine Verabredung? Ich weiß es ninicht.«

Freconvil schaute den Stotterer ungläubig an. Das ergab doch überhaupt keinen Sinn. Wie und wann sollten die beiden Soldaren sich denn mit einem Mädchen verabredet haben? Sie waren den ganzen Tag über in der Ratshalle gewesen. Ganz plötzlich kam ihm der Gedanke, den Schankraum zu verlassen und Verstärkung zu holen. So schnell wie möglich hier weg. Aber wie sollte er einen derartigen Rückzug plausibel machen, ohne eine Einbuße an Autorität hinnehmen zu müssen? Sollte er etwa sagen: »Na gut, wir gehen jetzt erst einmal und kommen gleich mit dem Capitar und mehr Männern zurück«? Das war doch peinlich. Immerhin war er Unteroffizier des Dritten Nafarroanischen Heeres. Des *siegreichen* Dritten Nafarroanisches Heeres. Was für ein dummer Einsatz, dachte er. Stupide akitanische Provinz. Schöntun mit den Dorfdeppen, anstatt einen richtigen Krieg zu führen.

Er hoffte jetzt, seine beiden Männer einfach nur mit einem Mädchen im Heu zu ertappen. Auch das wäre schon blamabel und würde den Dorfdeppen genügend Anlass für schiefes Gelächter bieten.

»Dann schauen wir mal hinten nach«, sagte er schließlich. Neuerlich blickte er die Wirtsfrau strengstens an. »Ich kann dich nur warnen. Wenn du irgendetwas weißt, solltest du es mir nicht verheimlichen!«

Clarde zerfloss schier unter diesem Blick. Sie wand sich. »Ich weiß wirklich nicht, was Ihr meint, Herr Offizier. Wie soll ich … wie sollen wir denn wissen, was in den Soldaren vorgeht? Warum sie hingehen, wohin sie gehen? Ich meine, ich verstehe ja noch nicht einmal so richtig, weshalb Ihr überhaupt nach Hagetmau gekommen seid …«

»Das haben wir ja wohl schon hinreichend erklärt. Verdammte Bande!« Freconvil spürte, wie ihm das alles langsam als Wut zu Kopf stieg. Die ganze verfahrene Situation. Warum war der Junge auf dem Turm ausgerechnet dann eingeschlafen, wenn zwei der Männer sich zu einem Stelldichein unerlaubterweise davonstahlen? Das Postierungsnetz war doch eigentlich lückenlos, weder er noch der Capitar hatten schluderig gearbeitet. Hier stimmte etwas nicht! Aber wohin er auch schaute, er sah nur furchtsame Schafsgesichter. Frauen, Saufköpfe, Stotterer. Er konnte sich nicht vorstellen, dass seine Männer angegriffen worden waren.

Ihn überforderte ein wenig auch die fremde Sprache, weil Clarde sehr schnell sprach. »Du kommst mit und zeigst uns alles«, sagte er grob, fasste die Wirtsfrau sogar am Arm und zerrte sie. Sie gingen zu dritt nach hinten in den Gang, der zum Abtritt, zur Speisekammer, zum Keller und zur Tür nach hinten führte.

»Wohin geht es da?«, fragte Freconvil und deutete auf die erste Tür links. Noch bevor Clarde überhaupt antworten konnte, stieß er diese Tür auf. Dahinter war der Raum mit dem zugedeckelten Abtritt und einer Waschschüssel auf einem Holzbord. In dieser Schüssel wusch sich gerade ein hübsches Mädchen mit langen blonden Haaren. Freconvil erkannte das Mädchen sofort. Eine der Geiseln vom Anfang der Besetzung, Varlie war ihr Name.

Er musste unwillkürlich lächeln, weil Varlie ihm von Anfang an gefallen hatte. Er hatte es sogar ein wenig bedauert, als der Capitar beschlossen hatte, sie nicht mehr in der Ratshalle zu behalten und nach Hause zu schicken. »Sag bloß, du bist die Verabredung meiner Männer«, sprach er sie an. Dann erst fiel sein Blick auf den nafarroanischen Streithammer, den Varlie neben die Schüssel gelegt hatte, um sich ohne dieses störende Gewicht am Bein waschen zu können.

31

Am Nordrand Hagetmaus flackerte das Lagerfeuer der Wachtposten. Es war zu schwül, als dass man sich an einem Feuer hätte wärmen müssen, aber das Feuer spendete den beiden Soldaren Licht und in der Fremde Akitanias eine urtümliche, weil aus der Morgendämmerung der Menschheit herrührende Form der Geborgenheit.

Die beiden versuchten, sich zu unterhalten, aber das war gar nicht einfach, denn im Grunde genommen mochten sie sich nicht besonders. Roen war eher laut und derb, Encelio still und verschlossen. Am Anfang hatte Roen noch ein paar Witze gerissen, aber als Encelio darüber nicht hatte lachen können, war Roen mehr und mehr verstummt. In den Heeren konnte man sich nicht aussuchen, mit wem man zusammen in eine Truppe kam, und man konnte sich auch nicht aussuchen, mit wem man zu einer Zweierwache eingeteilt wurde.

Was die beiden noch einigermaßen zusammenschweißte, war – mehr noch als die gemeinsame Uniform – die Sorge vor dem Wald. Seltsame Wesen sollten dort umgehen, von breitmäuligen Hyänenrudeln war schon oftmals die Rede gewesen, aber auch von Schlangen mit sechs Beinen und uralten Ungetümen, die aussahen wie aus Hunderten von Tannenzapfen zusammengenäht und die einen mit verästelten Krallen zerreißen konnten.

Die Bäume knarrten im nächtlichen Wind, als redeten sie übellaunig miteinander. Roen und Encelio freuten sich darauf, in zwei Stunden abgelöst zu werden und in die Behaglichkeit der Ratshalle zurückzudürfen.

»Heute fühlt es sich an, als würde es morgen sehr heiß werden«, sagte Roen nach einem Blick in die schwarz wogenden Baumwipfel.

»Ja. Oder als würde es in der Nähe brennen. In dem Dorf, in dem ich aufgewachsen bin, ist einmal ein ganzes Feld abgebrannt. Die Nacht des Feuers war so warm wie heute.«

Roen schaute verwundert zu Encelio hinüber. So viel hatte der den ganzen Abend über noch nicht am Stück gesagt. Er dachte über eine angemessene Äußerung nach, als beide gleichzeitig bemerkten, dass sich über den Weg ins Dorf Menschen näherten. Zwei Männer. Der breitschultrigere von beiden war Encelio schon einmal auf dem Dorfplatz aufgefallen.

»Halt! Wer da?«, polterte Roen die üblichen Floskeln eines Wachtpostens. Dass er sie auf Nafarroanisch polterte, schien ihm gar nicht aufzufallen.

Der schmalere der beiden Ankömmlinge hob grüßend die Hände. Der andere konnte das nicht, er hielt etwas. »Kein Grund zur Beunruhigung, Freunde. Wir sind es, Baresin und Folster, der Wirt. Wir saßen gerade alle im *Lamm* zusammen und fühlten uns gemütlich, und da kam uns der Gedanke – im Sinne der Freundschaft zwischen den Völkern, die ja jetzt ein Volk sind, sozusagen –, ob wir den wackeren Wachleuten, die uns gegen die Gefahren des Waldes beschützen, nicht auch etwas zu trinken bringen sollten, etwas Mildes, versteht sich, das sich nicht auf die Wachsamkeit auswirkt, aber mundet und stärkt.«

Roen und Encelio blinzelten unter diesem Redeschwall, als würden sie beregnet. Sie verstanden höchstens ein Drittel von dem, was Baresin da erzählte, aber der Wirt hob jetzt den Weinkrug an und brummte: »Das ist einer meiner besten Tropfen. Damit ihr nicht denkt, wir hätten euch irgendetwas Hinterlistiges reingemischt, nehme ich jetzt selbst einen ordentlichen Zug. Seht ihr? Ahhh, das ist gut.«

»Nicht erlaubt«, radebrechte Encelio und schüttelte verweisend seinen Zeigefinger.

»Erfährt doch niemand«, ermunterte Folster weiterhin und hielt ihm den Krug hin. Als keiner der beiden Soldaren reagierte, schwenkte er ihn in Richtung Baresin. »Dann du, Baresin? Wie wäre es mit einem Schluck dieses köstlichen Weins?«

Baresin ließ sich nicht zweimal bitten. Es ging vor allem darum, die Aufmerksamkeit der beiden Soldaren so lange wie möglich vom Wald abzulenken. Er nahm den Krug und trank, so dass sich rote Rinnsale von seinen Mundwinkeln abwärts stürzten. Anschließend wischte er sich mit dem Handrücken übers Kinn. Beinahe hoffte er, der Wein würde die Zeit beschleunigen und ihn alles nur noch verschwommen sehen lassen. Das Feuer riss sämtliche Konturen deutlich aus der Nacht und schleuderte sie höhnisch tanzend durch die Gegend. Dies war nicht Baresins erster Alkohol an diesem Abend, er hatte schon, bevor Tautun mit dem ganzen Unheil begonnen hatte, zwei, drei Schnäpse im *Lamm* zu sich genommen. Ihm war ganz seltsam zumute, vielleicht auch aus Furcht.

»Nicht erlaubt«, sagte Encelio noch einmal. »Capitar nicht lustig.«

»Ach, der Capitar, der Capitar!«, versetzte Baresin. »Der schlägt sich in der Ratshalle gerade den Bauch voll und rülpst. Ein Schlückchen nur. Das ist wie Brüderschaft trinken.« Er konnte nicht verhindern, dass sein Gesicht zu schwitzen begann. Jemandem die Brüderschaft anzubieten, der gleich umgebracht werden sollte – das fühlte sich viel unangenehmer und unredlicher an, als er sich das vorher ausgemalt hatte. Er fragte sich ernsthaft, wie er so dämlich hatte sein können, sich aus dem hübschen *Lamm* hinauszubegeben. Nur, damit er hinterher prahlen konnte, an vorderster Front dabei gewesen zu sein, und nicht bloß, wie dieser Maulheld Sinion, aus sicherer Deckung heraus Pläne geschmiedet zu haben. Es war ihm schlau erschienen. Aber es war vor allem hässlich.

Etwas knackte im Gebüsch.

Roen und Encelio fuhren herum.

»Was war das?«, fragte Roen auf Nafarroanisch. Beiden spukten Bilder in den Köpfen herum von Tannenzapfenungeheuern mit besenartig vorgestreckten Klauen. In Roens Vorstellung war das Ungeheuer doppelt so groß wie ein Mensch, bei Encelio besaß es einen ebenfalls besenartig vorgestreckten Bart und trug einen Hut.

»Vielleicht ein Apfel«, sagte Baresin, einer plötzlichen Eingebung folgend.

»Ein Apfel?«

»Apfelbäume sind uns heilig, das wisst ihr doch. Auch im Wald stehen vereinzelt welche. Und manchmal fällt halt ein Apfel herunter.«

»Das war aber kein Apfel«, sagte Encelio leise zu Roen, in ihrer eigenen Sprache. Er zog seinen Streithammer aus dem Halfter und bewegte sich damit ein paar Schritte auf den Waldrand zu.

Baresin spürte, wie ihm überall der Schweiß ausbrach. Gleich würde alles auffliegen! Sie mussten jetzt handeln, Folster und er. Dabei wussten sie noch gar nicht, ob Tautun schon nahe genug heran war. Ob das Knacken überhaupt Tautun gewesen war. Es konnte alles Mögliche gewesen sein, zum Beispiel einfach nur arbeitendes Holz.

Roen blickte zwischen dem Weinkrug, Folsters Gesicht, Encelio, dem Waldrand, dem Weinkrug, Baresins Gesicht und dem Weinkrug hin und her. Blinzelte dabei schwerfällig. Wusste nicht ein noch aus, fühlte sich aber noch nicht wirklich bedroht. Keiner der beiden Dörfler war bewaffnet, und der Wein war nicht vergiftet, sonst hätte der Schwitzende nicht so ausgiebig davon getrunken.

Encelio hatte das vorderste Gebüsch nun beinahe erreicht, den Hammer in der Hand. Die Flammen des Feuerchens ließen das Blattwerk zucken. Er lauschte. Der Wald knarrte und ächzte. Aber nahe dem Rand war nichts mehr zu…

Etwas schoss vor ihm aus den Sträuchern. Blattwerk zerbarst zu vielen dunklen Funken. Es war kein Ungeheuer aus einer akitanischen Legende, aber auch kein Wolf oder eine Hyäne. Groß wie ein Mann. Größer fast. Einen Hammer in der Hand. Mit nass klebender Kleidung. Encelio riss seinen eigenen Hammer hoch. Wie oft hatte er solche Bewegungen geübt, auf staubigen sonnendurchglühten Garnisonsplätzen? Hundertmal. Tausendmal. Sie waren ein Teil von ihm geworden, solche Abwehrbewegungen. Sie gelangen auch im Dunkeln.

Sein Hammer fing den des Angreifers ab. Metall knirschte auf Metall. Encelio grinste. *Hab ich dich*, dachte er.

Womit er aber überhaupt nicht rechnete, war, dass der Angreifer in der anderen Hand noch einen zweiten Hammer führte. Der schürfte jetzt durch Encelios grinsendes Gesicht wie ein Pflug durch einen feuchten Acker. Encelio konnte sein eigenes aufgerissenes Wangenfleisch vor sich selbst davonflattern sehen.

Baresin fühlte sich vollkommen hilflos, hatte keine Waffe, konnte gar nichts tun, war wie gefangen in einem Alptraum, dem schlechtest durchdachten Vorhaben seines ganzen Lebens.

Doch Folster reagierte. Ließ den Weinkrug fallen und packte den zweiten Soldaren. Oder versuchte es zumindest. Roen war stark. Rang mit dem Wirt. Beide knurrten. Stirnen schlugen hart gegeneinander. Beide waren benommen, ihre Hände griffen, patschten, drängten, zerrten.

»Leise!«, mahnte Baresin. Als ob jetzt noch jemand darauf hätte Rücksicht nehmen können.

Tautun erschlug Encelio. Der zweite Hieb drang durchs Gesicht wie durch Eierschale. Dann hetzte er hinüber zu Folster und dem anderen Wachtposten. Doch kam zu spät.

Auch Roen hatte viel geübt. Nafarroa schickte keine Schwächlinge und Unerfahrenen in einen dermaßen wichtigen Feldzug. Aus den Augenwinkeln hatte er mitbekommen, was Encelio widerfahren war, und obwohl er den verschlossenen Kameraden nicht besonders hatte leiden können, spürte er jetzt Verlust und Schmerz und Wut. Er fühlte sich noch einsamer dem endlos erscheinenden, Todesgefahren aus Gebüschen speienden Akitania ausgeliefert als bisher. Selbst das gemütliche Feuerchen konnte da nichts mehr helfen. Nur er selbst. Nur er selbst existierte noch auf Belancas weiter Erde. Er bekam seinen Hammer aus dem Halfter und schlug damit nach Folster. Einen Schlag wehrte dieser mit dem Unterarm ab, was den Knochen brechen ließ. Den zweiten Hieb jedoch konnte der schwerfällige Wirt nicht mehr parieren. Der Hammer schlug ihm durchs Auge nach innen, Folsters Mund gurgelte in hochgestiegener Magensäure.

Dieser zweite Schlag, mit dem Roen seinen unmittelbaren Gegner niederstreckte, besiegelte allerdings auch sein eigenes Schicksal. Denn durch diesen zweiten Schlag stand er vornübergebeugt, den Arm weit vorne am Ende einer Bewegung. Als der bullige Wirt nun von ihm wegstürzte, wurde der andere Angreifer sichtbar, der im Sichtschatten nach vorne gestürmt war. Tautun wirbelte wieder mit beiden Hämmern gleichzeitig. Es war unglaublich schwierig, den scheppernden Helm und den hallenden Brustharnisch nicht zu treffen, aber inzwischen hatte Tautun schon eine gewisse Erfahrung darin entwickelt. Er konnte die Schwachstellen in diesen nafarroanischen Rüstungen mittlerweile lesen und deuten wie Spuren auf einem von Tauschnee aufgeweichten Waldboden. Sein erster Hammer traf Roen seitlich, verwundete ihn noch nicht sehr, riss ihn nur aus seiner Balance. Der zweite Hammer jedoch trümmerte ihm ins Genick. Falls Roen danach überhaupt noch lebte, bekam er nichts mehr mit. Weder seinen Aufprall auf dem Laubboden, noch den alles beendenden dritten Schlag.

»Folster!«, jammerte Baresin. »Folster!«

»Schnauze!«, herrschte Tautun ihn an.

Baresin erstarrte. Beide lauschten.

»Das war zu hören, fürchte ich«, sagte Tautun. »Mindestens das eine Aufeinanderklirren der Waffen, vielleicht aber auch dein Geflenne.«

»Ich flenne nicht«, zischte Baresin so leise wie möglich. »Sie haben Folster …«

»Kümmere dich um ihn, vielleicht lebt er ja noch. Wir müssen jetzt den Plan ändern.«

»Warte! Wohin gehst du?«

»Ihnen entgegen!«

32

Varlie schaute den nafarroanischen Unteroffizier an. Ganz elend sah sie aus. Ihr war immer noch schlecht von dem Geräusch des Soldarengenicks. Sie durfte gar nicht daran denken, um nicht neuerlich würgen zu müssen.

Freconvil starrte den Hammer an, versuchte sich alles zusammenzureimen. Immer noch konnte er sich nicht vorstellen, dass ein Mädchen in den Tod eines seiner Soldaren verwickelt gewesen sein könnte. Eher, dass sie ihn bestohlen hatte in einem Augenblick der Schwäche. Oder dass einer ihr den Hammer geschenkt hatte – aber das konnte doch eigentlich nicht sein, so dumm war kein Soldar, die Ausrüstung wurde jeden Morgen überprüft und abgezählt!

Er wollte gerade etwas sagen, eine Frage stellen, die ihm weiterhalf, als der ihn begleitende Soldar seitlich gegen ihn geschubst wurde und zu schreien begann.

Der Wirtssohn Ranien hatte sich von unter dem Schanktisch ein Brotmesser gegriffen, war damit von hinten an den Soldaren herangedrängt und trieb ihm nun die Klinge unter dem Harnischsaum in die Eingeweide. Mit der anderen Hand versuchte Folsters Sohn ihm den Mund zuzuhalten, doch der erste Schrei war bereits geschehen.

Alle erstarrten.

33

»Hast du das auch gehört?«, hatte einer der beiden Soldaren, die am Stall Wache standen, gerade den anderen gefragt, als vom Waldrand her ein Geräusch zu vernehmen gewesen war, das wie das Klirren von Streithammergriff gegen Streithammergriff klang. Ein Geräusch, das beiden von Übungsplätzen her vertraut war.

Der andere jedoch hatte nichts gehört, er war gerade auf einer knarrenden Schwellendiele auf und ab gewippt. »Nein, was?«

In diesem Moment gellte aus Richtung des Wirtshauses ein gedämpfter Schrei durchs Dorf.

Die beiden Soldaren schauten sich an. Sie waren – das war sogar im funzeligen Schein der Stalllaterne deutlich zu sehen – bleich geworden.

»Was zum Meeresteufel ist hier los?«

»Geh mal nachschauen. Und frag den Jungen auf dem Turm, ob er etwas sehen kann!«

34

Tautun hörte den Schrei ebenfalls. Aus dem *Lamm*? Was ging da vor sich? War etwa Varlie in Gefahr?

Er überlegte gerade, dorthin zu eilen, als vor ihm ein nafarroanischer Soldar um die Ecke eines Gebäudes bog und ihn entdeckte. Es gelang Tautun gerade noch, beide Arme mit den Hämmern hinter den Rücken zu halten.

Tautun hatte wahrscheinlich noch niemals zuvor auf etwas so schnell reagieren müssen, aber es gelang ihm. Jegliche Alkoholwirkung in seinem Körper war aufgrund der vielen Kämpfe längst verflogen, er fühlte sich stärker und klüger als jemals zuvor. Er führte beide Hämmer hinter seinem Rücken in einer Hand zusammen und stützte sich mit der anderen an einer Hauswand ab, mimte erschöpft und verwundet, mit gesenktem Kopf.

Fahrig deutete er nach hinten, in Richtung Waldrand.

»Es ist etwas geschehen«, sagte er auf Akitanisch, er konnte gar kein Nafarroanisch. »Hyänen sind aus dem Wald gekommen und haben Eure Leute angegriffen. Mir haben sie gesagt, ich soll Verstärkung holen.«

Er konnte nicht abschätzen, wie glaubwürdig das alles war oder wie gut ihn dieser Soldar überhaupt verstehen konnte. Er wusste nur, dass es sich um einfache Soldaren in einer ihnen unvertrauten Umgebung handelte, umzingelt von einer viel zu aufgeheizten Nacht. Sie würden sicherlich auch nicht immer die beste aller möglichen Entscheidungen treffen. Der Soldar musste ihm nur den Rücken zuwenden, nur ganz kurz.

»Was?«, fragte der Soldar und versuchte sich zusammenzureimen, was passiert sein mochte. Das Wort »Hyäne« jedoch klang in beiden Sprachen ziemlich ähnlich. »Hyänen?«

»Ja. Viele.«

Der Soldar machte keine Anstalten, Tautun auch nur einen Moment lang aus den Augen zu lassen. Irgendetwas stimmte nicht. Wenn Hyänen angegriffen hatten, warum hatte er dann gehört, wie Waffen *gegeneinander* klirrten? Und warum war der Dörfler, der aus Richtung Wald kam, nass, als wäre er aus einem Brunnen gestiegen?

35

Sinion begriff, dass gleich alles verloren war, wenn er nicht sofort etwas unternahm.

In das Gerangel, das nun im Flur nach hinten begann, konnte er nicht eingreifen, dazu war er ohnehin zu schmächtig.

Er musste den Schrei ungeschehen machen.

Wie konnte man einen Schrei ungeschehen machen?

Ihm kam eine Idee.

Er schrie seinerseits. Übertönte damit den Kampflärm, der weiter hinten im Raum aufwallte. Er ließ seinen Schrei in ein Gurgeln und Röcheln enden und rief daraufhin ins Nichts hinein: »Siesiehst du? Ich kann noch furchtfurchtfurcht … ich kann noch viel furchtbarer schreien als du!« Er stieß den neben ihm stehenden Kerl mit der Säufernase an, und die beiden begannen jetzt um die Wette zu heulen, zu grunzen und zu röcheln, Trunkenbolde im Wettbewerb, und damit es nicht wie ein Großangriff von Ungeheuern klang, lachte Sinion dazwischen immer, das klang gekünstelt und überanstrengt, aber das war ihm egal.

Er hatte das Gefühl, mit dem ganzen bizarren Lärm, den er seiner Kehle entrang, gleichzeitig das quälende Stottern aus sich herauszutreiben, aber das war vielleicht nur eine Hoffnung, die überhaupt nichts mit der Wirklichkeit zu tun hatte.

36

Jetzt war vom Wirtshaus her dieses eigenartige Geheule, Gejaule und Gelächter zu hören. Tautun konnte kaum erkennen, wessen Stimmen das waren, noch konnte er sich einen Reim darauf machen, was im *Schwarzen Lamm* vor sich ging. Waren die dort alle verrückt geworden oder sturzbetrunken?

»Das ist keine Hyänen«, radebrechte der Soldar ihm entgegen.

»Nein, das kommt aus dem Wirtshaus. Die sind besoffen dort. Schnell, wir müssen Hilfe zum Waldrand schicken.«

Jetzt. Jetzt schaute der Soldar in Richtung Wirtshaus, unschlüssig, ob er laut Alarm geben sollte, oder ob das ganze Dorf einfach nur wegen der nächtlichen Hitze überschnappte.

Sogar ein Hund fing jetzt an zu bellen, der spürte, dass etwas Unheimliches vor sich ging. Ein zweiter fiel aus einer anderen Richtung mit ein.

Aber auch das waren keine Hyänen.

Tautun näherte sich dem Soldaren, an die Hauswand geschmiegt.

Jetzt schaute der Soldar auch noch zum Turm hinauf, überlegte, warum der Junge keinen Alarm gegeben hatte, wenn wirklich im Norden ein Kampf stattfand, der sogar die Hunde aufbrachte.

Dieser Moment genügte Tautun. Krachend sprang er dem Soldaren ins Kreuz.

37

Varlie griff nach dem Hammer. Sie wollte das nicht, aber sie wusste, dass sie keine andere Wahl mehr hatte. Der Schrei hatte bereits alles entschieden.

Freconvil schaute gerade nicht in ihre Richtung, denn er wollte natürlich sehen, was mit seinem Begleiter los war, der so furchtbar geschrien hatte. Das Messer war für ihn nicht zu erkennen, denn das rührte tief im Leib seines Soldaren.

Es war Varlie egal, ob sie den Helm traf oder die Rüstung. Tautun hatte das immer vermieden, wegen des Lärms. Aber jetzt befanden sie sich in einem Wirtshaus. Hier wurde geschrien und gegrölt. Teller und Besteck klapperten. Ein Hammer auf einer Rüstung – was machte das schon aus?

Varlie schlug den Unteroffizier, mit diesem vollkommen fremd und un*säge*nhaft in ihrer Hand liegenden Hammer, und erst bei ihrem dritten Schlag bemerkte er überhaupt, dass er geschlagen wurde. Bis dahin hatte er staunend betrachtet, wie sein Begleiter den gegen ihn gestemmten Ranien zu erwürgen versuchte, und unterbinden wollen, Frieden stiften, ein Ende der absurden Zuspitzung herbeiführen, die so überhaupt nicht im Sinne des Capitars war.

Dann traf ihn einer von Varlies wilden Hieben hart am Helmkamm, und die ganze Welt begann zu dröhnen. Alles verschwamm. Arme um ihn herum.

Er sah die Wirtsfrau, die zerrend und den Namen »Ranien« kreischend versuchte, ihren im Gesicht schon ganz bläulich angelaufenen Sohn aus dem schrecklichen Griff des Soldaren zu befreien. Sie hatte einen eigenen Hammer in der Hand – alle Frauen in dieser Schenke schienen nafarroanische Hämmer zu besitzen, selbst die unansehnlichen – und hebelte damit im Gesicht des Soldaren herum, als wolle sie einen Nagel ziehen. Auch der Sohn machte irgendetwas Abwegiges, stocherte weiterhin in dem Soldaren. Der Boden war plötzlich ganz rutschig, mit einer Art Schlamm überzogen. Freconvil verlor den Halt, dengelte in dem engen Flur unvorteilhaft gegen die Wand und daran hinab. Immer noch drosch dieses Mädchen auf ihn ein, warum denn nur, er hatte doch noch nicht den geringsten Verweis gegen sie ausgesprochen. Fürchtete sie etwa, wieder in die Ratshalle mitgenommen zu werden? Aber dort war es ihr doch gut ergangen, niemand hatte ihr ein Haar gekrümmt.

Im Schankraum grölten zwei Verrückte, lachten und sangen, beides falsch. Alles war falsch.

Freconvil sah seine kleine Tochter vor sich, vier Jahre erst, wie sie mit ausgestreckten Ärmchen auf ihn zulief. Er wollte ebenfalls die Hände nach ihr ausstrecken, aber alles war so laut, er wusste nicht mehr, wie das ging.

Clarde konnte ihren Sohn nicht retten. Aus nächster, rasender Nähe musste sie miterleben, wie der sterbende Soldar ihm die Kehle zerpresste, ihm das Leben auswrang. Sie wurde beinahe wahnsinnig daran. Dabei ahnte sie noch nicht einmal, dass gleichzeitig ihr Mann draußen am Waldrand in seinem Blute lag und Baresin nicht die geringste Ahnung hatte, wie er ihm helfen sollte.

Varlie schlug auf den Unteroffizier ein, immer und immer wieder, zwanzigmal, dreißigmal, vierzigmal. Manchmal traf sie den Helm oder die Uniform, aber beides war schon so zerbeult, dass der Klang ganz stumpf geworden war. Irgendwann hielt jemand sie fest. Es war die junge Heberin, die weinte.

Alle waren tot. Der Unteroffizier ein zusammengesunkener Haufen. Der Soldar endlich seinen furchtbaren Verletzungen erlegen, sein Blut, sein Harn, sein Kot und sein Unverdautes verunreinigten den Flur. Dieser Gestank würde nie mehr zu beseitigen sein, nicht für diejenigen, die dabei gewesen waren. Folsters Sohn erwürgt, sein Gesicht so schlaff, als wäre sein

Schädel geschmolzen. Clarde hielt ihn im Arm in all dem Unrat und wiegte ihn, lallte immer wieder seinen Namen, ihr Verstand war fort, viel weiter fort als ein Land hinter den Bergen.

Seltsamerweise war Varlie jetzt gar nicht mehr schlecht, obwohl dieser Dreifachmord im Wirtshausflur noch viel entsetzlicher verlaufen war als die Genickbrüche an der Brücke. Vielleicht war es der Gestank, der sie so überflutete, dass sie das Gefühl hatte, alles Erbrechen läge bereits hinter ihr.

»Wenn jetzt nochmal«, begann sie zu sprechen, und ihre Stimme kam ihr so fremd vor, dass sie noch einmal von vorne anfangen musste, fast als wäre sie Sinion, »wenn jetzt nochmal welche reinkommen, werden wir nicht so tun können, als wüssten wir von nichts.« Sie sah in lauter Gesichter, die wie Gespenster waren von Leuten, die sie ihr Leben lang gekannt hatte.

Sinion stand nun am Fenster und hielt Ausschau. »Bisbislang rührt sich noch nininichts.«

Varlie atmete. Frische Luft wäre ihr jetzt mehr als recht gewesen, aber vielleicht gab es gar keine frische Luft mehr, nirgends. Es herrschte Krieg in Hagetmau. »Wir sollten uns mit Messern bewaffnen. Mit allem, was die Küche hergibt. Wenn dann welche kommen, stürzen wir uns von sämtlichen Richtungen gleichzeitig auf sie und bringen es zu Ende. Begreift ihr das?«

Hier drinnen war jetzt alles still wie unter einem Deckel, denn Sinion und der Saufbold hatten betreten aufgehört zu krakeelen.

Nur draußen bellten noch immer zwei Hunde die brütende Nacht aus.

38

Tautun ließ die beiden Hämmer einfach fallen, griff nach dem Helm des Gegners, schnitt sich beinahe am Helmkamm, riss am Kopf des Soldars, als wollte er ihn vom Hals reißen.

Diese verfluchten Helme und Brustpanzer.

Er freute sich fast darauf, in die Ratshalle vordringen und endlich zwischen Unbehelmten wüten zu können. Aber bis dahin war der Weg noch so umständlich.

Der Soldar gurgelte und stöhnte, seine Hände fuhrwerkten im Leeren herum, dann knackte etwas, und er erschlaffte. Tautun hatte keine Zeit zu überprüfen, ob er wirklich tot war. Wenn das Gebell der beiden Hunde nicht gewesen wäre, hätten die Kampfgeräusche eben ihn verraten. So aber hatte er noch den Hauch einer Chance und musste sie nutzen, indem er schnell war, sehr schnell.

Der Soldar konnte nur vom Stall gekommen sein. Die beiden vor der Ratshallentür bewegten sich nie dort weg, und die beiden, die patrouillierten, wären zu zweit aufgetaucht, nicht einzeln. Die am Stall jedoch konnten sich, wenn sie neugierig wurden, durchaus aufteilen.

Also nahm er seine beiden Hämmer und rannte Richtung Stall. So schnell, aber auch so leise wie möglich. Er trug nichts bei sich, was beim Rennen Geräusche machen konnte, nur mit den beiden Hämmern musste er vorsichtig sein, dass er mit ihnen nirgendwo gegenschlug.

Er lief nicht auf geradem Weg zum Stall. Auf geradem Weg würde ihm der zweite Soldar womöglich entgegenkommen. Er lief hinter dem Stallgebäude vorüber, wechselte dadurch die Flanke und erreichte dann von der anderen Seite aus die Gasse, die zum Stall führte.

Ja, dort stand nur noch einer, als Schattenriss vor der Stalllaterne, und schaute in die Richtung, aus der Tautun gekommen wäre, wenn er den kürzesten Weg genommen hätte. Gleich würde der Soldar seinen Kameraden rufen, unsicher, ob er einen Kampf gehört hatte oder nicht.

Schnell musste es gehen.

Tautun verlangsamte dennoch.

Schlich jetzt beinahe. Beide Hämmer erhoben. So nahe wie möglich heran musste er an diesen Gegner. Falls der sich jäh umwandte, würde er den rechten Hammer werfen, diesen Plan legte Tautun sich schon jetzt zurecht.

An seiner rechten Seite sah Tautun das Licht, das vom Marktplatz, von der Ratshalle herrührte.

Es wurde wieder leiser in Hagetmau. Beide Hunde wurden offensichtlich von ihren Besitzern beruhigt. Vielleicht gemaßregelt. Die Besitzer ahnten von den überall auflodernden und wieder niederbrennenden Kämpfen viel weniger als ihre Tiere.

Aber irgendetwas hing noch immer in der Luft. Wie ein Echo des Johlens und Grölens aus dem Wirtshaus. Vielleicht kam es Tautun nur so vor, weil seine Ohren vom Rennen brausten.

Er war nun schon bis auf vier Schritte an den Soldaren heran.

Plötzlich erschrak Tautun bis in die Zehenspitzen.

Der Soldar schaute ihm genau entgegen!

Tautun musste die Silhouette falsch interpretiert haben, wahrscheinlich trug der verfluchte Helm daran die Schuld. Statt von hinten hatte er den Soldaren die ganze Zeit über von vorne gesehen und sich ihm genähert, die Hämmer beide sichtbar.

Doch warum gab der Soldar keinen Alarm? Zog nicht einmal seinen Hammer? Warum tat er nichts, sondern schaute ihn nur an?

Hätte Tautun mehr Zeit gehabt zum Nachdenken – oder

wäre er überhaupt jemand gewesen, der sich gerne im Nachdenken übt –, wären ihm unter Umständen mögliche Erklärungen in den Sinn gekommen.

Der Soldar sah in dem seltsamen nächtlichen Aufruhr einen Dörfler auf sich zukommen, der zwei Hämmer in den Händen hielt. War es nicht möglich, dass er eher dachte, der Dörfler hätte die zwei Hämmer gefunden und brachte sie ihm, vielleicht, weil den Wächtern am Waldrand etwas zugestoßen war, sie hatten doch schließlich von dort Geräusche gehört? Womöglich konnte er sich einfach nicht vorstellen, dass ein einzelner, noch dazu mit keinerlei Rüstung bekleideter Mann ihn angreifen würde. Wozu denn auch? Er hatte diesen Dörfler noch nie zuvor gesehen, ihm also sicherlich nichts angetan. Auch mit einem Mädchen hatte er sich nicht eingelassen, die jemandes Braut oder Schwester oder Tochter sein konnte. Er hatte ein völlig ruhiges Gewissen. Und er glaubte, es gäbe ja noch neunundzwanzig weitere Soldaren wie ihn in diesem Dorf, und ein Angriff sei also sinnlos.

Er schaute Tautun neugierig an, als erwarte er eine Erklärung, und stellte dann sogar eine Frage auf Nafarroanisch.

Tautun zögerte. Zum ersten Mal in dieser Nacht verhielt er seinen Angriff, weil sein Gegenüber ihm so arglos erschien, eines Angriffes unwürdig.

Aber dann dachte er an Folster und die unnatürlichen Schreie aus dem Wirtshaus. Er dachte an Varlie und in welcher Gefahr sie womöglich schwebte.

Er schlug zu. Erst mit rechts, dann mit links. Dann nochmal, rechts und links.

Der Soldar war vielleicht auch übermüdet gewesen. Eine lange Wachschicht in lauer Nacht. Er reagierte fast gar nicht. Stürzte einfach seitlich gegen die nach innen aufschwingende Stalltür, wurde dann von Tautun gehalten, damit nicht allzu viel Lärm entstand. Tautun ließ ihn zu Boden gleiten, halb im Tiergeruch des Stalles, und gab ihm den Rest.

Blickte auf. Sah im Halbdunkel den Umriss des Gryphen.

Das Tier sah ihn ebenso aufmerksam an wie vorher der Mann. Vielleicht hoffte es auf eine zusätzliche Leckerei aus einem der Futtereimer. Tautun musste seinen Blick von den hypnotischen, das Licht der Laterne widerspiegelnden Raubvogelaugen beinahe losreißen.

Er wollte zurück zu dem anderen Soldaren, der noch mitten auf der Straße lag.

Ein einzelner Gegner, der nur bewusstlos war und wieder zu sich kam, konnte die annähernd noch zwanzig Gegner in und um die Ratshalle alarmieren. Tautun bezweifelte ernstlich, dass der zaghafte sich im *Lamm* formiert habende Widerstand einem Ansturm von noch fast zwanzig Uniformierten länger als einen oder zwei Herzschläge standhalten würde.

Also lief er geduckt aus dem Stall und zurück zu der Straße, über die er vom Waldrand gekommen war. Der Soldar lag noch immer da. Tautun schlug ihn gründlich tot und zerrte ihn dann in den schattenverhafteten Bereich hinter dem Stallgebäude.

Ohne zu verschnaufen, ohne sich nach weiteren Gegnern umzusehen, rannte er jetzt zum *Schwarzen Lamm*, um Varlie beizustehen, in welcher Not auch immer.

39

»Es ist Tautun!«, wollte Sinion melden, aber bevor er nach mehreren Anläufen beim Namen angelangt war, strauchelte Tautun bereits atemlos über die Türschwelle.

Ihm bot sich ein unerwartetes Bild.

Alle schauten ihn an, bleich und teigig und verlegen.

Im Hintergrund des Raumes kniete Clarde und wiegte lautlos weinend, mit einem Gesicht, das nur noch aus Gram zu bestehen schien, ihren toten Sohn Ranien in den Armen, während die Heberin und der mit der Säufernase versuchten, eine außergewöhnlich große und klumpige Blutlache mit Schwämmen in einen Eimer zu wringen.

»Was war hier los?«, keuchte Tautun.

Varlie trat aus dem Flur, einen Soldarenhammer in der Hand. »Zwei Soldaren. Einer von ihnen war die rechte Hand des Capitars.«

Jetzt erst konnte Tautun die zwei uniformierten Leichname ausmachen, die immer noch im Flur lagen, aber von Clarde und ihrem Sohn beinahe verdeckt wurden.

»Und bei dir?«, fragte Varlie zurück. Ihr Blick war anders geworden. Kälter. Und fremder.

»Ich … wir haben die beiden vom Waldrand und die beiden vom Stall. Aber es hat Probleme gegeben. Jemand, der sich mit Heilkunde auskennt, sollte zum Waldrand gehen. So schnell wie möglich.«

Die Heberin fühlte sich wohl angesprochen, wischte aber einfach weiter. »Für Heilkunde ist Mardein zuständig. Ich helfe nur Kindern auf die Welt und bei der Zeugung.«

»Mardein ist aber nicht verfügbar«, sagte Varlie. »Wen hat es denn erwischt? Folster? Baresin? Beide?«

Tautun blickte zu Clarde und rang mit sich. Sie schien jedoch gar nicht zuzuhören, was ihm seltsam vorkam. Kümmerte sie das Schicksal ihres Mannes kein bisschen, jetzt, wo ihr tumber Sohn nicht mehr lebte? Wie ein besonders glückliches Ehepaar hatten die beiden tatsächlich nie gewirkt, eher wie durch gemeinsame Arbeit, durch *Das schwarze Lamm* zusammengehalten.

»Folster«, sagte er dann. »Er lebt noch. Baresin ist bei ihm, weiß wahrscheinlich kaum, wie er ihm helfen kann. Vielleicht sollten wir die beiden so schnell wie möglich ins *Lamm* holen, die gesamte nördliche Hälfte Hagetmaus ist jetzt frei von Soldaren.«

Varlie nickte, dachte nach. »Wever ist noch nicht von der Brücke zurück. Hoffentlich ist da alles gut gegangen.«

»Er wird sich Zeit lassen. Sorgfältig sein.«

»Wahrscheinlich.« Das Gespräch war auf den Nebenschauplatz Wever ausgewichen wie auf eine Lichtung in einem finsteren Forst. Um nicht sofort wieder schwerwiegende Entscheidungen treffen zu müssen.

Aber es ging nicht anders.

»Wiwiwir müssen uns be...beeilen«, sagte Sinion. »Es ist fafafast geschafft. Noch vier um ... nur noch vier an der Ratshahalle. Wenn wiwir die auch noch ... wenn wiwir die auch noch schaffen, dann ha... dann haben wir die Hälfte.« Er zählte an den Fingern ab, so dass es alle im Raum, die sich dafür interessierten, sehen konnten. »Zwei hier, ei...einer im Turm, zwei an an an der Brücke, zwei am Wald, zwei vovovom Stall, zwei nochmal hier. Elf hahaben wir. Nun noch die vier vor der Halle, und wir... und wir haben genau die Hälfte.«

»Erst die Hälfte«, sagte einer mit hängenden Schultern. »Das schaffen wir doch nie. Wir sind jetzt schon völlig mit den Kräften am Ende.«

»Die zweite Hälfte wiwiwird aber ein Kinkinderspiel«, wagte Sinion zu behaupten.

»Kinderspiel!«, versetzte Varlie und lachte dabei bitter auf. »Wenn du es für ein Kinderspiel hältst, schlafenden Menschen die Schädel einzuschlagen, dann viel Vergnügen, Sinion, ich lasse dir gerne den Vortritt. Bis hierhin hast du dir die Hände ja noch nicht im Geringsten schmutzig gemacht.«

Sinion traf das wie eine Ohrfeige. Er hatte so sehr gehofft, sich in ihren Augen bereits durch seine guten Ideen ausgezeichnet zu haben.

»Leute, wir haben gar keine Zeit zu schwatzen«, sagte Tautun. »Bevor wir uns darüber freuen dürfen, dass wir die Hälfte geschafft haben, fehlen ja noch vier an der Halle. Wir müssen jetzt schnell sein. Dieser Unteroffizier wird doch bald vermisst werden. Ich schaffe das nicht allein. Die sind immer zu zweit, und durch ihre Helme kommt man so verflucht schlecht an sie heran. Ich brauche noch mindestens einen, der ebenfalls bereit ist zu kämpfen. Besser noch zwei.« Er schaute in die Runde, sah, wie die meisten sich feige unter seinem Blick wegduckten oder anderweitig beschäftigt taten.

Varlie hatte er gar nicht angeblickt. Seiner Meinung nach hatte sie bereits mehr als genug getan. Dennoch war sie es, die ihm antwortete. »Ich gehe mit. Außer mir kommt wohl auch keiner mehr in Frage. Aber ich werde nicht wieder ein peinliches Lockvögelchen spielen. Ich komme mit, um zu kämpfen.«

»Das sind ausgebildete Soldaren, Varlie.«

»Na und? Du hast schon eine ganze Menge von denen erledigt. Allzu viel scheinen die nicht zu taugen.«

Das stimmte nicht, Tautun wusste es. Er hatte mehrmals Glück gehabt, mehrmals Hilfe, mehrmals war er unbemerkt herangekommen oder war einfach nur unterschätzt worden. Aber wie lange noch?

»Ich kokomme auch mit«, sagte Sinion und presste die Lippen zu einem dünnen Strich zusammen. »Ich brauche nununununur einen Hammer.«

Tautun sah es vor sich. Sinion und Varlie. Das würde genauso schieflaufen wie mit Baresin und Folster. Folster war immerhin noch massig gewesen und hatte den einen Soldaren eine Zeitlang durch Ringkampf aufhalten können.

»Nein, lass mal lieber, Sinion«, sagte er begütigend. »Ich mache das mit Varlie, wie an der Brücke, wir haben schon Erfahrungen gewonnen. Aber nimm ein, zwei Männer und hole Baresin und Folster vom Waldrand. Dadurch kannst du dich sehr nützlich machen.«

»Nein«, widersprach ihm Sinion, ganz ohne dieses Wort

zu verstottern. »Ich hahahabe eine Idee. Ich komme mit und lenke die Wachen ab. Ver… ich verwickele sie in ein Gespräch. Ich wirr… ich wirke harmlos genug. Dann könnt ihr beide von hin…hinten kommen und sie fertigmachen.«

Tautun war sich nicht sicher, alles von dem, was Sinion gesagt hatte, verstanden zu haben, doch Varlie nickte.

»Ja, das klingt gut«, sagte sie. »So machen wir das. Du und du« – sie zeigte ganz willkürlich auf zwei nicht allzu schwächlich wirkende Wirtshausgäste, die bislang überwiegend untätig herumgestanden hatten – »ihr beide holt Baresin und Folster vom Waldrand.« Die beiden nickten ganz erschrocken und nahmen unwillkürlich beinahe so etwas wie Haltung an.

Tautun schärfte ihnen ein: »Ihr müsst zum Lagerfeuer gehen, eigentlich nicht zu verfehlen. Denkt daran, da hinten gibt es keinen Wachtposten mehr, ihr braucht nicht zu pirschen. Beeilt euch lieber.« Die beiden nickten großäugig noch viermal und huschten dann wortlos durch die Tür nach draußen.

»Alle müssen mitarbeiten«, sagte Varlie leise. »Das ganze Dorf.«

»Hm?«, machte Tautun.

»Nichts.« Sie wechselten einen Blick. Nach wie vor kam Varlie ihm fremd vor. Nicht gereift oder erschüttert, sondern entfernt. Denn nach wie vor war ihr unbehaglich mit dem Schlächter von Hagetmau. Sie spürte das überall an ihrem Körper, wie eine Gänsehaut. Sie wusste nur selbst noch nicht, ob sie sich ein solches Empfinden angesichts ihrer augenblicklichen Lage überhaupt leisten konnte.

40

Baresin fühlte sich so alleingelassen wie noch niemals zuvor in seinem Leben.

Im Wald knarrte und rauschte es, als würden die Bäume beratschlagen.

Was, wenn jetzt Hyänen kamen?

Das Lagerfeuer prasselte und knackte.

Warmer Wind fuhr wie ein Brodem über alles, den bestimmten Geruch von Blut mit sich führend.

Dieser Geruch stieg natürlich auch von Folster auf. Folster, der schwer atmete und offensichtlich nicht bei Bewusstsein war. Sein Auge sah entsetzlich aus. Ein matschiges Etwas, das so nicht sein durfte. Baresin konnte kaum hinschauen.

Er war ja nicht allein. Folster war noch bei ihm. Noch.

Aber wie schrecklich war es, einen als einzige Gesellschaft zu haben, der so entstellt aussah.

Die beiden toten Soldaren beunruhigten ihn zusätzlich. Sie lagen, wie sie gefallen waren. Was, wenn sie doch noch nicht ganz tot waren? Wenn sie sich hochstemmten auf knirschende Arme und für ihre Rache kein anderes Ziel mehr fanden als ihn, ausgerechnet ihn.

Überhaupt: die Rache. Die Vergeltung, die Königin Belanca für all diesen Wahnwitz fordern würde. Während alle übrigen Dörfer Akitanias sich hingaben, sich ihrer neuen Führung anvertrauten, sicherlich nicht einmal zu ihrem Nachteil …

Baresins Gedanken begannen zu wandern. In eine nun nicht mehr mögliche Zukunft hinein.

Sicherlich hätte seine Mutter bald abgedankt, missmutig über den Wechsel der Landeszugehörigkeit, die vielen Neuerungen und Veränderungen fürchtend. Sie war schließlich nicht mehr die Jüngste und geistig eher im Althergebrachten verhaftet als etwas völlig Neuem aufgeschlossen. Ihm hätte sie die Bürde übertragen. Ihm, Baresin. Seine alten Träume von einem Hagetmau, das er nach eigenem Gutdünken formen und verändern konnte, waren mit der nafarroanischen Übernahme hinfällig geworden. Aber wer weiß? Vielleicht hätte man ihm gerade, weil ohnehin alles neu wurde, freie Hand gelassen? Vielleicht hatte er einfach in den Tagen, in denen er sich im *Schwarzen Lamm* den Dörflern als Sammelpunkt und Berater angeboten hatte, nicht weit genug gedacht? Vielleicht wäre unter Nafarroa nicht alles nur strenger, sondern sogar aufregender geworden? Er als Vertreter einer neuen Generation. Als Mittler zwischen den akitanischen Sturköpfen und der angeblich wunderschönen neuen Königin …

Er selbst vielleicht eines Tages vor ihrem Thron, als Anführer einer Abordnung aus diesem Teil des neuen Landes.

Keinen Tag lang hätte er der alten, verknöcherten Krone nachgeweint.

Und jetzt?

Jetzt hockte er auf einer zugigen Waldlichtung in trocknendem Blut, bald würden die ersten Fliegen und Maden kommen, womöglich würde man ihn entdecken, ein berittener nafarroanischer Bote oder Späher aus Doazit, der in Hagetmau nach dem Rechten schauen wollte.

Baresin lauschte in den Wald hinein. Kein Hufgetrappel. Aber ganze Heere mochten sich dort nähern, von ihm unbemerkbar. Akitania war von den Heeren Nafarroas erfüllt, viele Tausende von zusätzlichen Männern trieben sich jetzt hierzulande herum.

Ihn schauderte, der nächtlichen Wärme zum Trotz.

Warum kam denn niemand, um ihm beizustehen? Wenn es Tautun erwischt hatte, gab es niemanden, der jemanden zu ihm schicken würde. Warum machte er sich nicht einfach selbst auf den Weg? Weil Folster, dieser Fettsack, einfach viel zu schwer war. Alleine lassen konnte er ihn nicht. Das würde Clarde, deren Kochkünste er mehr schätzte als die irgendeiner anderen Frau in Hagetmau, ihm niemals verzeihen.

Sein Blick irrte unstet umher, leicht tränend, weil ihm der Rauch des Feuers in die Augen geweht war – als er jäh etwas bemerkte und erstarrte.

Dort stand jemand. Am Waldrand. Leicht vornübergebeugt. Beobachtete ihn.

Ein ganz dürres Männchen. Wie aus Zweigen bestehend. Es gab akitanische Waldlegenden von Zweigmännlein und grässlichen Geschöpfen, die ganz aus Tannenzapfen bestanden.

Baresin blinzelte. War es nur ein Trug? Täuschten ihn seine überreizten Nerven?

Doch das Männchen, dessen Gesicht in den Schatten nicht zu erkennen war, bewegte sich. Es streckte einen Arm aus und schwang sich an diesem ins dunkle Blattwerk zurück. Eine eigenartige Bewegung. Kein Gehen, eher ein Hangeln. Wie bei einem Affen. Aber ein Affe war das nicht gewesen.

In den Wäldern um Hagetmau gab es gar keine Affen, dennoch wusste Baresin, was Affen sind. Auf Märkten konnte man sie Kunststücke machen sehen. Dies jedoch war kein Affe gewesen, sondern ein Mensch. Ein aberwitzig magerer Mann. Also mit Sicherheit kein nafarroanischer Soldar.

»Hallo?«, fragte Baresin ins Dunkel hinein, und der hohle Klang seiner Stimme ängstigte ihn selbst.

Es kam keine Antwort.

Baresin brach kalter Schweiß aus, überall dort, wo es ihm unangenehm war.

War das der Tod gewesen, um die Leichen holen zu kommen? Und ihn gleich mit? War er womöglich bei dem Gefecht ums Leben gekommen, ohne das richtig zu bemerken, und befand sich nun in einem nach Blut stinkenden Zwischenreich, aus dem man ihn leiten musste? Erwartete man von ihm, dem Männlein zu folgen?

Das war doch Irrsinn. Er verlor den Verstand!

Ja, das war es. Er verlor den Verstand, auf dieser von Toten und Sterbenden röchelnden Dreckswiese, und wer war Schuld daran? Tautun, dieser grobschlächtige Nichtsnutz, der zwei harmlose, wehrlose Soldaren getötet und damit den gerechten Zorn Nafarroas über sie alle gebracht hatte.

Baresin spürte, wie seine Augen schon wieder tränten.

Als dann hinter ihm plötzlich zwei verängstigte Dörfler auftauchten, um ihn und Folster vom Waldrand wegzuholen, erschrak er dermaßen, dass er beinahe einen der herumliegenden Streithämmer nach ihnen geschmissen hätte.

41

Varlie, Tautun und Sinion bewegten sich Richtung Mittelpunkt des Dorfes.

Sie gingen geduckt, vorsichtig und langsam, denn dort wimmelten immer noch neunzehn Feinde herum, fünfzehn innerhalb, vier außerhalb der Ratshalle, alle auf engstem Raum.

Varlie fühlte sich unbehaglich. Wie in einem Albtraum gefangen, der sich langsam und unaufhaltsam über die Wirklichkeit gestülpt hatte, bis es keinerlei Erwachen mehr gab.

Sinion hatte einfach nur Angst. Zum ersten Mal befand er sich nun außerhalb der schützenden Wände des *Lamms*, mitten im Kampfgebiet.

Tautun dagegen fühlte sich wohl wie ein Fisch im Fluss. Dies war seine Nacht. Das verschlafene, schier unerträgliche

Hagetmau endlich ein Ort der Aufregungen, der Ausnahmen, der Grenzüberschreitungen. Sogar seine Kleidung trocknete langsam an ihm, seine eigene Körperhitze, sein dauerndes Inbewegungbleiben sowie die Wärme dieser Nacht trugen dazu bei.

Sie fanden einen Schlupfwinkel, von dem aus sie den Verlauf der Patrouille gut beobachten konnten. Bei dem ganzen Lärm, den es im vergangenen Viertel einer Stunde bereits gegeben hatte – den Schreien, dem Gebell, dem Klirren von Waffen und Röcheln von Sterbenden –, erschien es wie ein Wunder, dass die Ratshallenwächter einfach nur weiterhin ihren Dienst versahen. Aber es waren gewöhnliche Soldaren. Müde Befehlsempfänger in der Fremde, denen jegliche Unternehmungslust zusätzliche Mühen bedeutete und das Risiko einer Blamage und eines Verweises beinhaltete.

Varlie schaute hoch zum Turm. Vage war dort oben unter dem wolkenzersetzten Mond der Umriss eines Menschen zu sehen. Ob es Naejon war oder irgendjemand sonst, konnte auch sie nicht erkennen.

»Dadadass sie die Halle so so so sehr mit Fackeln umgeben hahaben«, raunte Sinion, »kann ihnen jetzt zum… kann ihnen jetzt zum Nachteil werden. Seht ihr den Wiwinkel dort? Dort drüben? Wo viel Licht ist, gigigibt es umso tiefere Schaschatten.«

Das stimmte. Ziemlich genau dort, wo die Zweierpatrouille von den beiden an der Eingangstür postierten Wächtern auf ihrer Route am weitesten entfernt war, musste sie einen Bereich passieren, der beinahe schwarz wirkte.

»Perfekt«, sagte Tautun. »Das hast du gut gesehen, Sinion.«

Wie ein wärmendes Getränk in tiefstem Winter erfüllte dieses Lob Sinions Leib. Noch lieber hätte er zwar eine Anerkennung von Varlie erhalten, aber von dem Einzigen im Dorf, den man zumindest annähernd als so etwas wie einen Kämpfer bezeichnen konnte, bedeutete es ebenfalls sehr viel.

»Und dann?«, fragte Varlie. »Selbst wenn wir die beiden dort überrumpeln können – was machen wir mit denen an der Tür? Die stehen mitten im Licht.«

Tautun und Sinion dachten beide nach. Tautun fiel nichts ein, Sinion durchaus.

»Da sisisind wir dann eine Delegation. Ganz offen. Wenn wir … wenn wir zu dritt auf die zugehen, werden sie uns anhalten und frafrafra… frafra…« Das Sprechen ging kurz überhaupt nicht weiter, zu viele Sätze ballten sich gleichzeitig in Sinions Kopf. Varlie und Tautun warteten geduldig, bis er den Knoten entwirrt hatte. »Fragen«, soufflierte ihm Varlie. »Und frafragen«, nahm Sinion wieder den Faden auf, »was wir wollen. Sie werden uns nininicht durchlassen, das ist ihre … das ist ihre Aufgabe, aber sie werden auauch nicht gleich jemanden von drinnen rurufen. Es ist Nacht, die ananderen wollen schlafen.«

»Und dann?« Wieder Varlie. »Wir reden mit ihnen, ganz freundschaftlich, und plötzlich schlagen wir sie tot?«

»An…an…anders geht es nicht«, sagte Sinion, ganz geknickt angesichts ihrer offensichtlichen Abneigung gegen diesen Plan.

»Bin ich eigentlich die Einzige hier, der das irgendwie … grausam vorkommt?«

»Ja, da bist du die Einzige«, sagte Tautun, und er sagte das nicht einmal herablassend, sondern geradezu belustigt. »Abgesehen natürlich von denen, die pennen, und denen, die die Hose voll haben, und denen, die sich schon als echte Nafarroaner fühlen und in deren Königin verknallt sind.« Er lachte beinahe, so sehr erheiterte ihn dieser Hohn.

Varlie betrachtete ihn und fragte sich, wie sie jemals etwas für ihn hatte empfinden können. Wie sie ihn jemals so nah an sich hatte heranlassen können, so nah, wie es näher nicht mehr ging.

Jetzt fühlte sie sich von allem entfernt. Von ganz Hagetmau, jeder einzelnen Hauswand, jedem einzelnen Fenster, das stumpf auf bislang – wie viele waren es inzwischen? – *zwölf* Morde glotzte, ohne aufzuschreien. Es waren zwölf, nicht elf. Elf Soldaren und Ranien. Und dennoch machte sie mit. Schickte sich an, die nächsten beiden arglosen Uniformen in einen Hinterhalt zu locken.

Warum eigentlich?

Um Nendlèce zu schützen, das wurde ihr nun klar. Weil es keinen anderen Ausweg mehr gab, die nafarroanischen Heere davon abzuhalten, als Vergeltungsmaßnahme das ganze aufrührerische, meuchelmordende Dorf niederzubrennen und ihr damit den einzigen Menschen auf dieser Welt zu nehmen, der ihr noch etwas bedeutete: ihre kleine unschuldige Schwester. Selbst Nendlèce war von Tautun schon angestiftet worden, im Sinne eines künftigen Blutvergießens durch die Nacht zu galoppieren. Aber das war in einer anderen Nacht gewesen.

Varlie stieß ihre Verbitterung als Atem durch die Nase aus.

Sie mussten sich beeilen. Der ins *Lamm* geschickte Unteroffizier war nun schon viel zu lange fort. Jeden Augenblick konnte der Capitar oder sonst jemand aus der Ratshalle treten, um abermals nach dem Rechten sehen zu gehen, diesmal vielleicht mit fünf oder sechs Soldaren im Gefolge, und einem derartigen Trupp hätten die verängstigten Menschen im blutgetränkten Wirtshaus nichts mehr entgegenzusetzen. Dann würde alles enden. Alle Soldaren würden wachgemacht werden. Alle im Wirtshaus anwesenden Mitwisser verhaftet. Zu Rauthne und Mardein kämen rund zwanzig weitere Geiseln. Schließlich würden die Soldaren angesichts dieser Situation noch um Verstärkung von außerhalb ersuchen. Einer würde sich auf den Gryph schwingen, und hundert, zweihundert, fünfhundert, fünftausend weitere herbeiholen. Es gab genügend von ihnen im ehemaligen Akitania.

Sie konnten jedes einzelne stumpfe Fenster mit einem Gesicht füllen.

42

Der Capitar Jerlo Angaszin konnte es nicht fassen.

Lange genug hatte er versucht, die sich in ihm höher und höher aufstauende Wut vor seinen Soldaren verborgen zu halten, aber nun ging es nicht mehr. Er schlug wütend mit der Faust gegen ein an der Wand hängendes Fell. »Das gibt es doch wohl nicht!«, brach es aus ihm hervor. »Sind die denn alle am Saufen, oder was ist da los?«

Viele schreckten halb hoch, sahen ihn aus müden, beunruhigten Augen an.

Sofort vermisste er seinen Unteroffizier und ärgerte sich darüber, ausgerechnet ihn geschickt zu haben. Mit Freconvil hätte er sich jetzt wenigstens beraten können, hin und her überlegen, Mutmaßungen und Ideen entwickeln. Die Soldaren, die noch nicht oder nicht mehr schliefen, waren dafür nicht geeignet, sie wichen seinem zornigen Blick eher aus. Unannehmlichkeiten bedeuteten für sie nur zusätzliche Arbeit. In ihrer wohlverdienten Ruheschicht wollten sie damit am liebsten überhaupt nichts zu tun haben. Sie waren eben gewöhnliche Soldaren.

Aber so ging es nicht. Er musste ins Wirtshaus und dort das Unterste zuoberst kehren. Er musste es selbst tun, denn wenn sogar Freconvil von dem, was auch immer dort vor sich ging, über Gebühr aufgehalten wurde, konnte der Capitar diese Aufgabe keiner anderen Patrouille mehr anvertrauen.

Er suchte sich genau die fünf Gestalten aus, die seinen Blick eben am peinlichsten gemieden hatten.

»Los, auf mit euch! Wir gehen in diese Kaschemme rüber und holen unsere Leute zurück. Damit wir endlich in Ruhe schlafen können.«

Murrend und schwerfällig erhoben sie sich. Es würde dauern, bis sie ihre Brustharnische angelegt, ihre Helme wieder umgeschnallt hatten.

Auch der Capitar musste sich neu wappnen und rüsten.

Während er das tat, betrachtete er nachdenklich den Dorfsemanen. Mardein döste an die Wand gelehnt sitzend und machte nicht den Eindruck, auch nur das geringste Wässerchen trüben zu können. Was sollte er denn auch zu tun haben mit dem, was immer da im Wirtshaus schieflief? Er hatte schon seit Tagen mit niemandem im Dorf mehr Kontakt. Dennoch konnte der Capitar sich eines großen Misstrauens gegenüber allem und jedem nicht mehr erwehren. Vielleicht gab die Byrgherin von ihrem Zimmerfenster aus Signale nach draußen? Aber was hofften die Dörfler dadurch zu erreichen? Selbst wenn es ihnen wie durch ein Wunder gelungen war, Freconvil und drei Soldaren zu vergiften, zu überwältigen und als Geiseln zu nehmen, mussten sie sich doch immer noch darüber im Klaren sein, dass der Capitar ihre Byrgherin und ihren Semanen in seiner Gewalt hatte und dass er damit immer am längeren Hebel saß, immer.

Oder glaubten diese Dorftrottel, jetzt, wo sie mehrere Tage ohne die beiden ausgekommen waren, ganz auf sie verzichten zu können? Der Capitar hatte schon mehr als einmal erlebt, wie die unglückselige Kombination aus über den Durst Trinken und Zusammenhocken dazu beitrug, die tatsächlichen Größenverhältnisse vergessen zu lassen.

Vielleicht hätte er das Wirtshaus von Anfang an dichtmachen sollen. Aber er hatte dadurch unnötige Unruhe befürchtet. Die trunk- und versammlungswilligen Dörfler, denen man bereits ihre Ratshalle weggenommen hatte, hätten sich dann halt in irgendwelchen Häusern getroffen. In Kellern. In Räumen, die noch schwerer einzusehen waren als das *Schwarze Lamm*.

Jetzt würde er mit fünf Mann hinübergehen. Er war wirklich gespannt, was er dort vorfinden würde, denn er konnte sich diese ganzen Verzögerungen beim besten Willen nicht schlüssig erklären.

Ungeduldig wartete er darauf, dass seine schlafzerzausten Männer endlich marschfertig waren.

Seine Säbelhelmbarte hielt er dabei in Händen, wie ein überlanges Zepter seiner Offizierswürde. Wie eine Flagge, die er mitten im Wirtshaus zu hissen gedachte.

43

Varlie, Tautun und Sinion schlichen sich nicht über den *Hafen* bis zu der dunklen Stelle, sondern entlang der Rückseiten der den Markt umgebenden Häuser. Das war sicherer, und dennoch mussten sie immer in den Lücken zwischen zwei Häusern – in dem Licht, das von Richtung Marktplatz fiel – darauf achten, nicht von der Patrouille gesehen zu werden.

Endlich langten sie in dem Bereich an, den sie aufgrund seiner Schattigkeit und seiner Abgewandtheit vom Ratshalleneingang für ihren Hinterhalt ausgesucht hatten. Die Patrouille war gerade vorüber. Sie mussten also abwarten, bis die beiden Soldaren ein weiteres Mal die Ratshalle umrundet hatten. Die Zeit brannte ihnen unter den Nägeln.

»Wie lange kann das dauern?«, raunte Tautun ungeduldig.

»Wenn sie ein Schwätzchen halten mit den Türwächtern, ziemlich lange«, schätzte Varlie. »Ich glaube nicht, dass sie einem strikten Zeitplan folgen, soundsoviel Runden in der Stunde.«

Tautun knurrte unzufrieden. »Das muss man doch beschleunigen können. Wenn die Nächsten aus der Hütte kommen, geht das Chaos los.« Er trat gegen die Hauswand, an der sie sich verbargen. Heftig. So dass es rummste.

Varlie und Sinion sahen ihn verdutzt an. »Spinnst du?«, fragte Varlie.

Tautun jedoch ließ sich nicht beirren. Er wummerte noch zweimal gegen die Hauswand. Auch im Inneren wurde wahrscheinlich wach, wer immer da schlief.

Von der anderen Seite der Ratshalle waren Stimmen zu hören. Die Patrouille oder die Türwächter, oder alle vier.

»Wir machen Folgendes«, sagte Tautun. »Sinion, du legst dich unter dieses Fenster. Krümm dich zusammen und spiel betrunken oder verwundet. Du brauchst nichts zu tun und nichts zu fürchten. Sie werden nicht auf dich einschlagen, nur weil du am Boden liegst. Sie werden höchstens versuchen, dir aufzuhelfen.«

Fragend schaute Sinion Varlie an. Die nickte schließlich, ihre Unterlippe zwischen den Zähnen kauend. Bibbernd vor Furcht tat Sinion, wie ihm geheißen. Er legte sich auf die Seite und stöhnte leise, entweder, um seine Rolle als Hinfälliger zu verkörpern, oder, weil ihm wirklich unwohl dabei war.

Die Stimmen von der anderen Seite der Ratshalle kamen näher.

»Varlie«, zischte Tautun, »wir sind hier so nahe an der Ratshalle, dass es überhaupt keinen Kampflärm geben darf, sonst hören uns die in der Halle. Triff auf keinen Fall einen Helm! Am besten ins Genick oder ins Gesicht.«

»Werd's versuchen.« Varlie erinnerte sich daran, wie viele Schläge sie gebraucht hatte, bis der Unteroffizier endlich gefallen war. Das hatte fürchterlich gescheppert. Sie versuchte sich einzureden, dass ein einfacher Soldar schwächer war als ein Unteroffizier.

Sie und Tautun zogen sich gänzlich in die Schatten zurück. Nur Sinion war einigermaßen exponiert. Er wand sich und wehklagte zaghaft.

»Da«, sagte einer auf Nafarroanisch, der noch gar nicht zu sehen war. Dann kamen die beiden Soldaren der Patrouille um die Ecke der Ratshalle und gingen auf Sinion zu.

Gleichzeitig flammte über Sinion im Fenster ein Öllampenlicht auf. Das war der Nachteil von Tautuns Plan: Wer immer dort geschlafen hatte, wollte nachsehen, wer an seiner Hauswand marodierte. Die eigens ausgesuchte dunkle Ecke wurde dadurch heller und verräterischer. Es gab aber immer noch einen tiefschwarzen Seitenbereich.

Varlie schaute den beinahe unsichtbaren Tautun an.

Sie sah und spürte als eine Art Wabern in der Luft seine gespannte Vorfreude. Er beachtete sie gar nicht. Hatte nur seine Beute im Blick.

Diese Beute waren Menschen, die hilfsbereit waren. Die sich Sinion näherten, ohne ihre Hämmer gezogen zu haben, und auf Nafarroanisch ein paar Worte wechselten, die nicht einmal herrisch oder hämisch klangen.

Sie spürte, wie ihr schon wieder schlecht wurde. Nicht nur zum Kotzen, sondern sterbenselend. Lebensverachtenselend.

Einer der beiden Soldaren beugte sich über Sinion. Tippte ihn an. Der andere blieb einen Schritt zurück, außerhalb von Sinions Reichweite. Die beiden gingen im Umgang mit Betrunkenen kein Risiko ein.

Tautun löste sich von der Wand. Glitt nach vorne in den schattigen Seitenbereich.

Varlie folgte ihm, torkelte beinahe, so übel war ihr.

Für Nendlèce, dachte sie. *Einzig und allein für Nendlèce.*

Sinion machte alles richtig. Ohne ein einziges stotterndes Wort äußern zu müssen, krümmte er sich und ächzte und band dadurch die Aufmerksamkeit des über ihn Gebeugten.

Tautun schlüpfte lautlos hinter den, der auf Abstand geblieben war.

Legte den Hammer an, wie an der Brücke. Griff nach dem

Helm, zerrte ihn zurück, den Hammer ins Genick gedrückt. Es krachte knorpelig.

Er hatte es schon wieder getan. Varlie dicht dahinter.

Für einen kurzen Moment hatte sie den Impuls, den Hammer zu heben und auf Tautun einzuschlagen. Wie auf den Unteroffizier. Bis sich nichts mehr rührte.

Damit es endlich ein Ende hatte.

Vielleicht war das sogar ein Ausweg. Seinen Leichnam ausliefern. Alle Gewalt auf Tautun abwälzen.

Aber es war nur ein Moment.

Der vornübergebeugte Soldar ruckte herum. Konnte nichts Eindeutiges sehen. Eine dunkle Bewegung inmitten von öllampenfunzeligem Braungrau.

Tautun war schon über ihm. Drosch ihm den Hammer ins Genick wie ein Fallbeil. Der Getroffene rasselte auf Sinion drauf, dessen Wehklagen dadurch lauter und bestimmter wurde.

Am Fenster erschien das Gesicht eines hageren Greises, Varlie kannte ihn natürlich, der alte Juroel, der hier mit seiner Frau wohnte. Juroel konnte nichts erkennen, seine Lampe spiegelte sich von innen in der dicken, wulstigen Scheibe. Er sah angespannt und verärgert aus.

Tautun hieb weiterhin auf den Soldaren ein und dadurch mittelbar auch auf den darunter liegenden Sinion. Es machte dumpfe Geräusche, fast wie Holzhacken, nur abgeflachter.

Varlie riss sich los, wandte sich der Ecke der Ratshalle zu. Wenn jetzt auch nur einer der beiden Türwächter dort herumlugte, konnten sie nicht mehr als betrunken durchgehen. Sie lauschte, ob etwas zu hören war, aber sie vernahm nur Tautun und sein blutiges Handwerk.

Dann war das vorbei.

Tautun zerrte den Toten von Sinion und zischte dem zu: »Hör auf zu flennen, verflucht nochmal!«

Sinion flennte gar nicht, sein Atem ging nur so schwer und

unregelmäßig, er hatte das Gefühl, das Bewusstsein zu verlieren, am ganzen Körper hatte er Schmerzen, der Sterbende hatte ihn mit den Knien getreten und an ihm gerupft, und einer der Schläge Tautuns hatte Sinion beinahe das Schulterblatt zertrümmert.

Weiterhin unsanft wie ein Feind riss Tautun ihn in die Höhe. Verwirrt blinzelte Sinion in Juroels leuchtendes Gesicht. Juroel versuchte immer noch mit zusammengekniffenen Augen zu erkennen, was das unter seinem Fenster für ein Spektakel war.

»Mach dich nützlich«, herrschte Tautun Sinion an. »Geh hin zu den Türwächtern und sag ihnen, man hat dich zusammengeschlagen. Führ sie hierher, aber langsam. Behindere sie. Stottere doppelt so viel wie sonst, so dass sie schier irre werden, etwas aus dir herauszubekommen.«

Er stieß ihn in die Richtung.

Sinion kamen aufgrund der groben Behandlung nun wirklich beinahe die Tränen, aber seltsamerweise tröstete ihn etwas, das Tautun gerade gesagt hatte. Er sollte doppelt so viel stottern wie sonst, damit die Nafarroaner verzweifelten. Das bedeutete, dass sein gewöhnliches Stottern aushaltbar war. Noch ganz verwickelt in diesen Gedanken, stakste Sinion zur Ratshalle.

Tautun packte nun auch die unschlüssig herumstehende Varlie an der Schulter. »Da, in die Schatten«, kommandierte er sie herum. »Wenn sie die Toten sehen und erkennen und Alarm geben wollen, greif sie an. Sie werden ein paar Momente lang verblüfft sein, weil du ein Mädchen bist, und nicht sofort zurückschlagen.«

»Und du?«

»Ich komme von hinten. Ich laufe einmal um die ganze Halle herum und räume alles aus dem Weg, was sich dort finden lässt.« Er dachte auch schon bereits an weitere Soldaren, die aus der Halle kamen, um im Wirtshaus nach dem Rechten zu sehen. Hoffte, dass sie sich alle in Richtung Varlie und Sinion orientieren würden, so dass er tatsächlich von hinten kommen konnte.

Varlie wollte noch etwas sagen, doch Sinion war schon an ihr vorbei Richtung Ratshallenecke, und auch Tautun rannte jetzt los, auf eine andere Ecke zu, um das Gebäude zu umrunden.

Sie stand ganz alleine da.

Nur der alte Juroel war noch bei ihr, durch dickes Glas von ihr getrennt, und zwei Leichen, die so frisch waren, dass sie beinahe noch atmeten.

Ihr schauderte.

Juroel fingerte am Fenster herum, bis er es knirschend einen Spaltbreit geöffnet hatte.

»Hallo?«, fragte er ins Dunkel. »Was ist denn da los, mitten in der Nacht?«

»Mach zu und Licht aus und versteck dich«, zischte Varlie ihn an. »Wir kämpfen gegen die Soldaren!«

Der Alte reagierte nicht gerade sehr schnell. Es dauerte etwas, bis er begriff. Bevor er auch nur seine kleine Öllampe auspusten konnte, traten bereits von den Fackeln des *Hafens* verdeutlichte Umrisse um die Ecke der Ratshalle.

44

Die Räumlichkeiten der Byrgherin besaßen ein Fenster zur Hinterseite.

Sie war früh schlafen gegangen. Was sollte sie denn auch sonst tun? Dass der Capitar ihr gestattete, sich in ihre Räume zurückzuziehen, war das Einzige, was diese sich nun schon mehrere Tage lang hinziehende Geiselhaft überhaupt erträglich machte.

Tagebuch hatte sie geschrieben. Heimlich. Ein Zeugnis der Übernahme Hagetmaus durch nafarroanische Soldaren. Aber vieles hatte sie gar nicht zu berichten. Was sie vom Capitar und seinen Soldaren aufschnappte, höchstens. Was sich jedoch wirklich abspielte in ihrem Dorf, davon wusste sie nichts, konnte sie nichts wissen, denn sie durfte die Ratshalle nur verlassen, wenn der Capitar auf dem Marktplatz eine Ansprache halten wollte und die Byrgherin dazu als Symbol des Einverständnisses, als zustimmende Dekoration benötigte.

Diese Nacht war außerordentlich warm, als wäre der Sommer ein Schwelbrand unter dem Herbstlaub, der sich jetzt noch einmal gierig nach oben fraß. Rauthne wälzte sich, als wäre sie eine viel jüngere Frau. Sie hatte sogar unklare, sinnliche Träume.

Plötzlich schreckte sie auf. Sie hatte etwas gehört, draußen. Dumpfe Schläge. Stimmen. Ein hässliches Bersten. Dann wieder Stille.

Sie mühte sich hoch und tappte zum Fenster. Da sie kein Licht in ihrem Zimmer hatte, konnte sie gut ins Mondlicht schauen.

Etwas ging dort draußen vor sich. Schatten huschten. Jemand raunte.

Eine Verschleppung? Nutzten die Soldaren etwa die Nacht, um noch weitere Geiseln zu nehmen?

Oder waren es Rauthnes eigenen Leute?

Versuchte jemand, sie zu befreien, durchs Fenster?

Aber das wäre nicht gut, man würde es spätestens am Morgen bemerken, und dann würde es Ärger geben.

Immerhin hatte sie schon selbst in den vergangenen Nächten darüber nachgedacht, sich nach Einbruch der Dunkelheit durchs Fenster davonzustehlen, um sich im *Schwarzen Lamm* endlich mit ihren Leuten zu treffen und zu beratschlagen, wie man die Belagerung so verlustarm wie möglich überstehen konnte. Verlustarm an Vorräten, an Menschen, an Würde. Jedoch das Vorhandensein dieser unberechenbar das Gebäude umkreisenden Patrouille hatte sie jedes Mal wieder von dem Gedanken abgebracht.

Niemand versuchte, ihr Fenster zu erreichen.

Aber irgendetwas passierte.

Wenn sie das Fenster öffnete und sich vorlehnte, würde sie bis zum Haus des alten Juroel hinüberspähen können.

45

Im *Schwarzen Lamm* herrschte Trübsinn.

Clarde wiegte immer noch ihren erwürgten Sohn. Die Heberin, der Mann mit der Trinkernase und noch ein Freiwilliger scheuerten weiterhin Blut und anderen Unrat von den Flurdielen. Das stank und ging ins Kreuz, und sie alle hatten dabei den Eindruck, dass aus den Fugen immer mehr Blut nachsickerte, je kräftiger sie schrubbten.

Als ob die Dielen – das *Lamm* selbst – tödlich verwundet waren.

Niemand hielt mehr Ausschau am Fenster, bis der mit dem außergewöhnlich dicken Bauch diese Stelle einnahm, um sich nützlich zu machen.

Dennoch öffnete sich plötzlich die Eingangstür, ohne dass er vorher jemanden sich nähern sehen und die anderen hatte warnen können.

Alle bis auf Clarde erstarrten. Clarde wiegte sich weiter vor und zurück und sang den Namen »Ranien« in zärtlichster Intonation.

In der Tür stand Wever. Er schloss sie rasch wieder und erzählte, dass er an der Brücke sehr sorgfältig gearbeitet hätte, die beiden Leichname seien im Fluss und bereits abgetrieben, und auf dem Rückweg hätte er sich dermaßen geschickt gepirscht, dass er auch vom Fenster des Wirtshauses aus nicht zu sehen gewesen war. Von Kämpfen auf dem *Hafen* hatte er zumindest nichts mitbekommen.

Kurze Zeit darauf meldete der Dickbäuchige eine ganze Gruppe, die sich dem Wirtshaus von Norden her näherte. Wieder erstarrten alle außer Clarde, aber es waren nur Baresin und die beiden Schenkengäste, die sich zu dritt mit dem besinnungslosen Folster abmühten. Genau genommen war der Wirt zu schwer, um von nur drei nicht allzu kräftigen Männern getragen zu werden, aber in dieser Nacht wuchs offensichtlich so mancher Hagetmauer über sich selbst hinaus.

Folster wurde so sanft wie möglich auf einem der Esstische abgelegt. Clarde schaute kurz zu ihm hin, dann wandte sie ihre Aufmerksamkeit wieder voll und ganz ihrem Sohn zu.

Baresin, der sich so erschöpft fühlte, als wäre er die ganze Nacht gerannt oder hätte stundenlang gekämpft, ließ sich berichten, was inzwischen vorgefallen war. Von dem Unteroffizier und seinem Begleiter. Raniens Tod. Tautun, der mit Varlie und Sinion zur Ratshalle gegangen war, um dort die Wachen wegzuräumen.

Als dann noch einmal Wever von seiner sorgfältigen Arbeit an der Brücke berichtete, reagierte Baresin erst überhaupt nicht darauf, dann packte er Wever jäh am Kragen. »Was hast du gerade gesagt?«

»Ich … ich habe gesagt, dass ich die Leichen in den Fluss geschoben habe, bis die Strömung sie erfasste und…«

»Aber das ist doch Irrsinn! Wir wollten sämtliche Leichen im Wald verschwinden lassen! Im Fluss jedoch treiben sie nach Doazit und schreien dort: *Heda, Leute, flussaufwärts in Hagetmau hat man uns die Schädel eingeschlagen!*«

Wever war ganz bleich geworden. »Sie hatten eher … gebrochene Genicke als eingeschlagene Schädel, aber ich verstehe natürlich, was du meinst. Als ich losgegangen bin, waren alle damit einverstanden, dass ich sie in den Fluss schiebe! Das war doch der Plan, genau das sollte ich machen!«

»Nein, der Plan war, im Wald alles den Hyänen und den Unwesen in die Schuhe zu schieben.« Baresin dachte kurz an das dürre Männlein, das ihm am Waldrand erschienen war. Er schüttelte sich unwillkürlich. »Das mit dem Fluss war ein saudummer Fehler.«

»Tut mir leid, ich dachte …«

Baresin schnaufte durch. »Ein saudummer Fehler von uns allen, nicht nur von dir, Wever. Ich erinnere mich, dass wir dich so losgeschickt haben. Irgendwie haben wir zehn Dinge gleichzeitig geplant und nicht gut genug nachgedacht. Solche Fehler dürfen uns nicht passieren, sonst fliegt alles auf. Bislang läuft ja noch alles gut, aber die Toten können jetzt *uns* das Genick brechen.«

Alle schauten schaurig berührt vor sich hin oder schrubbten.

»Der Lut fließt nicht besonders schnell in dieser Jahreszeit«, sagte Wever. »Wenn ich mich beeile, kann ich die beiden vielleicht noch einholen und aus der Strömung ziehen. Vielleicht sind sie auch irgendwo hängengeblieben, an einer Biegung.«

»Ja, das ist sehr gut möglich, aber darauf dürfen wir uns nicht verlassen. Gut, machen wir es so. Nimm noch jemanden mit. Und nehmt euch Laternen, sonst seht ihr zu wenig, um schnell sein zu können. Clarde? Clarde, verdammt nochmal: Wir brauchen Laternen aus eurer Kammer!«

Clarde schaute zu ihm hoch, wie aufgewacht aus einem Mittagsschlummer. »Laternen sind hinten«, sagte sie leise, dann wieder: »Nicht wahr, mein kleiner Ranien, die Laternen sind hinten, die hast du schön immer aufgefüllt und sauber gehalten, das hast du gut gemacht, auch wenn es gar nicht einfach war, dir das beizubringen.«

Baresin mühte sich durch den von Schrubbenden und Soldarenleichen verkeilten Flur, wühlte sich in einem Hinterraum durch Gerümpel, bis er zwei Laternen und Zündkästchen gefunden hatte. Wever hatte sich inzwischen einen zweiten Freiwilligen gesucht, einen der beiden, die Folster hierhergetragen hatten, und der noch nicht ganz so entkräftet war wie der andere. Derart ausgerüstet machten sich die beiden durch die Vordertür davon.

»Was für ein Wahnwitz«, sagte Baresin. »Woran man alles denken muss. Und woran außer mir wohl offensichtlich keiner denkt.« Er sagte das nicht nur als Vorwurf, sondern vor allem, um diese Tatsache allen zu Bewusstsein zu bringen. »Wir müssen jetzt unbedingt diese beiden Toten in den Keller bringen. Und uns dann alle mit Messern bewaffnen. Falls an der Ratshalle irgendetwas schiefläuft oder falls weitere Soldaren dort rauskommen, um sich nach dem Verbleib des Unteroffiziers zu erkundigen, wird das *Schwarze Lamm* der Austragungsort sämtlicher Konflikte sein.« Er sah, wie augenblicklich zwei oder drei der hier Versammelten zum Hinterausgang schielten. Sie hatten dermaßen offensichtlich genug vom Kämpfen, dass es geradezu nach Unwohlsein roch. »Dass ihr mir alle hier bleibt! Denkt ihr, es gibt noch einen sicheren Winkel in Hagetmau, wenn das *Lamm* verloren geht? Die Ratshalle haben wir ja gleich zu Beginn hergegeben. Wenn wir jetzt noch das *Lamm* aufgeben, haben wir nichts mehr. Leute, wir sind fast am Ziel. Wenn Varlie, Sinion und Tautun erfolgreich sind, haben wir die Hälfte aller Gegner geschafft. Ein paar von ihnen kommen vielleicht noch bis hierhin durch, aber die werden nicht damit rechnen, dass sich zwanzig Verschworene mit Messern auf sie stürzen. Die Restlichen erledigen wir dann in der Ratshalle im Schlaf.«

»Wir bräuchten sie nicht zu töten«, wandte die Heberin

ein. »Wir bräuchten die Ratshalle nur zu umstellen und zu einem Gefängnis zu machen.«

»Das geht nicht«, entgegnete Baresin klipp und klar. »Solange sie meine Mutter und Mardein in ihrer Gewalt haben, können wir sie nicht gefangen nehmen. Außerdem: Wenn dann andere Soldaren kommen, um in Hagetmau nach dem Rechten zu sehen – wie wollen wir denen erklären, dass wir welche von ihnen gefangen halten? Nein. Wir müssen vollkommen reinen Tisch machen. Alles andere ist unmöglich.«

»Reinen Tisch?«, griff die Heberin auf, und deutete mit ihrem blutgetränkten Schwamm auf den liegenden Folster. Baresin musste schlucken, als er das sah. Sie hatte sogar noch ein weiteres Argument, als sie sagte: »In einer Schenke, in der wir zwar alle an einem Tisch sitzen, aber sämtliche anderen Tische ringsum sind von Nafarroanern besetzt.« Das war ein recht treffendes Bild für die Lage Hagetmaus unter den anderen okkupierten Dörfern.

»Alles andere«, sagte Baresin, und er wiederholte es dabei nur noch wie etwas Auswendiggelerntes, »ist unmöglich.«

Dann stapfte er auf die Heberin zu, stieg über sie hinweg und ging in die Küche, um dort die ganzen Käse-, Braten-, Brot- und Buttermesser hervorzukramen, die immer wohlgereinigt darauf warteten, den Gästen mitsamt dem Essen serviert zu werden.

46

Sinion hatte sich die ihm von Tautun verletzte Schulter gehalten, als er um die Ecke der Ratshalle gebogen war, um auf die beiden Wächter zuzugehen. Er hatte sich vorgenommen, sich in die Rolle des Verwundeten und Verstörten so sehr zu versenken, dass niemand an seinem Gesichtsausdruck ablesen konnte, dass er einen Hinterhalt im Schilde führte.

Schon als kleiner Junge hatte er davon geträumt, auf dem Marktplatz an einer der Schaubudenaufführungen teilzunehmen, und mit lauter, wohlklingender Stimme begeisternde Verszeilen zu intonieren. Als würden die Worte eines begabten Poeten seinen Sprachschwierigkeiten abhelfen können. Als brauchte er nur die Hilfsmaßnahme bereits vorgefertigter Sätze, um dem sich verkeilenden Ansturm der Silben in seinem Mund Herr werden zu können.

Aber die Wirklichkeit hatte ihm bislang nur ein einziges Mal eine stumme Rolle in einer Schaubudenkomödie zugetraut. Immerhin war er nicht der Hanswurst gewesen, der verdroschen wurde, sondern einer der Büttel, die den Hanswurst verdroschen, aber besonders herausragend hatte er sich dabei nicht gefühlt.

Nun war das anders. Seine heutige Rolle war von entscheidender Bedeutung. Er war das Bindeglied zwischen den lebendigen Wachtposten hier und den toten Wachtposten dort. Das erstere in das zweitere verwandelnd, wenn er gut genug spielte.

Seine gesamte übersteigerte Rollenvertieftheit war in Unordnung geraten, als er einen der beiden Wächter in bereits nur noch wenigen Schritten Entfernung auf sich zukommen sah. Lediglich einer stand nämlich am Ratshalleneingang. Der andere hatte wohl die dumpfen Kampfgeräusche oder das

Bersten der Halswirbel gehört und kam näher, um sich ein Bild von den Vorkommnissen zu machen.

Umso besser für Tautun, hatte Sinion gedacht. *Sie haben sich getrennt.*

Er hatte sich ächzend an die Ratshallenwand gelehnt, dabei gebrabbelt und gedeutet. Das Stottern fiel ihm leicht. Aber er wusste nicht, welche Stichworte der Wächter zu hören bekommen sollte. Wenn er das Geschehen zu sehr aufbauschte, von einem »Überfall« sprach, würde dieser sogleich Verstärkung aus der Halle holen. Nein, er musste ihn gleichzeitig anlocken und einlullen. Er durfte auch nicht zu laut gegen die Hallenwand stoßen, auch das würde man von innen hören.

Es war sehr schwierig, dieses Schauspiel. Ein Wandeln auf rohen Eiern.

Dennoch war es gelungen. Weil der Wachtposten neugierig war. Weil er sich nicht lange aufhalten lassen wollte vom zusammenhanglosen akitanischen Geplapper, sondern schnell sehen und berichten, was vorging.

Er schritt um die Ecke, dicht gefolgt von dem sich immer noch verwundet gebärdenden Sinion.

Der Soldar trat aus dem Fackelschein ins Dunkel, konnte erst einmal nur wenig erkennen. Das Einzige, was sich von den Schatten deutlich abhob, war ein alter Mann in einem Fenster, der ihn anstarrte, dann die Öllampe in seiner Hand auspustete und dadurch schlagartig unsichtbar wurde.

Dunkelheit in Dunkelheit. Ein Greis? Im Inneren eines Hauses?

Die Ausbildung des Soldaren brachte ihn dazu, anzuhalten, nichts zu überstürzen, bevor seine Augen sich nicht besser an die neuerlich raumgreifende Finsternis gewöhnt hatten.

Von weiter hinten forderte ihn sein Mitposten auf Nafarroanisch auf, ihm endlich zu sagen, was da los sei. Er fühlte sich dadurch gedrängt. Der gekrümmt gehende Idiot an seiner Seite irritierte ihn zusätzlich. Wo war die Patrouille abgeblieben? Bereits hinter der Halle? Sollte er sie rufen? Eigentlich war es doch ihre Aufgabe, sich zu bewegen. Er selbst durfte gar nicht von der Eingangstür weg.

Tautun hatte nun die Ecke der Ratshalle erreicht, die zur Vorderfront führte. Gerade hatte er den Wachtposten etwas seinem Kameraden zurufen hören. Er lugte vorsichtig um die Ecke. Sehr gut. Die Wächter hatten sich getrennt, der Verbliebene wandte ihm den Rücken zu. Er pirschte sich heran. Es waren nur wenige Schritte, aber er musste sich im Spinnengang unter einem Fenster der Ratshalle hindurchzwängen, um nicht von innen als Angreifer gesehen zu werden. Es war bestürzend, auf wie vieles man hier direkt an der Halle achten musste.

Er war heran. Der Wächter hatte ihn nicht bemerkt, weil seine Aufmerksamkeit Sinion und seinem Kameraden galt. Gut so. Tautun nahm Maß. Ein Schlag ins Genick oder der bewährte Genickbruchgriff?

Beides war womöglich zu laut.

Er machte es anders. Er nahm den Hammer waagerecht in beide Hände, die eine Hand am Griff, die andere am Kopf des Hammers, so dass zwischen seinen Daumen der gesamte Hammerschaft lag. Dann führte er den Hammer schnell über den Helm des Gegners nach vorne, an seinem Gesicht hinunter bis zum Hals, und zerrte dann so fest wie möglich. Er wollte den Kehlkopf mit Eisen zerquetschen, sämtliche Zufuhren unterbinden, ohne etwas zu zerbrechen, den Feind einfach zermalmen, so lautlos und so schnell wie möglich.

Der Gegner erstarrte, gurgelte. Wenn er jetzt schrie, war alles aus. Aber wie soll man schreien, wenn einem der Hals mit einer Stange zugedrückt wird?

Er zappelte, wehrte sich. Wollte die Arme hochbringen, aber Tautuns eigene Arme versperrten den Weg. Tautun war so dicht an ihm dran, dass Tautuns Brust und der Rücken des Gegners sich aneinanderschmiegten. Tautun zog, seine Zähne entblößten sich, seine Schläfenadern traten hervor. Durch den Gegner ging ein Rollen, von ganz innen durch die Eingeweide bis nach draußen als Aufrichten der Hauthaare. Dann erschlaffte er.

Es war so gut wie nichts zu hören gewesen.

Dennoch wandte der andere Wachsoldar sich zu ihm um. Vielleicht, weil er spürte, dass irgendetwas nicht stimmte.

Er sah seinen Kameraden, der zu Boden glitt, und hinter ihm seinen Mörder. Beide mehr als zehn Schritte entfernt. Er griff ganz unbewusst nach seinem Hammer. Neben ihm packte der Idiot plötzlich seine Hand und sagte etwas in dieser Sprache, die wie ein Haspeln klang.

Dann traf ihn etwas hart ins Genick und ließ das goldene Fackellicht zu roten und weißen Funken zerstieben.

Seltsamerweise dachte der Soldar noch an den Greis. Als wäre dieser durch das Fenster zu ihm herausgeschwebt, um hart gegen ihn zu prallen.

Aber es war Varlie. Sie war aus den Schatten gekommen, sobald der Soldar sich zu Tautun hin umwandte, und hatte zugeschlagen, mit aller Wucht, zu der sie in dieser Nacht noch imstande war.

Sinion entwand dem Getroffenen den Hammer und schlug nun seinerseits ebenfalls zu. Es war das erste Mal in Sinions Leben, dass er einem Menschen oder einem Tier gegenüber Gewalt ausübte.

Tautun sah, dass Varlie und Sinion sich mit vereinten Kräften um den letzten Draußenstehenden kümmerten, es sah ganz gut aus, der Mann wankte bereits. Von dicht hinter der Eingangstür hörte er nun Geräusche und Stimmen, als bewegten sich Leute auf die Tür zu. Er hatte keinen einzigen Augenblick mehr zu verlieren, packte den Toten unter den Achseln und schleifte ihn – dabei selbst rückwärts, geduckt und breitbeinig wie ein Krebs unter dem Fenster durchschlüpfend – um die Hallenecke in Sichtdeckung. Dort ließ er den Toten liegen und rannte, rannte, was seine Beine hergaben, zur Rückseite der Halle, um diese von hinten zu umrunden und Varlie und Sinion beistehen zu können, falls diese mit ihrem Gegner doch nicht ganz zurande kamen.

47

Rauthne reckte sich, lehnte sich vor, spähte nach rechts. Dort war es schattig, aber irgendetwas ereignete sich dort. Etwas Merkwürdiges. Waren das Kampfgeräusche? Ein Ächzen. Schläge?

Was war das?

Hatte der Capitar etwa seinen Leuten Befehl gegeben, im Schutze der Nacht mit Gewalt gegen einzelne Dörfler vorzugehen? Warum? Was hatten Rauthnes Leute angestellt, um eine Bestrafungsmaßnahme zu provozieren?

Sie mühte sich noch weiter über das Fensterbrett, quetschte sich dabei den Busen. Sie wollte sehen, was los war.

Zwei Menschen, die mit Hämmern auf einen dritten einschlugen, bis dieser langsam aber sicher kleiner wurde, zu Finsternis zerschmolz.

Als sie bemerkte, dass von links entlang der Ratshallenwand jemand auf sie zugestürmt kam, war es schon zu spät für sie, sich schnell genug zurückzuziehen.

48

Tautun sah Sinion und Varlie, die am Rande des Fackelscheins ihren Soldaren mit den Hämmern bearbeitete, bis dieser in die Knie ging. Sie machten viel zu viel Lärm und Umständlichkeiten dabei.

Er war so auf das Geschehen weiter hinten konzentriert, dass er beinahe gegen den Oberkörper prallte, der aus der Wand zu ihm herausragte.

Strauchelnd wich er aus. Konnte einen Fluch nicht unterdrücken. Holte dabei mit dem Hammer aus, um dem Soldaren – denn um niemanden sonst konnte es sich handeln: ein Soldar, der seinem niedergerungenen Kameraden durch ein Fenster zu Hilfe steigen wollte – mit möglichst einem einzigen Hieb den Schädel einzuschlagen, bevor dieser alle anderen wachmachen konnte.

49

Sinion bekam einen Hammer gegen das Knie.

Noch im Fallen war es dem Soldaren gelungen, ihn mit einem Schlag zu treffen.

Der Schmerz durchfuhr ihn so rasend, dass er beinahe aufgeschrien hätte, doch er hielt sich selbst den Mund zu.

Varlie gab dem Soldaren den Rest.

50

»Nicht!«, sagte Rauthne schwach, als der Hammer des Angreifers auf sie zuraste. Sie schloss die Augen, machte sich klein, drehte den Kopf weg. Alles weitere ging nicht mehr.

Sie war, letzten Endes, bereits eine Greisin.

51

Im letzten Moment – vielleicht nur an ihrem dahingehauchten »Nicht!« – erkannte Tautun seine Byrgherin. Er konnte den Schlag noch ablenken, aber nicht mehr vollkommen abfangen. Der Hammer knallte laut gegen die Wand.

»Byrgherin!«, ächzte er. Jetzt erst konnte er die Schutzschnörkel auf ihren Schläfen erkennen. Im Dunkeln jedoch hatte er ihren kahlgeschorenen Kopf mit einem Helm verwechselt.

»Tautun! Bist du das etwa?«

52

»Was war das?« Der Kopf des Capitars ruckte herum. Er stand schon an der Haupttür, bereit, sie zu öffnen, und wartete nur noch, bis der letzte und verschlafenste seiner fünf Begleiter endlich seinen Helm ordentlich festgeschnallt hatte.

Der Knall aus Richtung der Byrgherinnenräume war deutlich zu vernehmen gewesen, hatte sogar zwei der schlafenden Soldaren in ihren Träumen gestört. Demtri war in diesen Stunden mit dem Wachehalten an der Byrgherinnentür beauftragt.

Der Capitar nickte ihm knapp zu. »Sieh mal nach.«

Demtri drehte sich um und öffnete die Tür zu Rauthnes überschaubaren Gemächern.

Sie wird doch nicht versuchen abzuhauen?, fragte sich der Capitar.

53

Tautun musste nicht lange nachdenken. Dass Rauthne ihm so plötzlich am Fenster erschien, war außerordentliches Glück. Hieß es nicht so: *Das Glück hilft den Mutigen?*

»Byrgherin, seid Ihr etwa allein?«

»Ja. Vor meiner Tür hält jemand Wache. Aber was macht ihr da draußen? Wird gekämpft?«

»Kommt, ich hebe Euch durchs Fenster.«

»Nein, halt.« Sie wich tatsächlich vor ihm zurück. »Willst du die Nafarroaner etwa unnötig herausfordern … warte, versteck dich!«

Hinter ihr wurde die Tür geöffnet. Der Soldar Demtri schaute zu ihr hinein. Sie stand am offenen Fenster, wandte sich ihm etwas zerzaust wirkend zu.

»Ich hatte … einen Knall gehört und habe nachgeschaut, was das gewesen sein könnte«, haspelte sie. »Aber es ist nichts zu sehen.«

»Alles in Ordnung mit Euch? Ihr wirkt angespannt.« Von allen Nafarroanern war Demtri derjenige, der am fließendsten Akitanisch sprach, beinahe dialektfrei.

»Weil ich mich erschrocken habe. Ihr Euch doch sicherlich auch.«

»Und es ist wirklich alles in Ordnung?«

»Ja.«

»Na gut.«

Demtri schloss die Tür wieder und erstattete seinem Capitar Bericht. »Sie steht am offenen Fenster, hat den Knall ebenfalls gehört. Aber es ist nichts zu sehen. Ehrlich gesagt bezweifele ich, dass sie durchs Fenster klettern kann oder will. Das Fenster liegt ziemlich hoch, und sie ist ja nun wahrlich nicht mehr die Jüngste.«

»Trotzdem«, sagte der Capitar, »irgendetwas stimmt nicht heute Nacht. Wir werden uns ihr Fenster mal von außen ansehen. Bist du jetzt endlich fertig, Kerl?«, herrschte er seinen säumigen fünften Mann an, der dann auch tatsächlich fertig wurde.

54

Tautuns Stimme kam zischelnd von draußen, wie von einer Schlange, die zum Fenster hinaufkriecht. »Die Herausforderung, von der Ihr sprecht, ist längst geschehen. Wir haben mehrere Soldaren erschlagen.«

»Was? Mehrere? Wie viele?«

Er schaute kurz seitlich zu Varlie und Sinion hin. »Inzwischen dürften es fünfzehn sein«, sagte er mit einem Grinsen.

»Was?« Rauthne war ganz fassungslos, taumelte schier. Die Zahl »fünfzehn« schlug ihr wie eine Faust in den Magen. »Was?«

»Wenn Ihr nicht als Geisel für all das herhalten wollt, was wir hier draußen geleistet haben, dann lasst Euch jetzt von mir durchs Fenster heben. Dadurch verliert der Capitar seine beste Waffe, das ist großartig. Hört auf, darüber nachzudenken, zu ihm zu gehen und mit ihm zu verhandeln. Es ist zu spät dafür. Die Hälfte seiner Männer ist tot, die andere Hälfte darf diese Nacht ebenfalls nicht überleben. Es herrscht Krieg.«

»Wie … wie … wie« – sie klang nun fast wie Sinion – »konnte das geschehen?«

»Es *musste* geschehen«, antwortete Tautun hart. »Die Nafarroaner hätten in Nafarroa bleiben sollen, wo sie hingehören. Kommt jetzt. Lasst Euch nicht als Werkzeug gegen Eure Leute, gegen Euren Sohn, der für Akitania kämpft, missbrauchen.«

»Baresin? Kämpft?« Sie konnte sich das gar nicht vorstellen.

»Zusammen mit Folster und mir, am Nordrand des Dorfes, gegen zwei Wachtposten. Wir haben gewonnen. Kommt jetzt! Sinion kämpft, Seite an Seite mit Varlie. Alle kämpfen.

Folsters Sohn hat sein Leben gegeben. Es gibt kein Zurück mehr!«

All diese Ungeheuerlichkeiten prasselten auf Rauthne ein, als würde Tautun sie steinigen. Sie fühlte sich doppelt so alt, doppelt so schwach, doppelt so nutzlos wie sonst.

Aber vielleicht hatte er recht. Vielleicht würde sie immerhin niemandem zur Last fallen, wenn er sie nun durchs Fenster hob.

Sie überließ sich ihm.

Es war nicht einfach, die nicht eben untergewichtige alte Frau von außen durch das Fenster zu heben. Tautun musste seine ganze, durchaus beachtliche Kraft aufwenden, um sie zu halten und zu ziehen. Zweimal stieß sie mit dem Kopf gegen einen Rahmen, einmal mit den Füßen. Aber dann hatte er sie draußen. Er grinste über das ganze Gesicht.

Das war besser, als er es sich hatte vorstellen können.

Jetzt hatten die Nafarroaner nur noch Mardein als Geisel. In Tautuns Augen war Mardein nichts weiter als ein Großsprecher und Scharlatan. Hagetmau würde viel eher ohne ihn auskommen können als ohne die Byrgherin.

Mit Rauthne in den Armen eilte er zu Varlie und Sinion.

»Schaut mal, welchen Vorteil ich den Mistkerlen gerade unter der Nase weggeklaut habe!«

Sinion und Varlie machten große Augen und offene Münder.

Dann zerrte Varlie sie alle in Sichtdeckung, denn jetzt öffnete sich die Eingangstür zur Ratshalle von innen.

55

Schon auf den allerersten Blick konnte der Capitar erkennen, dass etwas ganz empfindlich in Unordnung war: Die beiden Wachtposten vor der Tür waren nirgends zu sehen.

Eigentümlich leer kam ihm der fackelbeschienene Marktplatz vor. Gleichzeitig jedoch wie erfüllt von einem warmen Hauch, einem Ausatmen, einem langgezogenen Stöhnen der Nacht.

Alles stürzte mit einem Mal auf ihn ein. Das Ausbleiben der beiden, die er unbehelmt ins Wirtshaus geschickt hatte. Freconvils Verschwinden. Das Knallen an der Hauswand. Wie wenn jemand mit einem Hammer dagegenschlug. Die Byrgherin am offenen Fenster.

Leitete sie etwa heimlich etwas? Gab das alte Mädchen Anweisungen an Verschwörer, die seine Soldaren festhielten, um sie ihrerseits als Geiseln zu verwenden? Freconvil im Austausch gegen die Byrgherin?

Der Capitar dachte in diesen Momenten in der Logik von jemandem, den ein schlechtes Gewissen plagt, das schlechte Gewissen, eine alte Frau in Haft genommen zu haben. Schlimmeres als einen beabsichtigten Geiselaustausch konnte er sich gerade gar nicht vorstellen.

Er schaute zu dem Glockenturm hinauf. Dort hob sich schwach gegen das Mondlicht die Silhouette seines Postens ab. Aber wo waren die Türwächter? Waren sie nachsehen gegangen, was den Hammerknall verursacht hatte? Aber warum gleich beide? Das war unnötig und fahrlässig. Wo war die Patrouille, die doch eigentlich für genau solche Vorkommnisse zuständig war?

Mehrere Gefühle mischten sich in dem Capitar. Wut auf seine Untergebenen, die sich möglicherweise gerade dumm anstellten. Eine ungewisse, nicht näher zu bestimmende Furcht, einer mulmigen Vorahnung ähnlich. Sowie Überforderung. Ohne seinen Unteroffizier fühlte er sich einen Augenblick lang den vielen auf ihn einstürmenden Fragen schutzlos ausgeliefert.

Obwohl er die Nachtruhe des Dorfes nicht gerne störte, schien ihm der Posten auf dem Turm bei Weitem die beste Auskunftsquelle zu sein. Weshalb ihn dort oben hinstellen, wenn man ihn gar nicht ansprechen wollte?

»Heda, Pabjulo«, rief er den Jungen auf dem Turm an, beide Hände um den Mund zum Trichter geformt. »Wo sind die denn alle?«

Er rief – selbstverständlich – auf Nafarroanisch.

Naejon, der begriff, dass er gemeint war, erstarrte. Was sollte er tun? Die Frage des Capitars war immerhin kurz gewesen; er glaubte, den ungefähren Sinn erraten zu können.

Er zuckte sehr deutlich mit den Schultern, breitete dabei in einer theatralischen Geste der Hilflosigkeit die Arme aus.

Das war zumindest ein gut gemeinter Versuch, aber damit kam er nicht durch.

»He, Pabjulo, mach anständig Meldung, du Faulpelz!«

Diese Formulierung verstand Naejon nicht. Er war auch mit militärischem Jargon einfach nicht vertraut genug.

Er hustete und krächzte, als könne er nicht sprechen. Deutete undeutlich in der Gegend herum, irgendwo dorthin, wo Tautun, Varlie, Sinion und Rauthne, die er alle von hier oben sehen konnte, sich nicht verborgen hielten.

»Das ist doch nicht normal«, sprach der Capitar seine Gedanken aus. »Was ist denn los mit dem? Hat er etwa getrunken?« War das die ganz profane Lösung sämtlicher Ungeklärtheiten? Die ersten beiden Soldaren im Wirtshaus hatten über den Durst gebechert, Freconvil hatte sich anstecken lassen, dem Jungen im Turm hatte man auch etwas gebracht, die

Wachen hatten ihre Posten verlassen, um sich etwas zu holen, im Grunde genommen waren gerade alle am Saufen?

Beinahe wünschte er, dass es nur das wäre.

Er stand immer noch in der Tür, hatte, nachdem ihm aufgefallen war, dass die Türwächter nicht am Platz waren, keinen weiteren Schritt mehr hinaus gemacht, versperrte seinen fünf Männern mit seiner Säbelhelmbarte dadurch den Ausgang.

»Demtri?«

»Ja, Capitar?«

»Schau nochmal nach der Byrgherin.«

»Schon wieder? Ich war doch eben erst …«

»Tu einfach, was ich dir sage.«

»Jawohl, Capitar.«

Demtri betrat die Räume der Byrgherin aufs Neue. Sie war nirgends zu sehen, das Fenster noch immer offen. Er stutzte, brauchte aber eine kleine Weile, um in sämtliche Winkel zu schauen. Zuletzt streckte er den Kopf durch das Fenster ins Freie.

56

Der Weg über den *Hafen* war ihnen verwehrt, dort hatte der Capitar jetzt alles im Blick. Aber das war nicht weiter schlimm. Wie auf dem Hinweg auch konnten sie sich hinter den Häusern am Marktplatz bewegen.

»Bringt die Byrgherin ins *Lamm*«, sagte Tautun flüsternd zu Varlie. »Versteckt sie dort gut. Auch bei einem Gegenangriff darf sie den Soldaren nicht wieder in die Hände fallen. Die anderen sollen alle herkommen, so gut bewaffnet wie möglich. Macht Leute wach, die mit Heugabeln kommen. Beeilt euch! Wir müssen die Ratshalle jetzt angreifen, solange noch einige von denen schlafen! Je mehr wir sind, desto leichter wird alles.«

»Und du? Was machst du?«

»Vielleicht gelingt es mir, auch noch Mardein da rauszuholen. Dann haben sie gar nichts mehr gegen uns in der Hand. Dann könnten wir die Ratshalle im Grunde genommen auch einfach niederbrennen, und alle Soldaren mit ihr.«

Das war ein ganz ungeheuerlicher Gedanke. Die Ratshalle niederbrennen? Das war fast so ein Sakrileg wie den Tempel niederzubrennen. Tautun war schon immer ein Störenfried gewesen, aber in dieser Nacht schien er ganz und gar überzuschnappen.

Rauthne fühlte sich wie in einem Alptraum gefangen, doch es gelang ihr einfach nicht, aufzuwachen. Sie fand keinen Anfang für ein Entkommen aus dieser Finsternis.

»Vor meinen Räumen hält einer Wache«, sagte sie matt. »Da kommst du nicht nach innen durch, und Mardein ist drinnen im Saal mit den Soldaren.«

Tautun knirschte mit den Zähnen. »Gut, aber den Wächter kann ich vielleicht zu mir rauslocken, dann sind sie wieder einer weniger. Jeder Einzelne zählt. Nun beeilt euch endlich, macht, dass ihr hier wegkommt!«

Sinion war schon gar nicht mehr zu Wort gekommen. Bei ihm hätte das auch zu lange gedauert.

Tautun beobachtete – während der Capitar sich mit Naejon »unterhielt« –, wie die drei unter Varlies Führung durch die Schatten davonhuschten.

Rauthne.

Er hatte wahrhaftig Rauthne befreit. Baresin und das gesamte *Schwarze Lamm* würden es kaum fassen können.

Tautun musste zugeben, dass auch die Planungen der anderen gut zum Gelingen des ganzen Vorhabens beigetragen hatten. Wer hatte nochmal die Idee gehabt, den Turm neu zu bemannen, Sinion oder Baresin? Egal, aber es war eine gute Idee gewesen: Naejon erkaufte Hagetmau wichtige Zeit, bevor der Capitar alle seine Männer wachrütteln konnte.

Tautun pirschte sich zu Rauthnes Fenster zurück.

Aus den Räumen dahinter waren Geräusche zu hören. Jemand stapfte dort umher. Suchte die Byrgherin.

Mardein?, überlegte Tautun. Das wäre natürlich riesiges Glück. Aber warum rief Mardein Rauthne nicht mit ihrem Namen, wenn er sie suchte? Die beiden waren doch sehr vertraut miteinander, hatten wahrscheinlich sogar seit Langem ein Verhältnis.

Nein, wahrscheinlich war es eher ein Soldar. Auch gut.

Die Schritte näherten sich dem Fenster. Tautun brachte sich direkt unter dem Fenster in Position. Dort waren die Schatten am dichtesten.

Gleich würde der Suchende herausschauen.

Gleich.

Da war der Kopf!

Für einen einzigen Moment war Tautun sich unsicher, ob es nicht doch Mardein war. Das Licht hier hinten war furchtbar schwach. Doch dann sah er den Helm. Alles lief immer auf die Helme hinaus. Wegen der Helme war es schwierig, die Mistkerle schnell zu erledigen, aber dank der Helme konnte man sie wenigstens gut erkennen, es sei denn, jemand hatte, wie die Byrgherin, eine Glatze.

Tautun griff rasch nach oben, packte Demtris Hals und zog ihn mit ganzer Kraft zu sich nach unten. Es war ihm egal, wie viel Lärm das machte. Das Fenster war ein guter Engpass, um einen nach dem anderen zu empfangen.

Demtri begriff gar nicht, wie ihm geschah. Er hatte nur schauen wollen, beunruhigt darüber, dass er sich geirrt haben könnte und die alte Frau doch zum Fenster hinausgeturnt war. Plötzlich wurde er von unten gepackt und abwärts gerissen. Das Fensterbrett kam rasend schnell näher. Keiner von Demtris Armen war in einer geeigneten Position, um sich abstützen oder gegenstemmen zu können.

Der Tod dieses sprachbegabten Soldaren, der so gut mit Kindern umgehen konnte, selbst den Kindern der Besiegten, war ganz besonders vielfältig. Er schmetterte auf das Holz, so dass seine Halswirbel beinahe zerbrachen. Dann sprang Tautun hoch, nahm den Hals des Angeschlagenen in seine Ellenbeuge und würgte ihn. Gleichzeitig zerrte er ihn vor- und abwärts, so dass Demtri über das Fensterbrett nach draußen rutschte. Demtri starb entweder beim neuerlichen Aufprall oder durch Luftmangel oder durch Schock, jedenfalls war er tot, als er auf dem festgetretenen Boden hinter der Ratshalle zu liegen kam.

Zum Schreien oder auch nur laut Gurgeln war er gar nicht gekommen. Aber Krach hatte das alles dennoch gemacht.

57

Der Capitar wartete.

Demtri ließ sich offensichtlich Zeit, bei halb hinter ihm geschlossener Tür. Anzeichen dafür, dass er die Byrgherin zumindest nicht sehen konnte.

Der Capitar, der immer noch in der offenen Vordertür stand, wollte ihm gerade hinterherbrüllen, dass er gefälligst melden solle, was er sehe oder nicht sehe – als aus den Räumlichkeiten der Byrgherin das Aufprallen auf Holz, dann das Schleifen von Harnischleder über Holz, dann ein neuerliches, etwas ferneres Rummsen zu hören waren.

Alle, die wach waren, schauten den Capitar mit großen Augen an. Die zwei, die schon vorher in ihren Träumen gestört worden waren, wurden nun vollends munter.

»Was war das denn?«, fragte einer mit Bangigkeit in der Stimme.

Der Capitar spürte, wie das Blut in seinen Adern zu stocken schien.

Nirgendwo draußen waren die Patrouille oder seine Wächter zu sehen. Der Mann im Turm – war das überhaupt Pabjulo?

So ganz konnte er sich das Geschehen nicht erklären. Das eben hatte wie Kampfgeräusche geklungen. Jemand war ins Zimmer der Byrgherin eingedrungen. Oder die Byrgherin selbst hatte Demtri überwältigt, so unwahrscheinlich das auch war. Aber was hatte vorhin so geknallt? Bevor die Byrgherin noch mit Demtri geredet hatte, war doch bereits ein Schlag zu hören gewesen?

Hatte die Byrgherin Leute durch ihr Fenster geholt, die Demtri alle übersehen hatte? Wie sollte das in diesen kleinen Räumen möglich sein?

Capitar Angaszin merkte, wie ihm alles zu entgleiten drohte.

Langsam schloss er die Tür, die auf den Marktplatz führte.

»Ich fürchte«, sagte er langsam zu seinen Männern, »wir werden angegriffen. Ich bin mir nur noch nicht ganz im Klaren darüber, von wem. Alle wachmachen.«

»Capitar?«

»Alle wachmachen!«

Angaszins Blick irrte durch den Raum. In einer solchen Lage war es nicht einfach, den Überblick zu behalten. So vieles hing von ihm ab. Dreißig Männer. Die Vorherrschaft Nafarroas in Hagetmau.

Kurz sah er Generar Gwaums bärbeißiges Gesicht vor sich aufglimmen. Gwaum sah ausgesprochen missbilligend aus.

Zu allem Überfluss erhob sich jetzt auch der Semane, der

an der Wand lehnend gedöst hatte. Auch er war durch den Lärm erwacht. Oder wusste er etwas? Wusste er etwa *alles*? Weil er ein Semane war?

»Was geht hier vor sich, Mardein?«, herrschte der Capitar ihn an und schwenkte seine riesige Helmbarte. »Der Meeresteufel sei mein Zeuge: Bislang war ich mehr als nachsichtig mit euch Dörflern. Aber wenn ihr jetzt versucht, mir in die Suppe zu spucken, ziehe ich ganz andere Saiten auf, darauf kannst du dich verlassen. Was führt ihr im Schilde?«

Zu seiner Überraschung bildete sich auf dem Gesicht des Dorfsemanen ein nachsichtiges Lächeln. »Findet Ihr nicht auch, werter Capitar, dass ich die denkbar ungeeignetste Person bin, die Ihr um Auskünfte bitten solltet? Seit mehreren Tagen bekomme ich nicht mehr mit als das, was sich im Inneren dieser Halle abspielt. Woher soll ich wissen, ob vielleicht Nafarroa von Akitania zurückgeschlagen wurde?«

»Das ... ist unmöglich! Unverfrorenheit!«

»Ist es denn wirklich vollkommen auszuschließen?«

Spottete der alte Kerl etwa über ihn? Der Capitar riss seinen Blick von ihm los und schnauzte stattdessen nacheinander mehrere seiner Soldaren an. »Ihr drei, sichert die Räume der Byrgherin. Wenn sie noch drin ist und sich da irgendwo versteckt hält, schafft sie mir herbei! Beeilt euch! Ihr beiden behaltet diese Tür hier im Auge. Die Wachen davor sind nicht auf ihrem Posten. Ihr seid jetzt die neuen Wachen.«

»Zu Befehl!«, wurde mehrfach erwidert.

Drei Mann drängelten in die Räume der Byrgherin. Zwei stellten sich an die Tür, starrten diese an, als würde sie sich jeden Augenblick in ein Maul voller Zähne verwandeln können, und wussten im Grunde genommen überhaupt nicht, was sie eigentlich tun sollten.

Einer, der gerade wach geworden war, weckte die Schlafenden. Es kam Bewegung in den Saal. Bewegung, die noch ungeordnet war.

Der Capitar bückte sich und hob zusätzlich zu seiner Helmbarte auch noch die *Säge* auf, jene eigentümliche Waffe, die einer der Dörfler in der Hand gehabt hatte. Er sah, dass der alte Semane besorgt zur Tür der Byrgherin hinüberblickte, als befürchtete er, von dort jeden Moment ihre Schreie zu hören.

Nein, der wusste nicht, was vor sich ging.

Oder etwa doch?

58

Tautun lauerte unterhalb des Fensters. Aus dem Raum näherten sich jetzt mehrere Schritte, zwei oder drei Mann.

Er überlegte fieberhaft. Was sollte er tun? Einen nach dem anderen durchs Fenster ziehen? Das würde nicht gelingen, spätestens nach dem ersten könnte er niemanden mehr überrumpeln. Solange die da drinnen immer noch Mardein als Geisel festhielten, hatten sie Tautun gegenüber einen unangenehmen Vorteil.

Dennoch wog er ab. Die Byrgherin hatte es unbedingt zu retten gegolten. Ohne seine Byrgherin würde Hagetmau sich kläglich zusammenrollen und sterben. Aber ohne den Semanen, der im Grunde genommen nichts weiter als ein Apfelweisheiten schwafelnder Prediger war? Außer ab und zu beim Entzünden eines Freudenfeuers hatte Tautun ihn noch nie Feuer machen sehen. Wahrscheinlich konnten die beiden Heberinnen das Wenige, was er für die Kranken und Schwachen tat, ebenso gut übernehmen.

Tautun blickte sich zum *Hafen* hin um. Dort kam noch niemand. Es war einfach zu wenig Zeit vergangen. Bis sich eine nennenswerte Rotte bewaffneter Dörfler endlich ihrer Furcht und Faulheit und Feigheit zum Trotz in Bewegung gesetzt hätte, waren sämtliche Soldaren aus der Halle ausgeschwärmt und erstickten jeglichen Aufstand im Keim.

Dazu durfte es nicht kommen.

Jeder Einzelne weniger zählte.

Jeder Einzelne.

Darüber hinaus erkauften jegliche Unruhe und Verwirrung, die sich – von ihm ausgelöst – auf ihn konzentrierten, den Hagetmauern wertvolle Zeit.

Der vorderste der drei Soldaren hatte nun das Fenster erreicht. Demtri musste irgendwie durch dieses Fenster verschwunden sein, denn weder von ihm noch von der Byrgherin war in den kleinen Räumen etwas zu finden. Der Soldar wollte besonders vorsichtig vorgehen, genau so, wie man ihm das beim Heer eingeschärft hatte. Weil er nicht wusste, welche unliebsamen Überraschungen das Fenster für ihn bereit hielt, streckte er nicht einfach dümmlich den Kopf hindurch, sondern stellte sich eng an den Rahmen, um die Lage so gut wie möglich ausspähen zu können.

Er hatte aber nicht mit Tautuns Ungeduld gerechnet.

Tautun wollte verhindern, dass sich gleich mehrere Soldaren ans Fenster stellten und ihm dadurch den Zugang versperrten. Er sprang hoch, packte den Spähenden, der instinktiv vor ihm zurückweichen wollte, zog ihn zu sich her und verpasste ihm durch das Fenster hindurch einen scheppernden Hammerschlag gegen den Helm.

Der Soldar war höchstens benommen, aber das war Tautun egal. Er nutzte die Lücke und schwang sich durch das Fenster nach drinnen. Ein zweiter Soldar drang sofort im Nahkampf auf ihn ein. Hammer gegen Hammer. Der erste lehnte immer noch halb weggetreten am Fensterrahmen. Ein dritter wich zurück, mit so etwas wie abergläubischem Entsetzen im Gesicht, und rief etwas auf Nafarroanisch nach hinten.

59

»Ein Angriff! Wir werden angegriffen, Capitar!«

»Von wem denn, verflucht?«

»Ein einzelner Mann. Ein Verrückter!«

Ein einzelner Mann? War das denn vorstellbar? Hatte womöglich ein Einzelgänger seine ganzen Wachen niedergerungen, eine nach der anderen, und das vollkommen lautlos? Verfügten die Akitanier etwa über Krieger oder Kampfmönche, die sich womöglich in den Wäldern verborgen hielten und nur dann in Erscheinung traten, wenn sie das Wohl ihres Landes gefährdet wähnten?

Der Capitar bleckte die Zähne und schwenkte die *Säge* gegen Mardein. »Sag diesem Verrückten, er soll sich augenblicklich ergeben, ich säge dir sonst mit diesem Scheißding den Hals durch!«

Mardein, der immer noch zu der Tür geblickt hatte, wo jetzt Kampfgeräusche ertönten, wandte sich dem Capitar zu. Sein Blick schien in dieser Bewegung fester zu werden, als fürchtete er nun nicht mehr um das Leben seiner Byrgherin.

»Das werde ich nicht tun«, sagte der Semane sehr ruhig, sehr milde.

»Du denkst wohl, dass ich leere Drohungen mache? Dass ihr meine Gutmütigkeit bis zum Gehtnichtmehr ausnutzen könnt? Aber ich habe jetzt langsam die Schnauze voll von diesem ganzen Unfug. Ich kann dir auch einen Arm absägen und dann noch einen Arm und dann ein Bein und dann noch ein Bein und dann kann ich dich immer noch als Geisel benutzen, als plärrende, verkrüppelte Geisel, das ist mir vollkommen egal, und meinem Generar erst recht!«

»Das werdet Ihr nicht tun.«

»Ach ja? Dann sieh und staune, was ich alles zu tun bereit

bin, um in diesem Schweinekoben wieder Ordnung herzustellen!« Die Innenwelt des Capitars wurde mehr und mehr zu einem Durcheinanderstürzen vorher unverrückbarer Säulen. Was, wenn tatsächlich ein übergeschnappter Einzeltäter vier seiner Männer getötet hatte, sämtliche Wachen, die um die Ratshalle herum postiert gewesen waren? Dazu noch Demtri, den er durchs Fenster gezerrt hatte? Dazu noch die Byrgherin befreit? Was war mit Freconvil und den insgesamt drei Soldaren in diesem verfluchten Wirtshaus?

Generar Gwaum würde ihn, Jerlo Angaszin, für einen Versager halten, der es nicht vermocht hatte, Ruhe in den ihm zugeteilten Abschnitt zu bringen.

Wie groß war die Wahrscheinlichkeit, dass die Capitare der anderen Dörfer ebensolche Schwierigkeiten hatten? Groß oder gering? Wie gefährlich war Akitania wirklich? Oder nur für ihn, nur für ihn? War er der Pechvogel, das einzige Gespött des Dritten Nafarroanischen Heeres?

Er schwenkte die *Säge* sowie seine Helmbarte gleichzeitig und machte zwei Schritte auf den Semanen zu, während im Nebenraum immer heftiger gekämpft wurde.

»Ich meinte nicht, Ihr werdet das nicht tun, weil Ihr das nicht möchtet. Sondern Ihr werdet das nicht tun, weil ich es nicht zulassen werde.«

Diese Worte des Semanen, unerwartet in ihrer Unverständlichkeit, brachten den Capitar beinahe zum Stehenbleiben. Aber nur beinahe.

Mardein streckte beide Arme aus, drehte die Handflächen mit einer eigenartig flimmernden Bewegung der Finger und ließ den beidseitig bewaffneten Capitar explodieren.

60

Tautun merkte jetzt, dass er sich zu viel zugetraut hatte. Bislang hatte er immer die Überraschung auf seiner Seite gehabt, um die Nafarroaner zu bezwingen. Mehrmals hatten sie kaum begriffen, was ihnen eigentlich widerfuhr. Jetzt jedoch hatte er es mit einem Gegner zu tun, der ihn gesehen hatte. Der ihn sogar gesehen hatte, wie er seinen Kameraden attackierte. Der wütend war und hervorragend ausgebildet. Dann kam noch der dritte, der den Capitar verständigt hatte, wieder näher und drängte von hinten nach. Und der erste, der nur benommen am Fensterrahmen lehnte, schüttelte seine Betäubung ab und würde Tautun gleich in den Rücken fallen.

Er war verloren. Niemals hätte er sich in das Gebäude hineinwagen dürfen. Er schalt sich einen fürchterlichen Narren deswegen. Sämtliche Vorteile hatten sich in seiner Hand befunden. Einen nach dem anderen hätte er sich pflücken können. Aber sein Übermut hatte ihn nach drinnen getrieben.

Sein Übermut und Mardein. Damit sie den Semanen nicht zum Schreien bringen und dadurch wenn auch nicht Tautun, so aber doch den Mut aller anderen Dörfler erlahmen lassen konnten.

Der Soldar vor ihm parierte jeden seiner Schläge. Wirkte dabei noch nicht einmal angestrengt. Sondern eher wie einer, der Genugtuung verspürt, den Angriff auf seinen Kameraden vergelten zu können. Dabei hatte dieser Mann keine Ahnung, wie viele seiner Kameraden Tautun in dieser Nacht erschlagen hatte. Er wusste *nichts.*

Tautun sah nur noch eine mögliche Rettung. Zurück durchs Fenster, egal, wie unvorteilhaft er dort draußen aufschlug, vielleicht würde der Leichnam des einen Soldaren, den er bereits hinausgezerrt hatte, seinen Sturz bremsen, vielleicht würde er sich aufrappeln und davonlaufen können, bevor die Soldaren ihn einholen und greifen konnten. Vielleicht, viele Leichen, vielleicht. Das war ein altes akitanisches Wortspiel.

Aber es ging bereits nicht mehr.

Der Benommene hinter ihm machte einen Schritt vor den Fensterrahmen und verstellte ihm den Weg. Tautun war gefangen. Er duckte sich unter einem Hieb und hoffte darauf, dass die beiden sich gegenseitig treffen würden, wenn sie von hinten und vorne gleichzeitig auf ihn eindroschen, aber das war natürlich nur Wunschdenken. Jetzt drängte auch noch der dritte vor, und dieser grinste sogar hämisch.

Unerwartet jedoch erfüllte ein eigentümliches Geräusch das Innere der Ratshalle. Es klang wie das Flappen übergroßer Lederflügel, dann ein Bersten, ein Zischen, ein sehr hohes Pfeifen. Es wurde gleißend hell hinter dem dritten der Soldaren, durch die halboffen stehende Tür hindurch – und dann fauchte eine Hitzewoge von dort hinten durch Rauthnes kleine Räumlichkeiten Richtung Fenster.

Tautun schloss kurz die Augen, spürte seine Augenbrauen knistern, seine gesamte Gesichtshaut glühen wie in sommerlichstem Sonnenschein. Er lieferte sich in diesem Moment ganz unwillkürlich den Schlägen seiner Gegner aus. Aber die waren ebenfalls abgelenkt. Der dritte, hinterste hatte das Gefühl, dass Flammen seinen Rücken hinaufleckten, und begann zu schreien. Als er sich umwandte, sah er tatsächlich in ein Feuer. Springende, tanzende Flämmchen, wie eine weiße, bläuliche, gelbliche Herde von Fohlen. Die gesamte Ratshalle stand in Flammen. Männer schrien. Männer schrien, wie Schweine schreien, wenn sie begreifen, dass man sie gleich abstechen wird.

Wie viele waren dort noch drinnen? Wenn drei jetzt bei Tautun waren? Mindestens noch zehn.

»Mardein?«, schrie er. »Mardein!«

»Tautun, bist du das? Bring dich in Sicherheit, Junge!« Eine

Stimme, die direkt aus den Feuern sang, wie ein Holzscheit in einem Kamin.

Rauch kam jetzt auch. Quoll in fetten Wolken durch die Tür. Menschenfettqualm, Menschenhaarqualm, und die vielen Felle, mit denen die Ratshalle ausgekleidet war.

Der Soldar, der das Fenster versperrte, war zu entsetzt, um irgendetwas zu tun. Er hatte die ganze Zeit sein Gesicht der Tür zugewandt, die zur Halle führte. Er konnte dort einen seiner besten Freunde sehen, Juyan, mit dem zusammen er an mehreren Tagen das Gryphweibchen versorgt hatte und der jetzt in gleißenden Flammen stand. Juyan machte Bewegungen wie einer, der weit entfernten Menschen mit ausholenden Armen zu winken versucht, dabei mühte er sich nur, die Flammen zu zerschlagen, die ihn von außen nach innen fraßen, während sie ihn von innen nach außen aushöhlten.

Tautun witterte eine Chance. Eine einzige, winzige Möglichkeit.

Mit einem hinter fest zusammengebissenen Zähnen hervorgepressten Geräusch der Wut rannte er gegen den vor ihm stehenden Gegner, rannte einfach gegen ihn, ohne ihn zu schlagen. Kraft gegen Kraft. Tautun hatte einmal mehr die Überraschung auf seiner Seite. Erst schien alles zu einem aberwitzig anstrengenden Stillstand zu kommen, doch dann drängte Tautun den Soldaren zurück, erst einen Schritt, dann noch einen. Der Soldar wiederum behinderte und verschob den hinter ihm stehenden Kameraden, dieser hinterste kam dadurch Flammen näher, die durch die Tür nach ihm züngelten, er strauchelte und kreischte auf. Dann, als seine beiden Gegner in taumeliger Rückwärtsbewegung begriffen waren, ließ Tautun ab, wandte sich um und stürmte – nun Platz für einen Anlauf habend – auf das Fenster und den davor stehenden Soldaren zu.

Der Soldar schlug zu, doch Tautun fing den Treffer mit seinem linken Unterarm. Es war ihm egal. Er sprang, warf sich dadurch mit Schwung und voller Wucht gegen den Mann – und faltete ihn regelrecht durch das viel zu kleine Fenster. Der Soldar hatte gar keine Gelegenheit mehr, sich irgendwo festzuhalten.

Die beiden stürzten, der Soldar rücklings, Tautun vorwärts, ihn immer noch schiebend, der Fensterrahmen schlüpfte um die beiden herum wie ein Holzreifen, durch den ein Marktplatzakrobat springt. Dann krachte der Soldar mit dem Rücken auf Demtris in der Gasse liegenden Leichnam, Tautun seinerseits dem Soldaren auf die Brust, dem dadurch jeglicher Atem aus dem Leib gepresst wurde. Tautun landete recht weich, schlug nur mit der Stirn gegen den vorderen Helmrand seines Gegners. Diese Helme. Immer wieder diese Helme.

Trotzdem. Sein linker Arm schmerzte stark und jetzt auch seine Stirn, aber was machte das schon? Er war nach draußen entkommen, hatte einen der Feinde mitgenommen, alle Vorteile lagen nun wieder bei ihm. Er richtete sich halb auf und schlug dreimal mit seinem Hammer auf den unter ihm Liegenden ein, bis dieser sich nie wieder rühren würde.

Dann blickte er sich um, hoch zu dem Fenster.

Das Feuer malte mit lebendigstem Licht. Vor diesem Licht tanzten Umrisse. Der vordere Soldar tauchte nun im Fenster auf, der Weg zurück in den Saal war den beiden wohl durch Flammen verwehrt.

Tautun tat, was ihm schon mit Demtri gelungen war. Er sprang hoch und versuchte den Vordersten so zu packen, dass er ihn durchs Fenster reißen konnte. Es war, als würde ein Schwall von Hitze und Rauch, von hinten kommend, ihn noch zusätzlich in seinem Vorhaben unterstützen. Der Soldar verlor sämtlichen Halt. Er schrie gellend. Noch im Flug verpasste ihm Tautun einen scheppernden Schlag gegen den Helm. Der Schrei ging in ein stoßweises Ächzen über. Dann prallte der Nafarroaner schwer auf die beiden dort schon Liegenden, und Tautun erledigte ihn, von Feuerwellen beleuchtet, die sich knallend und Gläser zerplatzen lassend einen Weg durch Rauthnes Räume bahnten. Auch ihr mühsam in den letzten Tagen verfasstes Tagebuch einer Übernahme durch ein anderes Land ging knisternd in Flammen auf. Tautun glänzte in diesem Licht wie ein unermüdlicher Schwerstarbeiter des Todes.

Er schaute wieder zu dem Fenster hinauf.

Der dritte Soldar erschien nicht.

Tautun ging ans Fenster und starrte in den Gluthauch. Noch hielt die äußere Struktur der Ratshalle, aber es war lediglich eine Frage der Zeit, bis das Dach bersten und Funken und Feuersbrunst in den Himmel lodern würden.

Von dem dritten Soldaren war nichts mehr zu sehen. Er lag auch nirgendwo. Wahrscheinlich war ihm klar geworden, dass Tautun ihn nie und nimmer lebend durch das Fenster entkommen lassen würde, und er hatte stattdessen lieber versucht, ins Innere einen Pfad durch die Flammen zu finden. Einerseits gar nicht dumm. Andererseits wohl völlig aussichtslos.

»Mardein!«, schrie Tautun gegen das Prasseln des Feuers an. »Mardein, ich kann nicht mehr rein, niemand kann hier rein! Kannst du bis zum Fenster finden?«

Keine Antwort. Nur die Flammen fauchten und brausten, schienen Applaus zu spenden und mit unmenschlichen Stimmen zu raunen.

»Abelion!«, entfuhr es Tautun, der zwar kein gottesfürchtiger Mann war – aber das war einfach die in Akitania gebräuchlichste Art zu fluchen.

Das Feuer erinnerte ihn an ein anderes, ähnliches aus seiner Kindheit, das er ebenfalls nicht selbst gelegt hatte, aber das in seinem Inneren niemals aufgehört hatte zu brennen.

61

Varlie, Sinion und Rauthne erreichten das *Schwarze Lamm*. Sinion hatte Schmerzen in Schulter und Knie, mindestens eine Prellung, vielleicht war sogar etwas angeknackst. Eigenartigerweise tat der Treffer, den Tautun ihm unabsichtlich verpasst hatte, deutlich mehr weh als der des Soldaren. Aber nach wie vor beschäftigte ihn vor allem, wie er *zurück*geschlagen hatte. Diese merkwürdige Mischung aus weich und fest, die ein menschlicher Körper war. So hinfällig. So leicht zu löschen.

Vom *Lamm* aus wurden sie gesehen. Aber man konnte kaum fassen, was man sah.

»Es ist die Byrgherin!«, rief der mit der Trinkernase, ein Brotmesser in der Hand. »Es ist wahrhaftig unsere Byrgherin! Es ist ihnen gelungen, sie zu befreien!«

»Was?« Baresin konnte es nicht glauben. Vielleicht wollte er es auch nicht glauben. Vielleicht gab es tatsächlich ganz tief drinnen in ihm einen Baresin, der gehofft hatte, seine Mutter sei vollends aus dem Spiel, nicht unbedingt tot, aber weiterhin gefangen und machtlos, so dass sie ihm nicht wieder mit ihrer Kahlheit, ihrer Bemaltheit, ihrer Robe, dem ganzen autoritären Firlefanz in die Quere kommen konnte.

Aber da war sie. Von Varlie gestützt und unglaublich alt und müde aussehend.

Man räumte ihr sofort einen Stuhl hin. Baresin ging etwas befangen zu ihr und umarmte sie ungelenk, während sie sich setzte, was beinahe dazu führte, dass sie gefallen wäre. Sogar die junge Heberin, die inzwischen damit begonnen hatte, für den schwer verwundeten Folster zu unternehmen, was in ihrer begrenzten Macht stand, blickte von ihrem Tun auf. Die Woge aus Erleichterung und Begeisterung erfasste auch sie. Einzig Clarde ließ sich nicht beirren. Sie wiegte weiterhin ihren toten Sohn.

»Wir haben keine Zeit«, sagte Varlie und unterband dadurch die kostbaren Momente des Erfolgs, denen sich gerade alle hingeben wollten. »Tautun kämpft alleine gegen fast fünfzehn, die noch in der Halle sind. Mardein ist weiterhin eine Geisel. Wir brauchen jetzt jeden. Wir müssen Hagetmau aus seinem Schlaf rütteln.«

»Wiwiwir können auch die die die die zweite Heberin holen, um dididich zu unterunterstützen«, sagte Sinion zu der Heberin.

»Was ist mit deiner Schulter?«, fragte sie ihn nur, als sie sah, wie er die eine Hand dagegendrückte.

»Kampfverletzung«, sagte er stolz, ganz ohne zu stottern. »Nicht weiweiter schlimm.«

Alle zögerten jetzt bloß noch, um auf Rauthne zu schauen. Aber die sah Folster auf dem Tisch und den toten Ranien auf dem Boden, und weiter hinten war immer noch verschmiertes Blut im Flur, und sie schien nicht verarbeiten zu können, was sie sah. Jemand hätte ihr mindestens eine Stunde lang erörtern müssen, was alles vorgefallen war und warum, und dafür reichte die Zeit nicht. Baresin begriff, dass seine Mutter zwar wieder da war, aber tatsächlich – zumindest vorübergehend noch – aus dem Rennen.

Er löste sich von ihr, hatte das Gefühl, seiner Sohnespflicht Genüge getan zu haben, sagte: »Also los!«, und machte große Gesten, während er die Umstehenden sortierte. »Ihr fünf, ihr lauft durchs Dorf und macht jeden wach, der in der Lage ist, eine Waffe zu halten. Bringt alles mit, was man verwenden kann, selbst ein Stuhl kann gut sein, jemanden auf Distanz zu halten und ihm dann eins überzubraten. Ihr anderen, ihr kommt alle mit mir zur Ratshalle. Wir befreien jetzt Hagetmau. Habt ihr alle eure Messer? Gut. Auf geht's!«

Einige zögerten noch. Ein unsichtbares, klebriges Band schien sie an ihre Byrgherin zu fesseln.

»Macht«, sagte Rauthne müde. Es war nicht ganz klar, ob sie damit »Macht nur!« meinte, oder etwas über »die Macht an sich« aussagen wollte, aber die meisten verstanden Ersteres. Die Wirtshausgäste polterten durcheinander zur Tür und folgten Baresin, auch Sinion und Varlie mischten sich in diesen Tross. Bei Rauthne in der Stube verblieben nur die Heberin, Clarde, und der mit dem sehr dicken Bauch, der so aufgeregt war über all dies Geschehen, dass er sich hinsetzen, sein Buttermesser neben sich legen und erst einmal neuen Atem schöpfen musste.

62

Kaum hatten sie das Wirtshaus verlassen, konnten sie bereits das rote Leuchten sehen, das vom *Hafen* ausging. Viel wilder, viel drohender noch als der nächtliche Fackelschein, für den die Besatzer in den letzten Nächten gesorgt hatten.

Für einige versinnbildlichte dieses Rot das viele Blut, das heute vergossen wurde. Es stand in den Himmel geschrieben. Sie konnten noch nicht ahnen, wie viel heller es noch werden würde.

Als die Vordersten den Marktplatz erreichten, schlugen gerade die ersten Flammen weit aus den Fenstern der Ratshalle. Wie ein riesenhafter schwarzer Käfer mit rot flimmernden Ärmchen kauerte sie da. Baresin war einer dieser Vordersten, es drohte keine unmittelbare Gefahr durch Angreifer. Tautun hatte die alle aus dem Weg geräumt, also traute Baresin sich voranzugehen.

Vor der Halle konnte man Tautun sehen, der, mit je einem Hammer in jeder Hand, unruhig hin und her rannte und nach Flüchtenden Ausschau hielt. Als er die nur zögerlich näher kommende Ansammlung aus dem Wirtshaus bemerkte, herrschte er sie an: »Na los doch, bewegt euch! Wir müssen sämtliche Seiten der Halle umstellen, damit keiner entkommen kann. Wenn auch nur einer flüchtet, war alles umsonst!«

Einige rührten sich und postierten sich auf verschiedenen Flanken des brennenden Gebäudes, darunter Varlie und Sinion, der sich hinkend in Varlies Nähe hielt. Baresin jedoch blieb mit etwa zehn Leuten mitten auf dem Marktplatz stehen.

»Es brennt«, sagte er beinahe andächtig. »Wir müssen die Glocke läuten.«

»Aber die Glocke kann man nachts bis nach Doazit und Cazalis hören«, sagte einer. »Was ist, wenn die dann von dort Soldaren schicken?«

Baresin knabberte an seiner Unterlippe. Es galt jetzt so unglaublich viel abzuwägen, zu entscheiden. »Wir können ohnehin nicht verhindern, dass neue Besatzer kommen«, sagte er. »Spätestens, wenn in einigen Tagen Markt ist, wird sich doch rumerzählen, dass wir hier keine Nafarroaner haben. Wichtig ist nur, dass wir keinen Verdacht erregen, die Nafarroaner *umgebracht* zu haben. Sie haben uns einfach nie erreicht. Sind in den Wäldern umgekommen. Der Brand hat damit gar nichts zu tun. Also müssen wir die Glocke läuten, sonst verhalten wir uns äußerst ungewöhnlich.«

»Aber wenn sie welche schicken, die dann verbrannte Leichen in den Trümmern finden?«, fragte ein anderer.

Baresin dachte fieberhaft nach. Er musste sich eingestehen, dass er jetzt gerne Sinion bei sich gehabt hätte, zum Besprechen und Planen. Obwohl Sinion nur holperig sprechen konnte, schien sein Denken außergewöhnlich strukturiert zu sein. Was, wenn er, Baresin, nun einen Fehler machte, der später nicht mehr gutzumachen war?

Er traute sich nicht, so viel Verantwortung alleine zu schultern. Nicht, nachdem sie alle schon so viel gewagt und so viel erreicht hatten.

»Wartet hier und passt auf, dass kein Nafarroaner durch die Vordertür fliehen kann. Wenn doch, macht ihn nieder, verstanden?«

»Verstanden«, sagten zwei und hoben halbherzig ihre Küchenmesser ein wenig an.

Baresin rannte los, dorthin, wohin Sinion und Varlie verschwunden waren.

Er fand sie schnell, seitlich der Halle, wie sie mit offenen Mündern Richtung Dach starrten. Dort begannen jetzt die ersten Flammen hochzulodern, einige Dachbalken gaben bereits nach und hoher Funkenflug begann. Die Gefahr, dass auch umliegende Gebäude sich entzünden konnten, wuchs mit jedem verstreichenden Moment.

»Sinion«, sagte Baresin ganz atemlos. »Ich glaube, wir müssen die Glocke läuten, sonst brennt ganz Hagetmau ab. Das Läuten wäre auch eine gute Maßnahme, um alle wach zu bekommen. Aber ich mache mir Sorgen, dass aus den umliegenden Dörfern Soldaren geschickt werden, die dann die Toten in unserer Ratshalle finden.«

Sinion war ganz überrumpelt davon, dass der so eindrucksvoll aussehende Baresin ihn offen um Rat anging, noch dazu in Varlies Gegenwart. Er wuchs wieder ein Stückchen, vergaß seine Schmerzen. Durch seinen Kopf ratterten verschiedene Möglichkeiten und wurden wieder verworfen. »Siesiesie werden niemanden schischicken. Überleg doch mamamamal: Sie haben einen Besatzungs...Besatzungsplan. Von dem weichen sie nicht ohne ... nicht ohne Weiteres ab. Wenn es in Hagetmau brennt, ist ist ist der Capitar zuzuständig, der Hagetmau besetzt hat. Sie können ja ninicht wissen, dass es der Capitar ist, der brennt. Warum sollte … warum sosososollte sich der Capitar von Doazit mitten in der Nacht aufmachen, um um um Hagetmau beizustehen?«

»Gut. Vielleicht nicht mitten in der Nacht. Aber er könnte am Morgen einen Späher schicken, um die Lage auszukundschaften.«

»Bibibis dahin müssen wir die Toten geborgen und und und versteckt haben. In dieser Nananacht wird keiner von uns schlafen. Und das ist ver… das ist nicht unge…ungewöhnlich, denn immer… immerhin hat ja unsere Ratshalle gebrannt.«

»Das habe ich eben auch gedacht. Wenn es brennt, und wir läuten die Glocke nicht, verhalten wir uns wie Leute, die etwas vertuschen wollen.«

»Ja. Es kakakann sein, dass man den Feuerschein bis Doa… bis Doazit sehen kann. Wir mümümüssen die Glocke läuten!«

»Gut.« Baresin schlug Sinion dankbar genau auf die schmerzende Schulter. Seine Furcht vom Waldrand war wie verflogen, er fühlte sich wieder blendend. Er hatte alles richtig gemacht und auch richtig durchdacht. Er rannte zurück zu den vor der Halle Wartenden und an ihnen vorbei Richtung Turm. »Naejon!«, rief er. »Naejon!«

»Ja?«

»Läute die Glocke! Siehst du denn nicht, dass es brennt?«

»Na klar sehe ich das, aber wir können doch nicht…«

»Läute die Glocke! Ich übernehme die Verantwortung!«

»Gut!« Es war Naejon ohnehin recht. Mit Sorgen hatte er den beginnenden Funkenflug betrachtet. Jetzt hängte er sich eifrig ins Glockenseil, froh, endlich etwas Wichtigeres tun zu können als einfach nur ein in die Irre führender Umriss zu sein.

Die rötliche Nacht über Hagetmau wurde vom stürmischen Geläut der Abelionsglocke zusätzlich aufgehellt.

63

Jetzt änderte sich alles.

Die Menschen schreckten aus ihren Betten auf. Einige wenige waren bereits durch die von Baresin Ausgesandten wachgepocht worden, aber der weitaus größte Teil der fünfhundert Einwohner Hagetmaus hatte bis eben noch friedlich geschlafen.

Nendlèce wurde wach, genau wie ihre Eltern.

Erac hatte bereits früher am Abend ein »Mitmischen bei der ganzen Sache« verweigert, als Wever zum Haus gekommen war. Dass aber Varlie sich seiner Entscheidung widersetzt und sich aus ihrem Zimmer geschlichen hatte, entrüstete ihn zutiefst. »Aus so etwas kann nie etwas Gutes entstehen. Was haben wir jetzt davon? Unsere Ratshalle steht in Flammen! Jeder Nafarroaner im Umkreis von zehn Meilen kann das deutlich sehen!«

Nendlèce wollte sich nun nicht mehr bändigen lassen. Als Varlie durch das Fenster hinausgeschlüpft war, hatte sie ihrer kleinen Schwester noch eingeschärft »auf jeden Fall zu Hause zu bleiben, was auch immer passiert«. Aber wenn es brannte, wurde jede Hand gebraucht.

Tatsächlich war der Feuerschein jetzt von beinahe überall im Dorf zu sehen. Ebenfalls von überall näherten sich nun durch den Brand lodernd bemalte Gestalten, müde zwar und zerzaust, aber wachgerüttelt durch Entsetzen und Unglauben, schwächlich wirkend, aber mit kantigen Bewegungen, bereit, mit anzupacken.

Die Brunnen wurden aufgedeckt. Eimerketten organisiert. Hier tat sich besonders Baresin hervor, der die Brunnenvollmacht übernahm und die Leute möglichst sinnvoll aufteilte. Es galt nicht nur, das Feuer so schnell wie möglich mit viel

Wasser und Sand abzulöschen, sondern auch den Funkenflug auf benachbarte Häuser zu unterbinden. Zu diesem Zweck klatschte so mancher Eimervoll Wasser auch über andere Häuser, um sie zu befeuchten und den Flammen ein Festfressen zu erschweren.

Währenddessen bimmelte Naejon unablässig wie ein Verrückter, bis Varlie ihn bat, damit aufzuhören, weil es jetzt doch alle begriffen haben müssten.

Immer wieder liefen bange Fragen um: »Was ist mit der Byrgherin?«

Die Antwort lautete: »Sie ist in Sicherheit.«

»Was ist mit Mardein?«

Die Antwort lautete: »Unser Semane hat sich in Flammen verwandelt und sich für Hagetmau geopfert!«

Auch das andere Hagetmauer Opfer dieser Nacht wanderte unablässig von Mund zu Mund: »Die Nafarroaner haben Folsters Sohn Ranien erschlagen! Auch um Folster selbst steht es gar nicht gut!«

Der wirkliche Ablauf der Dinge – nämlich, dass Ranien auf den völlig überrumpelten Soldaren eingestochen und dieser sich lediglich zur Wehr gesetzt hatte – wurde somit unter den Tisch gekehrt. Allen, die nicht dabei gewesen waren, musste es so vorkommen, als sei sämtliche Gewalt von den Soldaren ausgegangen, und selbst diejenigen, die dabei gewesen waren, konnten sich schon gar nicht mehr an die tatsächliche Abfolge des ganzen Durcheinanders erinnern und begannen bereits kaum eine Stunde später, die von ihnen selbst mitgestrickte Legende zu glauben.

64

Einem einzigen nafarroanischen Soldaren gelang es, der Feuersbrunst zu entkommen.

Es war nicht Juyan. Juyan war längst im Saal zu einem schwarzen Klumpen verschmort.

Der Name des Entkommenen war Luyiz. Luyiz warf sich mit solcher Wucht gegen ein verschlossenes Fenster, dass er zusammen mit Splittern, Qualm und ihm hinterherhechelnden Flammen nach draußen barst.

Schwer schlug er auf.

Schwelte.

Alles tat weh.

Mit seinen Augen stimmte etwas nicht, entweder hatte der Rauch ihm zugesetzt, oder die Hitze seine Augäpfel versengt.

Um ihn herum waren Leute, die er nicht erkennen konnte. Die vor ihm zurückwichen wie vor einem Teufel. Zwei Frauen schrien sogar. Alles deutete auf ihn. In fremden Zungen.

Er versuchte, sich aufzurichten. Scherben dicken Glases steckten in ihm. Seine gesamte Lunge schien mit Rauch gefüllt zu sein und brannte bei jedem schleifenden Atemzug.

Er versuchte, etwas zu sagen, eine Mischung aus »Hilfe« und »Gnade«. Aber seine Zunge war ein dicker, schwerer Brocken geworden, sämtlicher Speichel verkocht. Er lallte nur.

Dann wagte sich der erste der Dörfler vor. Wollte dem Soldaren helfen.

Das war eine ganz natürliche Reaktion. Seit einigen Tagen nun gehörten die Soldaren zum Dorfbild. Man kam einigermaßen mit ihnen aus. Warum sollte man nicht helfen, wenn einer von ihnen knapp einem Brand entronnen war?

Dieser Dörfler wurde zurückgehalten. Von einem, der im *Schwarzen Lamm* dabei gewesen war und der von den Kämpfen und den Toten wusste. Dieser ging nach vorne und stach Luyiz ein Apfelmesser in den Bauch.

Dann ein zweiter Dörfler. Verletzte Luyiz mit einer Sense den Arm.

Ein dritter mit einem Beitel den Hals.

Drei weitere.

Dann wieder die ersten beiden.

Mindestens sieben bislang unbescholtene Hagetmauer beteiligten sich keifend und sich beinahe darum balgend an diesem Tun. Sie bekämpften den hilflosen Luyiz wie einen qualmenden Feuerdämon, der ausgemerzt gehörte, bevor er den Rest des Dorfes ebenfalls mit Brand anstecken konnte.

Es dauerte lange, bis Luyiz starb, weil ihn die Flammen beinahe unempfindlich gemacht hatten gegen jede andere Pein.

Erst allmählich begriffen jene Dörfler, die Luyiz hatten helfen wollen, dass in Hagetmau viel mehr ausgebrochen war als einfach nur ein Feuer.

Um sie herum gingen die Löscharbeiten weiter.

An den Fenstern erwartete man breitbeinig lauernd noch weitere Springer.

Aber es kamen keine mehr.

65

Stattdessen öffnete sich irgendwann die Vordertür der Ratshalle.

Damit hatte nun wirklich überhaupt niemand mehr gerechnet.

Das Feuer brannte und brannte, schlug hoch aus dem Dach, das Dach sackte größtenteils ein, Funken sprühten, schwebten auf in die Nachtluft und verloschen. Eimerweise ging Wasser nieder und verzischte, füllte die Szenerie zusätzlich zu Rauch und Dunkelheit auch noch mit Dampf, der sich wie Nebel über alles legte.

Nach dem Viertel einer Stunde war der Brand so gut eingedämmt, dass er nur noch auf sich selbst zurückfallen konnte. Er vermochte sich nicht mehr auszubreiten. Baresin war ganz heiser vom vielen Schreien, aber er hatte das deutliche Gefühl, hervorragende Arbeit geleistet zu haben.

Dann öffnete sich die Tür. Von innen.

Die vier oder fünf Hagetmauer, die das mitbekamen, dachten allesamt dasselbe: *Der Capitar! Der schlaue Offizier der gegnerischen Soldaren hatte sich irgendwo inmitten der Flammen ein Schlupfloch gesucht und kam nun nach draußen, seine riesige Säbelhelmbarte in Händen, um seine Männer zu rächen und sie alle niederzumachen!*

Sie hoben, was sie an Waffen verfügbar hatten.

Eine Gestalt kam aus der Tür. Schwelend wie ein Scheit im Kamin, mit an den Rändern der in Fetzen hängenden Kleidung tanzenden Flämmchen, aber ruhigen, leicht schlurfenden Schrittes.

Nicht zu fassen: Es war Mardein.

»Mardein!«, riefen die Leute.

»Unser Semane!«

»Seht Mardein, er lebt!«

»Er hat es geschafft!«

»Wie hast du dieses Höllenfeuer überstanden, Mardein?«

Mardein konnte nichts erwidern. Ein sicherlich gut gemeinter Eimervoll Wasser klatschte ihm gegen den Leib, sollte die Flämmchen an seiner Kleidung abtöten. Die plötzliche Kälte und der Schock waren zu viel für den Alten. Er brach zusammen, und niemand wagte es, ihn aufzufangen. Zu viel Qualm war um ihn, wie das zischende Ausatmen eines Wiedergängers.

66

Rauthne saß da, in der nun recht leeren Schenke, und hatte das deutliche Gefühl, dass man ihr etwas weggenommen hatte. Etwas, das so umfassend war, dass sie es kaum benennen konnte. Hätte man sie in diesen Augenblicken gefragt, was das sein könnte, hätte sie wahrscheinlich geantwortet: »Mein Dorf. Man hat mir mein Dorf genommen.«

Aber das war eigenartig, oder etwa nicht? Darüber dachte sie die ganze Zeit nach.

Hatte man ihr ihr Dorf nicht eigentlich bereits in dem Moment genommen, als die Soldaren in Hagetmau einmarschiert waren? Rauthne hatte das nicht so empfunden. Als eine zusätzliche Erschwernis, durchaus. Als eine Aufgabe, mit diesem fremdsprachigen Capitar so gut wie möglich zurandezukommen, um das Dorf sicher und ruhig durch eine Zeit zu steuern, in der nun einmal zur Abwechslung Nafarroa das Sagen hatte. Wie würde sich dies – nach einer mühseligen Zeit der Umgewöhnung – auf den Alltag Hagetmaus auswirken? Kaum. Man würde weiterhin den Zehnten entrichten. Man würde weiterhin auf den Feldern und im Wald und in den Geschäften arbeiten. Es würde weiterhin Markt geben. Ein paar neue Festtage vielleicht, mit fremdartigen Namen, würden einige der alten ersetzen. Jedoch nichts, was an den Grundfesten des Dorfes rüttelte.

Aber jetzt?

Entscheidungen waren getroffen worden, ganz ohne Rauthnes Mitwirken. Blut war vergossen worden, reichlich. Ein Krieg angezettelt, von wem auch immer. Hagetmau unterschied sich nun von allen anderen Dörfern ringsum. Wie ein Nagel, der aus einer Landkarte herausragte und entweder eingeschlagen werden musste oder herausgerissen.

Sichtbares Zeichen dafür: die ehrwürdige Ratshalle in Flammen. Rauthnes Räume, ihre Niederschriften, auch ihr Tagebuch der Besatzung: vom Brand vertilgt.

Ein Dorf nun ohne Mitte, ohne Herz. Etwas zu verbergen suchend, was sich doch unmöglich verbergen lassen konnte, was sich vielmehr wie ein Lauffeuer herumsprechen würde.

Etwas, das weithin sichtbar in die Nacht hinausleuchtete.

Hagetmau hatte den Widerstand gewagt. Den blutroten, totenübersäten Widerstand.

Der gesamte Schankraum des *Schwarzen Lamms* stank noch immer nach dem Sterben von Fremden.

Rauthne wollte weinen oder die Hände über dem Kopf zusammenschlagen oder dieselben Hände zum Gebet an Abelion in die Luft werfen, aber für alles war sie zu müde.

Dennoch raffte sie sich schließlich auf.

Durch das Fenster konnte sie die Außenbereiche der Löscharbeiten sehen. Vertraute Schatten, Hand in Hand. Jeden einzelnen von denen kannte sie mit Namen. Von den meisten wusste sie sogar, wann und in welchem Haus und unter welchen Umständen sie geboren worden waren. So lange trug sie schon die Robe des Unter den Menschen Ausgezeichnetseins.

Dann ging sie langsam zu Clarde hinüber. Legte ihr die Hand auf die Schulter. Zuerst nur sanft, wie um Beistand zu spenden, dann jedoch mit mehr Druck, um Clardes sinnlosem Wiegen Einhalt zu gebieten.

Das Wiegen hörte auf, aber Clarde sah nicht zu ihr hoch.

Mühsam ging Rauthne vor ihr auf die Knie, schaute der Wirtsfrau genau ins Gesicht. »Clarde, dein Sohn ist tot. Aber dein Mann lebt noch. Warum hilfst du nicht der Heberin und versuchst, dich um ihn zu kümmern?«

Jetzt sah Clarde sie an. In ihrem Blick konnte Rauthne lesen, dass ihr noch mehr genommen worden war als der

Byrgherin, nämlich alles. Rauthne hatte lediglich ihr Dorf verloren, nicht jedoch ihren einzigen Sohn.

Sie wusste nicht, ob ihre Worte überhaupt zur Wirtsfrau durchgedrungen waren, aber sie stemmte sich wieder hoch und ging hinaus, in die vom Brand zusätzlich erhitzte Nacht, um ihren eigenen Sohn zu suchen.

67

Bei Baresin liefen sämtliche Neuigkeiten zusammen.

Einer der Soldaren war aus einem Fenster gesprungen, aber er war nicht weit gekommen. Zu mehrt hatte man ihn niedergemacht. Ausgezeichnet.

Mardein war wieder aufgetaucht. Wie auch immer ihm das gelungen war. Man kümmerte sich gerade um ihn. Ausgezeichnet.

Tautun streifte immer noch umher, zwei erbeutete Streithämmer in den Händen, und lauerte auf weitere Überlebende, die aus den Flammen kamen. Er wirkte unbefriedigt, ungestillt. War das wirklich vorstellbar, dass er sich auf das Massaker im Inneren der Ratshalle *gefreut* hatte und dass der Brand ihn nun beraubte? Baresin dachte darüber nach, dass es nicht einfach sein würde, ihm diese Hämmer wieder wegzunehmen, aber es durfte nicht eine von diesen Waffen in Hagetmau verbleiben, nicht eine.

Das Feuer war eingedämmt. Brannte noch immer lichterloh und verzehrte gierig die gesamte Halle, konnte sich jedoch nicht ausbreiten und dem restlichen Dorf gefährlich werden. Ausgezeichnet.

So gut wie das ganze Dorf war mittlerweile auf den Beinen.

Seit dem Aufhören des Läutens waren das Prasseln und Knacken des Brandes wieder in den Vordergrund zurückgeschwappt. Die Gerüchte, die alle Leute sich erzählten, zischelten dazu wie das Wasser in den Flammen.

»Die Soldaren haben die Halle angesteckt, aber wir haben alle zusammen dafür gesorgt, dass sie mitverbrennen!«

»Es hat vorher schon Kämpfe gegeben! Tautun hat im Wirtshaus vier von ihnen erschlagen!«

»Sie haben Ranien ermordet! Also hat Tautun die Byrgherin aus der Halle geholt und den Mördern das Dach über dem Kopf angezündet!«

»Folster und sein Sohn haben Seite an Seite gekämpft und sind beide getötet worden!«

»Die Soldaren sind verrückt geworden! Sie wollten alles niederbrennen, aber nur bei der Ratshalle haben sie es geschafft!«

»Der Capitar ist auf seinem Gryph entkommen!«

»Der Capitar wollte entkommen, aber an der Brücke hat Tautun ihn gestellt und ihm das Genick gebrochen!«

Tautun und Ranien und sogar der Capitar. Um diese drei rankten sich schon jetzt Legenden, die Baresin überhaupt nicht schmeckten. Von ihm war in den Gerüchten kaum die Rede. Dabei war er zugegen gewesen, als es Folster erwischt hatte. Und auch, als Tautun mit all dem Unheil anfing.

Baresin sah Varlie, die sich mit Nendlèce unterhielt. Sinion drückte sich in der Nähe der beiden Schwestern herum und schaute mehrmals zu Baresin hinüber, als wolle er Bereitschaft zeigen, sich nützlich zu machen. Ja, Sinion würde in der Tat eine erstaunlich gute rechte Hand abgeben für jemanden, der die Zügel des durchgegangenen Hagetmaus jetzt wieder neu zu ordnen hatte.

Baresin erschrak beinahe, als er seine Mutter auf sich zukommen sah.

Die Hagetmauer, die ihre Byrgherin bemerkten, scharten

sich um sie, freuten sich, gratulierten ihr zu ihrer Freiheit. Alles hob sich gegenseitig auf. Das Feuer und die Kämpfe, der Tod von Ranien und die schwere Verwundung Folsters waren Tragödien – aber dass ihnen ihre Byrgherin wiedergegeben worden war, ein Triumph.

Baresin machte ein säuerliches Gesicht. Was er jetzt am allerwenigsten gebrauchen konnte, war, dass seine Mutter ihm mit ihren Insignien der Oberhauptswürde all seine mühsam errungenen Meriten wieder abspenstig machte. Dass sie einfach nur vermöge ihrer miefigen Amtsmacht wieder an sich riss, was er sich heute Nacht zähneknirschend verdient hatte.

Er ging zu ihr hin, ganz der besorgte Sohn. »Mutter, du solltest dich hinlegen und dich ausruhen. Wir haben hier alles im Griff.«

»Wo soll ich mich denn hinlegen, Baresin? Meine Zimmer sind verbrannt.«

»Ach, du tust ja so, als würde dir in Hagetmau niemand eine Heimstatt anbieten können! Du kannst natürlich zu mir ziehen, Mutter. Bis alles wieder aufgebaut ist.«

Rauthne berührte ihn. Hängte sich ein wenig an ihn. Clardes Schicksal war ihr erspart geblieben. Ihren Sohn hatte sie nicht verloren. Zumindest nicht mehr als sonst auch.

Im Hintergrund sah sie Erac auftauchen, der seine beiden Töchter anherrschte, endlich nach Hause zu kommen. Sie hätten in dieser Nacht schon genügend für Unruhe gesorgt. Varlie jedoch weigerte sich einfach. Was er sich denn vorstelle, fragte sie ihren Vater. Ob Hagetmau jetzt schlafen gehe, wo doch bei Weitem noch nicht alles getan war. Rauthne konnte sehen, wie Nendlèce, weil ihre große Schwester sich sträubte, ebenfalls die Kraft gewann, sich ihrem Vater zu widersetzen.

Das lag in der Natur, dieses Verweigern angesichts der Eltern. In einer Nacht wie dieser war alles gleichermaßen nachvollziehbar und auch wieder unbegreiflich.

»Geh zu mir und leg dich hin, Mutter«, drängte Baresin. »Du bist immerhin mit knapper Not einer Feuersbrunst entronnen.«

»Als Tautun mich durchs Fenster hob, brannte es noch nicht. Was ist eigentlich mit Mardein?«

»Mardein? Den haben sie, glaube ich, zu Juroel gebracht. Weil der am nächsten wohnt.«

»Mardein lebt also?«

»Ja, er lebt. Weiß Abelion allein, wie er das fertiggebracht hat. Er muss beinahe das Viertel einer Stunde in den Flammen gewesen sein.«

»Ich gehe zu ihm.«

»Tu das, Mutter«, seufzte Baresin. Hauptsache, sie war aus dem Weg, in einem Haus verschwunden, und nahm ihm nicht seine gesamte Autorität. Selbst, als sie in Richtung Juroels Haus ging, wandten sich Leute an sie, fragten sie um Rat. Dabei war jetzt ein neues Zeitalter angebrochen. Sie begriffen es nicht. Noch nicht.

Mit möglichst donnernder, aber durch das Kommandieren an den Brunnen bereits heiser gewordener Stimme erteilte Baresin weitere Anweisungen. Scharte Verstreute um sich. Herrschte sie erst an, sprach den Verschüchterten dann rasch Mut zu. Beaufsichtigte weiterhin die Löscharbeiten, obwohl dort schon längst alles in geordneten Bahnen lief. Es konnte nie schaden, sich in leitender Position blicken zu lassen.

Als er Sinion wieder herumstehen sah, winkte er ihn zu sich. Sinion kam angelaufen.

»Wir werden einen Kriegsrat halten, am besten hier auf dem Dorfplatz. Es sind ja ohnehin fast alle versammelt. Bereite die Leute schon mal darauf vor.«

Sinion nickte.

»Ich werde dich an meiner Seite brauchen. Es war dein Plan mit der Rückeroberung des Dorfes, und er hat genau so funktioniert, wie wir uns das vorgestellt haben.«

»Bibibis auf dddas Feuer.«

»Ja, bis auf das Feuer, aber letzten Endes hat uns das ein hässliches Blutbad und möglicherweise weitere Opfer auf unserer Seite erspart, findest du nicht auch?«

»Ja, dadas stimmt. Wawa… wawas ist mit Tautun? Er hat den grö… den größten Anteil an unserem Sieg.«

»Na, nun wollen wir mal nicht übertreiben. Er hat die Drecksarbeit gemacht, weil er dafür am besten geeignet war. Aber er hat uns den ganzen Schlamassel ja auch eingebrockt. Es war also seine verdammte Pflicht, uns da herauszuhelfen. Den Plan jedoch, wie wir das alles wieder geraderücken können – den haben du und ich ausgetüftelt.«

Sinion runzelte kurz die Stirn. Soweit er sich erinnerte, war der ursprüngliche Plan, die restlichen Besatzer anzugreifen, von Varlie ausgegangen. Er hatte das dann verfeinert, Baresin lediglich zusammengefasst. Aber er begriff, worauf Baresin hinauswollte, und nickte. Tautun war ein zu störrischer, immer wieder aufs Neue unbequemer Hitzkopf, um ihn in weitere strategische Planungen einbinden zu können.

Sinion wollte schon loslaufen, um die Kunde vom Kriegsrat zu verbreiten, als Baresin ihn noch zurückhielt. »Sinion, wir müssen sämtliche Toten aus den Trümmern der Ratshalle bergen. Wir dürfen uns auf keinen Fall verzählen, nicht eine einzige Soldarenleiche darf zurückbleiben. Kannst du mir eine Liste der Toten machen, die überall im Dorf verstreut sind? Damit wir genau wissen, wie viele noch in der Halle waren?«

»Kein Pro… kein Problem. Willst du die Toten immer nononoch in den Wald schaffen? Wie erklären wir dann, dass viele vovovo… dann viele von ihnen ver…brannt sind?«

»Weiß ich noch nicht. Deshalb will ich ja Kriegsrat halten.«

»Ririchtig.« Sinion eilte davon.

Der Rauch des Brandes sah aus, als würde die Nacht in Fetzen zergehen.

Der zehnjährige Pellit tauchte neben Baresin auf. Auch ihn hielt es zu einer solchen Stunde nicht in seinem Bett. »Denen haben wir es schön gegeben, oder?«

»Ja, denen haben wir es richtig heimgezahlt.« Baresin freute sich, dass selbst in einem Knaben der Funke des Widerstands glomm. Oder musste es heißen: In einem Knaben noch mehr als in einem Erwachsenen? Die meisten Hagetmauer, die er mit Eimern in der Hand sah, machten eher einen verstörten und verunsicherten als einen stolzen Eindruck.

Natürlich war die Ratshalle ein Verlust, der an sämtlichen Traditionen rüttelte.

Über die vielen Leichen, die überall lagen – in der Nähe der Scheune hatte man welche gefunden, und natürlich im Umkreis des Brandes – wussten noch gar nicht alle Bescheid. Aber so langsam gingen auch hierzu Gerüchte um.

Einige der Dörfler hatten sich noch gewundert, wo denn die nafarroanischen Wachtposten blieben, weshalb sie nicht herbeigelaufen kamen vom Waldrand oder von der Brücke, um gegen den Brand mitzuhelfen und wenigstens noch zu versuchen, so viele ihrer Kameraden wie möglich vorm Flammentode zu erretten.

Erst allmählich schien ganz Hagetmau zu begreifen, dass nicht ein Einziger der nafarroanischen Besatzer mehr am Leben war.

68

Die Byrgherin trat beim alten Juroel und seiner Frau in die gute Stube.

Von draußen, nicht weit entfernt, flackerte noch immer der Brand und brachte sämtliche Konturen zum Zittern. Nur Mardein lag still auf mehreren Strohmatten, trotz der wuchernden Hitze zugedeckt mit ebenfalls mehreren Decken. Sein Gesicht wie umrahmt von seinem langen grauen Haar, das vom Löschwasser nass geworden war. Er schien zu schlafen.

Juroels Frau brachte ihrer Byrgherin einen Stuhl, so dass Rauthne sich neben Mardein hinsetzen konnte. Der Stuhl wie auch ihr alter Leib ächzten.

Rauthne schwieg. Ab und zu konnte sie von draußen ihren Sohn hören, der mit beinahe versagender Stimme Kommandos brüllte. Was für eine Nacht. Alle Zeit schien aus den Fugen.

Nach einer kleinen Weile öffnete Mardein halb die Augen. Was unter seinen Wimpern schimmerte, sah gar nicht wie Tränenflüssigkeit aus, sondern eher wie Öl.

»Abelion sei Dank«, sagte er rasselnd. »Du hast es wirklich nach draußen geschafft.«

»Ich war schon vor dem Feuer draußen.«

»Ich konnte mir nicht sicher sein. Dass Tautun in deinen Räumen war, habe ich so gedeutet, dass er dich befreit haben muss. Aber ich konnte mir nicht sicher sein. Ich war verzweifelt. Und dann … und dann habe ich die Kontrolle verloren.«

»Was ist passiert?«

»Ich wollte sie aufhalten. Vor allem den Capitar. Er hatte zwei Waffen in den Händen wie ein Rachedämon aus unserem Geschichtenbuch. Ich habe ihn getötet. Mit allen Flammen, die in mir waren. Weißt du, in all den Tagen und Nächten, in denen ich dort drinnen eine Geisel war, habe ich immer ins Kaminfeuer gestarrt. Habe das heiße Tanzen in mir angereichert, für den Moment, an dem ich es brauchen würde.« Er hustete, Rauthne legte ihm beruhigend die Hand auf die Schulter und wartete, bis sein Anfall vorüber war. »Der verdammte Rauch«, lächelte er entschuldigend. »Feuer ist mein Freund, aber der Rauch kann mir zu schaffen machen. Obwohl ich seit Jahrzehnten versuche, mich durchs Pfeiferauchen und die vielen Rauchgefäße im Tempel an ihn zu gewöhnen. Es ist, als würde man einen Hund dressieren, der einem dann übermütig in die Hand beißt.«

»Was ist passiert?«, wiederholte Rauthne ihre Frage.

»Ich habe ihn ermordet«, wiederholte auch er, nur mit einem leicht abgewandelten, noch düsteren Wort. »Danach sah ich seine Männer. Furcht und Wut und Unglauben. Vor allem Unglauben. Ich wusste, dass ich sie daran hindern musste, nach draußen zu gelangen und ihren Unglauben zu verbreiten. Also habe ich die Wände und die Tür entflammt. Es war, als hätte ich einen Pinsel vollgetränkt mit Farbe in der Hand und würde ihn durch den Raum schleudern. Wohin meine Finger deuteten, sprenkelte sich alles mit Brand. Das dicke Glas der Fenster zündete. Die Tür – entbrannte.«

»Abelion!«, entfuhr es Rauthne andächtig.

»Ja, das war Abelion. Er tanzte und sang in sämtlichen Flammen. Noch nie zuvor in meinem Leben besaß ich so viel Macht. Und fühlte mich gleichzeitig so elend. Denn ich wusste nicht, ob du wirklich in Sicherheit warst. Ob es Tautun gelingen würde, meiner Macht zu entkommen. Ob ich überhaupt das Recht dazu hatte, diese Macht anzuwenden. All diese Männer, Rauthne, waren noch ganz jung. Wer bin ich denn, die Entscheidung zu treffen, dass sie alle tot sein müssen? Und deine Zimmer, Rauthne, es tut mir so leid. Ich habe alles zerstört, was dir gehörte. Weil die Flammen über mich hinauswuchsen.«

»Du hast aus einer Not heraus entschieden, mitten unter Feinden stehend, in der Hitze eines Feuers. Hagetmau hat in dieser Nacht dieselbe Entscheidung getroffen. Alle mussten sterben. Ich habe noch nicht herausfinden können, ob Hagetmaus Entscheidung ebenso nachvollziehbar war wie die deine. Aber wie hast du das alles überleben können? Du bist sehr lange in den Flammen geblieben.«

»Ich war außer mir. Vielleicht sogar ohnmächtig, nach meiner Machtentfaltung. Aber ich müsste schon ein sehr, sehr kläglicher Feuersemane sein, wenn Flammen mir etwas anhaben könnten.«

»Du kannst durch Feuer nicht verletzt werden?«

»Nur, wenn ich Abelion erzürnt habe. Aber das habe ich wohl nicht. Der verdammte Rauch jedoch, der setzt mir immer zu. All meine Vorkehrungen, meine täglichen Rituale – vergebens, wie es scheint.«

»Ach, Unsinn, es scheint nicht schlimm um dich zu stehen. Ein paar Tage Ruhe, dann bist du wieder bei Kräften. Wir werden dich in den Tempel schaffen, sobald du es verlangst.«

»Was ist mit den anderen? Ich bin Hagetmaus einziger gelernter Wundversorger. Braucht man mich denn nicht?«

»Soweit ich das bislang überblicken kann, hat es kaum Verwundete auf unserer Seite gegeben. Der Brand hat niemandem außer den Soldaren Schaden zugefügt. Folsters Sohn ist tot, einzig Folster selbst wurde schwer verwundet. Clarde hat vielleicht ihren Verstand verloren, aber auch das mag sich wieder legen.«

»Und die Soldaren?«

»Sie sind alle tot. Alle dreißig.«

»Abelion! Wie ist das möglich? Es war doch höchstens die Hälfte von ihnen bei mir in der Halle!«

»Ja, ich weiß. Baresin und Tautun stecken wohl hinter dem Ganzen.«

»Dein Sohn und Tautun? Die beiden haben nichts gemeinsam, können sich nicht ausstehen!«

»Ich weiß. Abelions Wege sind weitaus verschlungener als die Zweige eines Apfelbaums.«

Sie bemerkte, dass Mardein ein wenig den Hals reckte, um zum Feuer hinausschauen zu können.

Seinem Feuer.

Das Licht im ganzen Raum war in beständiger Bewegung.

Mardein war Rauthne etwas unheimlich in diesen Momenten. Seine Fremdartigkeit aufgrund seines Glaubens, der sich bei ihm nicht nur in Mahnungen, Geschichten und Gebeten, sondern in echter Magie manifestieren konnte, fiel ihr mehr auf als sonst. Dennoch war er – abgesehen von ihrem Sohn – der ihr vertrauteste Mensch in ihrem Dorf.

Sie wollte Mardeins Hand nehmen und sie drücken. Ihrer beider Falten warm und zärtlich ineinanderfügen wie schon so oft zuvor.

Doch sie traute sich nicht.

Und auch ihren Sohn, wie er draußen umherschritt und krächzend befehligte, erkannte sie kaum wieder.

69

Ganz allmählich kam Hagetmau zur Ruhe. Mitternacht war vorübergezogen.

Die Flammen der Ratshalle, von allen Seiten eingedämmt und immer wieder mit zischendem Wasser abgeschmeckt, hatten an Wut verloren, waren eingegangen. Jetzt schwelte und rauchte die Ruine nur noch, Hitze absondernd wie ein übergroßer Herd.

Die vielen Löschhelfer wuschen sich den Ruß aus den Gesichtern, gratulierten sich gegenseitig zum vollbrachten Werk.

Aber schnell machte das Wort »Gefahr« die Runde. Dreißig tote nafarroanische Soldaren. In einem Land, das ringsherum von Nafarroa besetzt war. Was sollte nun geschehen?

Bis auf ein paar sehr kleine Kinder und ihre Mütter sowie ein paar zu Gebrechliche fand sich ganz Hagetmau auf dem nachglühenden Marktplatz ein. Es gab keinen anderen Ort im Dorf, der groß genug war für alle. Gerne hätte Baresin etwas Überdachtes zum Versammeln gefunden, aber selbst die Ratshalle war niemals geräumig genug gewesen für fast fünfhundert Menschen, auch dort hatte allenfalls nur die Hälfte hineingepasst. Also schärften Baresin und Sinion denen, die am Rand standen, ein, sie sollten Augen und Ohren auch nach außen hin offenhalten. Falls sich Hufgetrappel näherte. Der Flügelschlag eines Gryph. Oder sogar lautlosere Späher. Alles wäre zunichte, falls nafarroanische Spione mitbekamen, wie Hagetmau das Geschehene und die weiteren Pläne zusammenfasste. Diese allgemeine Dorfversammlung war ein großes Risiko. Aber es ging nicht anders. Danach mochte es möglich sein, sich in kleineren Gruppen zu treffen oder Vertreter für verschiedene Gassen zu wählen, die dann Neuigkeiten ihrerseits weitergaben. Aber noch war das nicht zu bewerkstelligen. Hagetmau wusste nichts und wollte auch noch nichts. Erst wenn Kenntnis und Willen ineinanderflossen, konnte man mit größerem Nutzen zusammenwirken.

Der einzige Sohn der Byrgherin stieg auf das kleine Podest, das auch der Capitar immer für seine Ansprachen genutzt hatte. Sinion war an seiner Seite und reichte ihm einen krakeligen Zettel hoch. Im Licht einer der Marktplatzfackeln las Baresin:

2 x 2 im Lamm
1 im Turm
2 an der Brücke
2 am Wald
2 am Stall
2 Patrouille
2 vorm Eingang
3 am Fenster
1 entkam aus den Flammen
= 19
11 Leichen liegen noch in den Trümmern

Baresin nickte Sinion zu. Dann schaute er von der Leichenliste auf. Sie musste umgehend vernichtet werden, durfte als belastendes Zeugnis dieser Nacht keinesfalls überdauern. Also hielt er den Zettel gegen die Fackel und ließ ihn verbrennen. Wie die Ratshalle. Dieses neuerliche kleine Aufflammen zog die Aufmerksamkeit auch der miteinander Schwatzenden auf ihn.

Er schaute in die Gesichter.

Alle konnte er dort sehen. Varlie und ihre Schwester Nendlèce. Ihren Vater Erac. Naejon mit seiner Wollmütze. Hernyet, die Lehrerin. Die hübsche sowie die runzelige Heberin. Den jungen Pellit. Das sich in dieser Nacht besonders greisenhaft aneinander festhaltende Tortenmacherpaar. Die Handwerker von der Geschmeideschmiede. Die Kleidermacherin mit ihren Tag wie Nacht gleichermaßen tief dekolletierten Wäscherinnen. Die Suffköpfe aus dem *Schwarzen Lamm.* Sogar den alten Juroel, der den geschwächten Semanen bei sich zu Hause aufgenommen hatte.

Seine Mutter konnte er nirgends sehen. Tautun auch nicht. Wo zum Abelion steckte Tautun schon wieder, was heckte er als Nächstes aus? Es war ein nicht enden wollendes Unglück mit diesem Kerl. Auch Wever war immer noch nicht von seinem Versuch zurück, die im Lut treibenden Leichen zu bergen.

Baresin sammelte sich.

Noch nie hatte er vor so vielen Menschen gesprochen. Er bezweifelte, dass selbst seine Mutter jemals vor so vielen gesprochen hatte.

»Vieles hat sich ereignet«, begann er. Seine Stimme war sehr angeschlagen, er musste aufpassen, dass sie nicht ganz wegbrach. Aber das verlieh seinen Worten eine zusätzliche Dringlichkeit. »Es hat viele Tote gegeben in dieser Nacht. Viele Tote. Nur einen einzigen auf unserer Seite, Abelion sei Dank, aber auch dieser eine, Folsters Sohn Ranien, ist natürlich ein Toter zu viel. Zumal sein Vater ebenfalls schwer verwundet wurde, und Mardein, der sicherlich der Beste wäre, sich um ihn zu kümmern, das nicht machen kann, weil er selbst schwer mitgenommen ist.« Baresin merkte, dass er zu schnell redete, die Sätze zu sehr ineinanderschachtelte, zu leichthin von einer Person zur nächsten sprang. Er musste langsamer werden, seiner Zunge nachgerade Zügel anlegen, um besser verstanden werden zu können. Er begann von Neuem, langsamer diesmal, seine Stimme noch flüsternder. »Ihr werdet euch fragen: Wie hat es dazu kommen können? Hagetmau ist ein friedlicher Ort, ist immer ein friedlicher Ort gewesen. Und nun so viele Tote und ein verheerender Brand, alles in nur einer Nacht, ohne darauf hindeutende Vorzeichen.« Er überlegte fieberhaft, wie er die Ursache des ganzen Geschehens darstellen konnte, ohne diesen schaurigen Dummkopf Tautun zu sehr in die Hauptrolle zu drängen. Baresin schaute nach unten, auf die Planken des Podestes. Dann wieder höher, in die ihn anstarrenden, wartenden Augenpaare. »Ich will keine Namen nennen« – ja, das war ein guter Ansatz, so konnte er Tautun heraushalten und gleichzeitig wie jemand wirken, der einem Übeltäter nichts ankreiden wollte – »aber es hat heute Abend im *Schwarzen Lamm* einen Zwischenfall gegeben, einen Zwischenfall, an dessen Ende zwei der uns besetzt haltenden nafarroanischen Soldaren tot waren. Wir anderen« – auch das war gut: »wir *anderen*« stellte klar, dass er keiner von denen gewesen war, die diesen Zwischenfall heraufbeschworen hatten – »sahen uns in der schrecklichen Lage wieder, eine Entscheidung treffen zu müssen. Entweder unser gesamtes Dorf der nafarroanischen Gerichtsbarkeit auszuliefern oder zu versuchen, das alles zu vertuschen. Ja, wir hätten einen Sündenbock benennen können. Aber was kümmert die Nafarroaner, was kümmert ihre kaltherzige Königin ein einziger akitanischer Name? Mit Leichtigkeit konnten sie entscheiden, das gesamte aufrührerische Dorf Hagetmau dem Erdboden gleichzumachen, einfach nur, um allen anderen besetzten Dörfern zu verdeutlichen, welche Konsequenzen das Töten von Soldaren haben würde.« Die Leute sahen ihn stirnrunzelnd an. Vielleicht war dieser letzte Satz schon wieder zu kompliziert gewesen. Langsamer. Und einfacher. »Wir trafen eine solche Entscheidung. Folster, unser aller Wirt, hat diese Entscheidung mitgetroffen und hat sich sogar für sie in den Kampf geworfen und hat einen Sohn und ein Auge dafür verloren.« Rückte das die Entscheidung in ein zu schlechtes Licht? Er sah Zweifel und Furcht in den Gesichtern keimen. »Auch ich habe diese Entscheidung mitgetroffen und habe Seite an Seite mit Folster gefochten. Weil es die richtige Entscheidung war. Die *einzige* Entscheidung. Die Tatsachen waren bereits geschaffen worden. Blut war geflossen. Das Rad des Schicksals lässt sich nicht mehr rückwärts drehen. Wir mussten vorwärts handeln und entscheiden.« Jetzt bekam er die Menge wieder in den Griff. Zweifel und Furcht zerflatterten, machten einer gemeinsamen Entschlossenheit Platz. In diese Kerbe musste er nun immer und immer wieder hauen. »Wir entwarfen einen Schlachtplan. Hastig, denn wir Hagetmauer sind friedfertige Menschen. Sinion hat sich dabei hervorgetan. Auch Varlie. Um nur zwei zu nennen.« Sinion wuchs wieder. Das war für ihn nun wirklich vollkommen ungewohnt, vor dem ganzen Dorf in ein herausragendes Licht gestellt zu werden. Varlie dagegen duckte sich eher unter dem strengen Auge ihres Vaters Erac. »Aber ich habe gesagt, ich will keine Namen nennen, und dabei will ich es auch belassen. Wir waren rund zwei Dutzend Menschen im *Schwarzen Lamm*, und wir beschlossen gemeinsam, die Besatzer niederzuringen. Denn nur, wenn sämtliche Besatzer bis auf den letzten Mann nicht mehr unter den Lebenden weilen würden, könnten wir, ganz Hagetmau, den Eindruck erwecken, dass sie niemals hier gewesen sind.« Jetzt fing die Menge an zu rumoren, sich in Einzelgespräche zu zerteilen. Baresin musste sie zusammenpacken wie einen angerissenen Sack voller Maiskörner. Das war sehr schwierig mit seiner bereits heiser geschrienen Stimme, die bei manchen Worten nur noch aus Luft zu bestehen schien. »Wenn es zwei Tote gegeben hat, werden sie über uns Gericht halten. Wenn es vier Tote gegeben hat, werden sie über uns Gericht halten. Wenn es fünfzehn Tote gegeben hat, werden sie über uns Gericht halten. Aber wenn es dreißig Tote gegeben hat, und wenn es uns gemeinsam gelingt, diese dreißig Toten aus Hagetmau fortzuschaffen und irgendwo in den Wäldern zu verbergen – weshalb sollte man dann über Hagetmau Gericht halten? Es gibt keinen einzigen Zeugen, der mit dem Finger auf uns zeigen kann! Wenn wir alle zusammenhalten, meine Freunde – und das ist der eigentliche Grund, weshalb ich jetzt mehr schlecht als recht zu euch spreche –, wenn kein Einziger von uns sich verplappert, wenn kein einziger Gegenstand der Soldaren im Dorf zurückbleibt – dann können wir behaupten, sie seien hier nie angekommen und ihnen muss im Wald etwas Unaussprechliches widerfahren sein.« Kurz tauchte vor seinem inneren Auge das dürre Männchen auf, das er am Waldrand gesehen hatte, aber er verscheuchte das Bild wieder. Nur wenige Stunden war das jetzt her, und dennoch kam ihm seine dortige Schwäche wie aus einem fernen Leben vor. Der Brand hatte das alles verändert. Aus der Furcht und dem Verlassensein waren Gebrauchtwerden und Wichtigkeit geworden. Aus dem Einst ein Jetzt. »Dann wird man Hagetmau nichts vorwerfen können. Schlimmstenfalls wird man uns mit erneuten dreißig Mann besetzen. Aber vielleicht nicht einmal dies. Vielleicht wird Hagetmau frei bleiben können. Als einziges von sämtlichen umliegenden Dörfern.«

»Aber das Feuer?«, fragte eine Frau aus der Menge. »Wie erklären wir das Feuer?«

»Das Feuer muss mit den Soldaren nichts zu tun haben«, antwortete Baresin, als hätte er auf eine solche Zwischenfrage nur gewartet. »Warum sollten sie unsere Stadthalle anzünden? Warum sollten *wir* unsere Stadthalle anzünden? Wir können immer erzählen, dass es aus Versehen passiert ist. Meinetwegen übernehme ich die Verantwortung dafür. Ich habe es getan, aus Ungeschicklichkeit. Ich habe meine Mutter in ihren Räumlichkeiten besuchen wollen und dabei einen Leuchter umgestoßen. Alles geriet in Brand. Der arme Ranien versuchte zu löschen und kam um. Der arme Folster versuchte, seinen Sohn aus den Flammen zu holen, und verletzte sich dabei schwer. Alles lässt sich erklären.«

»Wo ist unsere Byrgherin überhaupt? Warum spricht nicht sie zu uns?«, fragte ein Mann.

Baresin ärgerte sich, dass er seine Mutter überhaupt erwähnt hatte. Das war eine taktische Ungeschicklichkeit gewesen. Aber er hatte die Geschichte mit der Brandursache gerade aus dem Stegreif erfunden und es für eine gute Idee gehalten, sich selbst mutig als vorgeblichen Übeltäter anzubieten.

»Ich bin hier«, sagte eine ihnen allen wohlvertraute Stimme aus den Schatten, die beinahe so heiser klang wie die ihres Sohnes. Tatsächlich, dort stand sie, am hinteren Rand der sich drängenden Menge, fernab der Lichter. Baresin hatte seine

Mutter gar nicht bemerken können. Kurz fragte er sich, ob sich auch Tautun hier irgendwo verborgen hielt. Aber wenn ja, wäre er bestimmt schon durch Zwischenrufe unangenehm aufgefallen. Wahrscheinlich war Tautun einfach nur zu seiner Hütte gegangen, um dort endlich seinen jähzornigen Rausch auszuschlafen.

»Ich bin hier«, sagte Rauthne noch einmal, auch, um ihre besorgten Dörfler zu beschwichtigen. »Aber ich bin in dieser Nacht nicht über alles unterrichtet. Ihr wisst ja, dass die Soldaren mich tagelang festgehalten und an meiner Aufgabe als Byrgherin gehindert haben. Wenn also Baresin sagt, wir müssen schnell handeln, dann bin ich dafür, dass wir ihm vertrauen. Denn er hat die Ereignisse dieser Nacht von Anfang an mitbekommen, und er kann sie deshalb viel besser beurteilen als ich.«

In der Menge entstand nun ein Murren und Brodeln. Das war ein sehr kritischer Moment: Die alte Byrgherin übertrug ihre Amtsgewalt vorübergehend auf ihren Sohn, und alle mussten sich an diesen Gedanken erst gewöhnen. Baresin jedenfalls war seiner Mutter dankbar für diese Handreichung.

»Meine Mutter hat recht«, beeilte er sich dann auch, ihr beizupflichten. »Schon morgen werde ich sie über alles in Kenntnis gesetzt haben, und sie wird wieder unsere Byrgherin sein.« Das war riskant von ihm. Er konnte dadurch seinen gesamten neu erlangten Status schon morgen wieder verlieren. Aber er hielt das für unwahrscheinlich. Die Leute vergaßen nicht so schnell. Alleine an seine heutige eindringlich geflüsterte Rede würde man sich lange erinnern. Darüber hinaus war seine Mutter alt und langsam, und sie wurde immer älter und langsamer. In außergewöhnlichen Zeiten würden die Leute sich immer wieder an diejenigen wenden, die bereits unter Beweis gestellt hatten, im Notfall schnell und wirksam handeln zu können. »Aber bis dahin abzuwarten, könnte ein verhängnisvoller Fehler sein. Wir dürfen in dieser

Nacht nicht ruhen. Die Arbeit ist erst halb getan. Sämtliche Leichen der Soldaren müssen geborgen und aus dem Dorf geschafft werden.«

»Was ist mit dem Gryph?«, fragte Hernyet, die Lehrerin.

Ja richtig, der Gryph! Den hatte er bislang ganz vergessen. »Den werden wir ebenfalls töten müssen«, sagte Baresin. »Ich werde mich darum kümmern. Wir bringen seinen Kadaver dann mit den Soldaren aus dem Dorf.«

»Wir dürfen den Gryph nicht töten!«, war plötzlich Nendlèces Stimme zu vernehmen. »Er hat uns doch überhaupt nichts getan!«

»Die meisten Soldaren haben uns auch nichts getan«, sagte einer aus der Menge und hinterfragte damit nicht nur Nendlèce, sondern auch den Sinn sämtlicher Vorkommnisse dieser Nacht.

Das war erneut so ein kritischer Punkt. Die Menge stellte immer wieder alles in Frage. Jetzt musste Baresin sie alle mit einem Ruck überzeugen. »Die Soldaren haben Ranien getötet! Es ist Ranien, für den wir heute alle Rache nehmen! Den Gryph am Leben zu lassen, ist einfach ein viel zu großes Risiko. Wenn er zu seinem Heer zurückfliegt, können die dort sicherlich feststellen, dass er tagelang in einem Stall gehalten wurde. Das würde dann all unseren Behauptungen widersprechen, dass die Soldaren Hagetmau nie erreicht haben.«

»Aber das Problem stellt sich doch nur, wenn wir ihn freilassen.« Nendlèce wollte sich einfach nicht unterkriegen lassen. »Was aber ist, wenn wir ihn behalten?«

»Das geht nicht, Nendlèce, weil man ihn nicht bei uns finden darf.«

»Und wenn wir ihn nicht hier im Dorf behalten, sondern außerhalb? Ich kenne eine kleine Höhle, wo man ihn gut unterstellen könnte. Ich würde mich um ihn kümmern, ich übernehme die ganze Verantwortung. Und wenn dann doch eines Tages nafarroanische Soldaren ihn entdecken, dann erzähle ich einfach, dass ich ihn herrenlos im Wald gefunden und heimlich behalten habe. Das würde doch gut zu der Geschichte passen, dass den Soldaren im Wald etwas Unaussprechliches passiert ist, und nur der Gryph konnte sich retten!«

Baresin wurde zornig. Dieser Gryph war nichts weiter als eine lästige Nebensache, weshalb musste er jetzt so lange darüber diskutieren? Seine Stimme reichte nicht mehr aus für diese Kindereien. »Wir Erwachsenen werden darüber eine Entscheidung treffen, Nendlèce, überlass das ruhig uns. Es gilt jetzt vor allem, keine kostbare Zeit zu verschwenden. Es können jederzeit Soldaren aus den umliegenden Dörfern bei uns auftauchen, die aufgrund des Brandes nach dem Rechten sehen wollen. Diese Soldaren oder auch sonstigen Beobachter dürfen nichts anderes vorfinden als ein Dorf, das durch ein Unglück seine Ratshalle eingebüßt hat, und das darüber verständlicherweise niedergeschlagen ist. Darüber und über den Tod Raniens. Wir müssen jetzt alle mitanpacken, damit dieser Eindruck entstehen kann. Und was vor allem von Bedeutung ist: Wir müssen hier und jetzt miteinander schwören, dass wir niemals von nafarroanischen Soldaren besetzt wurden. Dass wir im Grunde genommen noch gar keine Kenntnis darüber erlangt haben, dass Akitania erobert wurde, weil in den letzten Tagen auch keine Ortsfremden bei uns zu Besuch waren, die uns davon hätten berichten können. Falls sich doch einmal einer von uns verplappert, können wir immer noch sagen, dass einer von uns in Doazit zu Besuch war und dadurch von der veränderten Gesamtlage erfahren hat. Aber besser wäre es, keiner verplappert sich. Wir halten zusammen. Seid ihr alle dafür, dass wir zusammenhalten?«

»Natürlich!«, sagten die Leute, und »Selbstverständlich!«, und »Was denn sonst?«, und sie nickten dabei bekräftigend.

Jetzt hatte er sie endlich in der Hand. Indem er ihnen leicht zu beantwortende Fragen stellte. »Dann lasst uns schwören!«, rief er, und seine kaum noch vorhandene Stimme zitterte dabei vor Gewicht und Ergriffenheit. »Lasst uns schwören, dass in Hagetmau niemals nafarroanische Soldaren angekommen sind. Wir wissen nicht, was aus ihnen geworden ist, aber wahrscheinlich ist ihnen in den Wäldern etwas Furchtbares zugestoßen.«

Die Leute brabbelten durcheinander, als Schwurformel waren diese zwei Sätze unbrauchbar gewesen. Baresin wiederholte deshalb: »Wir schwören…«, und die Menge brummte: »*Wir schwören …*«

»… dass Hagetmau niemals …«

»… *dass Hagetmau niemals …*«

»… von Nafarroa besetzt wurde …«

»… *von Nafarroa besetzt wurde …*«

»… und dass wir nur vermuten können …«

»… *und dass wir nur vermuten können …*«

»… dass die zu uns entsendeten Soldaren …«

»… *dass die zu uns entsendeten Soldaren …*«

»… in den Wäldern, die unser Dorf umgeben …«

»… *in den Wäldern, die unser Dorf umgeben …*«

»… umgekommen sein müssen …«

»… *umgekommen sein müssen …*«

»… oder sich vielleicht auch nur …«

»… *oder sich vielleicht auch nur …*«

»… verirrt haben.«

»… *verirrt haben.*«

»Denn wir wissen das nicht …«

»*Denn wir wissen das nicht …*«

»… und können das auch gar nicht wissen.«

»… *und können das auch gar nicht wissen.*«

»Sehr gut, Leute, ich bin stolz auf euch«, sagte der Sohn der Byrgherin zusammenfassend. »Soweit ich weiß, sind wir jetzt das einzige Dorf in ganz Akitania, das noch akitanisch ist! Also lasst uns uns dementsprechend verhalten, und uns dieses Ausnahmeranges würdig erweisen. Abelion soll voller Wohlgefallen auf uns blicken können, so wie er offensichtlich auch schon unser Vorhaben unterstützt hat, die Soldaren loszuwerden, denn schließlich ist es uns geglückt. Lasst uns jetzt alle mit anpacken, die Toten so unverzüglich wie möglich aus dem Dorf zu schaffen.«

Federnd stieg er von seinem Podest, nahm Glückwünsche und Hilfsangebote entgegen und begann damit, die Leute für den Rest der Nacht einzuteilen.

70

Trotz Baresins – im wahrsten Sinne des Wortes – Brandrede war es nicht möglich, die Toten aus der Ratshalle gleich in den kommenden Stunden zu bergen. Es wurde zwar immer mehr Wasser über die Glut geschüttet, so dass die Nacht mehr und mehr mit schwülem Dampf angereichert wurde, aber niemand konnte jetzt schon dort hineingehen, geschweige denn Dachtrümmer anheben, um an Körper heranzukommen, die darunter verschüttet waren.

Stattdessen wurden überall sonst im Dorf Tote gefunden. Es war beinahe wie bei jenem Frühlingsbrauch, bei dem Eltern für ihre Kinder kleine, von den kundigen Händen der Tortenmacher gefertigte Tiere aus gefärbtem Zucker im ganzen Dorf versteckten. In jeder Gasse schienen jetzt Leichen verborgen zu sein. Selbst im Keller des Wirtshauses waren zwei zu finden.

Sinion achtete vor allem darauf, dass kein Einziger der Leichname übersehen wurde. Es mussten siebzehn sein laut seiner eigenen Liste, und es wurden siebzehn. Zwei fehlten, nämlich jene beiden, die Wever in den Fluss geschoben hatte. Nach einigen Stunden jedoch kehrte auch Wever mit seinem Helfer ins Dorf zurück. Seine beiden Leichname hatten sich nur zwei Meilen nordwestlich an einer Flussbiegung in den Zweigen eines umgestürzten Baumes verfangen, was ein Glück gewesen war. Oder, wie die Hagetmauer es auslegten: Abelions Segen. Dennoch war die Bergung aus dem Zweiggestrüpp im Dunkeln nicht einfach gewesen, Wevers Helfer war zweimal ins Wasser gefallen und beinahe selbst abgetrieben. Auch der Rücktransport der Toten hatte Zeit gekostet. Aber jetzt waren die beiden Toten wieder da und konnten zu den anderen auf den großen Karren gepackt werden, den ein Rettichrübenbauer für diesen Zweck zur Verfügung gestellt hatte. Sinion vermerkte, dass jetzt sämtliche neunzehn Leichname außerhalb der Ratshalle komplett waren.

Baresin hatte sich unterdessen die Muße genommen, nach Tautuns Verbleib zu forschen. Es genügte ihm nicht, einfach nur anzunehmen, dass dieser nach Hause gegangen war. Tautun war zu unberechenbar, es war nicht auszuschließen, dass er schon nach Doazit oder Samadet oder Momuy aufgebrochen war, um dort ebenfalls im Übereifer Soldaren zu erschlagen. Solche Befürchtungen behinderten Baresin bei allen weiteren zweckdienlicheren Gedanken. Doch sie stellten sich als unbegründet heraus: Tautun lag tatsächlich quer über seinem Bett und schlief. Der Mann, der eigenhändig in dieser Nacht an die fünfzehn nafarroanische Soldaren umgebracht hatte, lag auf dem Bauch und schnarchte, während das restliche Dorf keine Ruhe fand, weil es all seine Opfer zu entsorgen hatte.

Das war kaum begreiflich, aber dennoch war es Baresin lieber, als wenn Tautun noch weiter umherstreifte.

Am allerliebsten, gestand er sich im hintersten und düstersten Winkel seines Gemüts ein, wäre es ihm sogar gewesen, wenn Tautun zum Beispiel von den Soldaren am Fenster erschlagen worden wäre. Bei allem, was jetzt bevorstand – Taktieren, Geheimnisse hüten, unauffällig bleiben, Ruhe bewahren –, war jemand wie Tautun eine große Belastung, eine Gefährdung womöglich für ganz Hagetmau. Aber Abelion hatte entschieden, ihn vollends siegreich sein zu lassen. Wer konnte sich anmaßen zu wissen, was der rußige Gott mit dem grimmigen Antlitz noch mit diesem Schlagetot vorhatte?

Baresin kehrte zur Dorfmitte zurück und kümmerte sich um Weiteres.

Eine wichtige Frage war der Verbleib der vielen Streithämmer. Varlie hatte einen, Tautun noch mindestens zwei, selbst Baresin hatte im Wirtshaus einen erhalten. Keiner dieser Hämmer durfte in Hagetmau verbleiben. Dennoch fühlte sich Baresin unwohl dabei, diese außerordentlich gut gefertigten Waffen einfach nur wegzuwerfen.

»Wer weiß«, sagte er zu Sinion und Varlie, »was uns noch alles erwartet. Akitania ist nicht mehr Akitania. Wir stehen jetzt ganz alleine da, ein Sonderfall inmitten von neu Eingemeindeten. Vielleicht wird der Tag kommen, an dem wir froh sein werden, uns mit Hämmern und vielleicht auch mit Helmen und Brustharnischen ausrüsten zu können.«

»Dadadas ist ninicht auszuschließen, aber… aber wenn wir die Toten in den Wawawald tun und ihre Waffen und Ausrüstungen fehefehlen, … dann ist das doch mehr als verdächdächtig.«

»Es sieht dann nicht mehr nach wilden Tieren aus«, sinnierte Baresin. »Aber sie könnten an Räuber geraten sein.«

»Es sieht sowieso nicht nach wilden Tieren aus«, sagte Varlie, »weil die Hälfte von ihnen bis zur Unkenntlichkeit verbrannt ist.«

Die drei schwiegen eine Weile. Dann platzte es aus Sinion heraus. »Ich hahahabe eine Idee: Was ist, wenn wir es wie wie wie eine Strafe Abelions ausseh… aussehen lassen?«

»Eine Strafe Abelions?«

»Ja. Wir verbrennen die übrigen ebenebenfalls. Wir nehmen ihnen diediedie Helme, diediedie Rüstungen, alles, was wir gegegebrauchen können. Dann lelegen wir siesie in den Wald, ganz durcheiei… ganz ohne Ordnung. Alle verbrannt. Wir streuen Äpfel zwischen sie. Die Nananaff… die Nanaff…«

»Die Nafarroaner …«, half Varlie ihm aus.

»… wewerden schon von Abelion gegegehört haben. Äpfel und Feuersesemanen.«

»Aber dann wird man schnell auf Mardein kommen.«

»Nnnein, nnnoch besser: wir legen sie weiweieit von hier ab, nahe Urgons, zum Beibeispiel. Dann wird man Urgons verververdächtigen, aber von dedenen kann es keiner gegegewesen sein, dort war ja ganz normaler Allallall… dort ist ja niemand wegwegweg gewesen.«

»Und was ist, wenn der Kräutersemane von Urgons, der übrigens im Gegensatz zu unserem Mardein ein ziemlich minderbemittelter Idiot ist, zufällig an dem Tag im Wald war, Pilze suchen, und man ihm das alles in die Schuhe schiebt und ihn deswegen hinrichtet?«, bemängelte Baresin.

»Das können sie nininicht einfach so mamamachen, das wäre eine Ungerechtig… eine große Ungerechtigrechtigkeit, und Ungerechtigkeitenkeiten sorgen für weiteren Aufruhr und sich auswei… sich ausweitende Aufstände!«

»Meinst du denn, dass sich das hier« – Varlie deutete auf die Ratshallenruine, dann auf den südlich stehenden Karren mit den vielen Toten – »wirklich ausweiten wird?«

»Dadadas kann doch sein! Stellt euch vor, sie schischicken nochmal dreißig Mann, und mit dededenen werden wir wieder fffertig. Und dann wieder dreißig, und nonochmal dreißig. Irgendwawawann ist dieser Bezirk Akitanias dann aber gaganz schön ausgeausgedünnt.«

Varlie schaute Baresin zweifelnd an und stellte überrascht fest, dass dieser gar nicht so abwehrend dreinblickte, wie sie das erwartet hatte. »Ich dachte, das hier war ein Unfall«, sagte sie. »Ihr beide denkt doch wohl nicht wirklich allen Ernstes darüber nach, eine Art Krieg zu beginnen gegen Nafarroa. Wir fünfhundert Gestalten gegen ein Reich, das mächtig genug ist, ein gesamtes benachbartes Land zu besetzen?«

»Siesiesie sind ja eben nininicht mächtig genug! Sie haben es jajaja nicht mal geschafft, Hagetmau besetzt zu halten. Es hat eben nur vorher nienie…niemand gewagt, ihnen ihre Grenzen aufzuaufzuzeigen.«

»Und das wollen wir jetzt machen«, höhnte Varlie. »Mit ein paar geklauten Hämmern und Helmen, die wir den Heberinnen, dem Tortenmacherpaar und dir, Sinion, in die Hände drücken. Gegen die berühmten sieben Heere Nafarroas.«

Wieder schwiegen die drei. Dörfler eilten vorüber. Weiterhin schüttete man Wasser in die Gluten und erzeugte mehr und mehr Dampf, der sich als Nebel über alles legte.

»Womit Sinion recht hat«, versuchte Baresin schließlich zusammenzufassen, seine Stimme war nach der gehaltenen Rede nur noch ein ab und an kieksendes Flüstern, »ist, dass im Grunde genommen so eine Art Krieg gegen die Besatzer bereits begonnen hat. Da können wir uns nicht mehr rauswinden. Tautun hat diese Entscheidung für uns getroffen. Wir können jetzt nur noch versuchen, die Köpfe gesenkt zu halten und möglichst ungeschoren davonzukommen. Aber wir haben dreißig Tote zu verantworten. Ist euch eigentlich klar, dass in einem Dorf wie Hagetmau ein einziger Toter schon Tagesgespräch für eine ganze Woche wäre? Drei oder vier Tote in einer einzigen Nacht würden für alle Zeiten Eingang finden ins Geschichtenbuch. Einunddreißig Tote jedoch in einer einzigen Nacht – das übersteigt alles, was selbst unsere Ahnen jemals gesehen haben.«

»Was willst du damit sagen?«

»Dass Sinion vielleicht in die richtige Richtung denkt. Wie wir das hier noch weiter nutzen könnten. Aberglauben säen, dass Abelion die Eindringlinge bestraft hat. Beunruhigung auslösen bei allen weiteren Besatzungen, die sich noch zu sicher fühlen. Zwistigkeiten auslösen auch in Urgons oder anderswo.«

»Einen Fläflächenbrand auslösen«, sagte Sinion beinahe ehrfurchtsvoll.

»So weit würde ich nun wieder nicht gehen. Aber über Hagetmau hinaus an unseren Bezirk kann man durchaus denken. Banos, Maylis, Doazit, Cazalis, Momuy, Urgons und Samadet – diese sieben Ortschaften befinden sich alle im näheren Umfeld. Dort könnten wir für Unruhe sorgen. Zusammen mit diesen sieben Orten sind wir nämlich nicht mehr nur noch fünfhundert, sondern viertausend. Und die Nafarroaner? Noch siebenmal dreißig Mann, das sind nur zweihundertundzehn gegen viertausend. Das ist doch eigentlich kaum zu fassen, dass die damit durchkommen wollen.«

»Die sind bereits damit durchgekommen, Baresin. Überall herrscht Ruhe, nur nicht bei uns!«

»Ja. Aber vielleicht genügt ein einziger Unruheherd, um etwas Größeres in Gang zu setzen. Ich will da jetzt keine Entscheidungen treffen. Das kann ich auch gar nicht. Wir sind alle noch wie Tautun: Besoffen von dem, was wir heute Nacht mit sehr viel Glück vollbringen konnten. Lasst uns morgen Kriegsrat halten, und meine Mutter und Mardein müssen mit dabei sein.«

»Eigentlich sollten wir auch Tautun einbinden«, sagte Varlie.

»Abelion mag uns beistehen, aber wahrscheinlich sollten wir das tatsächlich tun, damit er uns nicht anderweitig dazwischenpfuschen kann.«

71

Rauthne stand im Nebel ihrer ehemaligen Heimstatt. Zu Rauch war alles geworden, dann zu Wasserdampf. In diesem Dampf schwelte der aufdringliche Geruch von Blut.

Sie fühlte sich als älteste Einwohnerin Hagetmaus, vielleicht ganz Akitanias. Relikt einer bis auf die Grundmauern niedergebrannten Zeit.

Die Jugend hatte jetzt das Sagen. Baresin immerhin war nicht mehr ganz so furchtbar jung, er ging schon stramm auf die Vierzig zu – aber wo war Sinion so plötzlich hergekommen, den niemand in Hagetmau jemals besonders beachtet hatte, bis heute? Und Varlie? Und ihre Schwester, die sich für den Gryph stark gemacht und damit gewagt hatte, sich dem Empfinden der gesamten Menge entgegenzustemmen? Und Tautun natürlich, Tautun, von dem man schon immer viel geredet hatte, seit er in Hernyets Schulraum regelmäßig die Schwächeren herumgeschubst und verprügelt hatte, seit er so ziemlich alles beschädigt hatte, was in Hagetmau nur teuer zu ersetzen war. Es war wie eine Umwälzung von ganz unten nach oben, schwerwiegender noch als das Drüberstülpen Nafarroas über Akitania. So schnell. So schnell war das alles gekommen.

Aber auch die Soldaren waren schnell gewesen. Hatten sich rasch durchs Land bewegt, ohne dass irgendwo Glocken der Warnung hatten läuten können. Doch so kurz hatte das alles nur gewährt. Jetzt waren sie alle schon tot.

Dahin führte die Geschwindigkeit.

Würde es den Jungen, die jetzt das Sagen übernommen hatten, genauso gehen? Brachte diese plötzliche Schnelligkeit das unweigerlich mit sich?

Mardein und sie standen für eine alte Zeit, die sich niemals änderte. Die alten Gebräuche, Gebärden, Gebete und Gewänder.

Dennoch: dieses Feuer war Mardein gewesen. Feuer auf Fleisch, und Tränenöl ins Feuer.

Das machte sie zur einzigen Alten, zur womöglich einzigen Person im ganzen Dorf, die vollständig von den Ereignissen überrollt worden war.

Abgesehen von Ranien, der wiederum einer von den ganz Jungen war.

Es war alles so verrückt und ineinander verschränkt, dass Rauthne beinahe milde über das alles hätte lächeln können – wenn ihr der mit Rauch durchmischte Nebel nicht so unablässig in die Augen gebissen hätte.

72

Der Wagen mit den Leichnamen stand immer noch unweit der Brücke, bereit zum Abfahren. Man hatte ihn abgedeckt, um den Menschen – vor allem den Kindern – den grausigen Anblick der schon steif gewordenen Leiber zu ersparen.

Beinahe niemand hatte Schlaf gefunden.

Die Morgendämmerung malte ein sehr zartes Rosa in den Löschnebel. Gestalten huschten umher. Die Durchsuchung der Brandruine hatte begonnen.

Die bislang am furchtbarsten anzuschauenden Leichen wurden geborgen. Die beiden Heberinnen, die schon viel in ihrem Leben gesehen hatten, waren dazu bereit gewesen, außerdem zwei Bauern, die das Schlachten und Räuchern gewohnt waren. Baresin hatte dafür gesorgt, dass an sämtlichen Ortsausgängen Leute postiert waren, die sich gegenseitig sehen konnten. Ein lückenloses Netz aus insgesamt vierzig Freiwilligen, deren Aufgabe es war, Neugierige von außen rechtzeitig zu entdecken und aufzuhalten sowie die Hagetmauer zu warnen, damit immerhin der belastende Totenwagen noch rechtzeitig aus dem Dorf geschafft werden konnte, falls Ortsfremde kamen.

Das Durchkämmen der Brandruine gestaltete sich als schwierig. Zwar wurde immer noch kühlendes Wasser nachgegossen, das sämtliche Asche in einen ekligen Brei verwandelte, doch überall pulste noch Hitze in den Dingen. Sechs Leichen wurden geborgen, neun Leichen, zehn. Eine fehlte, und konnte auch trotz gründlichster Suche nicht gefunden werden.

»Es müssen elf sein, elf!«, krächzte Baresin, ganz rotäugig von dem nebligen Qualm, die Suchenden an. »Wenn auch nur ein einziger Toter in Hagetmau zurückbleibt, fliegt alles auf!«

Doch der elfte blieb verschollen.

Wieder simmerten Gerüchte hoch. Der Capitar? War es dem Capitar doch irgendwie gelungen zu entkommen? Aber auch der Keller der Ratshalle wurde durchsucht. In ihm war kein Überlebender zu finden, und weitere Ausgänge gab es nicht aus diesem Raum.

Es war Mardein, der, nachdem die Gerüchte bis in Juroels Haus gedrungen waren, auf Rauthne gestützt hinzukam und das Rätsel aufklären konnte. »Ich fürchte, Baresin, von dem Capitar wird sich nichts finden lassen.«

Baresin fuhr zusammen. Der Capitar war in dieser Stunde sein schlimmstes Schreckgespenst. »Warum?«, fragte er und fürchtete halb, nun eine schier übermenschliche Legende des Überlebens zu vernehmen.

»Ihn habe ich am unmittelbarsten entzündet. Von innen, von außen, von überall. Er ist vollständig zu Flammen geworden. Vielleicht lassen sich noch ein paar geschmolzene Teile seiner Rüstung oder seiner beiden Waffen finden, aber von seinem Leib gewiss nichts mehr.«

Baresin begriff erst nicht, was er da hörte, dann wollte er es nicht glauben, endlich aber sah er in Mardeins ruhigem Blick, dass dieser sich am ehesten ein Urteil über seine Fähigkeiten anmaßen konnte, und atmete erleichtert auf. »Sucht auch nach geschmolzenen Rüstungsteilen«, herrschte er dann die in der Schlacke Wühlenden an, »es darf nicht das Geringste von ihnen zurückbleiben.« Dann wandte er sich wieder Mardein und Rauthne zu. »Ich weiß, dass uns nicht viel Zeit bleibt für ein langes Palaver, aber wir müssen jetzt Pläne schmieden, wie wir mit den Leichen verfahren wollen. Wir treffen uns gleich in Juroels Haus, in Ordnung?«

Die beiden Älteren hatten das Gefühl, von ihm weggeschickt zu werden, aber sie fügten sich und warteten in Juroels mit Holzschnitzereien und bemalten Tontöpfchen vollgestelltem Wohnraum auf die anderen Teilnehmer dieses hastig zusammengestellten Kriegsrats.

73

Sie waren zu siebt.

Baresin, Sinion, Rauthne, Mardein, Varlie und ihre Schwester Nendlèce – und Varlie war es tatsächlich gelungen, den an allem Weiteren uninteressiert wirkenden Tautun aus seiner Hütte bis zu Juroel zu zerren.

Juroel und seine Frau hielten sich rücksichtsvoll in der Küche auf, als hätte man ihnen eingeschärft, auf keinen Fall zu lauschen, was aber gar niemand getan hatte.

»Warum hast du Nendlèce mitgebracht?«, fragte Baresin Varlie vorwurfsvoll.

»Weil meine Schwester ein gewichtiges Wörtchen mitzureden hat, wenn es um das weitere Vorgehen mit dem Gryph geht.«

»Warum? Was bedeutet das: *ein gewichtiges Wörtchen*? Wer verleiht ihr denn dieses Gewicht?«

»Ihre eigenen Fähigkeiten«, ließ Varlie sich nicht im Mindesten beirren. »Denn wenn es im Umkreis vieler Meilen eine Akitanierin gibt, die in der Lage sein wird, einen Gryph zu reiten, dann ist sie es.«

»Ach, das ist doch Unfug! Und unnötig!«, wehrte Baresin ab.

»Vielleicht nininicht«, mischte Sinion sich ein, der solche Vorstöße jetzt wagte, weil man ihn bereits zum Bestandteil des Kriegsrats erkoren hatte. »Wennwennwenn wir davon ausausaus... wenn wir davon ausgehen, dass dededer eigentliche Konflikt jetzt erst beginnt ..., dass wir den Versuch unter...unternehmen wollen, auch andere Dörfer zu befreien ..., dann wäre eine fliegende Kundschaffff... Kundschafterin ein gewalgewaltiger Vorteil!«

»Fliegen!«, griff Baresin spöttisch auf. »Wer hat denn vom Fliegen gesprochen?«

»Ich«, sagte Nendlèce mit ernstem Gesicht. »Wenn wir vom Reiten eines Gryph reden, meinen wir natürlich Fliegen. Das ist doch das, was sie so besonders macht. Ihre Flügel.«

»Das würdest du dir zutrauen?«

»Natürlich. Die Nafarroaner trauen sich das doch auch zu!«

»Aber die lernen das wahrscheinlich in jahrelanger Ausbildung.«

»Es wird natürlich eine gewisse Zeit dauern, ja.«

Baresin schaute hilfesuchend seine Mutter an, blickte aber gleich wieder weg, als er sah, wie interessiert diese dem Mädchen zuhörte. Nendlèce war noch ein Kind. Große Töne spucken in einer Situation wie dieser half ihm überhaupt nicht weiter.

»Der Gryph ist auch nicht unser vordringlichstes Problem«, versuchte er jetzt abzuschwächen. »Zur Not können wir ihn wirklich erst einmal in diese Höhle…«

»*Sie*«, unterbrach ihn Nendlèce, mit immer noch sehr bestimmtem, erwachsenem Gesichtsausdruck.

»Sie?«, schnappte Baresin, ohne zu begreifen. »Sie was?«

»Wir können *sie* erst einmal in diese Höhle bringen. Der Gryph ist ein Mädchen. Ihr Name ist Citlali.«

Jetzt staunten alle im Raum. Sogar Tautuns müde Augenlider hoben sich ein wenig.

»Woher weißt du das?«, fragte Rauthne fasziniert.

Varlie legte ihrer kleinen Schwester lächelnd die Hände auf die Schultern. »Ich sagte doch: Wenn eine es fertig bringt, mit dem Gryph umzugehen, dann ist es Nendlèce. Sie hat sich bestimmt schon ein dutzend Mal heimlich in den Stall geschlichen. Die beiden sind bereits befreundet.«

»Dadadas ist gut«, sagte Sinion und lächelte ebenfalls. »Gugute Vorbereitung, gugute Voraussetzungen.«

»Jaja, mag alles sein«, versuchte Baresin, Ordnung in seine Gedanken und diese Zusammenkunft zu bringen, »aber was jetzt wirklich am allerdringlichsten Not tut, ist, dass wir diese vermaledeiten Leichen loswerden. Darüber wollte ich mit euch reden. Wir können nicht mehr so tun, als wären es wilde Tiere gewesen, denn zehn der Leichen sind eindeutig verbrannt. Also hatten Sinion und ich die Idee, die übrigen Leichen auch zu verbrennen und es so aussehen zu lassen, als seien sie von Abelion selbst aufgrund eines Frevels niedergestreckt worden. Die Fragen sind nun: Wie können wir einen solchen Frevel glaubhaft inszenieren, und wo genau sollen wir die Leichen abladen? In der Nähe von Doazit zum Beispiel, wo sie dann dort für Unruhe und Beschuldigungen sorgen werden?«

»Das ergibt keinen Sinn, mein Junge«, ließ sich nun erstmals Mardein vernehmen. Er hätte Baresin durch kaum etwas anderes noch mehr ärgern können als durch die Anrede »mein Junge«. »Diese Soldaren hatten wie alle anderen Teile dieser Heere auch einen Einsatzbefehl. Ihr Ziel war Hagetmau. Deshalb sind sie präzise an unserer Brücke aufgetaucht. Weshalb sollten sie sich plötzlich in der Nähe von Doazit herumgetrieben haben? Doazit hat sicherlich seine eigene Besatzung. Nur weil sie tot sind, heißt das nicht, dass wir mit ihnen machen können, was uns in den Sinn kommt.«

»Deshalb will ich ja mit euch reden. Damit keine Entscheidungen getroffen werden, die letzten Endes von Nachteil für uns sein könnten.«

»Ja, und das war klug von dir. Mir gefällt nämlich der Gedanke nicht, ein Eingreifen Abelions vorzutäuschen. Ich verstehe durchaus, was du damit bezwecken willst: Abergläubische Furcht in den Nafarroanern wecken. Aber Abelion ist nicht einfach nur ein Mythos, den man für die eigenen Zwecke einspannen kann. Er lebt, er atmet, hört und wägt. Er gibt mir meine Feuermacht, deren Beweis in dieser Nacht eindeutig war. Ich würde davon abraten, ihn zu verärgern, indem wir ihn nachzuäffen versuchen.«

Alle schwiegen. Die Stimme des Semanen hatte nicht nur in seinem Tempel, sondern sogar in einer solchen Wohnstube einen besonders eindrucksvollen Nachhall.

»Ich sehe ganz andere Schwierigkeiten auf uns zukommen«, meldete sich nun sogar Tautun zu Wort. »Diese Nafarroaner sind sicherlich nicht nur mit Vollidioten unterwegs. Wenn die diese Leichen finden, selbst wenn sie noch so abgefackelt sind, werden sie durchaus feststellen können, dass einigen von ihnen das Genick gebrochen wurde. Mindestens einer hat Messerwunden. Mit Feuer wird das alles ein wenig verbrutzelt. Aber sie werden doch herausfinden wollen, was passiert ist. Also werden sie genau hinschauen.«

»Dadadas stimmt«, pflichtete Sinion wahrscheinlich zum ersten Mal in seinem Leben Tautun bei. »Es wird uns nininicht möglich sein, einen stimmmmm… einen stimmigen Schauplatz vorzuvorzutäuschen. Sie sind auch nicht vollvollzählig. Der Cacapitar fehlt. Was soll aus ihm gegegeworden sein?«

»Und noch etwas«, gab jetzt auch die Byrgherin zu bedenken. »Die Leichen sind verbrannt. Also wird man darüber nachdenken, welches Feuer das gewesen sein könnte. Es gab in letzter Zeit nur ein einziges bedeutsames Feuer ringsum: das von Hagetmau, für das die Glocken läuteten. Wenn die Toten also gefunden werden, deuten sie in unsere Richtung, egal, wie auch immer wir versuchen, den Ort zu maskieren.«

»Also was machen wir dann mit ihnen?«, fragte Baresin in die Runde.

»Wiwiwir lassen sie verschwinden.«

»Wie und wo?«

»In den Sümpfen, vovovorm Zeitaltersee.« Das war nicht weit von Hagetmau, Richtung Samadet, aber südlicher. Aufgrund des morastigen Geläufs waren dort keine weiteren Dörfer in der Nähe.

»Diese ganze Gegend ist nicht ungefährlich.«

»Dadadas werden wir schon hinbe…hinbekommen.«

»Gut. Was machen wir mit der Ausrüstung? Lassen wir die auch verschwinden? Es wäre ein Jammer drum.«

»Glaubst du denn wirklich, dass die Hagetmauer sich jemals rüsten und bewaffnen werden?«, fragte Tautun spöttisch. »Das kann nur jemand glauben, der letzte Nacht nicht dabei gewesen ist. Aber ich war dabei, die ganze Zeit. Ich habe außer mir selbst und Varlie und ein kleines bisschen noch Sinion niemanden gesehen, der gekämpft hat.«

»Ich habe ebenfalls gekämpft!«, behauptete Baresin, in seinem Stolz verletzt.

»Ach ja, du hast zugesehen, als Folster umgehauen wurde. Aber der die Soldaren niedergemacht hat, war ich.«

»Dennoch war ich nicht einfach nur … zu Hause, oder so etwas. Ich finde einfach, dass, wenn wir die Soldaren in den Sümpfen versenken, es vollkommen unnötig ist, ihre Ausrüstung mitzuversenken. Sie werden ohnehin nie gefunden werden. Also sollten wir ruhig behalten, was wir später mal gebrauchen könnten.«

»Ich habe eine Idee«, sagte Varlie. »Wenn wir den Gryph … die Gryphstute in Nendlèces Höhle bringen, könnten wir eigentlich genauso gut die ganze Ausrüstung dort hineinschaffen. Gut versteckt, versteht sich.«

»Dann fliegt alles auf einmal auf«, widersprach Baresin.

»Eben nicht«, behauptete Varlie. »Wenn du ein Geheimnis entdeckst – wie viel Mühe verwendest du dann noch darauf, ob sich in demselben Raum noch ein zweites Geheimnis verbirgt? Der Gryph wird von dem Versteck ablenken.«

»Das hört sich logisch an«, sagte Rauthne nickend.

»Dann ist dieses Wagnis mit dem Gryph wirklich beschlossene Sache?«, fragte Baresin noch einmal sicherheitshalber.

»Ja«, wagte nun Sinion sich vor. »Weiweiweil es auch eine Sache ist, die die die die wir in der Hinterhand bebehalten können. So wie die Waffen und Rüs…tungen, die du ja nicht aufaufaufgeben willst. Falls Nendlèce wirklich mimimit dem Gryph umgehen lernt, kann uns das späspä… kann uns das später noch von großem Nunutzen sein.«

»Ich sehe das ehrlich gesagt noch nicht«, gab Baresin zu. »Wenn die Nafarroaner die fliegende Nendlèce sehen würden, dann wüssten sie doch sofort, dass sie keine von ihnen ist. Sie würden sie abzuschießen versuchen und außerdem wissen, dass irgendein akitanisches Dorf einen Gryph erbeutet hat.«

»Dann zieht sich Nendlèce eben eine von diesen schwarzweißen Rüstungen an und setzt sich einen Helm auf – und schon ist sie auf eine gewisse Entfernung nicht mehr von denen zu unterscheiden«, schlug Rauthne vor.

Baresin musste zugeben, dass das tatsächlich schlüssig klang.

»Das würde sogar bei denen für Verwirrung sorgen«, fügte Mardein lächelnd hinzu, »weil die dann gar nicht mehr wissen, wer von ihnen weshalb wohin fliegt. Und Verwirrung auf Seiten Nafarroas ist gut für uns, nicht wahr?«

Baresin nahm einen tiefen Atemzug. »Dann haben wir also einen Plan. Ich kümmere mich um das Versenken der Toten. Varlie und Nendlèce – ihr beiden seid fortan für den Gryph verantwortlich.« Er sah seine Mutter an, weil er jetzt die Befehle gab, aber sie nickte ihm nur kaum bemerkbar zu. Es schien ihr ganz recht zu sein, angesichts dieser Dinge, bei denen es um Heimlichtun und Hinterlist und auch um das Vertuschen von Todesfällen ging, nicht in vorderster Linie stehen zu müssen. Er fuhr fort, wieder an die beiden Mädchen gerichtet: »Aber wendet euch an mich, wenn ihr Futter oder sonstwas braucht. Das werden wir schon organisiert bekommen. Sinion, du kannst die Streithämmer, Helme und Harnische zusammentragen, und was sonst noch zu verwenden ist. Nimm dir Wever und Naejon zur Hilfe, die werden sich gerne nützlich machen. Ihr schafft das alles dann zu dem Gryph in die Höhle, aber am besten, bevor das Tier dort reinkommt, damit es nicht ganz verrückt wird vor Unruhe. Mardein und Rauthne, ihr beide müsst mir helfen, unseren Leuten nochmal einzuschärfen, dass wirklich niemand sich verplappern darf. Der Schwur der Nacht ist eine Sache, aber die Redseligkeit besonders im Suff ist eine ganz andere. In wenigen Tagen werden wir Markt haben. Bis dahin muss einfach allen, jedem Greis und jedem Kind, klar sein, dass die Soldaren niemals hiergewesen sind.«

»Werden wir denn Markt haben?«, fragte Rauthne unsicher.

»Selbstverständlich! Es wäre doch unglaublich auffällig, wenn wir das absagen würden.«

»Spätestens dann wird also jeder erfahren, dass wir keine Besatzung hier haben.«

»Ja. Das lässt sich doch ohnehin nicht lange verborgen halten. Wir können nicht jeden Durchreisenden im Sumpf versenken.«

»Was machen wir mit der Ratshalle?«, fragte Mardein.

»Das, was jedes Dorf machen würde«, übernahm nun wieder Rauthne. »Wir bauen sie so unverzüglich wie möglich wieder auf.«

»Gut«, stimmte Baresin zu. »Das beschäftigt die Leute, bringt sie auch auf andere Gedanken.« Sein letzter Blick, bevor sie alle der durchwachten Nacht zum Trotz tatendurstig den Raum verließen, fiel auf Tautun. Für ihn hatte er in seinen Planungen gar nichts mehr zu tun gewusst. Aber das lag wahrscheinlich daran, dass Baresin der Meinung war, Tautun hätte bereits mehr als genug getan, indem er sie alle in diesen furiosen Höllenritt aus Totschlag und Trug verstrickte.

74

Hagetmau machte sich ans Werk. Krempelte trotz zermürbender Müdigkeit erneut die Ärmel hoch. Die Leichen mussten fortgeschafft werden, als fürchtete man Seuchen, und jetzt wusste man endlich, wohin.

So langsam verebbte auch das schleichende Grauen, das mit den ganzen Vorgängen in Zusammenhang stand. Letzten Endes waren Akitanier praktisch veranlagte Leute. Wenn ein Schwein geschlachtet werden musste, bereitete das niemandem Vergnügen, aber wenn man Fleisch auf dem Teller haben wollte, gehörte es getan. So einfach war letzten Endes die gesamte Welt beschaffen.

Sinion, Wever und Naejon zogen den nicht verbrannten Toten ihre Rüstungen aus. Die meisten Verbrannten waren ohnehin ohne Rüstung, sie waren mehr oder minder unvorbereitet, aus der Nachtruhe aufgeschreckt von den Flammen erfasst worden.

Außer den Hämmern, Helmen und Harnischen war kaum etwas von Wert zu finden. Falls die Soldaren irgendwelche Münzen, Schmucksachen oder sonstiges persönliches Hab und Gut besaßen, hatten sie das nicht bei sich getragen, sondern in der Ratshalle verstaut, und dort war alles verglüht oder bis zur Unkenntlichkeit zusammengeschmolzen.

Immer noch waren vier ältere hagetmauer Frauen damit beschäftigt, die Ruine zu durchkämmen. Nicht eine einzige verflüssigte nafarroanische Münze durfte zurückbleiben. Sie fanden noch allerlei, darunter auch die Überreste von Säbelhelmbarte und *Säge*. Beide Waffen waren zu einem bizarren Gebilde verschmolzen, als hätten sie zuletzt noch versucht, sich gegenseitig zu umschlingen. Die *Säge* war dorfbekannt, deshalb brachte eine der Frauen das ausgefranste Unding langsamen Schrittes zu Eracs Haus, aber der wusste mit dieser Monstrosität nichts mehr anzufangen. »Bring es zurück und mach damit, was immer ihr mit den übrigen Trümmern macht«, sagte er. So kehrte die wohl einzigartige *Sägen*helmbarte zur Ratshalle zurück und kam auf den Unrathaufen, wo Balken, zerstörtes Stuhlwerk, Fellreste und verkohlte Dielenbretter sich stapelten.

Sinion organisierte unterdessen einen Eselskarren und ließ sich, die Waffen und Rüstungen aufgeladen, von Nendlèce zu der Höhle führen, die sie für den Gryph vorgesehen hatte. Es war eine ganz andere Höhle, als Sinion vermutet hatte. Auch er war als Kind in den Wäldern herumgestreift, aber offenbar nicht so ausgiebig wie Nendlèce. Für ihn war das nie so einfach gewesen. Wenn die übrigen Kinder sich langweilten, hatten sie sich die Zeit damit vertrieben, ihn nachzumachen und ihn zu hänseln. Unter ihnen auch Varlie, ihre als Anhängsel mittrottende kleine Schwester und der Ungestümste von allen: Tautun.

Seitdem war Nendlèce – größer und unabhängiger geworden – oftmals alleine auf Erkundung ausgegangen und hatte ein geräumiges Höhlensystem entdeckt, das vor ihr womöglich noch niemand betreten hatte.

Es roch schon am schmalen Eingang nach Nässe, nach Herbst, nach Pilzen und altem Gestein. Der Wind hatte Blätter bis drei Schritte weit hineingeweht wie einen modrigen Teppich, über den man ein dunkles Reich betrat.

Mit Laternen ausgerüstet, die sie auf Nendlèces Rat hin mitgenommen hatten, erkundeten sie die zwei zimmergroßen, rotbraunen Steinräume mit ihren drei abzweigenden Nebenarmen, die sämtlich nach kurzer Strecke bereits endeten. In einem dieser Nebenarme bestand der Boden nicht aus Gestein, sondern aus fester Erde. Hier konnte man ein Loch ausheben, um die Kriegsbeute zu verscharren. Nendlèce blieb allein zurück, um den abgeladenen Schatz zu bewachen, während Sinion zurückfuhr ins Dorf, dort Naejon, Wever, vier Spaten und einige angekohlte Bretter aus dem Ratshallentrümmerhaufen auflud und zurückkehrte, damit sie zu viert ein Loch ausheben konnten. Diese Arbeit nahm den restlichen Tag in Anspruch. Das Versteck sollte ein gutes sein, also nicht leicht zu entdecken; andererseits sollte man aber auch schnell an die Waffen herankommen können. Sinion und Naejon bastelten deshalb aus den Brettern eine Abdeckung, die die Grube verschloss. Abschließend wurde dieser Deckel mit Erde und Sand überstreut, bis er vom Rest der Höhle nicht mehr zu unterscheiden war.

Einzig Wever blieb skeptisch. »Wenn man drauftritt, hört man aber, dass das kein Höhlenboden ist.«

»Ja«, gab Sinion zu. »Aber wer gegegeht denn da rein? Der Gang füführt nur vier Schritte nach hinten, man kann ihn auf einen Blibliblick über…überschauen, also warum reingehen?«

»Ich mein' ja nur. Wenn wir eine Steinplatte drüberlegen könnten statt Holz, wäre das sicherer.«

»Viel…vielleicht. Aber es wäwäwäre auch schwerer dranzukokommen.«

Sie steckten sich gegenseitig mit Unzufriedenheit über die gefundene Lösung an. Aber sie einigten sich darauf, dass mit der Zeit vielleicht eine bessere gefunden werden würde.

»Jetzt holen wir Citlali?«, fragte Nendlèce mit vor Aufregung geröteten Wangen.

»Jja«, antwortete Sinion. »Jetzt kökönnen wir sie holen.«

75

Gleichzeitig kümmerte sich Baresin um die Toten.

Dreimal zählte er sie durch, um keinen Fehler zu machen. Es waren neunundzwanzig. Achtzehn, die gut als Menschen zu erkennen waren. Elf, die ihn entfernt an das Männchen erinnerten, das er am Waldrand gesehen hatte. Schmal, knotig, borkig, wie vor Schmerzen gekrümmt, die Arme flehend erhoben. Aber schwarz, mit roten, wunden Rissen. Die lippenlosen Münder weit offen, den letzten Schrei als Feuer ausgespien.

Es war kaum zu ertragen. Aber musste erledigt werden.

Er suchte sich zwei neugierig herumlungernde Freiwillige aus, die ihm zur Hand gehen sollten, und ruckelte mit ihnen auf dem großen Rübenwagen durch die Wälder Richtung Zeitaltersee.

Jeder Hagetmauer wusste, wo der Sumpf begann. Ihnen allen wurde dies bereits als Kinder eingeschärft, und es war schon mehrere Generationen her, dass zuletzt ein unachtsamer Junge vom Sumpf verschluckt worden war.

Für Baresin war es ein eigenartiges Gefühl, wie früher aus Hagetmau herauszukommen. Nach dem, was letzte Nacht alles passiert war, erschien ihm dieses Dorf wie etwas, das noch umfassender als der Sternenhimmel war. Wie etwas, von dem man sich nie mehr lösen konnte. Ganz besonders dann nicht, wenn man der Sohn der Byrgherin und ihr von allen erwarteter Nachfolger war.

Hier draußen kam es ihm weniger schwülwarm vor. Es gab auf jeden Fall weniger branderzeugten Wasserdampf. Die Blätter rieselten herbstlich im Wind, während sich im Dorf der Sommer noch verfangen zu haben schien wie ein Rehkitz in einer Dornenhecke.

Je näher sie dem großen, tintendunklen See kamen, desto kühler wurde es. Böen, die über die Wasserfläche rauschten, reicherten sich mit der Kälte der Tiefen an. Als fast schwarzes Kleinod funkelte das Gewässer durch die Bäume.

Bereits vor dem See begannen die Sümpfe, die ein unstetes Eigenleben führten. Selbst der Knüppeldamm, den die Vorfahren einst durch dieses Gelände gelegt hatten, war mittlerweile an mehreren Stellen eingesunken, als hätten die Fangarme von Algen ihn in die Tiefe gezerrt.

Baresin und seine beiden Helfer konnten nicht mehr weiterfahren, ohne Gefahr zu laufen, die beiden Pferde und den überschweren Wagen zu verlieren. Also stiegen sie ab. Brinoit, der sich von ihnen dreien im Sumpf am besten auskannte, ging voran und kundschaftete eine Stelle aus, wo der Erdboden wie dünner Brei war, oder das Wasser zu Schlamm verdickt, wie auch immer.

Dorthin trugen sie die Toten, vom Wagen aus, immer zu zweit.

Steifgliederig wie von einem Krampf erfasste Schwimmer glitten die Leichname in den grünbraunen Morast. Kein einziger tauchte wieder auf. Als würden die Algen sie dort unten umfassen und willkommen heißen.

Einige wenige der Toten sahen ganz friedlich aus. Mit erschlafften Gesichtern. Nur mit ihren Nacken schien etwas nicht zu stimmen.

Anderen sah man die Mühen des Kampfes deutlich an. Das Geschlagenwerden. *Er*schlagenwerden.

Schließlich waren da noch die Verbrannten. Ihre zum Schrei verzerrten Münder füllten sich mit Sumpfbrei wie mit unklaren Worten. Ihre Körper waren am leichtesten, das Wasser bereits aus dem Fleisch gekocht, deshalb war sie zu versenken am unheimlichsten. Sie drehten sich beim Sinken. Schienen oben treiben bleiben zu wollen, die hellen Zähne und leeren Augenhöhlen dem Himmel zugewandt, doch schließlich erfasste auch sie das herbstlaubgesprenkelte Nass. Gluckernd und Blasen werfend versanken sie. Es war getan.

Baresin und seine beiden Helfer warteten noch ab. Ein gutes Viertel einer Stunde warteten sie. Ob die Leichen wieder hochkamen. Aber das taten sie nicht.

Nichts rührte sich.

Kein Raubtier glitt ins Wasser, um sich am frischen Fraß zu nähren. Keine Krähen stiegen aus den Ästen hoch, um Grabreden zu krächzen.

Der Zeitaltersee und sein sumpfiges Vorland waren ein verschwiegener Bezirk.

76

Die Überführung Citlalis in ihre neue Unterkunft war ein Ereignis, das sich kaum ein Hagetmauer entgehen ließ. Nendlèce führte das fremdartige Wesen am Zügel und redete unablässig beruhigend auf es ein. Die Schaulustigen hielten Abstand, drängelten sich aber untereinander. Das Gryphweibchen schaute aufmerksam umher, schien ab und zu mit seinem Schnabel in Richtung einiger Leute zu schnobern, ging aber bereitwillig mit Nendlèce mit. Einmal stieß es ein schnarrendes Geräusch aus. Nendlèce redete weiter, ging weiter, beruhigte es.

Varlie war ziemlich stolz auf ihre kleine Schwester. Ihre Eltern sowie auch Tautun ließen sich natürlich mal wieder nirgends blicken.

Hagetmau verhielt sich eigenartig bezüglich des Gryphen. Mit ihm verschwand der letzte sichtbare Beweis für die nafarroanische Besatzung aus dem Dorf, und man schaute diesem Fabelwesen beinahe mit Wehmut hinterher. Als hätte es etwas symbolisiert, das in all seinen Ausuferungen noch gar nicht erfasst worden war, so kurz war die Zeit nur gewesen.

Niemand verlangte mehr, dass man den Gryph tötete. Niemand hatte etwas gegen dieses außergewöhnliche, schöne und ruhige Tier.

Es hatte auch niemand verlangt, die Soldaren zu töten. Auch gegen die hatte man eigentlich höchstens vorzubringen gehabt, dass sie Nafarroaner waren, die sich Akitaniern gegenüber als die neuen Herren aufspielten. Das rechtfertigte Naserümpfen, Spott und Murren, aber keinen Massenmord.

Der Massenmord war dennoch geschehen. Von den fünfhundert Hagetmauern waren nur rund zwanzig, dreißig dabei und beteiligt gewesen, und von diesen wiederum nur eine

Handvoll – Tautun, Varlie, Baresin, Sinion, Folster, Ranien, Mardein und vielleicht noch Naejon, der den Turm besetzt gehalten hatte – federführend und bedeutsam. Das machte es schwer und einfach zugleich. Die meisten konnten behaupten, nichts damit zu tun gehabt zu haben. Dennoch war ganz Hagetmau davon betroffen. Hagetmau unterschied sich nun von allen anderen Dörfern Akitanias. Oder von allen anderen Dörfern Nafarroas, wie man es richtiger formulieren musste.

Nachdem der Gryph aus dem Dorf war, legte sich der Großteil des Dorfes erst einmal schlafen. Zu aufreibend war die durchwachte letzte Nacht gewesen.

Man legte sich hin, um Vergessen zu finden. Um die Möglichkeit zuzulassen, dass man hinterher aufwachte, und alles hatte sich als unbequemer Traum entpuppt.

Aber es war kein Traum. Obwohl alle aufwachten. Dieses Wissen suchte die Menschen heim wie ein Siechtum, das sich vor allem auf das Gemüt auswirkte.

Die Ratshallenruine erinnerte jeden an Abelions Zornesflammen und die Vergänglichkeit menschlicher Eitelkeiten.

In einer rostfarbenen Höhle eine halbe Stunde vom Dorf entfernt kümmerte sich ein Mädchen um ein geheimnisvolles Reittier, das es in Akitania eigentlich nicht geben konnte.

77

Die Arbeiten zum Wiederaufbau der Ratshalle begannen nur zögerlich.

Baresin musste seine Stimme schonen, aber auch ohne diese Erschwernis hätte er es nicht mehr gewagt, allzu scharfe Kommandos zu erteilen. Hagetmaus Haut war bis zum Zerreißen gespannt. Zu vieles hatte sich ereignet, zu wenig davon war schon genügend verarbeitet worden. Schlimm genug, dass in einigen Tagen der Monatsmarkt stattfinden würde. Ausgerechnet jetzt. Wo das Herz des Dorfes noch immer nur Ruine war. Niemand konnte sich vorstellen, sich einem gewöhnlichen, munteren Markttreiben hinzugeben.

Die Frage kam auf, ob die nafarroanischen Eroberer ringsum diesen Markt überhaupt zulassen würden.

Wahrscheinlich schon. Die Nafarroaner drängten darauf, dass so schnell wie möglich alles wieder seinen gewohnten Gang ging. Jedenfalls hatte der Capitar diesen Eindruck hinterlassen. Unter seiner Führung hätte man auf dem Marktplatz nafarroanische Flaggen und Wimpel gehisst, aber ansonsten wäre alles wie üblich abgelaufen.

Das Dorf wappnete sich dafür. Ohne die nafarroanischen Flaggen und Wimpel, denn offiziell hatte Hagetmau von der Besetzung des Landes noch gar nichts mitbekommen. Die Händler sortierten ihre Waren und machten sich ans Planen ihrer Stände.

Vorher musste es noch eine Zuspitzung geben. Es ging nicht anders, ließ sich nicht mehr aufschieben: Ranien, der Sohn der Wirtsleute, musste zu Grabe getragen werden.

Die ganze Nacht, den ganzen Tag, die ganze Nacht lang hatte Clarde getrauert.

Der rasch wieder genesene Mardein kümmerte sich unterdessen um die Versorgung ihres Ehemannes. Folsters linkes Auge war nicht mehr zu retten, sein Leben jedoch durchaus. Nach wie vor war der Wirt ohne Bewusstsein, brabbelte höchstens, bäumte sich ab und zu auf, aber der Semane tat alles für ihn, was in seiner Macht stand.

Am Morgen des zweiten Tages nach der Brandnacht musste er darüber hinaus noch die Trauerfeier für Ranien leiten.

Die *Brandnacht.* Es so zu nennen hatte man sich geeinigt.

Es war wie zwei verschiedene Zeitrechnungen. Vor der Brandnacht. Nach der Brandnacht.

Der Tempel glühte innen, so viele Kerzen hatte Mardein entzündet. Es war so voll, dass die meisten Anwesenden stehen mussten. Auch vor der Tür standen noch welche.

Mardein trug seine dicken Brenngläser vor den Augen. Sein Blick schien jeden einzelnen Anwesenden nacheinander scharf zu mustern. Neben ihm lag, vom Licht der vielen Kerzen in einen geisterhaften Schein getaucht, Ranien aufgebahrt, über dem Gesicht ein weißes Tuch, wie das in Akitania bei Toten üblich war. Seine breiten Hände waren zu sehen, die sich über der Brust kreuzten.

»Wir setzen heute unseren Ranien in den Boden hinein«, sprach Mardein mit eindrucksvoller Stimme die überlieferte Formel. »Wir pflanzen ihn neu, damit er voller Frieden und Genugtuung in den Schoß zurückkehre, aus dem die ganze Welt entstanden ist. Abelion wird sich seiner jungen Seele annehmen und sie aufwärts leiten zu den ungezählten Feuern, die des Nachts am Himmel funkeln. Von dort aus wird Ranien über uns wachen, Seite an Seite mit all jenen, die ihm vorausgegangen sind. Abelion weiß, und wir wissen es ebenfalls, dass Ranien als ein Held gefallen ist. Im Kampf um unser Dorf. Gegen eine gegnerische Übermacht, die ihn das Leben kostete. Seine Mutter schützend, sowie alle anderen, die sich als Gäste unter dem Dach seines Vaters eingefunden hatten. Wir sind ihm dafür zu Dank verpflichtet.«

Clarde war nicht anwesend. Man hatte es für wenig ratsam befunden, sie teilnehmen zu lassen. Sie war wie geistesgestört seit der Brandnacht, man traute ihr zu, die Grablegung empfindlich zu behindern. Baresin war natürlich erschienen. Sinion neben ihm, die beiden sah man kaum noch ohne einander. Varlie und Nendlèce, ihre Eltern Erac und Naura. Rauthne. Tautun fehlte selbstverständlich. Und ausgerechnet beide Eltern des Verstorbenen ebenfalls.

Mardein zögerte, ob er die folgenden Worte überhaupt aussprechen sollte. Dann tat er es doch. »Raniens schrecklicher und uns alle in Trauer versetzender Tod war nur der Auftakt eines Geschehens, das, wie uns allen klar sein muss, bei Weitem noch nicht abgeschlossen ist. Ein Kampf, der fortdauert und in die Welt hinausgellt. Ranien hat sein Leben geopfert, weil ihm sicherlich bewusst war, dass dieser Kampf geführt und gewonnen werden muss. Nicht für diese eine Nacht ist er gestorben, sondern für alle Nächte, die noch kommen werden. Für ein Hagetmau in Freiheit. Für ein selbstbestimmtes, friedliches Akitania.«

In den Mienen der Anwesenden vollzog sich eine Wandlung. Die Weichheit des Trauerns wich einer gewissen Härte der Entschlossenheit. Ein zustimmendes Raunen fraß sich durch die Menge. Wie in der Nacht, als Baresin sie alle eingeschworen hatte.

»Lasst uns unseren tapferen Ranien als ein Symbol begreifen«, fuhr der Semane fort. »Ich bin mir sicher, dass dies in seinem Sinne gewesen wäre. Niemand opfert sich auf, um hinterher in Vergessenheit zu geraten. Ranien hat uns allen vorgemacht, wie weit zu gehen man bereit sein kann. Die anderen, die in der Brandnacht das Feuerzeichen des Widerstands entfachten und vorantrugen, haben uns gezeigt, dass, wenn wir nur zusammenhalten und zusammenwirken, dass, wenn wir deutlich mehr als nur Vereinzelte und Versprengte sind – dass dann das weitere Zugrabetragen unserer jungen Männer durchaus vermieden werden kann. Ranien war das einzige Opfer dieser Nacht, und Abelion ist unser Zeuge: Auf der Gegenseite hat es deutlich mehr Opfer gegeben. Raniens Vater wird überleben. Das Wirtshaus wird überleben. Hagetmau wird überleben. Danken wir Abelion dafür, aber vergessen wir nicht, dass der Preis eines einzigen Menschenlebens nichtsdestotrotz ein hoher war.«

Für einen Moment dachte Mardein an die neunundzwanzig Toten, die ohne jegliche Trauerfeier im Sumpf versenkt worden waren. Ihre Angehörigen würden niemals erfahren, was eigentlich mit ihnen geschehen war und wo man ihre Überreste finden konnte.

Er verscheuchte diesen Gedanken. Das, begriff er, ist ein weiteres Opfer dieses Konfliktes. Dass man nicht mehr gerecht über die Dinge urteilen darf. Sondern Stellung beziehen muss. Seine eigene Position verteidigen.

Baresin nickte ihm zu. Kaum merklich.

Raspelig sprach die versammelte Gemeinde ein Gebet für den Toten. Die Totenglocke jedoch, so hatte auch die Byrgherin es für sicherer empfunden, wurde nicht geläutet. Man wollte nicht abermals die Aufmerksamkeit der umliegenden Dörfer auf Hagetmau ziehen.

Im Anschluss an das Gebet begann der Totenzug. Mardein vorneweg, mit dicken Kerzen in den Händen, hinter ihm der Aufgebahrte, von vier Freiwilligen getragen, unter denen sich Baresin und Sinion befanden. Baresin hatte regelrecht darauf bestanden, den versammelten Menschen zu zeigen, wie er eine Teillast der Bahre übernahm.

Die Trauergemeinde folgte, an die vierhundert Hagetmauer. Folgte bis in den nordöstlichen Außenbereich des Dorfes, unweit der Straße nach Urgons und Samadet. Niemand ließ sich dort blicken. Seit der Besetzung waren überhaupt keine Reisenden mehr nach Hagetmau gekommen. Als wäre jedes der Dörfer von allen anderen abgeschnitten worden und jedes in seine ganz eigene Geschichte versenkt. Wie in ein Grab.

Raniens letzte Ruhestätte war bereits ausgehoben worden. Achtsam ließen die vier Freiwilligen den Toten an Seilen in die Grube hinab.

»Nehmen wir nun Abschied«, sagte Mardein, »von unser aller Sohn Ranien.«

Jeder der Anwesenden ging am offenen Grab vorüber und

häufte ein oder zwei Schaufeln Erde auf den Toten. Aufgrund der außergewöhnlich hohen Anzahl an Trauernden war die Grube bald zugeschüttet. Aber es sollte durchaus noch ein Grabhügel über ihr entstehen, also karrte man weitere Erde vom Rande des Totenackers herbei, und Ranien wurde hoch wie mit einer sehr dicken Daunendecke gegen den Winter zugedeckt.

Einige der Versammelten weinten. In den meisten Gesichtern stand jedoch immer noch diese Entschlossenheit zu lesen, die sich während Mardeins Rede im Tempel ihrer bemächtigt hatte. Schmale Lippen mit abgesenkten Mundwinkeln.

Schließlich verlief sich die Gemeinde. Langsam, beinahe strauchelnd auf dem unebenen Untergrund, gegeneinander stoßend, sich entschuldigend, sich gegenseitig stützend.

Mardein steckte die beiden Kerzen im Grabhügel fest, eine am Kopfende, eine zu Füßen.

Dann schaute er hoch zum Himmel.

Seit mehr als einer Woche hatte es schon nicht mehr geregnet.

78

Obwohl sich im *Schwarzen Lamm* niemand um den Ausschank kümmerte und alle Dörfler, die es gewohnt waren, Clardes schmackhaften Gerichten zuzusprechen, sich nun anderswo versorgen mussten, traf man sich abends in kleiner Runde im Schankraum.

Da es die Ratshalle nicht mehr gab, war dies der geeignetste Ort für geheime Treffen. Letztendlich hatte hier auch alles seinen Anfang genommen.

Die Gerüchte über die Brandnacht wollten nicht verstummen. Baresin, der es am liebsten gesehen hätte, wenn jeder einzelne Hagetmauer sämtliche Erinnerungen an die nafarroanischen Soldaren wie durch Zauberkraft verloren hätte, verfolgte dies mit Sorge, sprach den ganzen Tag über immer wieder Leute an und ermahnte sie, sich nicht zu verplappern, wenn Fremde kamen. Denn es würden Fremde kommen, schon bald, am Markttag.

Die geheimen Treffen im *Lamm* dienten einerseits der möglichst umfassenden Vorbereitung dieses für alle Ortsfremden möglichst normal erscheinen sollenden Markttages und andererseits den Plänen für eine neue Ratshalle. Rauthne hatte den Vorsitz über diese Treffen, nicht nur, weil sie die Byrgherin des Dorfes war, sondern auch, weil es sich bei einer neuen Ratshalle um ihre neue Wohn- und Wirkungsstätte handelte. Außer ihr waren noch Baresin, Sinion und fünf weitere Dörfler anwesend, die im Bauhandwerk tätig waren.

Man einigte sich schnell darauf, dass die neue Ratshalle kein so prächtiges Gebäude wie ihre Vorgängerin werden sollte. Ohnehin war es nicht besonders gut um Hagetmaus Kassen bestellt.

»Wenn die nächsten Soldaren kommen, werden sie wieder ihr Lager dort aufschlagen«, sagte einer der Baumeister. »Also warum sollen wir ihnen besonders viel Behaglichkeit gönnen?«

»Gut brennbar sollte sie lieber wieder sein«, wagte ein anderer einen Scherz und löste damit in der Runde betretenes Schweigen aus.

Rauthne beendete das Schweigen mit einem tief empfundenen Seufzen. »Wie um alles in der Welt sollen wir bloß einen Markttag hinbekommen, bei dem uns nicht jeder ansieht, dass wir vor Anspannung schier zergehen?«

Wieder Schweigen. Dann lehnte sich Sinion vor. »Dadadas

müssen wir gar nicht. Ich meine: Jejejejeder kann die Ruine im Herzen unseres Dorfes sesehen. Uns ist die Ratshahalle abgebrannt. Schlimmer noch: Ein Junge ist dabei ums Leleleben gegegekommen. Sein Vavater wurde schwer verletzt. Ist es da ein Wunder, wenn wir … wenn wir traurig sind und weniger feiern als sonst?«

»Das ist wahr«, pflichtete Baresin ihm bei. »Es wäre eher auffällig, wenn wir krampfhaft so tun würden, als wäre nichts passiert. Wir können ja sogar sagen, dass wir mit dem Gedanken gespielt haben, den Markttag diesmal ausfallen zu lassen. Aber uns einfach nicht getraut haben, wegen der Einbußen für unsere Händler.«

»Ja, das klingt schlüssig«, stimmte Rauthne zu. »Das löst tatsächlich einige unserer Probleme.«

»Ich mache mir vor allem Sorgen um Clarde«, sagte Baresin. »Sie scheint nicht mehr ganz richtig im Kopf zu sein, zumindest vorübergehend. Meinst du, dass es machbar wäre, … dass sie diesen Tag durchschläft? Dass Mardein ihr irgendein Mittel verabreicht, damit sie nicht auf die Straße rennen kann und den Leuten etwas erzählt von den Soldaren, die ihren Sohn erwürgt haben?«

Dieser Gedanke behagte Rauthne überhaupt nicht. Eine der Ihren zu betäuben. Aber auch dies würde eines ihrer Probleme lösen. Zumindest – wie auch Baresin schon gesagt hatte – vorübergehend. »Ich werde Mardein um ein Schlafmittel bitten. Was machen wir mit Tautun?«

»Was soll mit dem sein?«, fragte ihr Sohn. »Der hat sich doch schon wieder den ganzen Tag über nicht mehr blicken lassen.«

»Das schon, aber letzten Monat auf dem Marktfest hat er sich dermaßen besoffen, dass er eine Schlägerei angefangen hat. Wie eigentlich immer. Das ist das, was er nun einmal tut. Wir sind uns aber doch hoffentlich einig darüber, dass der Markttag keine zweite Brandnacht werden soll.«

»Wiwiwir werden ihm wohl kaum ein Schlafmittel gegegeben können …«

»Ich kann mit Varlie reden«, schlug Baresin vor. »Die soll sich um ihn kümmern. Oder zumindest an diesem Tag dauernd in seiner Nähe bleiben. Ich kann auch ein Auge auf ihn haben.«

»Ich ich ich auch!«

Weiter ging es mit Kleinigkeiten.

79

Der Markttag kam erstaunlich schnell. Niemand wollte ihn. Zum ersten Mal in der gesamten Geschichte Hagetmaus kam er allen wie ein Verhängnis vor. Als müsste man seinen eigenen Galgen schmücken.

Baresin ging am Abend vor dem Markttag nochmals herum und sprach mit mindestens siebzig Leuten. »Denkt daran, dass ihr die Soldaren mit keiner Silbe erwähnt. Falls man euch fragt, falls man sich wundert, warum wir keine Soldaren haben – wir wissen von nichts. Wir haben uns höchstens selbst gewundert, weshalb in der ganzen letzten Woche keine Reisenden zu uns kamen. Wir haben uns gefragt, was los ist mit unserer Gegend. Und lasst euch bloß nie, unter keinen Umständen, dazu hinreißen, damit zu prahlen, dass wir einen Kampf begonnen haben! Das darf noch nicht nach außen dringen.«

»Warum eigentlich nicht?«, fragte ein Bauer, dem Baresin solche Gedanken aufgrund seines langmütigen, stets schläfrigen Gesichts gar nicht zugetraut hätte. »Wenn wir einfach abwarten, bis ein neuer Besatzungstrupp kommt, dann war doch alles Erreichte umsonst.«

»Darum geht es nicht. In der Brandnacht ging es nur darum, dass wir nicht alle büßen müssen für das, was Tautun getan hat. Es war Notwehr. Jetzt warten wir ab, dass alles gut ausgeht. Auf die eine oder andere Weise.«

Es war aufreibend, jedem das immer wieder einschärfen zu müssen und dennoch keinerlei Garantie dafür zu haben, dass morgen, unter Einfluss von Alkohol, sich niemand verplappern würde.

Er hatte Varlie auf Tautun angesetzt. Glücklicherweise hatte sie schnell eingesehen, dass es ratsam war, ein Auge auf den Sturkopf zu haben.

Da es keinen Markttag ohne Ausschank geben konnte, hatte er Sinion und Naejon eingeteilt, am morgigen Tag das *Schwarze Lamm* zu vertreten. Mit Sinion hatte Baresin dann gleich jemanden, auf den er bauen konnte, am möglicherweise kritischsten Punkt des morgigen Tages postiert. Der Ausschank brauchte nicht perfekt über die Bühne zu gehen. Die Gäste durften ruhig erfahren, dass die gesamte Wirtsfamilie entweder tot, schwer verletzt oder in Trauer war.

Mardein hatte Clarde eine mit Schlafmittel versetzte Suppe zu essen gebracht. Geistesabwesend hatte sie diese in sich hineingelöffelt. Sie sollte morgen den ganzen Tag über schlafen. Mardein konnte diese durchaus drastische Maßnahme gut mit seinem Gewissen vereinbaren. Ruhe war heilsam für die Frau, die den höchsten Preis von ihnen allen entrichtet hatte.

In der Nacht lagen Baresin und seine Mutter – beide unter demselben Dach in Baresins kleiner, nach städtischer Mode eingerichteter Hütte – lange wach und starrten zu den Deckenbalken empor.

Als schließlich zwei Hähne krähten, hatten sie das Gefühl, noch gar nicht richtig geschlafen zu haben. Dennoch erhoben sie sich unabhängig voneinander aus ihren Betten, Baresin hastig, Rauthne mit eher bedachten Bewegungen.

Ihre sämtlichen Roben des Unter den Menschen Ausgezeichnetseins waren im Ratshallenfeuer verbrannt. Dass Hagetmau nicht mehr ganz das alte war, konnte man somit bereits seiner Byrgherin auf den ersten Blick ansehen. Die Kleidermacherin hatte ihr ein Gewand zugeschnitten, das der Robe ähnelte, ohne jedoch deren aufwändige Abelionssegnungen zu enthalten.

Draußen war noch alles ruhig. Morgendämmerung.

Für diese vorgerückte Jahreszeit war es immer noch zu warm. Beinahe wie in der Brandnacht. In den Ästen der Bäume begannen die Vögel zu zwitschern, als wollten sie sich mit Geschwätz darüber hinwegtäuschen, dass dies unweigerlich die letzten spätsommerlichen Tage sein mussten.

Hagetmau hatte sich herausgeputzt. Überall hingen herbstlich verfärbte Zweige an den Türen. Etwa zwanzig Stände waren aufgebaut und mit schmückenden Stoffen verkleidet worden. Im *Hafen* waren für das abendliche Tanzvergnügen Seile mit Lampions gespannt. Die Arbeiten an der neuen Ratshalle sollten für diesen Tag ruhen dürfen, aber man konnte sehen, dass der größte Teil des Schuttes bereits beseitigt war, die Wände der Brandruine niedergerissen und entfernt. Ein möglichst adrettes düsteres Loch war es, was da in Hagetmaus Mitte klaffte.

Rauthne und ihr Sohn begegneten dem Feuersemanen, der ebenfalls unruhig schon zu dermaßen früher Stunde umherstreifte.

»Haben wir noch etwas Wichtiges übersehen?«, fragte Rauthne ihn bang.

»Das liegt jetzt in Abelions kundigen Händen«, antwortete Mardein mit grabestiefer Stimme.

Eine Stunde verging. Die Sonne begann ihre spätjährlich niedrige Wanderung über den Himmel.

Die Standbestücker tauchten einer nach dem anderen auf und füllten den Marktplatz mit Geschäftigkeit. Das Tortenmacherpärchen drapierte ausgesuchte Köstlichkeiten, darunter Zitronenkuchen und geflammten Pudding. Die Kleidermacherin präsentierte wie immer Schnitte, die in der nächstgelegenen Großstadt Marmandeh vor etwa einem halben Jahr als neuartig gegolten hatten. Bauern überboten sich mit Kisten voller Äpfel, die nur in Hagetmau gezüchtet wurden. Darüber hinaus wurde Gemüse feilgeboten, Pflaumen, Pfirsiche, Holzteller, Bienenwachserzeugnisse und Honig, frisches Ofenbrot, Flussfisch, Schinken, Pilze, Schweineleberpastete, Entenschmalz, Blauschimmelkäse, Ziegenkäse, Korbflechtarbeiten, getrocknete Blumenmischungen zum Aufgießen, Ledergürtel und Basteleien aus Flussschilf. Clardes großer Kessel mit Fischsuppe fehlte diesmal, einige Frauen hatten sich stattdessen zusammengetan und einen gewaltigen Schmortopf aus dicken weißen Bohnen, Schweinefleisch, Schweinswürstchen und Entenfleisch vorbereitet, dessen köstlicher Duft bereits den frühen Morgen anreicherte.

Obwohl sich der *Hafen* aufgrund all dieser Geschäftigkeit zusehends belebte, waren die ersten Stunden noch sehr eigenartig. Man wusste nicht, ob überhaupt jemand von außerhalb kommen würde. Ob überhaupt jemals wieder jemand kommen würde, oder ob das mutmaßlich letzte freie Dorf Akitanias sich von allen anderen abgeschnitten hatte.

Aber dann kamen sie. Auf Wagen und zu Fuß. Besucher und ebenfalls Handelstreibende aus Cazalis, Doazit, Maylis, Samadet, Urgons, Momuy, Banos und sogar aus dem ferner gelegenen Baigts. Es waren weniger als sonst, lediglich etwa die Hälfte der Menschen, die ansonsten den Hagetmauer Monatsmarkt bevölkerten, aber immerhin erschienen sie. Unter ihnen auch ein Mann, den – und vor allem seine Lieferung – Hagetmau jeden Monat sehnlichst erwartete: Escradin, der Weinhändler. In Hagetmau und unmittelbarer Umgebung gab es keinen Winzer, weil das Gelände dafür zu waldig war.

Einmal im Monat kam Escradin und versorgte das Dorf mit seinen weißen und roten Köstlichkeiten.

»Was ist denn hier passiert?«, fragte er sogleich, betroffen dreinschauend.

Man erzählte ihm von dem Feuer, das die Ratshalle verzehrt und den jungen Ranien getötet hatte.

Escradin hatte Ranien gut gekannt, denn er hatte Folster und das *Schwarze Lamm* regelmäßig beliefert. Obwohl Escradin sehr stämmig, sehr kräftig, beinahe so breit wie hoch war, sah er ganz geknickt aus, nachdem er diese traurigen Nachrichten erfahren hatte.

Aber der Markt kam jetzt langsam in Schwung. Escradins Eintreffen war wie ein unhörbares Signal, jetzt war alles komplett, es konnte losgehen.

Baresin patrouillierte, versuchte, so gut wie alles im Blick zu behalten. Er fragte sich sogar, ob er jemanden auf den Turm schicken sollte, um Ausschau zu halten, aber wem sollte er das Vergnügen des Marktes verwehren? Vielleicht mehreren abwechselnd, für jeweils eine Stunde? Viel zu schwierig und aufwändig zu organisieren.

Rauthne unterhielt sich mit mindestens einem Dutzend der Besucher. Hierbei begann das Schauspiel. Das Schauspiel mit dem hohen Risiko.

»Warum habt ihr eigentlich gar keine Soldaren hier?«

»Soldaren? Was für Soldaren?«

»Na, Nafarroaner. Wir dachten, alle haben jetzt welche.«

»Nafarroaner? Bei uns in Akitania?«

»Na, sag mal, habt ihr denn noch nichts davon gehört? Akitania ist jetzt Nafarroa!«

»Du willst mich wohl auf den Arm nehmen!«

»Aber nein, im Ernst. Wie ist es möglich, dass ihr davon nichts mitbekommen habt? Na, ganz so umfassend, wie man uns das erzählt hat, scheint es ja doch nicht zu sein.«

Dieses Gespräch fand in Dutzenden von Variationen an

Dutzenden von Stellen gleichzeitig im *Hafen* statt. Im Folgenden begannen die Besucher sich untereinander auszutauschen.

»Habt ihr das mitbekommen? Hagetmau hat keine Soldaren! In Doazit habt ihr doch Soldaren?«

»Aber selbstverständlich haben wir Soldaren. Schon seit einer ganzen Woche.«

»Wir auch. Na sowas. Aber offensichtlich haben nicht *alle* Soldaren abbekommen.«

»Ja wirklich. So ein Pech. Oder so ein Glück. Na, unsere Soldaren sind ganz manierlich.«

»Unsere sind etwas grob und ganz schön hinter den Schürzen her. Aber es lässt sich aushalten.«

»Es muss ja.«

»Ja, es muss. Abelion wird schon wissen, was er sich dabei gedacht hat.«

Was Baresin am meisten verblüffte, war, dass keine nafarroanischen Soldaren kamen. Er hatte gedacht, dass die sich einen solchen Markttag nicht entgehen lassen würden.

»Ist das nicht eigenartig?«, fragte er Sinion, als sie beide kurz unbeobachtet waren.

»Mömömöglicherweise liegt das daran, dass dass dass dass sie davon ausgehen, hier gäbe es bereits Soldaren. Wahrscheischeinlich wollen sich die unter… die unterschiedlichen Truppen nicht untereinander mischen.«

»Auch nicht, um sich auszutauschen? Über die Erfahrungen, die man mit seinem jeweiligen Dorf gemacht hat?«

»Wahrscheinscheinlich interessiert die das nicht. Das sind jajaja nur Soldaren. Jeder hat sein eigenes Dorf zugeteilt bebebekommen. Was nebenan pa… was nebenan passiert, geht einen anderen an.«

»Hm. Möglich. Aber irgendwie kommt es mir verdächtig vor. Als ob sie uns isolieren wollten.«

»I…Isolieren? Aber wozu? Wir sisind von ihnen umzingelt!

Sie sitzen auf auf auf jeden Fall am längeren Hebel. Schau mal: Wewewenn sie Escradin daran hinhindern würden, hierherzukommen, würden sie uns von unseren Weinvorräten abschneiden. Dadadas würde vielen von uns ganz schön zu schaschaffen machen.«

»Du meinst, bis wir uns freiwillig melden, um besetzt zu werden? Du magst recht haben. Wir sollten uns auf jeden Fall sehr aufgeschlossen geben. Sehr interessiert daran, dazuzugehören.«

Baresin suchte und fand seine Mutter, konnte sie kurz aus ihren Gesprächen lösen und mit ihr darüber reden. Sie stimmte ihm zu, dass sie auf keinen Fall einen feindseligen, antinafarroanischen Eindruck erwecken sollten, mahnte aber auch davor, es mit der Heuchelei zu übertreiben. »Je mehr wir schwindeln, desto mehr wird man uns das ansehen.«

»Mutter, wir müssen die ganze Zeit schwindeln.«

»Wir schwindeln über das, was geschehen ist. Nicht über das, was wir uns für die Zukunft wünschen. Lass uns doch ruhig sagen, dass wir uns ohne Soldaren sehr wohl fühlen. Vielleicht schickt man dann wirklich keine mehr her. Wenn erstmal wieder welche hier sind, steigt doch die Gefahr, dass einer von ihnen etwas herausfindet.«

Baresin stimmte ihr zu. Er wusste selbst nicht mehr, was er für das Beste hielt. Es gab so viele Unwägbarkeiten abzuschätzen. So viele Möglichkeiten. So viel Verwirrendes.

Er verwickelte einige der Besucher in Gespräche. Erkundigte sich nach deren Besatzungen. Ob es schwierig gewesen war, zum Markttag nach Hagetmau ausreisen zu dürfen.

Eine schöne, herb wirkende Frau aus Maylis erzählte ihm: »Sie haben uns natürlich kontrolliert, am Dorfausgang. Einige von uns wollten deshalb nicht mitkommen. Bloß nicht auffallen, bloß nicht anecken, das ist für viele zurzeit das dringlichste Anliegen. Aber wir wollten uns den Markt nicht entgehen lassen. Wahrscheinlich werden die Wachtposten sich anschauen, was wir eingekauft haben, und Sprüche klopfen. Aber ich finde, damit kann man leben.«

Baresin wandte sich an Escradin, von dem er wusste, dass er in der Umgegend am regelmäßigsten herumkam.

»Mensch, Escradin, das ist ja ein Ding mit diesen Besatzungen! Wir haben davon überhaupt nichts mitbekommen, uns nur gewundert, warum so viele Tage lang niemand von auswärts uns besuchen kam. Wie sehen diese Besatzungen denn eigentlich aus?«

»Überall gleich. Es sind jeweils dreißig Mann, geführt von einem Capitar, der auf einem Gryph reitet.«

»Und alle Dörfer haben so eine Besatzung? Nur Hagetmau nicht?«

»Ja, sieht so aus. Ich war in dieser Woche in Banos, Maylis und Doazit, und überall ist es dasselbe. Ich habe auch schon Gryphen am Himmel fliegen sehen. Die schicken sie nämlich nach Norden, nach Marmandeh oder gleich nach Pararis, um Bericht zu erstatten.«

»Wir haben keinen Gryph fliegen sehen.« Das war ausnahmsweise sogar einmal die volle Wahrheit.

»Tja, vielleicht liegt Hagetmau abseits aller Routen. Kann doch sein. Vielleicht gibt es auch noch andere Dörfer, die nicht besetzt wurden.«

»Vielleicht. Vielleicht hat man uns auch nur als ungefährlich oder unbeträchtlich eingestuft.«

»Na, war denn jemand vorher bei euch, um euch zu bewerten?«

»Nein. Kein Nafarroaner. Seit Jahrzehnten schon nicht mehr.«

»Tja, dann ist es vielleicht einfach Zufall. Macht das Beste draus. Ihr seid noch frei. Als Einzige von uns.« Escradin seufzte tief, und da wusste Baresin, dass er gerade mit einem möglichen Verbündeten sprach.

80

Die Hagetmauer selbst fanden sich nur zögerlich auf ihrem eigenen Markttag ein. Es war, als müsste man sie wie Muscheln aus ihren Schalen lösen. Sie fürchteten, sich durch irgendeine Unbedachtheit verraten zu können. Aber Baresin ließ nicht locker. Scheinbar unermüdlich eilte er an diesem Tag von hier nach dort, nicht nur von Stand zu Stand, sondern auch von Haustür zu Haustür, und überredete die Menschen, nach draußen zu kommen und zu feiern. »Je mehr es werden«, sagte er jedem, »desto weniger fällt jeder Einzelne ins Gewicht.« Dieses Argument zeigte Wirkung. Um die Mittagsstunde brodelte der *Hafen* beinahe genauso wie an einem der unzähligen ganz gewöhnlichen Markttage vor der Brandnacht.

Am frühen Nachmittag erschien dann der Fremde.

Er kam auf einem Pferd aus Richtung Osten, von Urgons oder Samadet, aber keiner der Urgonser oder Samedeter hatte ihn jemals zuvor gesehen. Sein Pferd band er an einer der dafür vorgesehenen Haltestangen an, die den Rand des *Hafens* säumten. Er war von eher kleiner Statur, mit einem wettergegerbten, spitznasigen Gesicht. Ein erfahrener Reiter. Möglicherweise sogar ein erfahrener *Gryph*reiter.

Er trug zwar keine nafarroanische Uniform, sondern die einfachen, braungrauen Gewänder eines nicht allzu begüterten Reisenden, aber da er nicht wie ein Akitanier wirkte und sämtlichen Anwesenden vollkommen unbekannt war, konnte es sich bei ihm eigentlich nur um einen nafarroanischen Spion handeln. Oder eher: um einen Kundschafter. Ein Spion hätte sich wahrscheinlich unauffälliger in das Gesamtbild eingefügt.

Er schaute sich um. Streunte zerstreut wirkend zwischen

den Buden umher. Wenn er im Trubel angerempelt wurde, ließ er sich nicht provozieren. Wenn man ihn ansprach, um ihm Waren aufzuschwatzen, ließ er sich nicht auf ein Gespräch ein.

Baresin und Sinion, denen er bald nach dem Betreten des *Hafens* aufgefallen war, ließen ihn kaum aus den Augen.

Der Fremde begann sich für die Ruine der Ratshalle zu interessieren. Er betrat sie sogar. Schabte mit seinen Stiefelsohlen hier und dort herum. Ging in die Hocke und schien etwas zu untersuchen. Doch dort ließ sich mit Sicherheit nichts finden. Zu sorgfältig hatte Baresin darauf geachtet, dass die Aufbauarbeiten zuvorderst sämtliche Spuren tilgten.

Dann verließ der Fremde die Ruine wieder. Ging schnurstracks auf ein Kind zu, einen siebenjährigen Jungen, der ein wenig abseits des Marktplatzgeschehens stand, einen in Zucker getunkten Apfel in Händen und den Mund schon ganz klebrig verschmiert. Der Fremde zog dabei etwas aus seinem Gürtel. Für einen Moment befürchtete Baresin, es handelte sich um einen Dolch, und der Fremde beabsichtigte, den Jungen als Geisel zu nehmen, um aus den Hagetmauern die Wahrheit herauszupressen – doch es handelte sich nicht um eine Waffe. Es handelte sich um ein Blatt Papier.

»Sag mal, mein Junge«, wandte sich der Fremde mit deutlich südländischem Akzent an den Jungen, der an der Zuckerkruste knabbernd zu ihm hochstarrte, »hast du so etwas schon einmal gesehen?«

Auf dem Blatt Papier war ein Gryph abgebildet.

Eine sehr naturgetreue Abbildung. Es hätte Citlali selbst sein können.

Der Junge nickte. Man hatte ihm eingeschärft, nicht mit Soldaren zu sprechen. Nicht *von* Soldaren zu sprechen. Den Gryph hatte man dabei jedoch vergessen zu erwähnen. Er wusste nicht, dass er etwas falsch machte, denn immerhin hatte man ihm sein ganzes bisheriges Leben lang eingeschärft, nicht zu lügen.

»Bist du dir sicher?«, hakte der Fremde nach. »So ein Tier? Das ist nämlich kein Pferd. Das hat einen Schnabel und Flügel.«

Der Junge nickte nochmal, und für ein paar Augenblicke ruhte das Schicksal ganz Hagetmaus auf seinen unbeträchtlich schmalen Schultern.

Dann war Baresin herbei.

»Am Himmel«, sagte er etwas außer Atem. »Er meint: am Himmel. Wir haben so ein Tier über unser Dorf fliegen sehen. Vorgestern erst.«

»Vorgestern?«, wandte sich der Fremde jetzt mit einer ruckartigen Bewegung, die dem Kopfdrehen eines Gryphen gar nicht unähnlich war, an Baresin. »Seid Ihr da sicher?«

Baresin hatte natürlich keine Ahnung, seit wann die Gryphen, von denen Escradin gesprochen hatte, über Akitania flogen, aber er spekulierte darauf, dass sich das nicht nachprüfen ließ. Immerhin war den Nafarroanern ein gesamter Capitarstrupp abhanden gekommen. Es konnte durchaus die vor irgendeinem Ungeheuer aus den Wäldern flüchtende Citlali gewesen sein, die man am Himmel über Hagetmau hatte sehen können.

»Ja, bin ich. Nur Wenige haben das Tier gesehen, natürlich. Der Junge und ich und noch ein paar.«

»Wer noch?«

Baresin musste jetzt aufpassen. Schließlich hatte er selbst sämtliche Dörfler wieder und wieder ermahnt, alles zu verleugnen, was Verdacht erzeugen würde. Er deutete also auf Sinion. Dem allein traute er zu, geistesgegenwärtig genug zu sein, um nichts Falsches zu sagen.

Doch der Fremde schien sich schon nicht mehr allzu sehr für weitere Zeugen zu interessieren. Er fasste Baresin scharf ins Auge. Er war sehr sorgfältig rasiert, wie einer, der noch nicht lange unterwegs ist. Oder sich vor dem Betreten eines Dorfes pflegt. »In welcher Richtung flog es?«

Baresin deutete nach oben. »Von da« – Süden – »nach da.« Norden. Auch das stand im Einklang mit dem, was der Weinhändler berichtet hatte.

Der Fremde nickte. »Ich danke Euch«, sagte er dann. »Dir auch, mein Junge.« Er rollte das Papier wieder zusammen, steckte es weg, und ließ die beiden einfach stehen.

Als Nächstes tat er etwas, das Baresin in Angst und Schrecken versetzte: Er erkundigte sich nach Ställen und ging dann ausgerechnet zu dem, in dem Citlali tagelang untergebracht gewesen war.

»Der Stall!«, durchfuhr es Baresin. Bei all der Mühe, die er darauf verwendet hatte, die Leichen verschwinden zu lassen und die Spuren des Brandes zu tilgen, hatte er vollkommen vergessen, den Stall zu überprüfen. Was, wenn Citlali dort eine Feder verloren hatte?

Der Fremde betrat den Stall, unterhielt sich mit dem Eigner, der nicht am Markt war, weil es während eines solchen Tages in seinem Stall besonders viel zu tun gab. Der Eigner lachte, als der Fremde ihn etwas fragte. Hoffentlich war er ein überzeugender Schauspieler.

Die Besorgnis schlug Baresin regelrecht auf den Magen. Wenn der Fremde nun mit einer Gryphenfeder in Händen herauskam – bedeutete das, dass sie ihn umbringen mussten? Hier und jetzt? Damit er niemandem melden konnte, was Hagetmau getan hatte?

Aber wer sollte das tun? Und wo? Wo es keine Zeugen gab, während das Dorf heute vor Zeugen nur so wimmelte. Wo war Tautun, wenn man ihn brauchte? Wo war Tautun überhaupt den ganzen Tag über? Und Varlie?

Nein, Baresin dachte fieberhaft über andere Möglichkeiten nach. Ja, sie hatten einen herrenlosen Gryph gefunden, im Wald. Ihn zuerst in den Stall geführt. Dann aber Angst bekommen, weil das doch offensichtlich ein nafarroanisches Tier war und man dieses nicht einfach so behalten konnte, wie sehr Nendlèce auch darum bat. Ja, Nendlèce würde diesmal für alles verantwortlich gemacht werden. Schließlich konnte sie den Kundschafter auch zu dem im Wald in einer Höhle versteckten Fabelwesen führen.

Frieden. Gütliche Einigung mit Nafarroa. Nichts Schlimmes passiert. Dadurch Ablenken von dem, was sich tatsächlich ereignet hatte.

Doch der Fremde schien in dem Stall nichts zu finden. Er suchte zwar wieder und scharrte sogar, musste aber unverrichteter Dinge abziehen. Er kehrte zum *Hafen* zurück.

Baresin folgte ihm nicht sofort. Ihm war zwar ganz schlecht vor Sorge, aber er musste dennoch kurz mit dem Stallbesitzer sprechen.

»Hat er etwas gefunden?«, fragte Baresin ihn hastig.

Der Stallbesitzer lachte wieder. Er sah aus, als sei er äußerst zufrieden mit sich selbst. »Hältst du mich für einen Tölpel, Baresin? Selbstverständlich habe ich den Stall gründlichst von allen Spuren des Gryphen gereinigt. Sogar die Pflöcke, an denen er mit seinem Schnabel herumgepickt hat, habe ich überschliffen. Und die Federn und den Kot habe ich nicht auf den Misthaufen geworfen, sondern eigenhändig in den Wald gebracht.«

»Großartig! Ich danke dir sehr! Ganz Hagetmau hat dir zu danken!«

»Kleinigkeit. Wir ziehen doch alle am selben Strang.«

Das stimmte. Baresins Magen klärte sich wieder. Er konnte bauen auf seine Leute. Nicht auf alle. Vielleicht nicht auf die Kinder. Aber auf die meisten Erwachsenen war Verlass.

Jetzt folgte er dem Fremden wieder. Fand ihn erneut in der Ruine herumschnüffeln. Ein hartnäckiger Bursche, dieser verfluchte Nafarroaner.

Baresin drückte sich eine Weile lang in der Nähe der Ruine

herum, dann hielt er es nicht mehr aus. Er ließ sich von Sinion einen Humpen schaumiges Bier zapfen und trug diesen zu dem Fremden hinüber.

»Ich sehe mit Bedauern, dass unser kleines Fest nicht halb so viel Eindruck auf Euch macht wie unser Unglücksort.«

Der Fremde schaute auf, musterte Baresin und das ihm hingehaltene Bier.

»Es ist bestimmt nicht vergiftet, falls Ihr das fürchtet.« Baresin nahm zum Beweis einen Schluck aus dem Humpen. Sein Magen begann sogleich wieder zu rumoren. »Weshalb sollten wir einen Fremden vergiften? Bei uns sind alle Fremden willkommen!«

»Das ist schön«, sagte sein Gegenüber und nahm den Humpen. Er trank aber auch nur einen einzigen Schluck, eine Geste der Höflichkeit. »Ich werde nicht schlau aus diesem Brand. Wenn ich mir das Fundament so anschaue, macht es auf mich den Eindruck, als sei das Feuer an mehreren Stellen zugleich ausgebrochen. Und zwar an sämtlichen Wänden.«

Baresin versuchte, seine Anspannung mit einem lauten, weit ausholenden Seufzen zu überspielen. Wie war es möglich, so etwas einer bereits überarbeiteten Ruine abzulesen? Verfügten die Nafarroaner ebenfalls über semanische Fähigkeiten? Fähigkeiten des Fährtenlesens? »Ja, so hatte es tatsächlich den Anschein. Unsere wunderbare Halle brannte hoch wie ein Freudenfeuer. Leider ist der Einzige, der uns genau hätte erzählen können, wie es dazu kam, in den Flammen umgekommen.«

»Ach ja? Brandstiftung?«

»Das können wir uns nicht vorstellen. Warum hätte er das tun sollen? Aber eine besonders unglückliche Tollpatschigkeit muss es wohl gewesen sein. Er war leider nicht der Allergeschickteste.« Es tat Baresin leid, so auf Raniens Angedenken herumzutrampeln. Aber es ging nicht anders. Für alles mussten immer Verantwortliche gefunden und vorgezeigt werden können.

»Könnte ich den Leichnam sehen?«

Jede Frage des Fremden erschreckte Baresin bis ins Mark. »Das … das ist nicht möglich. Wir haben ihn bereits bestattet. Warum sollte man ihn sich denn auch anschauen wollen?«

»Er liegt auf dem Tempelfriedhof?«

»Selbstverständlich. Alle unsere Toten liegen dort.«

Der Fremde lächelte schmal. »Ich danke Euch«, sagte er und ließ Baresin abermals einfach stehen.

Aufs Neue wurde Baresin von einem heftigen Unwohlsein heimgesucht. Wenn der Fremde nun zum einzigen frischen Grab ging und es aushob, flog alles auf. Raniens Leiche wies nicht die geringsten Verbrennungsspuren auf. Er war erwürgt worden und sah auch genau so aus.

Aber das durfte nicht geschehen. Kein Ortsfremder durfte einfach ein akitanisches Grab schänden, ohne dass es zu einem Aufstand kam.

Baresin wollte schon zu seiner Mutter rennen, um sie in Kenntnis zu setzen, und dann zu Mardein, um ihm den bevorstehenden Frevel zu berichten – als er sah, wie der Fremde quer über den Marktplatz zu seinem Pferd ging, es losmachte, aufstieg und dann nach einem letzten schweifenden Blick über das gesamte Dorf in Richtung Osten davonritt.

Die Magenschmerzen wollten dennoch nicht vergehen. Baresin beauftragte jemanden, den Friedhof im Auge zu behalten. »Sobald dort jemand auftaucht, der nicht aus Hagetmau stammt, kommst du sofort zu mir und meldest es. Egal, wer es ist.« Der Beauftragte nickte und machte sich ans Werk.

Baresin überlegte, wie er seine Bauchschmerzen am besten wegbekommen könnte. Vor dem Schmortopf fürchtete er sich wegen der Bohnen. Außerdem war ihm ohnehin der Appetit vergangen. Also trank er einfach nur einen Apfelschnaps nach dem anderen und beobachtete weiterhin.

81

Am späten Nachmittag begann dann die Musik. Vier Hagetmauer – unter ihnen der wie stets mit seiner Wollmütze verzierte Naejon – wuchteten ihre Schlag-, Saiten- und Blasinstrumente auf eben jenes kleine Podest, das auch der Capitar immer für seine Ansprachen benutzt hatte, und spielten geräusch- und druckvoll zum Tanz auf. Die Hagetmauer Paare, die normalerweise sofort mit dem Tanzen begonnen hätten, schauten sich erst noch betreten an und um. Die Brandnacht schien für sie über dem Platz zu hängen wie ein stechender Geruch. Doch Rauthnes aufmunternde Gesten, die zwingende Kraft der Musik und auch das Loslegen einiger Gäste bewirkten ihr Übriges. Die einheimischen Paare wagten sich vor, man begann sich zu drehen und dabei jauchzend in die Höhe zu hüpfen. Das Marktfest wurde lauter und immer munterer.

Die ersten Buden machten dicht, ihre Betreiber mischten sich ebenfalls unter die, die einfach nur noch Spaß haben wollten.

Nach Rauthnes Einschätzung ruckelte diesmal alles bedenklich, bis es richtig in Fahrt kam. Hagetmau hatte tiefe, klaffende Wunden zu verarbeiten. Ranien und die Ratshalle waren nicht einmal die größten. Die größten Wunden waren das nun andauernd schlechte Gewissen, die Furcht vor allem, was noch kommen möge, sowie die Erkenntnis, dass auch und ganz besonders der Festplatz mit frisch vergossenem Blut getränkt worden war.

Hagetmau war kein unschuldiges Dorf mehr.

Seine Bewohner trugen ein Wissen mit sich herum, das sich nach außen als Schweigen darstellte, das aber beständig nach innen schnitt.

Umso entschlossener stürzten sich die Bewohner nach anfänglichem Zögern in die Feier. Nachdem sie erst einmal begriffen hatten, dass keine Nafarroaner über sie herfielen, dass sich die Fragen der Gäste in Geplänkel erschöpften, dass selbst das, was die aus anderen Dörfern Gekommenen über ihre eigenen Besatzungssoldaren zu erzählen hatten, keine Greuelgeschichten waren, und dass ihnen zumindest heute weder Argwohn noch weiteres Blutvergießen bevorstanden, dachten sie sich alle: »Wer weiß, ob es im nächsten Monat überhaupt noch ein Marktfest geben wird, ob dies nicht das letzte Mal ist, an dem Hagetmau sein Bestehen richtig feiern kann – also lasst es uns auskosten!«

Dementsprechend heftig und feuchtfröhlich ging es schon bald zur Sache. Sogar Rauthne wurde mehrmals im Überschwang angerempelt. Was womöglich daran lag, dass sie ohne ihre gewohnte Robe des Unter den Menschen Ausgezeichnetseins von hinten gar nicht mehr so ohne Weiteres als Byrgherin zu erkennen war.

Die Musik wurde schneller und wilder. Der Tanz passte sich dem an. Die Sonne versank in Flammen, die so manchen an die Brandnacht erinnerten, was nur wieder zu umso heftigerem Tanzen und Trinken führte.

Als schon beinahe alles überstanden war, als es längst gedunkelt hatte, die Musik über den Dorfplatz schmetterte, alles sich drehte und prasste und Baresin und Sinion sich bereits gegenseitig gratulierend auf die Schultern klopften, weil alles glatt über die Bühne gegangen war – gab es doch noch einen unangenehmen Zwischenfall.

Es war – natürlich – Tautun.

Nach Einbruch der Dunkelheit erst hatte er sich gezeigt, stets begleitet von der ihn überwachenden Varlie. Wie es seine Art war, soff er sehr schnell und sehr viel. Niemand, auch Varlie nicht, hätte hinterher sagen können, wie es eigentlich angefangen hatte. Jedenfalls geriet er mit dem spindeldürren

Wever aneinander, und ein Wort gab das andere. Schließlich schubste Tautun Wever, dieser prallte gegen eine Bude, stieß sich aber von dieser ab und sprang mit Wucht gegen Tautun. Ein kurzes Handgemenge entstand, beide waren betrunken, keiner brachte nennenswerte Schläge ins Ziel. Aber mehrere auch der Ortsfremden betrachteten die Unruhe mit einer angeregten Mischung aus Besorgnis und Amüsiertheit, und man hörte Tautun deutlich sagen: »Denkst du, dass das so einfach ist, jemandem mit bloßen Händen das Genick zu brechen, ja? Dann probier es doch mal, du Schwächling! Du wirst nämlich feststellen, dass das nicht jeder fertigbringt!«

Die Umstehenden tuschelten irritiert über diese Worte, waren aber immer noch zu sehr im Feiern begriffen, um sie richtig ernst zu nehmen. Baresin, der die vielen Apfelschnäpse auch schon deutlich spürte, dem sich alles beinahe ebenso schnell drehte wie das Tanzgemenge ringsherum, rief: »Ochsen, Pferde, faule Knechte – unser Tautun dreht jedem einfach den Hals um, der ihm nicht genügend Respekt erweist.« Er machte eine tiefe, leicht wackelige Verbeugung vor Tautun. Die Leute lachten, einige verbeugten sich ebenfalls, um nicht den Hals umgedreht zu bekommen. Tautun war nun seinerseits irritiert und vergaß seinen Groll. Varlie hakte ihn ein und wirbelte ihn herum. Ihr Blick, den sie dabei Baresin zuwarf, besagte: »Tut mir leid, das war knapp.«

Baresin kümmerte sich um Wever. »Er ist ein Ungeheuer«, schnaufte dieser. »Er ist stolz auf das alles, stolz.«

»Aber wir sind doch alle stolz, Wever«, sagte Baresin mit schwerer Zunge. »Vielleicht nicht darauf, *wie* wir es geschafft haben, aber *dass* wir es geschafft haben.«

Damit war es für diese Nacht überstanden.

Die Musik und die Menschen tobten noch eine Weile weiter, dann zerstreute sich die Menge, die Ortsfremden brachen nach Hause auf oder, wenn sie zu betrunken waren für den

Heimweg, bekamen sie Gästeunterkünfte zugewiesen, und am dem Fest folgenden Tag war beinahe alles wieder so wie immer.

82

Nur in Tautuns kleiner Hütte herrschte offener Zwist. Es roch in diesem Raum nach durch die Haut verdunstetem Schnaps, alleine das bereitete schon Kopfschmerzen.

Varlie, die die ganze Nacht über bei ihm geblieben war, damit er keine neuerlichen Dummheiten mehr machen konnte, verschonte ihn nicht mit Vorwürfen. »Immer musst du aus der Rolle fallen! Immer bist du der Einzige, der so sehr über die Stränge schlägt! Bei Abelion, Tautun, wenn Hagetmau dich so sehr anödet, dass du andauernd etwas kaputtschlagen möchtest, dann verlass es doch einfach! Tausendmal habe ich dir das schon vorgeschlagen. Ich würde mit dir gehen! Zusammen könnten wir auch in einem nafarroanischen Akitania unser Glück machen, was kümmert es uns denn, wer regiert? Die sind doch ohnehin alle gierig und ungerecht, egal, wie sich das Land nennt. Oder wir gehen gleich nach Nafarroa. Das Meer dort soll viel schöner, viel wilder sein als an unseren Küsten.«

Hätte man sie gefragt, weshalb sie sich eigentlich weiterhin so an Tautun hängte, dass sie sogar bereit war, mit ihm fortzugehen, wäre sie nicht in der Lage gewesen, eine schlüssige Antwort zu geben. Der Ekel über seine Genickbrecherroutine war noch immer nicht verflogen. Andererseits jedoch hatte auch sie in jener Nacht einen Menschen erschlagen. Erschlagen müssen. Wie konnte sie dann also so tun, als sei sie ein besserer Mensch als Tautun?

Das Problem war vielleicht auch, dass sie das Gefühl hatte, abgesehen von ihm niemanden im Dorf mehr richtig ernst nehmen zu können. Alle wirkten, als würden sie etwas verkörpern, das sie gar nicht richtig auszufüllen vermochten. Baresin den Anführer. Sinion den Planer. Mardein den Weisen. Rauthne die Seele des Dorfes. Ihre Eltern gute Eltern. Einzig Tautun war einfach nur Tautun, und in dieser Rolle gleichzeitig bedeutsam und durch niemand anderen zu ersetzen.

Jetzt hielt er sich nach ihrer Rede mit beiden Händen seinen brummenden Schädel. »Wenn ich gehe, kommen sie einfach so davon.«

»Wer kommt davon? Die nächsten Soldaren, die sie uns schicken?«

»Nein. Hagetmau. Abelion scheiße auf sie alle!«

»Auf Hagetmau?«

Er ließ sich zurückfallen aufs Bett und stöhnte dabei. Sein ganzer Körper bäumte sich auf. Alles zog sich vor ihm zurück und drang auf ihn ein, pochte und pochte, als sei er ein Berg und in ihm würde nach etwas Wertigem geschürft.

Immer ging es ihm so, nicht nur, wenn er zu viel getrunken hatte. Im Suff ging es ihm sogar ein wenig besser, konnte er das Pochen und Schürfen nicht mehr so deutlich spüren.

»Du warst noch nicht geboren oder gerade erst geboren worden«, sagte er dann. »Ich selbst war erst sechs. Meine Eltern kamen von einer ihrer Handelsfahrten zurück, hatten mich für ein paar Tage bei einer anderen Familie gelassen, damit ich weiterhin zur Schule gehen konnte. Das war schon zur Gewohnheit geworden, mir machte das nichts aus. Aber diesmal, als sie zurückkehrten, war alles anders.«

Es kam so selten vor, dass Tautun von sich erzählte, dass Varlie nicht wagte, ihn zu unterbrechen. Sie wusste, dass seine Kindheit ein Geheimnis umgab. Aber ihre Eltern hatten nie mit ihr darüber gesprochen, Hernyet auch nicht, Mardein, Rauthne – niemand ließ sich etwas entlocken.

Sie legte sich wieder zu ihm, stützte ihr Kinn auf ihre Hände und lauschte seiner ein wenig undeutlichen Stimme. Er wandte den Blick ab. Es war ihm peinlich, dass sie ihn so beäugte. Dass sie ihn beim Reden erwischte. Aber er konnte jetzt keinen Rückzieher mehr machen.

»Sie waren krank. Hatten Fieber. Schwitzten. Sahen elend aus. Alle gerieten in Panik. Dass sie eine Seuche nach Hagetmau gebracht hatten, fürchtete man. Normalerweise hätte Mardein sich um meine Eltern gekümmert, aber man ließ ihn nicht zu uns. Wenn Mardein sich ansteckte, fürchtete man, würde sich bald das ganze Dorf anstecken. Es gab ja nur ihn. Also trennten sie uns mitten im Dorf von allen anderen Menschen ab.«

Varlie kannte Gerüchte darüber, wie Tautuns Eltern ums Leben gekommen waren. Von einer schweren Krankheit hatte man immer erzählt. Aber sie wusste nichts Genaueres. Sie begriff erst jetzt, dass das Geheimnis, das ihn umgab, und der Tod seiner Eltern womöglich ein und dasselbe waren.

»Und du?«, fragte sie, als Tautun nachsinnend schwieg, mit abgewandtem Gesicht.

»Mich gaben sie verloren. Ich war doch schon längst angesteckt, dachten sie. Besser eine Familie verreckt als alle. Die saubere Rauthne hat das so entschieden. Sie war auch damals schon eine alte, mitleidslose Hexe. So vergingen Tage. Meinen Eltern ging es immer schlechter. Aber sie hielten sich an das Verbot, das Haus zu verlassen. So gute Hagetmauer waren sie. Dann starben sie, alle beide, kurz nacheinander, zuerst mein Vater, dann meine Mutter.«

»Und du?«, fragte Varlie erneut, ganz fassungslos. Sie hatte Tautuns Eltern nie kennengelernt, deshalb interessierte sie sich vor allem für ihn.

»Mich versorgte man mit Nahrung. Durch eines der Fenster reichte man sie mir herein, an einer langen Stange. Reste, die die anderen nicht mehr haben wollten. Die man entbehren konnte. Selbst Schweine bekommen Besseres zu fressen. Eine volle Woche lang durfte ich zwischen den verwesenden Leichen meiner Eltern hausen. Ich sah Maden aus den Lippen meiner Mutter schlüpfen, und ich pflückte sie wie Blumen. Dann kam Hagetmau endlich der Gedanke, dass ich schon längst tot sein müsste, wenn ich mich wirklich angesteckt hätte. Zumal ich nur ein kleiner Junge war. Aber ich zeigte keinerlei Anzeichen. Mardein war es, der sich schließlich als Erster über Rauthnes Entschluss hinwegsetzte und mich aus dem Haus holte. Ich war vollkommen gesund, war nur entkräftet und verwahrlost. Es stellte sich heraus, dass meine Eltern überhaupt keine ansteckende Krankheit gehabt hatten. Wahrscheinlich hatten sie sich eher auf ihrer Reise mit irgendetwas vergiftet, das sie getrunken oder gegessen hatten. Mardein hätte ihnen mit Leichtigkeit helfen können. Aber man hinderte ihn daran.«

»Abelion!«, beschwor Varlie leise.

Tautun lachte höhnisch auf. »Ja, auch der ließ sich nirgends blicken. Man brannte das Haus meiner Eltern nieder, um ganz sicher zu gehen. Und um die Erinnerung an diese Sache zu tilgen. Wie jetzt in der Brandnacht sah das aus. Es ist immer wieder das Gleiche. Menschen müssen sterben, damit das Dorf bestehen bleibt. Häuser müssen brennen, damit vergessen werden kann. Mir stellte man diese Hütte zur Verfügung und hielt mich noch einen weiteren Monat lang von allen anderen Kindern fern. Schließlich war wohl auch dem größten Trottel klar, dass ich keine Krankheit in mir trug. Diese verfluchten Feiglinge! Seitdem steckt Rauthne mir immer wieder etwas aus der Dorfkasse zu, aus schlechtem Gewissen. Sie denkt, wenn sie mir ein Leben in meiner Hütte ermöglicht, macht sie alles wieder gut, was sie und die anderen vor achtzehn Jahren verbrochen haben. Aber das stimmt nicht. Das stimmt nicht einmal ansatzweise. Ich hasse sie alle.«

Er sah Varlie so finster an, dass sie auffuhr und »Etwa auch mich?« hauchte.

»Dich ein bisschen weniger als die anderen, aber auch dich. So sehr ihr euch das wünschen mögt – los werdet ihr mich nie.«

»Ich will dich gar nicht loswerden«, sagte sie und klammerte sich an ihn, seinen Hass einfach verdrängend, umschließend, und auch er konnte ihn nicht mehr lange aufrechterhalten, wenn sie ihm so nahe war.

Immer ging es ihm so. Nicht nur, wenn er zu viel getrunken hatte.

83

Jetzt folgten mehrere ruhige Tage. Beinahe eine ganze Woche.

Das Dorf erwartete jeden Tag die Ankunft eines neuen Capitars auf einem Gryph samt dreißig frischen Männern. Aber niemand kam.

Die Arbeiten an der neuen Ratshalle schritten voran. Nendlèce verbrachte den größten Teil der Tage mit Citlali in der Höhle und gewöhnte sie an sich. Tautun und Varlie waren eindeutiger als jemals zuvor ein Paar. Sinion, der begonnen hatte, sich bei Varlie vage Hoffnungen zu machen, fügte sich in sein Schicksal, er war es schließlich gewöhnt. Händler und Durchreisende passierten Hagetmau, deutlich weniger als vor der Eroberung durch Nafarroa, aber immerhin. Sie alle erzählten, dass man sich in ihren Gegenden einigermaßen mit den Besatzern arrangiert hatte. Vereinzelt gab es noch

Reibereien. In Momuy waren wohl zwei Einheimische gehängt worden, aber nicht, weil sie die Soldaren anzugreifen gewagt hatten, sondern weil sie beim Diebstahl erwischt worden waren und der dortige Capitar diesbezüglich hart durchgriff.

Dann tauchte Escradin der Weinhändler wieder in Hagetmau auf, überraschenderweise außerhalb seines eigentlichen Lieferplans. Er suchte Rauthne und Baresin und fand sie beide bei Baresin zu Hause beim Lesen an.

»Über euch braut sich etwas zusammen«, berichtete der stämmige Mann schnaufend.

»Was ist los?« Baresins Frage klang nicht weniger atemlos.

Rauthne reichte dem Weinhändler einen Krug Wasser. Der verneigte sich respektvoll vor ihr, stürzte das Wasser hinunter und begann zu berichten. »Ich bin in den letzten Tagen durch Banos, Urgons und Samadet gekommen, und überall herrscht Unruhe. Die Soldarenbesatzungen teilen sich auf. Ein großer Teil von ihnen ist nach Doazit unterwegs und lagert dort bereits, um später geschlossen gegen Hagetmau zu marschieren.«

Baresin wurde mehlweiß. »Was? Warum?«

»Ich weiß es nicht genau. Ich glaube, niemand weiß Genaues. Die Truppe, die Hagetmau besetzen sollte – dreißig Mann und ein Gryph wie in den anderen Dörfern auch – scheint spurlos verschwunden zu sein. Keine Meldung, keine Anzeichen, nichts. Man hat wohl sogar schon Fährtensucher in die Wälder geschickt, aber auch die haben nichts finden können.«

Falls das überhaupt möglich war, wurde Baresin noch bleicher. Zum ersten Mal überhaupt kam ihm der Gedanke, dass es eine verfolgbare *Spur* des Soldarentrupps gab, die direkt zur Brücke und von dort aus nach Hagetmau hineinführte. In all den Tagen hatte niemand im Dorf, auch nicht Sinion, an ein Verwischen dieser Fährte gedacht. Aber möglicherweise hatten sie Glück. Vielleicht war diese Fährte bereits am Markttag durch die nach Hagetmau kommenden und von dort auch wieder zurückreisenden Gäste übertrampelt worden. Jedenfalls schienen die Fährtensucher – hatte Escradin eben gesagt – nichts gefunden zu haben. Oder vielleicht doch?

Für einen Moment dachte er darüber nach, Escradin komplett ins Vertrauen zu ziehen. Dann entschied er sich dagegen – zu Escradins eigener Sicherheit. »Aber dieser Trupp ist bei uns nie angekommen. Wieso will man gegen uns marschieren?«

»Um Fragen zu klären. Um keine weiteren Fehler mehr zuzulassen. Vielleicht will man von euch aus einfach nur gründlichst die Gegend absuchen. Vielleicht verdächtigt man euch aber auch, mit dem Verschwinden der Soldaren zu tun zu haben. Dass eure Ratshalle gebrannt hat, kommt einigen verdächtig vor. Gleichzeitig verschwinden dreißig Soldaren, und das sollen zwei Zufälle ohne Zusammenhang sein?«

»Wir wissen doch nicht einmal, *wann* diese Soldaren verschwunden sind. Vielleicht irren sie noch irgendwo umher!«

Der Weinhändler sah Baresin forschend an. »Wenn dem so wäre, ließe sich ja alles aufklären. Aber man hat wohl schon Gryphen Erkundungsflüge machen lassen. Dreißig Mann sind ein zu großer Haufen, um selbst von oben übersehen zu werden.«

»Vielleicht sind sie desertiert und verbergen sich«, versuchte Baresin etwas hilflos.

»Ich glaube, davon geht niemand aus.«

Erstmals mischte sich Rauthne in das Gespräch. »Wie viele Soldaren schickt man gegen uns?«

»Ich bin mir nicht vollkommen sicher, ehrwürdige Byrgherin, aber nach dem, was ich in Erfahrung bringen konnte, sind es jeweils zwanzig Mann aus den umliegenden sieben Dörfern. Also insgesamt einhundertundvierzig Soldaren. In Doazit steht die gesamte Hauptstraße voller Soldarenzelte.

Soweit ich weiß, hat sich diese große Truppe noch nicht in eure Richtung in Bewegung gesetzt, weil noch nicht alle angeforderten Soldaren aus den umliegenden Dörfern eingetroffen sind – aber es wird sicherlich keine Woche mehr dauern, es kann jeden Tag so weit sein.«

»Abelion!«, entfuhr es Baresin.

»Abelion!«, ächzte auch die Byrgherin. »140 Mann? Die werden jeden einzelnen Stein umdrehen. Wie sollen wir die alle ernähren?«

»Ehrwürdige Byrgherin, mir sieht das alles nicht nach einer gewöhnlichen Besetzung aus. Ich fürchte, die Nafarroaner führen weitaus Schwerwiegenderes gegen euch im Schilde.«

Baresin und seine Mutter sahen einander an. Ein langer, sich gegenseitig ausfragender, dann sich gegenseitig stützender Blick.

»Wir müssen uns beraten, Escradin«, sagte die Byrgherin schließlich. »Aber wir danken dir tausendfach für diese wichtigen Neuigkeiten.«

»Wenn ich euch irgendwie helfen kann, irgendwie, gebt mir einfach Bescheid. Mir selbst ist der Schrecken in sämtliche Glieder gefahren, als ich mitbekam, dass Nafarroa sich zu einer Art Strafmaßnahme gegen eines unserer Dörfer rüstet. Ich dachte zuerst, es handelte sich um Momuy, weil dort noch am ehesten Unruhe herrschte. Aber Hagetmau – das hat mich sehr entsetzt.«

»Wir danken dir tausendfach«, wiederholte Rauthne und geleitete den Händler sanft zur Tür.

Als sie allein waren, schwiegen Mutter und Sohn lange. Die Lichter im Raum schienen wie ersterbend zu blaken.

»Wir sind verloren«, sagte die alte Frau dann. »Dem Druck von hundertundvierzig Besatzern werden wir nicht standhalten. Wahrscheinlich werden sie einige von uns verhören, sogar foltern. Mindestens einer wird reden. Einer genügt ja schon. Wenn sie dann die Toten im Sumpf finden, die Verbrannten, die Erschlagenen – ist alles aus.«

»Wir werden nicht einfach so aufgeben, Mutter. Wir haben einmal das Unmögliche bewerkstelligt. Vielleicht werden wir es noch ein zweites Mal schaffen.«

»Was denn? Gegen einhundertundvierzig Mann? Willst du Tautun diesmal gegen einhundertundvierzig Mann antreten lassen? Merkst du nicht, wann etwas aussichtslos ist?«

»Wir müssen Kriegsrat halten. Wie zuvor.«

»Du mit deinem Kriegsrat! Als ob auch nur ein Einziger von uns etwas vom Krieg verstünde!«

»Mittlerweile durchaus, Mutter.« Baresin schaute ganz unwillkürlich zu einem der Fenster hinaus. »Vor zwei Wochen wusste sicherlich noch keiner etwas. Aber das Wissen, das Hagetmau in seinem Herzen verborgen trägt, hat sich seitdem sehr, sehr verändert.«

84

Sie waren wieder zu siebt.

Diesmal nicht im Haus des alten Juroel. Sondern im *Schwarzen Lamm.* Für die Allgemeinheit nach wie vor geschlossen, weil Clarde immer noch außerstande war, eine wie auch immer geartete Bewirtung zu übernehmen, war dies dennoch der ideale Ort für einen Kriegsrat.

Schließlich hatte hier alles seinen Anfang genommen.

Seit über einer Woche war hier kein Essen mehr zubereitet worden. Dennoch roch es immer noch nach Speis und Trank. Ein Echo eines Duftes, das bei allen Versammelten Wehmut auslöste.

Tautun war anwesend, von Varlie begleitet. Nendlèce hatte man eigens kommen lassen. Sie sollte von ihren Fortschritten mit dem Gryph berichten und darüber hinaus bei dieser Versammlung die Stimme der noch nicht ganz Erwachsenen vertreten. Baresin führte wie selbstverständlich den Vorsitz, ihm zur Seite seine Mutter Rauthne und Sinion. Mardein, der Feuersemane, hatte sich dermaßen platziert, dass er allen anderen gegenüberzusitzen schien.

Soeben hatte Baresin wiedergegeben, was der Weinhändler Escradin ihnen berichtet hatte. Die Wirkung entsprach einem Bottich kalten Wassers, den er mitten im Raum über sie alle geschüttet hatte.

Er schloss mit den Worten: »Von uns verließ seit der Brandnacht kaum noch jemand das Dorf. Wir bekommen nichts von dem mit, was außerhalb vor sich geht. Das ist nicht gut
Ohne Escradin wären wir wie taub und blind. Wir haben Glück gehabt, dass wir in ihm einen guten Freund außerhalb Hagetmaus haben.«

»Und dennoch«, sagte Mardein, »verschweigen wir ihm die Wahrheit. Das fühlt sich nicht gut an. Das grenzt beinahe an Verrat.«

»Verrat?«, schnappte Baresin auf. »Nein, das ist kein Verrat. Das ist Vorsicht. Wir schützen schließlich dabei auch ihn selbst. Je weniger er weiß, umso uninteressanter bleibt er für die Nafarroaner.«

»Das ist Unsinn, Baresin, und du weißt das genau«, widersprach ihm Mardein. »Die Nafarroaner können gar nicht beurteilen, ob jemand etwas weiß oder nicht. Ihnen muss es bereits genügen, dass er hier war. Schon denken sie, er steckt mit uns unter einer Decke. Und da er in Wirklichkeit nichts über unsere Taten weiß, kann er sich auch durch nichts bei den Nafarroanern freikaufen. Wir verurteilen ihn dazu, für uns wieder und wieder in die Mangel genommen zu werden. Eine schöne Art, sich dankbar zu erweisen.«

»Also, was schlägst du stattdessen vor? Er ist immer noch hier.«

»Wir weihen ihn ein. Wir müssen ihm eine Gelegenheit bieten, sich für oder gegen uns zu entscheiden. Ansonsten missbrauchen wir ihn nur.«

»Aber wenn dann ausgerechnet er es ist, der uns verrät?«, gab Rauthne zu bedenken.

»Für uns spielt das doch gar keine große Rolle mehr«, beharrte der Semane. »Sie schicken ohnehin schon hundertvierzig Mann gegen uns. Sie verdächtigen uns, ob sie nun etwas wissen oder nicht. Aber für Escradin spielt es eine Rolle, ob er einer von uns wird oder nicht. Wenn er sich für uns entscheidet, weiß er wenigstens, welches Risiko er eingeht. Bislang spaziert er mit verbundenen Augen am Rand einer Klippe entlang.«

»Wie hoch ist denn die Chance, dass er sich nicht gegen uns wendet? Wagt da jemand eine Schätzung?« Baresin schaute alle der Reihe nach fragend an. Tautun und Varlie schien diese Diskussion zu langweiligen, sie fummelten stattdessen unentwegt aneinander herum.

»Jjjja, ich«, sagte schließlich Sinion. »Meimeiner Meimeinung nach ahnt er viel mehr, als wir glauben. Oder dededenkt ihr wirklich, da draußen gibt es keine Aki... Akitanier, die sich Gedanken darüber machen, wo unnnnn... wo unsere Besatzer abgeabgeblieben sind? Wo es doch beibeibei uns so auffällig gegebrannt hat? Die Nananaff... die denken sich doch auch ihren Teil, sonst wüwüwürden sie nicht so viele Männer gegen uns aufmamarschieren lassen. Wahrscheischeinlich glaubt minmindestens jeder zehnte da draußen, dass wir was dadadamit zu tun haben.«

»Glauben ist aber nicht Wissen. Es gibt keine Beweise.« Baresin wollte sich nicht beirren lassen, nur weil die anderen alle wirkten, als seien sie der Kompliziertheit der ganzen Angelegenheit langsam überdrüssig. Ausgerechnet jetzt, wo es wirklich gefährlich wurde, machten sie auf ihn den Eindruck, als seien sie aus Müdigkeit, allein schon aus dem Wunsch heraus, einfach nur in Ruhe gelassen zu werden, bereit, ihre Köpfe auf den Richtblock zu legen. »Solange es keine Beweise gibt, können die Nafarroaner Hagetmau nicht einfach zerstören, ohne einen allgemeinen Aufstand Akitanias zu riskieren. Ihr ziemlich maßvolles Vorgehen ist bislang ihr bester Schutz. Und dass es gegen uns keine Beweise gibt, ist *unser* bester Schutz. Ziehen wir nun aber Escradin ins Vertrauen, erzeugen wir außerhalb unseres Einflussbereiches eine Gefahrenstelle, die uns allen das Genick brechen kann.« Er musste schlucken und schaute kurz zu Tautun hinüber, als ihm auffiel, dass dieses geläufige sprachliche Bild im Falle Hagetmaus eine allzu handfeste Bedeutung besaß.

»Ich bin dafür, wir sagen ihm die halbe Wahrheit«, schlug Nendlèce vor.

»Was ist die halbe Wahrheit?«, fragte Baresin.

»Dass die Soldaren in der Ratshalle verbrannt sind. Dass es ein Unfall war.«

»Dadadas kauft uns leileider niemand ab. Die Soldaren wären nieniemals alle gleichzeitig in der Ratshalle gewesen. Es gab Wacht...Wachtposten überall. Jeder Capitar hahat sicherlich Anweisung gehabt, das gennnnn...genau so zu machen.«

»Dennoch hat Nendlèce nicht unrecht«, sagte Rauthne. »Letztes Endes war es tatsächlich ein Unfall. Niemand hatte vorsätzlich geplant, Soldaren umzubringen. Niemand hatte vorsätzlich geplant, die Ratshalle anzuzünden. Wir mussten so handeln, wenn wir nicht alle für das, was hier im *Lamm* vorgefallen ist, büßen wollten.« Es war interessant, dass sie »wir« sagte anstatt »ihr«, obwohl sie in der fraglichen Nacht nichts mit den Entscheidungen zu tun gehabt hatte. Aber das Aufsichnehmen ganz Hagetmaus war ihr seit Jahrzehnten in Fleisch und Blut übergegangen. »Wenn wir das Escradin so erklären, kann ich mir gut vorstellen, dass er uns verstehen wird. Er kennt uns doch und weiß, dass wir keine blutrünstigen Mörder sind.«

»Ich bin ein blutrünstiger Mörder!«, warf Tautun ein, mit einem herablassenden Grinsen im Gesicht. »Jetzt hört schon auf, euch allen dauernd gegenseitig zu verzeihen, und sagt mir lieber mal, was ihr vorhabt, wenn jetzt einhundertundvierzig von diesen Bastarden auf einmal aufkreuzen! Die werden uns nicht nur die Haare vom Kopf fressen, die werden uns härter rannehmen als jedes andere Dorf in Akitania. Wollt ihr ihnen entgegengehen mit einem Früchtekorb und wehklagen, dass es ein *Unfall* war?«

»Noch weiß niemand, wo die Toten abgeblieben und wo sie gestorben sind«, versuchte Baresin abermals den Stand der Dinge klarzustellen. »Wir können tatsächlich einfach nichtsahnend tun, die Köpfe senken und diesen Sturm über uns hinwegbrausen lassen. Sie werden nicht ewig so viele Leute in einem so kleinen Dorf stationieren, die wissen selbst, dass wir die nicht versorgen können. Wir sprechen hier von einer Woche. Oder zwei Wochen. Nehme ich mal an.«

»Zwei Wochen, in denen auf vier Hagetmauer ein Soldar kommt!«, hatte Varlie berechnet. »Das heißt, dass sie in jedes Haus einen oder sogar zwei setzen werden. Das steht keiner durch, Baresin. Irgendeiner wird sich verplappern. Oder durchdrehen.«

»Ja, Tautun wird wahrscheinlich wieder durchdrehen«, entgegnete Baresin bitter.

»Mit Freuden!«, schnappte dieser auf. »Wenn sie mir einen Soldaren in meine Hütte stellen, koche ich Suppe aus seinen Knochen!«

»Dann werden wir dich eben vorher in die Höhle zu dem Gryph stecken und ebenso anleinen und anketten und knebeln!«, verlor Baresin jetzt etwas die Beherrschung.

»Versuch das doch mal, du Schwätzer!«, höhnte Tautun.

»Ruhe, Kinder«, mahnte Rauthne mit erhobenen Händen an. »Es bringt niemandem etwas, wenn wir uns gegenseitig an die Gurgel gehen. Mardein, wie schätzt du die Situation ein?«

Da der Semane sich mit seiner Antwort Zeit ließ, kehrte wieder Ruhe ein zwischen Baresin und Tautun. Beide schienen daran interessiert zu sein, was Mardein zu sagen hatte.

»Ich weiß nicht, was Abelion von uns erwartet«, sagte er dann. »Ich vermag seine Zeichen nicht richtig zu deuten. Die Blätter der Bäume wehen im Herbstwind, als würden sie in Flammen stehen. Flammen, die noch nicht gelöscht sind, sondern erst noch geboren werden. Aber ich weiß nicht, ob wir ein Opfer sind, das dargebracht werden muss, weil wir uns zu viel angemaßt haben, oder ob Abelion von uns erwartet, dass wir kämpfen. Kämpfen nicht nur um Hagetmau. Sondern um ganz Akitania.«

Das war eine vollkommen neue Sichtweise, ein neuer Tonfall. Alle waren erstaunt. Selbst in Sinions Augen blitzte etwas auf.

»Wir können nicht gegen einhundertundvierzig Soldaren kämpfen«, stellte Rauthne fest. »Das dürfte uns wohl allen klar sein. Da kann Tautun sich so blutrünstig gebärden, wie er will. Wir werden eine andere Lösung finden müssen.«

»Ich glaube, es gibt keine andere Lösung«, sagte Varlie. »So tief können wir die Köpfe gar nicht senken, dass diese vielen Soldaren nicht bemerken werden, wie viel Dreck wir am Stecken haben. Ich finde, wir sollten uns nicht so verflucht einschüchtern lassen. Tautun ist beinahe im Alleingang mit mehr als zehn von denen fertig geworden. Mardein hat ebenfalls mehr als zehn besiegt. Wir sind fünfhundert Menschen gegen einhundertundvierzig. Warum sollten wir davon ausgehen, keinerlei Chance zu haben?«

»Weil von uns fünfhundert höchstens dreihundert in der Lage sind, auch nur ein Messer zu halten?«, fragte Baresin.

»Und diese dreihundert keine Rüstungen haben, keine Helme, keine richtigen Waffen, keine Ausbildung, keinerlei Erfahrung, keine Kampfformation, keine Taktik, nichts!«

»Aber es sind dennoch dreihundert Menschen! Männer, Frauen und Kinder! Ich glaube nicht, dass diese selbstverliebten Nafarroaner damit rechnen, dass dreihundert Menschen mit Messern und Knüppeln über sie herfallen. Oder mit Gift! Was ist, wenn wir sie alle vergiften, mit unserem Brunnenwasser, und selbst vorher irgendein Gegenmittel genommen haben?«

»Das ist viel zu riskant«, wehrte Rauthne ab. »Wir wissen nicht, wie viele Tage lang sie sich aus ihrem mitgebrachten Proviant selbst versorgen können. Und was sollen wir so lange trinken? Das mit dem Gegenmittel würde niemals über mehrere Tage gut gehen.«

»Gift ist vievieviel zu unsicher, zu langwiewierig. Einige könnten entkommen. Aber keikeiner dürfte entkommen.«

»Ich kann nicht glauben, was ich hier höre«, ächzte Baresin. »Wir denken doch wohl nicht allen Ernstes darüber nach, diese einhundertvierzig Mann ebenfalls umbringen zu wollen?«

»Aber es wäwäre die beste Lösung.« Sinion hatte mit einem Mal so viele Gedanken gleichzeitig im Kopf, dass es ihn aus seinem Sitz hochriss. Im Stehen konnte er besser sortieren, und alle, auch und besonders Varlie, sahen ihn aufmerksam an.

Kurz schwindelte ihn, so weit wollte er jetzt ausholen. Dann fasste er sich ein Herz und tat es.

»Meimeimeiner Meinung nach begeht Na…farroa jetzt einen schweren taktischen Fehler. Zum ersten Mamal. Weil sie uns un… weil sie uns unterschätzen. Oder besser gesagt: weil weil weil sie nicht wissen können, was auf sie zukommt.« Er sah die Ungeduld über sein Gestottere in Tautuns Miene und versuchte, ruhiger zu werden, langsamer zu sprechen. Immer noch hörten ihm alle zu. »Der gesamsamsamte

Er…o…be…rungsplan der Na…far…ro…aner besteht aus einem Muster. Muster und Gleich…mä…ßig…keit. Dreißig Mann in in jedem Dorf. Dreißig Mann und und und ein Gryph, um genau zu sein. Aber jetzt gerät dieses Mumuster in Unordnung. Sie schwächen sieben Dörfer, um ein einziges unter die … unter die Knute zu zwingen. Was also bliebe übrig, wennwennwenn dieses eine ungezähmte Dorf das Hundert…vier…zigerheer besiegen kann. Na?« Er blickte in die Runde, erwartungsvolle Freude im Gesicht. Offensichtlich konnte ihm aber niemand so richtig folgen. »Sieben geschwächte Dörfer!«, löste er sein eigenes Rätsel auf.

Niemand reagierte. Er musste also noch einmal von vorne anfangen.

»Könnkönnkönnt ihr es nininicht sehen? Ich kann es ganz deutdeutlich sehen!« Langsamer. Er musste langsamer sprechen. »Varlie hat es doch schon gegegesagt: Wir haben gut drei…hundert Leute, die einen Kampf wagen könnten. Erst recht jetzt, wo wir schon einmamamal einen Kampf gewagt und gewonnen haben. Außerdem haben wir einen Feuersemanen.« Dass dieser Satz ihm ganz ohne Stotterer gelungen war, gab ihm zusätzlich Auftrieb. »Und wir haben Zeit, uns vovovorzu…bereiten. Dank Escradin. Wir können Bögen bauen, mehr Bögen. Wir können das ganze Dorf in in in eine einzige Falle verwandeln. Die Na…farroaner können sich nicht sicher sein, wawawas sie erwartet. Vielleicht arg…wöhnen sie etwas. Aber sie werden dennoch nicht darauf gefasst sein, in einen … in einen Krieg zu ziehen. Also werden sie das Dorf nicht so taktaktisch angreifen, wie wenn sie zum Beispiel gegegegen einen echten Feind vorgehen würden. Sie werden das Dorf nicht umstellen und bebelagern. Sie werden hier einmarschieren, wie wie wie sie es am Anfang auch gemacht haben. So gehen sie immer vor: Sie zeigen ihre Präsenz. Sie halten niemanden im im im Hinhintergrund. Sie stellen sich alle auf dem Marktplatz auf u… u… u…« Ausgerechnet jetzt, wo er es schon fast geschafft hatte, ging das Sprechen gar nicht mehr weiter. Tautun verdrehte die Augen. Immerhin kicherte Varlie nicht. Sie hing Sinion eher an den Lippen. Das half ihm, half ihm weiter. »u… und versuchen, uns mit ihrer Anzahl einzu…schüch…tern. Normalerweise klappt das auch. Hundert…vierzig Mann, und jedem Aki…tanier rutscht das Herz in die Hose. Aber nininicht bei uns. Wir sind schon einmal mit einer Besatzung fefefertig geworden, und das ist keine Legende aus dem Gegeschichtenbuch, sondern das ist noch ganz frisch und ganz warm, dieses Wiwissen. Wenn sie im Dorf sind, lassen wir die Falle zuzuzuschnappen. Das ganze Dorf eine große Ffffalle. Wir ringen sie nieder. Mit Speeren. Mit Pfeilen. Mit Mardeins Ffffeuer. Mit allem, was uns zur Verfüverfügung steht. Und was haben wir dann? Um uns herum: Sieben Dörfer mit nnnnnur noch jeweils zehn Mann Besatzung. Wir reireiten von Dorf zu Dorf. Zehn Mann mit Bögen. Und beffffffreien alle sieben Dörfer. Und dann? Haben wir nnnicht nur sieben mal fünf…hun…dert Mann mehr als Verbündete, sondern das Genial… das Genialste daran ist: Hagetmau befffffindet sich dann nicht mehr außen in der Gegend, die ange…angegriffen wird, sondern geschützt in in in der Mitte. Umgeben von einem freien aki…tanischen Bereich.«

Er verstummte erschöpft, stützte sich mit beiden Armen auf dem Tisch auf. So eine lange Rede hatte er in seinem ganzen Leben noch nie gehalten. In der linken Schulter konnte er jetzt wieder den Hieb spüren, den Tautun ihm in der Brandnacht unabsichtlich verpasst hatte.

»Mensch, Sinion, das ist echt anstrengend, dir zuzuhören«, sagte Tautun grob. »Kannst du das Redenschwingen nicht Baresin überlassen?«

»Tutututt mir leid«, entschuldigte sich Sinion, ganz enttäuscht darüber, dass niemand auf den Inhalt seiner Rede einging.

»Das ist Größenwahnsinn, Sinion«, sagte schließlich Mardein. »Du denkst, weil wir es einmal mit Müh und Not geschafft haben – mit wahrscheinlich aller Unterstützung, die Abelion uns überhaupt gewähren konnte –, dass wir es noch einmal schaffen werden. Noch größer diesmal. Noch vermessener. Aber das hieße, unseren Gott herauszufordern. Unseren Gott und das Glück an sich. Der Preis hierfür kann ganz Hagetmau sein.«

»Aber um Hagetmau geht es ja gerade!«, meldete sich jetzt Varlie zu Wort. Sie nickte Sinion zu, und das gab ihm wieder Kraft gegen jeden Schmerz. »Weil Hagetmau wieder unter Druck gerät, und immer wieder unter Druck geraten wird, hat Sinion diesen Plan entwickelt. Er ist der Einzige, der die Dinge klar sieht! Ihr anderen denkt wohl immer noch, wenn wir uns nur unauffällig genug verhalten, wird der ganze Sturm an uns vorüberziehen. Aber das geht doch schon gar nicht mehr! Das haben wir uns selbst in der Brandnacht unmöglich gemacht.« Alle Blicke richteten sich jetzt auf sie. Baresin, Rauthne und Mardein wirkten dabei müde und ausgezehrt, Nendlèce dagegen ganz eifrig. »Schaut doch mal: Für uns waren diese Soldaren einfach irgendwelche namenlosen Gestalten. Wir hätten sie genauso gut einfach nur durchnummerieren können: Nafarroaner Eins bis Nafarroaner Dreißig. Aber irgendwo in den Ebenen Nafarroas …, da gibt es Ehefrauen, gibt es Eltern, gibt es Kinder, die diese dreißig Männer als ihre Ehegatten, ihre Geliebten, ihre Söhne und ihre Väter vermissen. Diese Familien werden wissen wollen, was aus ihren Angehörigen geworden ist. Das nafarroanische Oberkommando kann das Verschwinden eines ganzen Trupps nicht einfach unter den Tisch fallen lassen. Das geht nicht. Vielleicht wäre es angesichts des Gesamtfeldzuges, der ja ein Erfolg zu sein scheint, eine Lappalie, wenn dreißig Männer ihre Helme verloren hätten. Schwamm drüber. Aber dreißig Männer haben ihr *Leben* verloren. Deshalb sind alle – wie kann man das am besten nennen? – Strategien zur Vermeidung weiteren Übels für uns unmöglich geworden. Diese 140 Mann werden uns so lange zusetzen, bis sie etwas gefunden haben. Dann sind wir dran. Mindestens die rund zwanzig Leute, die in der Brandnacht im *Lamm* und an der ganzen Sache beteiligt waren. Aber vielleicht auch noch mehr. Rauthne wird ohnehin für alles verantwortlich gemacht und bestraft werden. Was 140 wütende Soldaren mit Mädchen wie mir anstellen wollen, möchte ich mir gar nicht erst ausmalen. Nein, Sinion hat recht. Wir müssen kämpfen. Wir können gar nicht mehr anders. Wenn wir verlieren, wird es uns kaum schlimmer ergehen, als wenn wir einfach nur stillhalten und bestraft werden. Aber wenn wir gewinnen, dann können wir tatsächlich, wie Sinion sagt, noch stärker werden, indem wir die umliegenden Dörfer hinzugewinnen. Ich dachte auch zuerst, wir können selbst im Fall eines Sieges nur verlieren, weil wir Verwundete haben werden und weitere Tote. Aber Sinion hat schon einen Schritt weiter gedacht. Wenn wir siegen, befreien wir einen ganzen Bezirk.«

Niemand sagte etwas. Aber Varlie und Sinion konnten deutlich sehen, dass der alte Mardein Feuer gefangen hatte. Nendlèce und Tautun ohnehin.

Baresin räusperte sich. Er lächelte schwach. »Mir scheint das ein Wunschtraum zu sein. Dass wir herumgehen und andere Dörfer befreien. Selbst wenn die nur noch zehn Mann Besatzung haben. Ich weiß nicht einmal, ob die anderen Dörfer das überhaupt wollen, oder ob sie uns in den Arm fallen würden, um Ärger von sich abzuwenden. Aber ich denke … darum muss es jetzt ja auch noch gar nicht gehen. Diese Befreiung nach außen kann ohnehin erst erfolgen, wenn wir die 140 Soldaren restlos besiegt haben. Jetzt frage ich dich, Sinion: Siehst du eine Möglichkeit, wie wir das schaffen könnten, ohne dabei selbst alle draufzugehen?«

»Ja. Gagaganz bestimmt: ja.«

»Wie genau stellst du dir das vor?«

»Wiwiwir nutzen alles, was wir haben. Wir machen Barrieren. Babababarrikaden. Machen aus dem *Hahahafen* einen Sack, aus dem keiner mehr raus...rauskommt. Dann arbeiten wir ü...ü...überwiegend mit Distanzwaffen. Wir schnitzen Lanzen. Ganz viele Lalanzen. Pfeil und Bogen. Wir werfen Steine von den Dädächern aus. Dadurch ver...ringern wir unsere eigenen Ver...letzungen. Mardein kann vielleicht etwas mit Feuer machen. Wir schaffen das. Jedes Kind kakakann mithelfen. Dann sind wir nicht nur 300, son...dern bibibis auf ein paar ganz Junge und Alte und Kranke über 400. Es kokokommen fast drei von uns auf jejejeden von denen.«

»Was ist, wenn sie Gryphen gegen uns einsetzen?«

»Pfeil u...u...und Bogen. Wurfspeere!«

»Was ist, wenn sie ebenfalls Bögen verwenden? Wenn sie uns einfach von den Dächern schießen?«

»Wir nutzen alles, wawawas wir haben. Was haben wir im Überfluss? Holz! Wir leben mitten im Wawawald! Wir können Deckungen aus Holz bauen. Sogar Rürürüstungen aus Holz. Ein Brett vor der Brust, eins am Rürürücken – fertig ist ein guter Schutz.«

»Und ein Brett vorm Kopf«, sagte Mardein, aber er lächelte dabei. Das Lächeln eines alten, verschlagenen Hundes.

Sinion lächelte jetzt ebenfalls. »Wawawarum nicht? Als Helmersatz.«

»Wir haben ja sogar noch einige Helme. Und Rüstungen, im Versteck«, gab Baresin langsam nach. »Damit können wir diejenigen von uns, die an vorderster Front kämpfen, ausstatten. Übrigens: Versteck – wie steht es eigentlich um den Gryph, Nendlèce?«

»Ich habe sie schon fast so weit, dass sie sich von mir reiten lässt. Aber einen Flug würde ich mir noch nicht zutrauen. Und ein Kampfgetümmel ehrlich gesagt erst recht nicht, ich weiß nicht, worauf sie da am stärksten reagiert. Vielleicht ist sie ja auf Befehle in nafarroanischer Sprache abgerichtet.«

»Das wird auch nicht nötig sein, sie in diesem Kampf schon einzusetzen«, schwächte Baresin ab. »Aber hinterher kann sie uns vielleicht wertvolle Dienste leisten, um unseren befreiten Bezirk zu überblicken. Oh Abelion – Sinion, wie ich mir wünschte, deine Zuversicht zu besitzen! Aber ich fürchte, diese 140 Mann werden eine ganz andere Schwierigkeit darstellen als die dreißig ersten, die wir größtenteils im Schlaf, im Suff, beim Dösen überrumpelt haben.«

»Jjjja, das stimmt. Aber als wir das getan hahahaben, hat Hagetmau ebenfafalls größtenteils geschlafen, gedöst oder wawawar besoffen. Diesmal werden wir alle hellwach u…und eingeschworen sein.«

»Ihr wollt das allen Ernstes tun?«, fragte Rauthne, die Byrgherin.

Alle Augen wandten sich ihr zu. Wie sie so dasaß, zwar ohne ihre Robe des Unter den Menschen Ausgezeichnetseins, aber immer noch mit ihren Ornamenten dekoriert, wirkte sie wie die Verkörperung des *alten* Hagetmaus. Des Hagetmaus, das in der Brandnacht in Rauch aufgegangen war, das aber nichtsdestotrotz noch jedermanns Fleisch und Knochen bildete.

»Ihr sprecht von Krieg«, sagte sie raunend. »Einem echten, offenen Krieg gegen Nafarroa. Der immer weitergehen wird. Sich immer weiter aufschaukeln wird. Bis es am Ende nur einen Sieger gibt: die oder uns. Bislang war es nur ein Unfall. Ein Unglück, das sich tragisch aufbauschte. Wir haben das einigermaßen unter Kontrolle bekommen. Erstaunlich gut unter Kontrolle, wenn ihr mich fragt. Wir leben jetzt alle in einer Lage, die nicht einfach ist, die aber immerhin noch Hoffnung zulässt, Hoffnung darauf, dass alles wieder in Ordnung kommt. Aber wenn wir diese 140 angreifen, gibt es kein Zurück mehr in unser altes Leben. Niemals.«

Alle schienen diese Worte auf sich einwirken lassen zu wollen. Nur Tautun nicht. Er entgegnete ihr: »Aber es war kein Unfall und kein Unglück. Es musste getan werden, also habe ich es getan.«

»Mit dieser Einschätzung stehst du aber alleine da.«

»Nein, tut er nicht«, sagte jetzt Varlie.

Dann, für alle überraschend, auch Mardein: »Vielleicht war es vorherbestimmt. Ich kann nicht glauben, dass etwas, das so weite Kreise zieht, einfach nur aus der Laune eines einzelnen Menschen entspringt.«

»Also«, hakte Rauthne noch einmal beim Semanen nach, »bist du der Meinung, dass der Krieg Hagetmaus gegen das gesamte nafarroanische Imperium unter Abelions Segen steht?«

Mardein dachte noch einmal nach. Dann nickte er. »So, wie es bislang abgelaufen ist, so, wie auch ich selbst in der Lage war, eine dermaßen verheerende Macht aus mir heraufzubeschwören – ja, ich denke, dass das ohne Abelions Zustimmung nicht möglich gewesen wäre. Ich denke auch, dass ich beim Kampf gegen die 140 noch einmal in der Lage sein werde, ein solches Feuer aus mir heraus zu entfachen.«

»Gut«, sagte Sinion, ganz ohne zu stottern.

»Was ist, wenn zwar die Soldaren nicht aus unserer Falle entkommen können, aber die Gryphen, die sie mitbringen, sehr wohl?«, fragte Nendlèce.

»Eine gute Frage«, musste Baresin zugeben.

»Dididiesmal wäre es e-e-egal. Ich meine, wenn einer entkkkk…entkommt. Gryph oder Memensch. Diesmal werden wir ohnehin nininicht so tun können, als wäre der Trupp im im im Wald versch…schollen. Sie schicken hundert…vierzig gegen uns, und die erstatten keinen Bebebericht oder kehren zurück. Es ist dann klar, dass Hagetmau Krieg fffführt. Oder?«

»Aber dann werden sie als Nächstes eine ganze Armee

schicken«, meinte Rauthne. »Escradin hat mir am Markttag erzählt, einer der Soldaren hätte ihm gesagt, Nafarroa sei mit sieben Heeren zu jeweils siebentausend Mann in Akitania einmarschiert. Das heißt, als Nächstes kämen sie dann mit siebentausend. Mindestens.«

»Jjjja, aber bibibis dahin können wir auch schon dreitautautausendfünfhundert sein, wie ich vorvorhin sagte. Und noch mehr, wewewenn wir es richtig anstellen. Sollen sie kommen, die siesiesiebentausend. Die werden dann wiederum woanders ffffehlen. Versteht ihr das alle? Bei jeder Umver…Umverteilung gerät Nafarroa in Nanachteil, und Akitania wird wieder ein Stückstückchen freier.«

»Ja«, stimmte auch Mardein zu. »Irgendwann wird das Netz, das sie über unser Land geworfen haben, dermaßen ausgedünnt sein, dass es überall zu reißen beginnt. Dann werden sie sich zurückziehen müssen. Wir werden nicht alle sieben Heere zu besiegen haben. Vielleicht drei oder vier. Der Rest sieht dann, dass Akitania nicht mehr zu halten ist, und gibt den Feldzug verloren. Die sind doch nicht lebensmüde. Die wollen doch auch zu ihren Familien zurück.«

»Sie werden desertieren, wenn man ihnen das verweigert«, sagte Varlie nickend.

»Drei oder vier Heere nur«, griff Rauthne mit einem traurigen Lächeln auf. »Das sind ja nur einundzwanzigtausend bis achtundzwanzigtausend Soldaren. Kein Problem für Hagetmau.«

»Nininicht nur Hagetmau. Akitania!«

»Ja. Aber Hagetmau trägt die Verantwortung. Wir alle werden uns zu Anführern eines Heeres entwickeln müssen, das es bislang außer in euren hochtrabenden Vorstellungen noch überhaupt nicht gibt.«

»Also bist du dagegen, Mutter?«

»Ja. Selbstverständlich. Dass du das überhaupt noch fragen musst! Selbstverständlich bin ich als Byrgherin dieses Dorfes gegen eine Entwicklung, die uns letzten Endes gegen mehrere Zehntausende von Feinden führen wird! Selbst wenn wir noch so viele Verbündete gewinnen können – es wird dennoch Tausende von Toten geben. Wie kann irgendjemand dafür sein?«

Diesmal schwiegen alle betreten, sogar Tautun.

»Aber die Frage ist doch«, sagte schließlich Varlie, »ob es überhaupt noch aufzuhalten ist.«

»Richtig«, sagte Rauthne nickend. »Die Frage, die sich keiner von euch stellen möchte, lautet: Sollte Hagetmau sich womöglich opfern? Damit das restliche Akitania sich zumindest friedlich arrangieren kann. Die Frage ist tatsächlich, ob wir das, was wir ganz alleine begonnen haben, all unseren Nachbarn mit aufbürden dürfen. Ob so etwas überhaupt … gerechtfertigt ist.«

»Aber als Byrgherin dieses Dorfes kannst du nicht dafür sein, dass es untergeht«, gab Mardein zu bedenken.

»Genau«, pflichtete Baresin ihm bei. »*Gerechtfertigt* ist unser Widerstand dann, wenn unsere Nachbarn ebenfalls willens sind, in den Widerstand zu gehen, und bislang vielleicht einfach nur, weil sie von Nafarroa überrumpelt worden sind, keine Möglichkeit gefunden haben, das in die Tat umzusetzen.«

»Wie können wir das feststellen?«, fragte Rauthne leise.

»Na, ganz einfach«, sagte Varlie. »Wir befragen Escradin!«

85

Der Weinhändler wurde zum Kriegsrat in das *Schwarze Lamm* bestellt.

Er zeigte sich sehr verwundert über diese eigentümliche Versammlung an einem Ort, der offensichtlich für die Allgemeinheit gesperrt war, aber er wusste natürlich, dass der Wirt krank oder unpässlich darniederlag und der Sohn des Wirtes umgekommen war, also dachte er sich seinen Teil.

»Wir wollen dir eine Frage stellen, Escradin«, begann Baresin, »und hoffen dabei auf deine Verschwiegenheit. Denn dass wir uns überhaupt mit solchen Fragen beschäftigen, darf außerhalb dieses Raumes vorerst noch niemand wissen.«

Escradin blinzelte irritiert. »Ich spioniere mit Sicherheit für niemanden!«

»Das habe ich auch nicht behauptet. Zwischen *Spionieren* und *sich unachtsam Verplappern* besteht ein himmelweiter Unterschied.«

Jetzt lächelte Escradin verschmitzt. »Wenn ich unachtsam wäre, würde ich es unter den strengen Blicken der Nafarroaner nicht allzu weit bringen können.«

Baresin schaute seine Mitverschworenen an, dann begann er. »Wir sind bislang von diesen strengen Blicken verschont geblieben. Aber jetzt scheint es, als würde Nafarroa dieses Versäumnis nachholen wollen, und zwar mit einer Härte, die wir für ungerechtfertigt halten. Dreißig feindliche Soldaren aufzunehmen wie jedes andere Dorf würde uns durchaus noch als angemessen erscheinen. Aber die beinahe fünffache Anzahl? Das finden wir unzumutbar. Wir denken darüber nach, uns das nicht gefallen zu lassen.«

Der Weinhändler lachte auf. »Was wollt ihr machen? Eine Petition an den Nafarroanischen Generarstab? Der sitzt für diesen Bezirk, glaube ich, in Marmandeh. Bis eure Bittschrift dort eingetroffen ist, sind die 140 längst hier.«

»Deshalb scheint uns eine Bittschrift auch nicht auszureichen.«

»Aber was habt ihr dann vor?« Escradin sah nacheinander in die sieben Gesichter. Baresin schaute ihn erwartungsvoll an. Sinion wirkte unsicher. Tautun grinste breit. Varlie lächelte ebenfalls, aber mit finster entschlossenem Ausdruck. Rauthne sah aus, als sei sie 140 Jahre alt. Mardein war in sich versunken wie ein Schlafender, aber er lauschte sehr aufmerksam. Nendlèce – was machte eigentlich dieses Mädchen in diesem seltsamen Zirkel? – hibbelte auf ihrem Stuhl. »Nicht doch!«, stieß der Weinhändler schließlich hervor. »Ihr wollt nicht allen Ernstes – kämpfen?«

»Wir wissen es noch nicht, Escradin. Wir denken darüber nach. Wenn wir das tun …, wenn wir dieses Opfer bringen im Namen Akitanias, von dem die Nafarroaner wohl glauben, dass es nicht mehr existiert, aber hier in Hagetmau wissen wir es besser …, wenn wir dieses Wagnis eingehen und siegreich sind, könnten wir anschließend versuchen, auch weitere Dörfer zu befreien. Jetzt frage ich dich: Würde man unsere Entscheidung dort begrüßen? Oder würde man uns als Unruhestifter verdammen?«

Escradin schaute immer noch von einem zum anderen, obwohl einzig Baresin mit ihm sprach. »Ihr meint das wirklich ernst?«

»Wir denken darüber nach«, wiederholte nun Rauthne vier Worte ihres Sohnes.

Der Weinhändler spürte, wie sein Herz schneller schlug. »Also … also ich weiß, dass man euch in Momuy bejubeln würde. Dort ist die Lage ziemlich unruhig, immer wieder gibt es Proteste und Zusammenrottungen. Die Nafarroaner mussten schon einige Rädelsführer aufknüpfen, aber das macht es nicht besser. Auf Cazalis schwappt diese Unruhe auch über.

In Samadet und Urgons ist es teils-teils. Viele sagen, es hat sich unter Nafarroa kaum etwas verändert und erst recht nichts verschlechtert. Aber es gibt auch viele, die murren, weil sich nichts verbessert hat. Und weil die Soldaren im Dorfbild immer Fremdkörper bleiben werden. In Doazit und Maylis und Banos ist alles recht ruhig, aber ich glaube, dass man auch dort die Eingeschüchterten, die Verunsicherten und die Unentschlossenen aus ihrer Trägheit rütteln könnte, wenn denn einer den Mut hätte, etwas zu unternehmen. Bei Abelion! Ich sage euch noch mehr: Wenn ihr wirklich kämpfen wollt, dann würde ich mitmachen!«

»Wie bitte?«, fragte Rauthne ungläubig, während Baresin und Sinion einen triumphierenden Blick wechselten.

»Ja! Verdammt nochmal! Ich werde pausenlos schikaniert von diesen uniformierten Rabauken! Jedesmal, wenn ich ein Dorf verlasse, und jedesmal, wenn ich in eines hineinfahre. Es passt mir überhaupt nicht, dass Nafarroaner nördlich der Berge plötzlich das ganz große Sagen haben wollen. Was soll das denn? Was haben die hier zu suchen? Ich habe sogar schon Diskussionen zwischen den Soldaren mitbekommen, weshalb man Leute wie mich überhaupt noch Gewinne machen lassen soll. Warum nicht alle meine Fässer einkassieren und selbst verkaufen? Man hat doch jetzt schließlich das Recht dazu. Ich glaube, die Zeiten, in denen man uns Akitanier in Sicherheit wiegt, indem man uns im Großen und Ganzen noch so weitermachen lässt wie bisher, sind bald vorbei. Wenn das gesamte Akitania sicher in nafarroanischer Hand ist, so dass garantiert niemand mehr aufzumucken wagt – dann erst werden die neuen Herren ihr wahres Gesicht zeigen. Deshalb würde ich bei euch mitmischen, wenn ihr mich lasst, und ich wüsste noch mindestens zehn, zwanzig wirklich Unzufriedene aus den umliegenden Dörfern, Männer, die sich so wie ich echte Sorgen um die Zukunft machen, die sich uns ebenfalls anschließen würden!«

»Das würde unsere Streitmacht um zwanzig entschlossene Männer erhöhen«, sagte Tautun zu Rauthne. Der Gedanke, dass der Kampfesfunke schon jetzt über das erbärmliche Hagetmau hinaus auch auf andere Orte übergreifen sollte, gefiel ihm ganz ausgezeichnet.

»Worüber wir uns Sorgen machen«, ergriff nun die Byrgherin das Wort, »ist vor allem, dass ganz Akitania oder zumindest unsere Region darunter zu leiden haben könnte, wenn wir den offenen Widerstand wagen. Es macht mir Angst, dass in Banos oder Maylis Menschen gehängt werden könnten, nur weil Hagetmau frech geworden ist.«

»Das halte ich, mit Verlaub, für eher unwahrscheinlich«, sagte der Weinhändler. »Wie gesagt ist es nirgendwo so, dass überhaupt nicht gemurrt wird, in keinem einzigen Dorf. Was meint ihr, wie es in den größeren Städten aussieht? Änderungen gehen nie reibungslos vonstatten, selbst wenn es sich nicht um eine Machtübernahme, sondern nur um ein neues Gesetz handeln sollte. Wenn die Nafarroaner andere Dörfer willkürlich mitbestrafen würden, hätten sie aufgrund dieser Ungerechtigkeit bald einen allgemeinen Aufstand an der Gurgel, das kann ich euch versichern. Akitania mag sich gefügt haben, gefügt, weil man es in seiner schläfrigen Langsamkeit überrumpelt hat – aber unter der Oberfläche gärt es. Wenn nur einer den Anfang macht, wird das um sich greifen.«

Tautun richtete sich bei diesen Worten auf und schaute die anderen Hagetmauer im Raum stolz an, denn ihm war nur zu bewusst, dass er derjenige gewesen war, der diesen Anfang gemacht hatte.

Rauthne vermied es, ihm ins Gesicht zu sehen. Seine Genugtuung über das vollbrachte blutige Handwerk bereitete ihr Leibschmerzen.

»Wir danken dir für deine Auskünfte und Einschätzungen«, sagte sie dann. »Wir werden nun noch einmal unter uns beraten müssen. Das Ergebnis teilen wir dir dann mit.«

Der Weinhändler nickte. »Für Akitania und Abelion!«, sagte er voller Pathos, dann verließ er eilig den Raum. Diese Schwurformel klang allen seltsam übertrieben in den Ohren, aber man musste sie durchaus ernst nehmen, denn letzten Endes ging es tatsächlich um nicht weniger als um Land, Sprache, Eigenart und Religion.

»Nur um euch darüber in Kenntnis zu setzen, wie sehr diese ganze Sache mir zu schaffen macht, will ich euch in einen Gedanken einweihen, der mir vorhin während Escradins hübscher Rede gekommen ist«, sagte Mardein. »Der Gedanke lautet: Was ist, wenn die Nafarroaner ihn geschickt haben? Escradin. Von wem wissen wir, dass uns 140 Soldaren angreifen werden? Von Escradin. Von ihm allein. Was, wenn das alles nur eine Finte ist, um über ihn herauszubekommen, was wir denken?«

»Falls es eine Finte wäre, hätten wir uns aber geschickt verhalten«, sagte Varlie, »denn Baresin hat ihm mit keiner Silbe verraten, dass wir die dreißig ersten Soldaren haben verschwinden lassen.«

»Es ist sicherlich keine Finte«, sagte eine Stimme von oben. Sämtliche Köpfe ruckten herum.

Auf der Treppe, die in den Wohnbereich führte, stand Clarde, die Wirtsfrau. Seit der Brandnacht schien sie den Verstand verloren zu haben, doch nun wirkte sie fast wie früher, lediglich etwas schmaler, bleicher und verhärmter. »Verzeiht, dass ich euch belauscht habe, aber eure Stimmen waren so laut, da wurde ich neugierig.«

»Wir haben gedacht, du schläfst«, sagte Mardein mit einem Lächeln. Er freute sich über die Fortschritte, die seine behutsame Behandlung mit Kräutertees und -suppen bei der Wirtsfrau zu zeitigen schien. »Tut uns leid, dass wir deine Räume so zweckentfremden.«

»Aber das ist doch richtig, das *Lamm* ist ein Versammlungsort. War es schon immer. Und soll es auch in Zukunft sein. Ich fühle mich jetzt wieder stärker, bereit, meinen Aufgaben ins Angesicht zu sehen. Auch mit meinem Mann geht es aufwärts, ich denke, er wird schon bald mit einer Augenbinde versehen wieder hinter dem Schanktisch stehen können. Ich wollte nur sagen: Ich kenne Escradin besser als jeder von euch, denn wir waren es schließlich, Folster und ich, die dauernd mit ihm Geschäfte gemacht haben, seit anderthalb Jahrzehnten inzwischen. Auf keinen Fall ist er ein Spion der Nafarroaner. Er hat schon früher abgelehnt, Geschäfte über die Berge zu machen. Die Konflikte mit Nafarroa haben mehrere Generationen seiner Familie sehr in Mitleidenschaft gezogen. Er hat nichts übrig für die Südländer, nicht das Geringste.«

»Ich wollte auch nicht sagen, dass ich ihn verdächtige«, sagte Mardeln. »Ich wollte nur darstellen, wie sehr die Tragweite unserer Entscheidungen mich über alles Mögliche nachdenken und mich an allem Möglichen zweifeln lässt.«

»So geht es uns wohl allen. Oder fast allen«, verbesserte sich Rauthne nach einem kurzen Blick auf Sinion, Varlie und Tautun. »Aber es scheint festzustehen, dass Escradin unseren Aufstand unterstützen würde. Obwohl wir ihm noch nicht einmal verraten haben, weshalb wir so sehr mit dem Rücken zur Wand stehen, dass uns ein Aufstand als Lösung erscheint. Ich will nur noch einmal in die Runde fragen, und ich frage ganz besonders dich, Sinion, der du dich in der Brandnacht, wie mehrere mir berichtet haben, durch taktische Überlegungen hervorgetan hast: Gibt es für uns wirklich keine andere Möglichkeit mehr, als uns mit 140 Soldaren in offener Feldschlacht zu messen?«

Sinion stieg das Blut ins Gesicht. So gelobt und dann auch noch vor allen anderen so ausdrücklich angesprochen zu werden, war er immer noch nicht gewöhnt. »O-o-offene Feldschlacht auf keinen Fall, ververehrte Byrgherin. Wir müssen mimimit List und Planung arbeiten. Dann haben wir eine gugute Chance, vielleicht sogar fast ohne Verllll… fast ganz ohne Verluste.«

»Und die Notwendigkeit?«, hakte Rauthne nach.

»Die sesehe ich ganz bebebestimmt. Ich meine, wir werden von einhunhundertvierzig Mann bebebesetzt werden. Die werden uns durchsuchen, bebebefragen, herumschubsen, in den Schwitzkaskasten nehmen, uns unterdrücken, schik… schikanieren, belästigen, uns die Hahaare vom Kopf fressen, unser Vieh und ununser Getreide, sie werden überall sein, man wird keikeinen Schritt mehr machen können. Es wawawar schon vorher nicht schön, mit dreißig. Aber mimimit fast fünfmal so vielen wird es ununerträglich sein.«

»Die Frage ist halt nur: Wie lange werden die bleiben wollen? Was, wenn die meisten von denen schon nach einem oder zwei Tagen zurückkehren in die Dörfer, in denen sie eigentlich stationiert waren? Dort werden sie doch gebraucht. Was, wenn sie uns beim Aufbau der Stadthalle helfen wollen? Wenn sie nur deshalb zu so vielen anrücken?«

Dieser Gedanke war bislang noch niemandem gekommen. Rauthne löste damit noch ein letztes Mal ein Innehalten aus.

Bis dann Tautun sagte: »Wer will denn eine Stadthalle haben, die von Nafarroanern erbaut wurde? Werden die uns dort eine Statue ihrer Königin reinstellen? Und müssen wir uns vor der dann jeden Tag verbeugen?«

Damit war die Entscheidung des Kriegsrats schon beinahe getroffen. Der letzte Anstoß, den die Versammelten noch benötigten, kam von der Wirtsfrau Clarde. Weiterhin auf der Treppe stehend wie ein ungeladener Gast in ihrem eigenen Haus sagte sie: »Ich will, dass wir kämpfen. Mein Sohn hat das auch gewollt und sein Leben dafür gegeben. Nun gebe ich meins und mein Mann seins, aber wir werden immerhin frei sein bis zu unserem letzten Atemzug. Der Name Hagetmau wird in den Geschichtenbüchern noch eine Rolle spielen, wenn sämtliche duckmäuserischen Orte schon längst vergessen sind.«

Clarde hatte sich verändert. Sie war nicht einfach nur vorübergehend krank gewesen und nun wieder genesen. Sogar in ihren Gesichtszügen hatte sich etwas verändert, ihre Nase schien spitzer geworden, die Mundwinkel dünner.

Ihre Worte waren beinahe schon wieder ein Zuviel an Bedeutsamkeit.

Aber genau darum ging es: Krieg war zu viel, Stillhalten und Bangen aber viel zu wenig.

Die Entscheidung wurde einstimmig getroffen.

Auch die Byrgherin konnte sich dem, was ihr Dorf von ihr verlangte, nicht mehr verschließen.

86

Niemand konnte sagen, wie viel Zeit ihnen noch blieb.

Aber dank Escradin wusste man immerhin, dass der Gegner aus Doazit kommen würde, dem Dorf, das Hagetmau am nächsten lag. Sie brauchten also wenigstens nicht sämtliche Himmelsrichtungen im Auge zu behalten, sondern konnten sich auf den Norden beschränken.

Baresin konnte den Gedanken an das Waldmännlein nicht abschütteln, das er am Nordrand Hagetmaus gesehen hatte. Eine Vorhut vielleicht, ein Späher? Nein, das war Unsinn. In der Brandnacht war das, was das Zusammenziehen der Truppen in Doazit ausgelöst hatte, überhaupt erst passiert.

Escradin brach auf, nach Süden. In Cazalis und im besonders unruhigen Momuy hoffte er, die meisten Akitanier auftreiben zu können, die sich der Sache Hagetmaus anschließen würden. Ob er allerdings rechtzeitig mit solchen Verbündeten zurück sein würde, konnte niemand einschätzen. Immerhin musste er den Hin- und Rückweg bewältigen, während die Nafarroaner von Doazit aus nur noch einen Hinweg vor sich hatten.

Baresin gab dem Weinhändler zum Abschied die Hand und sagte dann, als dieser außer Hörweite war, seitlich zu Sinion: »Ich fürchte, das ist alles gut gemeint von ihm, aber seine Unterstützung wird zu spät kommen.«

»Ich dededenke schon weiter«, antwortete Sinion. »Für dededen Kampf gegen die Hundertdertvierzig wird er wahrsch…scheinlich zu spät kommen, aber für das, was danach kommt, werden wir jeden Mann brauchen kökökönnen.«

»Ich dachte, danach befreien wir die umliegenden Dörfer und errichten dadurch einen Schutzwall um uns herum?«

»Schon, a-aber wir wiwissen ja nicht, was die Naff… die Nafarroaner inzwischen machen. Je stärker Hagetmau wird, desdesto besser für uns.«

Stärker auch auf Kosten der anderen Dörfer, begriff Baresin. Das war die neue Denkweise des Kriegführens.

»Also dann. Verstärken wir es!«

Sie entwickelten einen Plan. Gingen durch das Dorf, begleitet von Rauthne, Mardein und Varlie, und beratschlagten, auf welche Weise man die aus achtzig Häusern bestehende Ortschaft für eine Schlacht rüsten konnte. Wie auch schon in der Brandnacht erwies sich Sinion als federführender Stratege. Wo auch immer er das eigentlich her hatte. Möglicherweise hatte er in vielen einsamen Nächten von großen Umwälzungen zu seinen Gunsten wachgeträumt.

»Wewenn wir Barrikaden errichten aus Holz, hier und hier und dort und dort, dadadann schließen wir den *Hafen* ziemlich gut ein. Dann brauchen wir zwei große bebebewegliche Barrikaden, so wie Zäune auf Rollen, a-a-aber dick und stabil. Mit Lücken zwischen den Stä…Stämmen, damit unsere Leute mit Speeren da durchstechen kkkkönnen. Das wird unsere Hauptwaffe sein: Lange Sp…lange Speere, mindestens dreißig, vierzig Stück. Wir durchbohren die Soldaren durch die Barri…kaden hindurch, und sie kommen nicht an uns heran.«

»Sie können die Speere einfach durchhauen«, sagte Varlie.

»Ja, wenn sie Schwerter hähätten, dann sicher. Aber sie haben ja diese komischen Hähämmer, damit kkkommen sie gegen Speere nicht so gugut an. Wichtig ist halt, dass die großen, beweglichen Babarrikaden von Norden und Süden kommen, alles dicht mamamachen und immer enger, immer enger rankommen. Der Raum für die Soldaren soll immer kkkkleiner werden, und nununur noch aus Lanzen bestehen, versteht ihr? Zu…zusätzlich haben wir Bobobogenschützen, und zwar zwanzig Mann, alle, die in unserem Dorf schieschießen können. Die kommen auf die Dächer. Anfangs noch nicht, falls die Naff… die Naff…«

»Nafarroaner«, half Rauthne aus.

»… mimimit einem Gryph kommen und von oben schauen, aber wenn sie dadadann alle auf dem Markt… dem Marktplatz sind, gehen die Schützen hoch und decken die Zusammengegegepferchten von oben aus ein. Dagegen kökönnen sie gar nichts machen. Auch wenn welche über die Barrikaden fliefliehen: Pfeile. Dadadann haben wir Mardein. Viel…vielleicht kannst du auch von oben Feuer schicken? Die Anführer treffen?«

»So es Abelions Wille ist, werde ich dazu in der Lage sein, ja.«

»Chaos, Speere, Pfeile, Wuwurfsteine, Feuer, Barribarrikaden – wir werden ihnen einfach keine Chance lalassen.«

»Wir könnten auch Wasser zum Kochen bringen und aus den Fenstern kesselweise auf sie schütten«, schlug Varlie vor.

»Ja!«, nahm Sinion das begeistert auf. »Alles, wawawas möglich ist! Was sie in die Knie zwingt! Und dann rüsrüsten wir noch Freiwillige aus. Mit den Hehelmen und Hämmern und Harnischen, die wir von ihnen erbeutet haben, oder mimimit Holzbrettern als Papanzerung. Mit denen bibilden wir vier Ein… vier Eingreifgruppen. Eine im Norden hinter der Barrikade, zur Sisicherheit. Eine im Süden hinter der Barrikade, zuzuzuzuzur Sicherheit. Und zwei an den Seitenrändern, wowowo die festen Barrikaden stehen. Falls welche entkommen. Oder dudududurchbrechen können.«

»Wer soll diese vier Gruppen anführen?«, fragte Varlie.

»Du nimmst eine, Tautun nananatürlich auch eine. Ich eine. Baresin?«

Jetzt war es beinahe an Baresin zu stottern. »Äh, ja … wenn sich niemand anderes findet. Ich hätte aber eigentlich lieber so etwas wie einen Gesamtüberblick von einem der Dächer aus und könnte von dort aus die Gruppen besser koordinieren.«

»Oder oder so. Dann nimmt halt Naejon die vievierte Gruppe, der macht das bebestimmt.«

»Oder Clarde«, schlug Varlie vor.

»Clarde! Nananatürlich! Wawarum nicht? Wir fragen sie!«

»Also müssen wir jetzt bauen«, fasste Rauthne zusammen. »Sperren in den Gassen, schwere Barrikaden auf Rollen, viele Speere, noch mehr Bögen. Das Leben und Arbeiten Hagetmaus wird jetzt nur noch dieser Schlacht dienen.«

»Ja«, sagte Baresin. »Aber natürlich nur, bis die Schlacht geschlagen ist. Danach können wir wieder leben wie vorher, als freie Akitanier.«

Rauthne ließ ihm ein Lächeln zuteil werden, das nachsichtig wirkte, so wie jemandem, von dem man weiß, dass er sich bloß etwas vormacht. »Ich frage mich nur, ob die Leute die Grausamkeit aufbringen werden. Versteht ihr, was ich meine? Es ist eine Sache, Wasser heiß zu machen. Es ist eine andere, das einem Menschen ins Gesicht zu schütten. Es ist eine Sache, einen Speer zu schnitzen. Es ist eine ganz andere, den jemandem in den Bauch zu rammen.«

Alle schwiegen betreten.

Bis Varlie sagte: »Es ist erstaunlich einfach, solche Sachen zu tun, wenn man erst einmal begriffen hat, dass man um sein Leben kämpft. Und um das der Menschen, die einem nahestehen. Glaubt mir. Ich habe es im Wirtshaus erlebt, als auch Ranien begriff, dass man jetzt alles riskieren muss.«

»Es geht nicht nur um die Menschen, die wir kennen, denn es geht nicht einmal nur um dieses eine Dorf«, fügte Mardein noch hinzu und nickte, wie um sich selbst Entschlossenheit zu zeigen. »Es geht um ganz Akitania. Um Abelions Heimstatt.«

»Sagen wir es ihnen«, schlussfolgerte Sinion, und er stolperte kein bisschen bei diesem kurzen Satz. »Sagen wir es ihnen jetzt.«

Alle schauten zu Rauthne und zu Baresin. Rauthne jedoch sah Sinion an. »Es ist dein Plan. Willst du ihn nicht verkünden?«

Sinion hob beide Hände. »Wewewenn ich eine Rede halten muss, dauert dadadas ewig, und die Leute bauen dann drei Ba…Barrikaden statt einer.«

»Vielleicht wäre das gut«, sagte Mardein, und löste damit beinahe so etwas wie Heiterkeit in ihrer kleinen Runde aus.

87

Die Rede, die Rauthne und Baresin vom Podest auf dem Marktplatz an die Hagetmauer richteten, war misslungen und konfus. Vielleicht lag es daran, dass sie sich gegenseitig den Vortritt lassen wollten bei den wirklich schlechten Nachrichten.

Es stand eine Schlacht bevor.

Eine Schlacht, die die Brandnacht bei Weitem in den Schatten stellen würde.

Diesmal musste jeder mitanpacken. Schlimmer noch: Eigentlich würde sogar jeder mitkämpfen müssen. Bis auf die ganz Jungen, die ganz Alten, die ganz Kranken und die ganz Schwangeren wurde jeder gebraucht. Diesmal ging es gegen 140 wohlgerüstete Nafarroaner.

Etwas schwammig erklärten Mutter und Sohn, dass es keinen anderen Ausweg gab. Wahrscheinlich war am Markttag ein berittener Späher der Nafarroaner den Hagetmauern auf die Schliche gekommen, hatte Eins und Eins zusammengezählt – und nun hatte man beschlossen, das Dorf zu pressen, bis die Wahrheit aus den Steinen schwitzte.

Das Volk wand sich unbehaglich angesichts der Vorstellung, dass die Brandnacht keine Vergangenheit war, sondern ihr Feuer noch immer und weiterhin loderte.

Einige begrüßten die Möglichkeit, durch eine weitere Schlacht eindeutigere Verhältnisse schaffen zu können. Den meisten jedoch war klar, dass eine Schlacht noch eine weitere nach sich ziehen würde. Und noch eine. Und noch eine. Jede größer und furchtbarer als die vorhergegangenen.

Baresin erläuterte Sinions Plan, nach dem Gewinnen der Schlacht gegen die 140 die umliegenden Dörfer zu befreien und somit Hagetmau in den sicheren Mittelpunkt eines widerständigen Bezirks zu rücken. Diesen Plan fanden viele gut und sogar beruhigend, aber auch hier zweifelten wieder viele an der Durchführbarkeit. Es zeichnete sich ab, dass Bewohner, die noch keine dreißig Jahre alt waren, von der Möglichkeit eines Sieges deutlich leichter zu überzeugen waren als alle, die die dreißig bereits überschritten hatten. Letztere waren deutlich in der Überzahl.

Man murrte. Einer fragte, ob denn die Byrgherin überhaupt noch alles im Griff habe, oder ob jetzt ihr »Sohnemann« und der »Stotterer« das Sagen hätten.

An dieser Stelle griff Mardein helfend ein. Sein Wort hatte Gewicht. Immerhin hatte er in der Brandnacht ein echtes Wunder gewirkt, auch wenn dieses Wunder die Ratshalle zerstört hatte. Vielleicht war aber auch dies ein Zeichen Abelions gewesen, dass eine neue Zeit angebrochen war, in der nicht mehr die Byrgherin das Wort führte, sondern ein noch nie zuvor dagewesener Kriegsrat, von dem man schon seit Tagen munkelte. Selbst Tautun und Nendlèce gehörten wohl zu diesem Kriegsrat. Baresin und dann auch seine Mutter bestätigten dies.

Die Menge war uneins. Man stritt untereinander, fuhr sich über den Mund, rempelte einander an, nannte sich »Feigling«, »Nafarroaner«, »akitanischer Sturkopf«, »Kriegstrommler«, »Muttersöhnchen«, »Aufwiegler«, »die wahren Kräfteverhältnisse nicht beachtend« und »unverantwortlich«. Mit dem Begriff »unverantwortlich« beschimpften sich beide Lager, die Befürworter der Schlacht wie auch ihre Gegner.

Nach anfänglicher Verhaltenheit ging es hoch her im *Hafen.*

Rauthne und Baresin behinderten sich gegenseitig darin, für Ruhe zu sorgen. Auch Mardein wollte es nicht mehr gelingen. Die Leute hatten jetzt an jedem etwas auszusetzen. Rauthne war in der Brandnacht nirgends zugegen gewesen, war während der ganzen Besatzungskrise den meisten nur als Geisel in Erinnerung, eine Geisel *gegen* das Dorf. Baresin war nichts weiter als ihr Sohn, ein schönrednerischer Emporkömmling, der sich lange vor seiner Zeit aufspielte. Mardein hatte seine Fähigkeiten kaum unter Kontrolle, erst tat er tagelang gar nichts, ließ sich ebenso wie die Byrgherin festsetzen, dann fackelte er plötzlich fast das ganze Dorf ab. Sinion? Wer konnte denn Sinion ernst nehmen? Wer hatte jemals Sinion ernst genommen? Tautun? Ja, Tautun war in der Brandnacht derjenige gewesen, der für sie alle am heftigsten gekämpft hatte. Aber andererseits war er auch für den ganzen Schlamassel verantwortlich gewesen. Man konnte ihm nicht trauen, er war einfach zu hitzköpfig und wütend, vielleicht mit gutem Grund, vielleicht aber auch aus purer Engstirnigkeit.

Es war schließlich Varlie, die auf das Podest kletterte und die Menge beruhigte.

Lange hatte sie sich nicht getraut. Ihr Vater stand neben ihr und blickte streng. Schließlich war aber ausgerechnet er es, der seine Tochter nach oben drängte. Erac machte sich Sorgen, dass Hagetmau auseinanderbrach in Widerstandsbefürworter, Widerstandsgegner, Meinungslose, Meinungsstarke, Furchtsame und Aufgebrachte. Wenn Varlie helfen konnte, sollte sie es tun.

Sie stand dort oben neben der Byrgherin und Baresin, und alle Blicke wandten sich ihr zu. Sie war jung und hübsch, man mochte sie und vertraute ihr. Dass sie nicht ganz so silberzüngig war wie Baresin sprach in diesen Momenten sogar für sie, machte sie glaubwürdiger. Dass sie – wie alle mittlerweile wussten – mit Tautun zusammen war, verlieh ihr die Fähigkeiten eines Raubtierbändigers.

»Ihr wisst, wo ich in der Brandnacht war«, begann sie. Sie sprach sehr langsam, sehr deutlich, machte viele Pausen, auch um sich zu sammeln. »Zuerst war ich mit Tautun unterwegs, im Glockenturm, an der Brücke, half ihm, die Wachtposten aus dem Weg zu räumen. Später, als ich nicht mehr weiter konnte, fand ich mich im Wirtshaus wieder, als der Unteroffizier der Nafarroaner dort unsere Leute unter Druck setzte, bis die Lage ganz außer Kontrolle geriet. Ich habe also beides miterlebt. Unseren Kampf wie auch unseren Versuch, stillzuhalten und alles über uns ergehen zu lassen. Der Kampf war furchtbar, er hat mich im wahrsten Sinne des Wortes zum Kotzen gebracht, aber er war erstaunlich erfolgreich. Das Stillhalten jedoch hat überhaupt nicht geklappt. Man konnte uns ansehen, dass wir etwas verbergen, und genauso wird es jetzt wieder sein. 140 Männer werden in unser Dorf fluten, werden jeden einzelnen Winkel erfüllen und uns bedrängen. Sie werden wütend auf uns sein, weil wir ihnen nicht erklären wollen, was aus ihren Kameraden geworden ist. Sie werden immer wütender werden, bis alles schlimmer und schlimmer wird. Wenn sie es dann herausfinden, weil sie doch irgendwelche Spuren entdecken oder die verbrannten Leichen im Sumpf, die ganz offensichtlich auf unsere Ratshalle hinweisen – dann ist unser Dorf dem Untergang geweiht. Wir haben also nur die Wahl zwischen zwei Möglichkeiten: Entweder kämpfen wir sofort, wir empfangen sie mit Waffen und Geschrei und haben dadurch die Chance auf einen Überraschungssieg, oder wir halten so lange still, bis wir verloren haben. Bis jeder von uns verloren hat. Jede Frau und jedes Kind. Jedes Haus, jedes Geschäft, sogar unser Andenken wird man beschmutzen, wenn keiner von uns mehr da ist, dagegen Einspruch zu erheben. Dass in Hagetmau nur Feiglinge lebten, wird man behaupten. Selbst in unseren Nachbardörfern wird man nicht widersprechen, weil man dort die Vergeltung der Sieger fürchten muss. Ach, Leute! Ich wünschte mir so sehr, es gäbe einen anderen Weg. Aber es gibt keinen. Wir müssen kämpfen. Und nicht nur das: Wir müssen sogar siegen. Für uns, für Hagetmau, für alle anderen Dörfer ringsum, für ganz Akitania.«

Sie sagte diese letzten Worte ganz ohne Lautstärke, ohne hochgereckte Faust, ohne ein peinliches Mitreißen und Einpeitschen der Menge. Diese Worte wirkten, weil sie einfach nur die Einschätzung einer jungen Frau wiedergaben, der man vertrauen konnte, weil man wusste, dass sie keinen Grund hatte, Lügengeschichten zu erzählen.

Die Stimmung kippte. Viele nickten mit entschlossener werdenden Gesichtern. Viele gingen in sich, schauten einander an, betrachteten auch das kleine Dorf, das ihrer aller Leben war, sowie die frische, brandige Narbe in dessen Innerstem. »Was können wir tun?«, fragte eine Frau. »Wie lautet der Plan?«, ein Mann.

Jetzt übernahmen wieder Baresin und Rauthne und erläuterten Sinions Plan mit den Barrikaden, den Speeren, den Bogenschützen auf den Dächern und den vier Eingreiftruppen hinter den Barrikaden.

Wieder wurde es unübersichtlich und hektisch, viele hatten etwas auszusetzen, zweifelten an den Fähigkeiten, der Durchführbarkeit angesichts gut ausgebildeter Soldaren.

Dennoch: die ersten dreißig Nafarroaner waren ebenfalls gut ausgebildet gewesen. Jetzt war nichts mehr von ihnen übrig außer Beutestücken ihrer Rüstungen. Man konnte wahrlich nicht behaupten, dass das ganze Dorf dazu beigetragen hatte. Ein paar Beherzte hatten genügt.

Diesmal, gegen mehr als dreißig, würde man mehr als nur ein paar Beherzte sein.

Das Einteilen der Leute für die Barrikadengruppen, Bogenschützen und die vorbereitenden Arbeiten begann unverzüglich. Varlie verließ das Podest wieder, weil für vier Personen kein Platz darauf war, und Sinion stieg stattdessen nach oben, um seine Strategie zu erläutern. Wann immer er allzu sehr ins Stocken geriet, half Baresin ihm aus.

Hagetmau stritt nicht mehr, sondern begann, geschäftig zu summen wie ein Bienenstock.

Vereinzelt zweifelten immer noch einige, aber auch die wurden nach und nach angesteckt von der Emsigkeit, die jetzt entbrannte, und die alle zu einer einzigen großen Anstrengung zusammentrieb. Hinter dieser Anstrengung blühte die Hoffnung auf ein baldiges Ende solcher Anstrengungen.

Es waren einfache Menschen, die harte Arbeit gewöhnt waren, und von nichts anderem zu träumen wagten als vom jeweils nächsten Festtag.

88

Sämtliche Hagetmauer, die eine Axt zu führen verstanden, schwärmten aus, schlugen sich ins Holz, karrten harzige Stämme herbei.

Der ganze Wald rings um das Dorf hallte wider vom Hacken, Sägen und Entästeln, die Herbstvögel flatterten erschrocken umher, die Kleintiere zogen sich in ihre Bauten zurück.

Im Namen Abelions segnete Mardein Werkzeug.

Sinion setzte sich mit Baumeistern zusammen, entwarf die stabilen Barrieren in den Seitengassen und die beiden großen Rollbarrikaden mit ihren Lanzenschlitzen.

Jemand zählte die im Dorf verfügbaren Jagdbögen. Es gab sieben. Dreizehn zusätzliche wurden benötigt und angefertigt, des Weiteren eine große Anzahl an Pfeilen, jeder der zwanzig Schützen sollte mindestens fünfzig Pfeile zur Verfügung haben.

»Zwanzig mal fünfzig – das macht eintausend Pfeile für nur 140 Soldaren?«, rechnete einer und schaute Sinion verwundert an.

»Glauglauglaub mal bloß nicht, dass mehr als jejeder zehnte Schuss trifft, bei bei bei dem Durcheinander, das in dem Pferch herr…herrschen wird, und bei der Rüstung, die die tragen. Außerdem hahaben wir nur sieben Leute, die rich… die richtig gut schießen können, bei den anderen wiwird das e-eher Glückssache.«

Der Begriff »Pferch« für das, was aus dem *Hafen* werden sollte, setzte sich durch.

Lanzen wurden angefertigt, so viele wie möglich. Sie mussten vordringlich lang und stabil sein, für Eisenspitzen war nicht genügend Material vorhanden, Holzspitzen mussten genügen.

Einer fuhr mit einem Karren zu Nendlèces Höhle, um die erbeuteten Rüstungen, Helme und Hämmer wieder ins Dorf zurückzuholen. Das Gryphweibchen Citlali schaute bei dieser Bergung aufmerksam zu und scharrte mit den Krallen, als spürte sie, dass ein Kampf bevorstand, und sei darauf abgerichtet worden, an einem solchen teilzunehmen.

Die Teilnehmer der verschiedenen Gruppen wurden eingeteilt.

Varlie veranstaltete ein Wettschießen auf einen Strohballen. Die zwanzig geschicktesten Schützen wurden die Bogengruppe. Baresin suchte die Dächer aus, von denen aus das Schießen am sinnvollsten war. Auf einigen Dächern sollte nur ein Einziger stehen, auf anderen bis zu vier Schützen gleichzeitig. Die Bogengruppe bestand aus achtzehn Männern und zwei Frauen. Eine dieser Frauen war Hernyet, die Lehrerin.

Genau andersherum setzten sich die beiden Lanzengruppen zusammen. Hier sollten überwiegend Frauen zum Zuge kommen. Wenn Sinions Plan aufging, waren die Lanzengruppen durch die Rollbarrikaden gut geschützt, brauchten keinen Nahkampf zu fürchten und hatten immer nur so fest wie möglich zuzustoßen und zu stochern. Ausdauernde, kräftige Frauen wurden gebraucht, möglichst zwanzig für jede der beiden Barrikaden.

Als schwierig gestaltete sich die Besetzung der vier Eingreiftrupps. Diese sollten mit Rüstungen und Helmen und Streithämmern ausgestattet werden, zehn Mann pro Trupp wurden gesucht, insgesamt also vierzig Mann, die zum Nahkämpfen bereit waren, aber es meldete sich nicht ein Einziger freiwillig. Die Dörfler taten umso beschäftigter und halfen gerne mit, die Holzbarrieren zu errichten.

Die Konstruktion der beiden alles entscheidenden Rollgatter erwies sich ebenfalls als kompliziert. Bis tief in die Nacht hinein werkelten mehr als dreißig Personen, bis schließlich Müdigkeit alle überwältigte. Am folgenden Tag sollten noch mehr als dreißig mithelfen. Niemand wusste, wann die Soldaren eintreffen würden, aber man hoffte darauf, mindestens den gesamten morgigen Tag noch zur Verfügung zu haben. Wenn nicht, würden die Rollbarrieren nicht fertig werden und der gesamte Plan kläglich in sich zusammenfallen.

»Was machen wir dann eigentlich?«, fragte Rauthne ihren Sohn. »Wenn sie uns morgen überrumpeln – was bleibt uns dann noch? Flucht in die Wälder?«

»Wir kämpfen dennoch«, sagte Baresin. »Wir lassen sie ins Dorf, schießen von den Dächern, rennen mit Lanzen auf sie ein, hoffen auf Unordnung, greifen mit allem an, was uns zur Verfügung steht, mit Zähnen und Fingernägeln, wenn es sein muss. Ohne die Rollgatter wird es uns nicht gelingen, sie vom Flüchten abzuhalten, aber wenn wir sie vertreiben könnten, wäre das ja auch schon ein Sieg.«

»Dann formieren sie sich neu und kehren zurück.«

»Ja, aber dann sind es nicht mehr so viele.«

»Und wenn sie Verstärkung holen?«

»Das wird Zeit dauern. Bis dahin haben wir vielleicht schon eins oder zwei der anderen Dörfer befreit und uns so ebenfalls Verstärkung geholt.«

Rauthne sah ihren Sohn forschend an. »Du gibst wirklich viel auf Sinions Plan, oder? Er hat dich richtig angesteckt damit.«

Baresin dachte einen Augenblick nach, seine Stirn krauste und glättete sich, dann sagte er: »Es ist nicht nur Sinions Plan. Wir haben ihn zusammen ausgetüftelt.«

Mehr und mehr Material rollte ins Dorf, stapelte sich dort zu Haufen, überall, wo die festen Barrieren errichtet werden sollten.

Das Pochen von über einem Dutzend Werkzeughämmern hallte bis in den Abend hinein, bis es zu dunkel dafür wurde. Von außen musste es wirken, als würden die Hagetmauer wie Besessene am Wiederaufbau ihrer Ratshalle arbeiten.

Da auch die erbeuteten Streithämmer wieder benutzt wurden, war Hagetmau ein Dorf der Hammerschläge geworden.

Die Nacht brach herein, und es war noch so unendlich viel zu tun.

89

Schon am frühen Morgen stellte Baresin in Richtung Doazit zwei Wachtposten in den Wald. Die Schwierigkeit bestand darin, dass diese beiden nicht einfach pfeifen oder in ein Horn blasen konnten, sobald sie der anrückenden Soldaren angesichtig wurden, denn das würde den Gegner stutzig machen und ihn auf eine eventuelle Falle vorbereiten.

Er entschied sich also für einen Jungen, der in der Lage war, mit Hilfe eines Baumblattes im Mund den klirrenden Ruf eines ganz bestimmten Vogels, des Girlit, täuschend echt nachzuahmen. Damit kein echter Girlit das ganze Dorf in

Panik versetzen konnte, wurde abgesprochen, dass der Junge eine Strophe beginnen sollte, dann abbrechen, dann sofort eine zweite Strophe trillern. Kein echter Girlit, der bei seiner ersten Strophe gestört wurde, würde ohne eine längere Pause der Vorsicht gleich weitersingen.

Eine zweite Jugendliche, diesmal ein Mädchen, wurde am nördlichen Dorfausgang postiert und hatte den ganzen Tag lang nichts anderes zu tun, als auf den abbrechenden und wieder anhebenden Girlitruf zu warten. Selbst ihre Mahlzeiten nahm das Mädchen am Dorfausgang ein, so ernst nahm sie diese Aufgabe.

Im Dorf gingen unterdessen die Arbeiten weiter. Die vom *Hafen* wegführenden Seitengassen füllten sich mit hohen, massiven, sehr schwer zu überkletternden Holzzäunen. Scherze liefen umher, dass man den *Hafen* nun nur noch in zwei Richtungen betreten und verlassen konnte. »Klar, Süden und Norden«, war die naheliegende Antwort. Die Pointe jedoch lautete: »Nein, nach oben und nach unten. Entweder zu Abelion hinauf oder als Ungläubiger runter ins Grab.«

Die Rollbarrikaden wurden ausprobiert, ließen sich aber auf dem unebenen Untergrund zu schwer bewegen. Zu schwer bedeutete: zu langsam.

»Hoffen wir, dass es nicht regnet«, ächzte einer der Werkmeister, während er Verbesserungen vornahm. »In Matsch geht gar nichts mehr.«

Baresin und Sinion erarbeiteten einen Notfallplan, falls die Gegner schon heute kämen. Dann sollte kurz ein Dorfalltag vorgetäuscht werden, bis sich sämtliche im *Hafen* befindlichen Hagetmauer entweder nach Süden oder durch die Türen in die den Marktplatz umstehenden Häuser zurückgezogen hätten. Diese Türen würden dann von innen verriegelt. Im Nordosten sollte sich ein Speertrupp bilden, der das Dorf nach hinten abriegelte, während ein zweiter Trupp den Süden dicht zu machen versuchte.

Die Frauen, die diese Speertruppen bildeten, sahen diesen Notfallplan mit großer Sorge, denn sie hatten sich darauf verlassen, dass sich zwischen ihnen und den Soldaren Barrikaden befinden würden. Baresin beruhigte sie mit der Behauptung, dass es sich im Großen und Ganzen nur um eine Art Übung handelte. Die meisten anderen Bewohner jedenfalls fanden es gut, dass es überhaupt einen solchen Notfallplan gab.

Es war anstrengend. Ein erzwungenes Zusammenhalten von beharrlich auseinanderstrebenden Kräften.

Baresin machte sich sogar Gedanken darüber, was passierte, wenn die Soldaren erst in einer Woche oder sogar erst in zwei Wochen kämen. Wie sollte er so lange das Dorf unter Spannung halten, die Wachtposten zur Aufmerksamkeit ermahnen, die Speerfrauen in ständiger Bereitschaft lassen, Tag und Nacht? Er hoffte beinahe, dass der Feind so schnell wie möglich käme. Nicht unbedingt gleich heute, aber morgen.

Immerhin meldeten sich nun die ersten Freiwilligen für die Einsatzgruppen. Männer, die von ihren Ehefrauen zur Tapferkeit gegängelt wurden. Ehefrauen, die ihre Männer nicht im Stich lassen wollten. Söhne, die ihre Eltern beeindrucken wollten. Töchter, die den Söhnen in nichts nachstehen und aus dem Trott des Dorflebens ausbrechen wollten. Insgesamt vierzehn Freiwillige fanden sich im Laufe des Tages zusammen, nach einem abendlichen Rekrutierungsrundgang von Baresin und seiner Mutter wurden es noch einmal neun mehr. Diese insgesamt 23 annähernd Freiwilligen wurden auf drei Gruppen zu jeweils sechs und eine Gruppe zu fünf Mann aufgeteilt.

Clarde zeigte Begeisterung, als Mardein sie fragte, ob sie eine der vier Gruppen anführen wollte. Sie wollte das unbedingt – Rache nehmen für ihren einzigen Sohn.

Tautun nahm mürrisch die zweite Gruppe an. Varlie die

dritte. Die beiden bildeten ihre beiden Gruppen gemeinsam aus.

Die vierte Gruppe – die kleinste, mit lediglich fünf Mann – übernahm Sinion. Da er sich nicht zutraute, im Kampfgetümmel rasche und deutliche Kommandos erteilen zu können, entwickelte er auf die Schnelle eine Art Zeichensprache, bei der er mit ausholenden Armbewegungen »Mir folgen«, »Attacke«, »Warten« und »Rückzug« signalisieren konnte. Den »Rückzug« musste er jedoch im Getümmel auch als Laut vermitteln können, er konnte nicht davon ausgehen, dass jeder seiner Leute ihn im Kampf im Blick hatte. Also sagte er: »Wenn ihr den Laut *Uuuuuuuu* von mir hört – dann heißt dadadas Rückrückzug.«

»Rückrückzug?«, schnappte ein Scherzbold auf. »Ist das dann schon wieder ein Angriff?«

»Deshalb: *Uuuuuuuuuuuu.*«

Man witzelte, wo es nur ging. Die Situation war ernst genug.

Einmal war deutlich ein Girlit zu hören.

Alles erstarrte und schaute einander mit heißkaltem Erschrecken an.

Doch der klirrende Gesang ging weiter. Es war ein echter Vogel.

Mardein segnete unterdessen Bögen und Lanzen und jeden einzelnen Pfeil.

90

Die Nacht fiel wie erschöpft auf Hagetmau. Immer noch war vereinzeltes Hämmern und Sägen zu hören, von Laternen beleuchtet, und verebbte erst allmählich. Drang in Träume vor, als wäre das ganze Dorf ein wucherndes Gebilde aus Zäunen und Barrikaden geworden. Ein Ungetüm. Ein Labyrinth, in dem man sich auf dem Weg zu den Tortenmachern unrettbar verirrte, bis man sich plötzlich in pilzüberwucherten Gryphenhöhlen wiederfand.

Baresin fand keinen Schlaf. Abermals.

So vieles machte ihm zu schaffen.

Was, wenn Escradins Angaben gar nicht stimmten? Nicht aus bösem Willen oder überhaupt aus Absicht, sondern, weil er etwas falsch verstanden hatte. Oder sich ohne sein Wissen die Pläne der Nafarroaner nochmals geändert hatten. Oder man darauf *vertraut* hatte, dass er den falschen Plan weitererzählen würde. Aber niemand hatte ihm den Plan einfach nur erzählt, oder? Er hatte ihn sich selbst zusammenreimen müssen. Das roch nicht nach einer Falle.

All ihre Vorbereitungen beruhten darauf, dass die Soldaren aus Doazit kamen. Aber was, wenn sie nach Cazalis weitergezogen waren und sich nun statt von Norden von Westen näherten?

Was, wenn es nicht 140 waren? Sondern mehr, empfindlich mehr? Verstärkt womöglich durch hundert weitere Männer, die aus der Region nördlich von Banos kamen, vielleicht sogar schon aus Marmandeh.

Aber wie wahrscheinlich war das? Bei seiner bisherigen Eroberung war Nafarroa davon ausgegangen, dass dreißig Mann für ein Dorf ausreichend waren, und hatte damit Recht behalten. Nun ging es um ein möglicherweise aufrührerisches

Dorf. War die annähernd fünffache Menge an Soldaren dorthin zu schicken denn nicht drastisch genug?

Eigentlich schon. Die Besatzung von fünf Dörfern, zusammengeballt auf nur eines. Wie eine Faust, die zuschlug.

Aber die Ungewissheit!

Wie hatte er nur so dumm, so geradezu fahrlässig sein können, sich ausschließlich auf Escradins Angaben zu verlassen? Doazit war doch gar nicht weit entfernt, zehn Meilen etwa, zu Fuß zwei Stunden, zu Pferd selbst in der Nacht weniger als eine.

Baresin sprang aus dem Bett. Hielt es auch mit seiner Mutter nicht mehr aus. Eine solch angespannte, außergewöhnliche Lage – und er musste ausgerechnet mit seiner Mutter das Zimmer teilen! Konnte es denn überhaupt Peinlicheres geben?

Er wollte sich ein Pferd nehmen und selbst nach Doazit reiten.

Aber draußen war die Luft jetzt kühler geworden. Herbstlich wallte ein Wind zwischen die Häuser. Das beruhigte ihn ein wenig.

Als Reiter würde er nur neue Widrigkeiten verursachen. Falls die 140 ihm bereits entgegenkamen und er vor ihnen wendete und zurückritt, machte ihn das sehr verdächtig und die Soldaren würden außerdem wissen, dass Hagetmau über ihr Anrücken unterrichtet wurde.

Nein, wenn man nach Doazit wollte, um Doazit auszukundschaften, musste man das zu Fuß tun, am besten sogar abseits der Straße. Das war nicht ungefährlich, besonders nachts. Nicht nur seltsame dürre Männlein trieben sich unter dem fahlen Mond im Norden in den Wäldern herum.

Unschlüssig ging Baresin zum nördlichen Dorfrand.

Dort wurde weiterhin Wache gehalten, aber in der Nacht nicht mehr von Menschen. Statt des Jungen und des Mädchens hatte man einen Hund dorthin gebracht und angeleint.

Der würde sicherlich anschlagen, wenn sich aus dem Wald ein Trupp Soldaren näherte. Selbst ein einzelner Späher blieb einem Hund nicht verborgen. Der Hund bewegte sogar jetzt den Kopf, als er Baresins Näherkommen bemerkte. Es war ein braves, zotteliges Kerlchen mit fragenden Brauen.

Baresin schaute sich um. Überall Holz und Barrieren. Hagetmau wie verwandelt, wie in eine Rüstung aus Brettern verschalt.

Über sich gewahrte er eine Bewegung und schaute auf. Dort saß jemand auf einem Dach und winkte zu ihm herunter. Zuerst erschrak Baresin, doch dann erkannte er Naejon an seiner ewigen Wollmütze.

»Kannst du auch nicht schlafen?«, wisperte Naejon zischend.

»Was machst du da oben?«

»Ausschau halten. Falls sie doch nicht nur von Norden kommen.«

»Gute Idee eigentlich. Aber auf dem Dach können sie dich sehen und sind gewarnt, dass wir Ausschau halten. Und wenn sie einen fähigen Bogenschützen haben, kann der dich sogar vom Dach pflücken.«

Naejon schluckte vernehmlich.

»Warum gehst du nicht hoch in den Turm? Da ist der Überblick noch besser, und du bist durch die Mauern geschützt.«

»In Ordnung.« Naejon, der selbst zu den Bogenschützen gehörte und auf dem Dach gesessen hatte, von dem aus er am Tag des Kampfes die Soldaren unter Beschuss nehmen würde, turnte von dort herunter und machte sich auf zum Glockenturm.

Baresin atmete durch.

Hagetmau bedachte nicht alles, nicht jede Kleinigkeit, aber im Großen und Ganzen gab es sich doch Mühe und entwickelte sogar eigene Gedanken. Wie am Markttag auf den Stallwirt hatte Baresin auch jetzt wieder das Gefühl, sich zumindest ein kleines bisschen auf Hagetmau verlassen zu können. Auf Mann und Frau und Junge und Mädchen und Hund.

Als er sich abwandte vom Norden, sah er in der verwischten Bewegung das goldene Licht, das aus den Fenstern des Tempels sickerte. Neugierig geworden ging er näher. Naejon musste eben hineingegangen sein, um auf den Turm zu steigen. Ohnehin war die Tempeltür niemals abgeschlossen. Baresin öffnete sie vorsichtig.

Im Inneren kauerte Mardein auf dem Boden und summte vor sich hin. Er war umgeben von Kerzen, einem Kreis oder einem Stern oder einem Achteck oder alles zusammen und ineinander verschlungen. Mit den Händen machte er beschwörende Bewegungen und führte die Handflächen immer wieder durch die Flammen. Er reicherte sich an. Spürte, trank geradezu die kleinen Feuer, um sie am Tag des großen Kampfes wiedergeben zu können.

Dennoch bemerkte er Baresin im Eingang. Vielleicht, weil die Flämmchen durch den Luftzug flackerten.

»Ist alles in Ordnung?«, fragte der Semane, als sei nicht er derjenige, der die Zukunft lesen konnte.

Baresin hatte jedoch nie so richtig an diese eher theatralische Fähigkeit Mardeins geglaubt, deshalb hatte er auch nie die Versuchung verspürt, ihn bezüglich des bevorstehenden Kampfes um irgendwelche Vorhersagen zu bitten. Der Sohn der Byrgherin glaubte an Mardeins Flammen, nicht jedoch an Mardeins Weitsicht. Zu oft hatte sich der Alte in den vergangenen Jahrzehnten schlicht und einfach vertan: beim Wetter, bei der Ernte, selbst wenn es um Vorhersagen von Gesundheit oder Krankheit ging.

»Es ist alles still«, antwortete Baresin. »Ist Naejon nach oben gegangen?«

Mardein nickte, ohne Baresin anzublicken. »Wie ist das eigentlich?«, fragte er dann.

»Wie ist *was*?«

»Zu wissen, dass es bald sehr viele Tote geben wird. Viele Tote, die wir nicht kennen und die uns nichts sagen, aber vielleicht auch viele, die uns ihr und unser ganzes Leben lang vertraut waren. Und dafür die Verantwortung zu tragen.«

»Ich habe diesen Feldzug der Nafarroaner nicht angeordnet. Er ist unrechtmäßig und verrückt. Er bewegt sich auf Land, auf das sie kein Recht besitzen.«

»Also sind wir im Recht.«

»Ja. Wir verteidigen uns nur.«

»Dennoch schläfst du schlecht. Während die Nafarroaner wahrscheinlich seelenruhig sind und von zu Hause träumen.«

»Schon möglich. Sie wissen ja auch noch nicht, was sie hier erwartet.«

Baresin spürte, wie übermüdet er eigentlich war. Da Mardein nichts mehr sagte, sondern sich weiter seinen Kerzenflammen widmete und wieder zu summen begann, schloss er lautlos die Tür des Tempels und kehrte langsamen Schrittes in sein Haus zurück, wo seine Mutter lag und von ihm unbekannten Dingen träumte.

91

Am folgenden Tag brach beinahe alles auseinander.

Die Feinde zeigten sich nicht, der falsche Girlit schwieg.

Die Leute gerieten ins Grübeln. Worauf man sich da eigentlich eingelassen hatte. Ein einfaches Dorf gegen 140 Soldaren, die aus sieben Dörfern zusammengezogen worden waren, wie konnte das gutgehen? In der Brandnacht war das noch etwas anderes gewesen: da hatte nackte Notwehr geherrscht. Aber diesmal konnte man den Kampf doch auch vermeiden, die 140 wussten nichts Genaues, sämtliche verräterischen Spuren waren getilgt. Wahrscheinlich würden schon nach wenigen Tagen mindestens 110 der 140 wieder abziehen, und nur eine normale Besatzung sollte zurückbleiben. Mit der konnte man eher fertig werden, sowohl im Guten wie auch im Kampf.

Baresin spürte, wie diese Gespräche durch die Stadt liefen, von Mund zu Ohr, von Hirn zu Herz.

Nendlèce kam von sich aus zu ihm und bot ihm an, einen Erkundungsritt nach Doazit zu unternehmen. Dieselben Gedanken, die er in der Nacht auch gewälzt hatte.

»Auf dem Gryph?«, fragte er dennoch etwas zerstreut.

»Nein, natürlich nicht! Dadurch würden wir uns ja verraten! Auf einem Pferd.«

»Zu gefährlich. Wir machen uns dadurch nur verdächtig. Außerdem kann es sein, dass eine im Wald versteckte Vorhut von denen dich abschießt.«

»Bislang sind sie nie so ruppig vorgegangen, dass sie einfache Reiter vom Pferd schießen.«

»Dennoch. Es ist zu spät für Erkundigungen.« Keine Widerrede mehr. *Bitte.* Ich bin schon zermürbt und zweifelnd genug.

Er verwandte seine Kräfte darauf, die vier Eingreiftrupps unter Feuer zu halten. Clarde, Tautun, Varlie und Sinion waren unablässig mit ihnen am Üben. Die Rüstungen, Helme und Streithämmer waren verteilt worden, und das war gar nicht so unkompliziert gewesen. Etwa zwanzig komplette Sätze waren erhalten geblieben, die übrigen waren in der Ratshalle verbrannt. Insofern waren die 23 Mitglieder der Eingreiftruppen annähernd vollständig ausrüstbar. Ein vollständig nafarroanisch gerüsteter Hagetmauer jedoch konnte im Getümmel leicht mit einem Feind verwechselt und möglicherweise von den eigenen Bogenschützen aufs Korn genommen werden. Also wurden nur die vier Truppführer vollständig ausgerüstet, und umwanden sich sowohl ihre Helme als auch ihre Brustpanzer zusätzlich mit roten Bändern. Bändern übrigens, die noch am Markttag dazu gedient hatten, den *Hafen* zu schmücken. Die übrigen Truppenmitglieder bekamen entweder einen Helm und jeweils ein Brett für Brust und Rücken als Behelfsrüstung, oder einen nafarroanischen Harnisch, aber keinen Helm. Einige fühlten sich in der markant schwarzweißen Rüstung sehr unwohl, hatten dadurch ein Gefühl, als wären sie entweder zum Feind übergelaufen oder würden die falschen Farben tragen, was ihnen unehrenhaft vorkam. Außerdem waren all diese Rüstungsteile Leichen abgenommen worden, waren also gefleddert worden, und hatten darüber hinaus ihren Vorbesitzern erwiesenermaßen kein Glück gebracht.

Dass die Truppführer vollständige Rüstungen trugen, war eine naheliegende Idee gewesen, aber auch die erwies sich als nicht aufrechtzuerhalten.

Tautun verzichtete ganz auf Helm oder Panzer, sagte, das schränke ihn nur in seiner Beweglichkeit ein. Dafür bestand er darauf, wieder zwei Hämmer zu bekommen, wie in der Brandnacht. Einen für jede Hand.

Varlie nahm Hammer und Helm, aber keine Rüstung, Sinion nahm Hammer und Rüstung, aber keinen Helm. Clarde rüstete sich als Einzige vollständig, ihr schien es eine Genugtuung zu sein, den Feind zu bestehlen. Alle sahen eigenartig und verkleidet aus. Die fremden Kleidungen schienen ihnen nach Tod zu riechen, ihre Nasen wirkten andauernd gerümpft. Einzig Tautun hantierte mit seinen beiden Hämmern, als hätte er nie etwas anderes getan oder gewollt. Ihn störten offenbar lediglich die sechs Stümper, die unter seinem Kommando herumtaumelten.

Die Rollpalisaden wurden fertiggestellt und ließen sich

nun auch recht zügig bewegen. Die Speerfrauen übten das wieder und wieder. Hagetmau wurde erfüllt vom Rattern dieser mächtigen Gestelle. Im Ruhezustand blieben sie hinter hohen Hauswänden verborgen, im Einsatz versperrten sie binnen kürzester Zeit das Dorf nach Norden und Süden.

Nur der Feind zeigte sich nirgends.

Da immer noch Zeit war, wurden die Zäune und Barrieren in den Gassen weiter verstärkt. Einige der Speerfrauen bekamen Behelfsbrustrüstungen aus Brettern verpasst. Das Schlagen von Bäumen, das Sägen und Zurechtzimmern schien kein Ende zu nehmen.

Rings um Hagetmau entvölkerte sich der Wald viel deutlicher, als dies unter gewöhnlichen Umständen der Fall gewesen wäre. Aber die Wälder waren alt und gewaltig. Abelion hielt beide Hände segnend über sie gebreitet. Sie würden sich erholen. Schon im nächsten Jahr würden neue Schößlinge sprießen, wo jetzt alles lichter wirkte.

Die Hagetmauer sagten sich auch, dass das Holz für die ganzen Barrieren nicht umsonst geschlagen wurde. Im Winter konnte man es gut verfeuern. So war die Arbeit der Holzfäller bereits verfrüht getan.

Man wischte sich den Schweiß. Man speiste. Man trank. Nicht über den Durst. Immerwährend lauschte man auf die Girlit-Kinder. Auch der Glockenturm blieb nun ständig besetzt, wie der Bergfried einer Burg. An dieser Stelle machte sich vor allem der junge Pellit nützlich.

Nur der Feind zeigte sich nirgends.

»Es ist alles nicht wahr«, sagte einer. »Der Weinhändler hat sich einen Scherz mit uns erlaubt. Oder etwas falsch verstanden. Warum denn auch? 140 Mann? Das ist schwer zu glauben.«

Diese Worte eines Einzelnen waren ansteckend. Grassierten bald im ganzen Dorf.

Baresin ging umher. Redete. Man sah ihn überall. Auch auf

den Dächern. Wo er versuchte herauszufinden, welches Dach der günstigste Ort für ihn war, um die gesamte Schlacht im Blick zu halten. Der Glockenturm bot sich natürlich ebenfalls an, lag aber zu weit im Norden. Baresins Stimme würde von dort aus über den Kampflärm hinweg den Süden nicht erreichen können.

Nur der Feind zeigte sich nirgends.

92

Eine weitere Nacht. Wie Brandnachtrauch erfüllte die Dunkelheit das Dorf.

Die Menschen zweifelten mehr und mehr. Wollten zurück in ihr angestammtes Leben als eine Ortschaft, die keinen Krieg führte. Sehnten sich zurück nach dem guten alten Akitania, aber ohne dafür streiten zu müssen.

Hatte der Weinhändler Escradin nicht längst zurückkehren wollen mit Verstärkung aus anderen Dörfern? Wo blieb er denn? Wie viele Tage konnte das dauern? Solange Escradin sich nicht neben ihnen einreihte, um gegen die Soldaren zu kämpfen, so lange mussten die Hagetmauer ihm misstrauen, konnten sie den Verdacht nicht abschütteln, von diesem Uneinheimischen verraten worden zu sein.

Tautun scheuchte seine Gruppe rings um die Abgrenzungen, fand Vergnügen daran, sie ein wenig zu schinden. Einer schürfte sich die Knie auf. Einer rannte sich an einer der Holzbarrikaden die Nase blutig und wurde daraufhin zur Zielscheibe von Tautuns Scherzen. Varlie, Sinion und auch Clarde dagegen gönnten den Ihren schon längst Ruhe. Einmal im Laufe des letzten Tages war Erac zu seiner Tochter gekommen und hatte ihr einen im Lut gekühlten Saft zu trinken gebracht. Er schien inzwischen stolz zu sein auf seine den Widerstand mit anführenden Töchter. Auch wenn er nicht viele Worte machte.

Baresin fand wieder keinen Schlaf, während seine Mutter schnarchte. Er fragte sich, ob sie nicht langsam altersdumm wurde, dass sie so seelenruhig schlafen konnte angesichts all der Unsicherheiten.

Er streunte wieder umher. Traf hier und dort jemanden an, der ebenfalls keine Ruhe fand. In dem von Holzmauern durchwucherten Hagetmau fühlte er sich wie ein Kaninchen in einem Käfig gefangen.

Er sehnte sich nach all den Jahren, in denen er hinter den Mädchen her gewesen war, bis hinauf nach Marmandeh, ihnen gefallen hatte mit seinem städtischen Haarschnitt und seinen gewandten Umgangsformen. Jetzt kam ihm das alles läppisch und vertändelt vor. Jetzt galt es das Leben. Das Leben von ihnen allen. Mehr noch: Es ging vielleicht tatsächlich um ganz Akitania. Seinen Anfang nehmend hier, in diesem unbedeutenden Loch namens Hagetmau.

Die Sonne wollte und wollte nicht mehr aufgehen.

Es war kühl geworden, beinahe schon winterlich in den letzten Tagen. Zur Brandnacht hatte man noch geschwitzt, jetzt konnte man ohne eine Überjacke nicht mehr hinausgehen.

Der nördliche Wald waberte unter den wenigen Sternen.

Der Hund war wieder auf seinem Posten und döste. Baresin weckte ihn lieber. Nicht dass der brave Vierbeiner sich anpirschende Späher noch verschlief.

Fast wünschte sich Baresin, dass die Späher in der Nacht kamen und einen Ort sahen, in dem nichts auf eine ungewöhnliche Geschäftigkeit hindeutete. Die Gassensperren waren von Norden aus nicht zu sehen, die Rollpalisaden ebenso wenig. Nachts wäre besser als am Tage, wo das Hämmern und Sägen Argwohn erregen konnte.

Baresin wusste nicht mehr, was er sich wünschte und was nicht.

Dass Escradin sich einfach geirrt oder sich einen bösen Scherz auf Hagetmaus Kosten erlaubt hatte, war auch unter seinen Gedanken.

Dass es vorbei war. Einfach vorbei.

Wie eine Hagelwolke, die zwar über Hagetmau hinzog, aber ihre Last nicht auf das Dorf entleerte.

93

Am frühen Morgen, als der Himmel aufzuglühen schien, als hätte Abelion in ihm gestochert, hatte Baresin immer noch keinen richtigen Schlaf gefunden. Er hatte sich zwar hingelegt, aber das rasselnde Schnarchen seiner Mutter erfüllte ihn beinahe mit Hass.

Der Hund mochte gerade erst von den beiden eifrigen Kindern abgelöst worden sein, als der unverkennbar gläserne Ruf eines Girlit ertönte. Abbrach. Dann wieder einsetzte, eine trillernde Strophe lang. Dann endete.

Mit schreckengeweiteten Augen hatte Baresin diesem Gesang gelauscht. Am Ende sprang er auf, so jäh, dass er gegen einen Tisch strauchelte und beinahe hinschlug.

Das war eine ungünstige Tageszeit. Viele schliefen vielleicht noch und hatten den Alarm gar nicht gehört. Baresin dachte an die Glocke im Turm, aber die würde den ganzen Plan mit der Falle verderben.

Ein einziges Gutes hatte die frühe Stunde: Hagetmau wirkte noch friedlich und natürlich und erregte wohl kaum Verdacht.

Abelion! Sie kamen tatsächlich! 140 wohlgerüstete Feinde auf einmal!

Waren sie etwa in der Nacht marschiert? Wie ungewöhnlich. Wahrscheinlich wollten sie das schlaftrunkene Dorf gleich zu Beginn eines neues Arbeitstages überrumpeln, noch bevor allzu viele Bewohner sich absprechen oder zu provisorischen Waffen greifen konnten.

Baresin fluchte leise. Es blieb kaum Zeit, sich zu rüsten. Er hatte ohnehin auf fast alles verzichtet, hatte die richtig gute Ausrüstung den Nahkämpfern überlassen, aber zwei mit zwei Schnüren verbundene Bretter hatte er dennoch erhalten. Er schlüpfte mit dem Kopf durch die Schnüre, riss sich dabei schier die Nase ab. Jetzt hatte er ein Brett vor der Brust, eins am Rücken und eine schmerzende Nase. Er griff seinen Bogen und seinen Köcher. Einen Hammer hatte er nicht, ein langes Brotmesser musste ihm genügen. Ihm war der Gedanke unvorstellbar, dieses Messer einem Menschen in den Körper zu stoßen. Aber wenn es getan werden musste, würde er es tun. Wie so viele Hagetmauer an diesem nun beginnenden Tag.

Baresin hastete nach draußen, ohne seine Mutter zu wecken. Sie sollte im bevorstehenden Kampfgeschehen ohnehin keine Rolle spielen, also war es doch gut, wenn sie alles verschlief.

Glücklicherweise war er nicht der Einzige, der schon auf den Beinen war, nicht der Einzige, der den Girlit gehört hatte. Wahrscheinlich war er nicht einmal der Einzige gewesen, der nachts mit wachen Augen an die Decke starrend auf den Girlit gewartet hatte. Er konnte Tautun und Varlie sehen, die ihre stolpernden Truppen bereits zu ihren Einsatzplätzen scheuchten. Auf den Dächern bewegten sich ebenfalls welche: Bogenschützen, die viel zu ungenügend versteckt waren.

Der Himmel war an diesem Morgen ganz klar, von sämtlichen Wolken saubergeputzt, ein sanft leuchtendes Violett, die Sonne noch hinter den Bäumen verborgen, genau wie der Feind.

Baresin nahm Eindrücke in sich auf, abrupte Ausschnitte des Lebens. Eine Katze, die einen Buckel machte, verblüfft angesichts der plötzlichen, überall aufbrandenden Hektik. Müde Mienen, ganz bleich um die Nase vor Furcht. Greinende Kinder im Inneren einer Stube, durch das offene Fenster sichtbar. Ein umgekippter Milchkrug. Ein Besen, der im Weg lag. In einigen Dörflern mochte erst jetzt die Erkenntnis aufblühen, dass es allen Ernstes zum Kampf kommen würde. Zum Töten, vielleicht auch zum Getötetwerden.

Aber er sah nicht nur Furcht, sondern auch Entschlossenheit. Frauen mit schmal gepressten Lippen, schier unendlich lange Speere balancierend. Männer, die sich zunickten, genau wie er mit lachhaften Abendbrotbrettchen vor der Brust. Sie alle waren viel zu schlecht getarnt, sie sollten doch nicht gesehen werden können, verflucht!

Baresin sah Sinion, der armerudernd Anweisungen gab. Sinion sah schlafzerzaust aus, die Zeit zum Kämmen hatte er nicht mehr gehabt. Mardein, der einige Schützen auf den Dächern in Deckung scheuchte. Als Mardein seinen Kopf wandte, glommen seine Brenngläser im lilafarbenen Morgenlicht auf wie kostbare Edelsteine. Auf den Semanen und Sinion war Verlass. Auf viele war Verlass. Aber letzten Endes genügte ein einziger Dummkopf, um die gesamte *Hafen*-Falle zum Kentern zu bringen.

Hinter den Häusern, für von Norden anrückende Soldaren nicht zu sehen, lehnten Leitern, die auf die Dächer führten. Baresin fand die, die für ihn bestimmt war, und enterte auf. Das Dach kam ihm rutschiger vor an diesem Morgen als bei allen ihren Übungen, denn es war von Tau benetzt. Hoffentlich glitt niemand aus und brach sich den Hals. Oder schrie dabei, eine unbeabsichtigte Warnung für die Nafarroaner.

Er sah erst neun von den zwanzig Schützen dort oben. Vier

von denen musste er hinter Schornsteine winken, und auf der abgewandten Dachschräge war doch auch Platz genug. Warum stellten sie sich denn so ungeschickt an, sie hatten das doch mindestens dreimal geübt? Wahrscheinlich aus Neugier. Sie wollten den Feind sehen, sich bestätigen, dass alles wirklich war.

Hernyet war noch nicht zu sehen. Hoffentlich verschlief sie nicht. Ihre natürliche Autorität als Lehrerin brachte zusätzliche Ruhe in den bunten Haufen.

Zwei Kinder liefen munter im *Hafen* herum. Was machten denn Kinder da?

Andererseits war das nicht dumm. Es blieb während des Einmarschs der Soldaren noch genügend Zeit, den *Hafen* zu räumen. Bis dahin sollte Hagetmau ruhig wie ein ganz gewöhnliches Dorf wirken.

Abermals fielen Zweifel über Baresin her. Was für ein Narrenplan! War es denn wirklich wahrscheinlich, dass die Soldaren einfach so in die Dorfmitte marschierten, ohne sich vorher alles genau angeschaut zu haben?

Aber Sinion hatte nicht Unrecht. Die erste Besatzungstruppe war auch von Süden kommend über die Brücke ins Dorf vorgerückt, ohne vorher Kundschafter ausgeschickt zu haben. Man rechnete nicht damit, dass ein Dorf sich in eine Festung und Falle verwandeln konnte. Man traute den Akitaniern so etwas nicht zu, hielt sie für träge und genügsam.

Träge, von wegen!

Überall waren noch emsige Bewegungen auszumachen, die erst nach und nach ihre angestammten Plätze erreichten. Da war Hernyet endlich. Die Speere des einen sich bildenden Frauentrupps kamen Baresin dermaßen lang vor, dass sie womöglich selbst über das Haus, hinter dem sie sich verbargen, zu sehen waren. Aber Sinion war mehrmals von Norden durch Hagetmau gegangen und hatte die Gruppen dementsprechend zu ihren Positionen gewiesen. Alles war mehrmals geprobt worden. Wie in einem Theaterstück zum Markttag. Heute wurde Hagetmau zur blutigen Bühne, und alle, alle machten mit.

Wo blieb eigentlich der Junge, der das Girlit-Signal gegeben hatte?

Ach ja, richtig: Der sollte natürlich in seinem Versteck bleiben und die Soldaren an sich vorüberziehen lassen. Kein rennendes Kind sollte den Alarmzustand des Dorfes verraten. Falls alles schieflief, würde zumindest dieser eine mutige Junge die Schlacht um Hagetmau unbeschadet überstehen. Das war ein eigentümlich tröstender Gedanke für Baresin in diesen Momenten, die vor Bangigkeit ganz zerdehnt wirkten.

Im Norden stiegen Vögel aus dem Wald auf. Krächzend. Krähen, keine Girlits. Aber dennoch Anzeichen für ein sich näherndes Heer.

140 Mann. 140. Fast fünfmal so viel wie bei der ersten Besetzung. Ohne Mardeins Feuermacht wären sie selbst dieser niemals Herr geworden. Wo war Mardein? Er konnte den Semanen jetzt nicht mehr sehen, dabei wollte er ihn eigentlich in seiner Nähe haben, um seine Macht möglichst sinnvoll und strategisch einsetzen zu können.

Er, Baresin, hatte genau genommen den Oberbefehl. Über die Schützen zumindest, somit über alles, was Überblick besaß, und das war sicherlich am wichtigsten. Unten auf der Erde würden die vier Gruppenleiter alles lenken. Varlie würde den nördlichen Speerfrauen das Kommando für die Rollpalisade geben, Clarde den südlichen. Sinion und Tautun würden sich um alles kümmern, was darüber hinaus anfiel. Alles Ungeplante. Alles, was schiefzulaufen begann.

Nicht daran denken.

Der Himmel war frei von Wolken.

Das Herz schlug Baresin bis zum Hals.

94

Im Norden bewegte sich der Wald. Bildete schwarzweiße Muster aus.

Dann erschienen sie.

Eine große Truppe, noch waren sie nicht zählbar, noch nicht vollständig zu sehen.

Ihnen voran ein Gryphreiter, wahrscheinlich ein weiterer Capitar.

Abelion, ein Gryph! Baresin durchfuhr es wie ein Schlag. Wie hatten sie diese Möglichkeit des Gegners in ihren Planungen nur so unterschätzen können? Hätte der Capitar seinen Gryph aufsteigen lassen, um einen Erkundungsflug zu starten, wäre alles ans Licht gekommen. Die Schützen auf dem Dach. Die Barrieren in den Gassen. Die Rollpalisaden mit den an ihnen harrenden Speerfrauen. Sogar die in morgendlichen Schatten kauernden Einsatzgruppen. Alles, alles wäre von oben sichtbar gewesen.

Aber der Gryph flog nicht. Der erste Gryph des ersten Capitars war auch nicht geflogen.

Vielleicht war es gar nicht so einfach, einen mit einer Kettenpanzerdecke gerüsteten Gryph überhaupt aufsteigen zu lassen. Vielleicht fürchtete man Bogenschützen, die auf ihn schießen würden. Vielleicht hatte Hagetmau aber auch einfach nur das Glück der Anfänger. Niemand argwöhnte eine Falle, also schickte niemand Späher aus. Dieser Vorteil würde mit dem heutigen Tag enden, auch und besonders im Falle eines Sieges.

Von heute an würde niemand mehr die akitanischen Dörfer für harmlos halten.

Baresin kauerte sich so dicht hinter seinen Dachfirst, dass er mit dem Kinn über das Moos darauf schabte.

Der feindliche Trupp hielt nicht am Waldesrand, sondern marschierte in geordneter Formation auf die nördlichsten Häuser zu. Hielten sich die dortigen Speerfrauen mit ihrer Palisade gut genug verborgen? Baresin konnte nur hoffen. Genau genommen war es eine Mischung aus Hoffen, Bangen und Beten, obschon er sich noch nie als einen besonders abelionfürchtigen Menschen gesehen hatte. In Zeiten der Bedrängnis jedoch hatte der Glaube etwas Naheliegendes, das war nicht von der Hand zu weisen.

Etwa siebzig, achtzig der feindlichen Soldaren waren nun zu sehen. Behelmt sie alle. Mit Schilden, das war neu. Nicht so staubig und erschöpft wie vor gar nicht allzu vielen Tagen der erste Besatzungstrupp. Jener war über die Berge von Pyr gekommen. Diese lediglich aus dem wenige Meilen entfernten, bereits eingenommenen Doazit. Kurz flammte in Baresin Sinions These auf: Wie in Doazit und allen anderen umliegenden Dörfern nun nur noch jeweils zehn Mann stationiert sein konnten.

Hundert waren nun zu sehen.

Hundertundzehn. Kein Ende in Sicht. Es waren tatsächlich 140. *Mindestens.*

Was, wenn es noch mehr waren? Konnte man die Falle denn jetzt überhaupt noch abblasen? Wahrscheinlich nicht. Wenigstens Tautun würde dennoch zum Angriff brüllen, Varlie dann auch, Clarde ebenfalls, Sinion mitgerissen, die Bogenschützen, die Speerfrauen. Ein Gemetzel würde das geben. Eine Auslöschung Hagetmaus.

Baresin blinzelte.

Die Gegner marschierten in Fünferreihen. Mehr gab die Breite des Weges nicht her. Im Wald waren sie wahrscheinlich sogar nur in Dreierreihen marschiert.

Vierundzwanzig solcher Reihen waren schon zu sehen. Der Capitar auf seinem Gryph scherte nun aus, ritt nicht an der Spitze dem *Hafen* entgegen, sondern ließ sich von seiner

Vorhut passieren. Warum das? Witterte er etwas? Witterte der Gryph etwas?

Er rief Kommandos auf Nafarroanisch.

Der *Hafen* leerte sich inzwischen. Eine Mutter mit wehenden Röcken sammelte ihre beiden Kinder ein. Das Schauspiel funktionierte erstaunlich gut. Die Menschen deuteten auf die Soldaren, riefen Abelion an und zogen sich durch die auf den *Hafen* hinausgehenden Haustüren zurück. In den Gassen gab es aufgrund der Barrieren kein Durchkommen. Der Eindruck eines von einer feindlichen Übermacht überraschten, überrumpelten Dorfes war tatsächlich einigermaßen überzeugend. Einige blickten zu sehr nach oben, zu den Dächern, zu Baresin hin. Aber das mochte den Soldaren unter ihren Helmschirmen gar nicht auffallen. Hoffentlich.

Die ersten drei Fünferreihen betraten das Dorf, setzten unbeirrt im Gleichschritt ihren Vormarsch Richtung Mittelpunkt fort. Baresin fiel erst jetzt auf, dass niemand den Glockenturm besetzt hielt. Aber vielleicht war das sogar schlau. Vielleicht hatte Sinion das so angeordnet, um den Besatzern nicht den Eindruck eines auf der Hut seienden Wachtpostens zu liefern.

Während die ersten Soldaren ins Dorf schwemmten wie eine langsame Flutwelle, verließ die Nachhut den Waldesrand. Der Strom riss also ab. Es waren rund achtundzwanzig Fünferreihen, genau konnte Baresin das nicht zählen, vielleicht waren es sechsundzwanzig oder auch dreißig, angesichts ihrer wimmelnden, rüstungsschillernden Anzahl im violetten Zwielicht schwirrte ihm der Kopf, aber das war unerheblich, die ungefähre Größenordnung stimmte jedenfalls. Escradin hatte nicht gelogen, hatte sich auch nicht fehlerhaft informiert. Was war ihm widerfahren, dass er mit seiner Verstärkung nicht eintraf?

Gleichzeitig kam Bewegung in den Vormarsch. Hinten noch beinahe am Waldesrand scherten zwei Fünferreihen nach links aus und blieben dort stehen, zwei nach rechts. Die Nachhut füllte die dadurch entstehende Lücke schnell im Laufschritt.

Baresin war ganz verwirrt. Das durchkreuzte den Fallenplan ein wenig. Zwei Zehnergruppen blieben außerhalb des Dorfrandes zurück und konnten somit den nördlichen Speerfrauen ihrerseits in den Rücken fallen. Aber letzten Endes war selbst das nicht weiter erheblich. Solange 120 von 140 in die Falle gingen, konnten sich zur Not die vier Eingreiftruppen und Mardein um die zwanzig Draußengeliebenen kümmern. Und die Bogenschützen. Die unterstanden ihm und waren die beste Lösung für dieses Problem, um den Speerfrauen den Rücken so gründlich wie möglich freizuhalten.

Abelion, was für ein Heerwurm! 120 düster dreinblickende Nafarroaner marschierten in Hagetmau ein und näherten sich dem Dorfkern. Sie schienen diese altehrwürdige Ansammlung schiefergrauer Häuser aus sämtlichen Nähten platzen zu lassen.

Das ist erst ein Bruchteil der Heermassen, mit denen Nafarroa unser Land überrannt hat, dachte Baresin, und für einen Moment verließ ihn jeglicher Mut. Als sei es sinnlos geworden, sich gegen eine solche Übermacht überhaupt stemmen zu wollen. Aber dieser Moment währte nur kurz. Dann gab nämlich jemand anderes das Signal. Tautun vielleicht oder Sinion, vielleicht Clarde, vielleicht auch Mardein, wo immer er steckte. Abgesehen von den zwanzig, die zurückgeblieben waren, hatten die hintersten Soldaren nun die für die nördliche Rollbarriere geplante unsichtbare Linie überquert. Durch die nördlichen Speerfrauen lief ein Aufschrei, der wie das Aufheulen wütender Rindenhyänen klang.

Wo war der Capitar auf seinem Gryph? War er innerhalb oder außerhalb dieser Linie? Innerhalb. Er war weitergeritten, nachdem er sich hatte überholen lassen.

Sehr gut. Alles, was innerhalb war, war gut.

Die Rollbarriere ruckelte in Sicht. Noch schneller als bei den Proben. Sie kenterte beinahe, so schnell war sie. Aber sie kenterte nur beinahe.

Alles hatte begonnen! Jetzt gab es kein Zurück mehr.

95

Baresin erhob sich auf seinem Dach. Wie ein richtiger Feldherr kam er sich plötzlich vor. Da die Nafarroaner keine Bögen oder Armbrüste im Anschlag hielten, nicht einmal über Wurfspeere oder Äxte zu verfügen schienen, konnte er sich eine solch prahlerische Geste leisten.

»Eine Salve auf die zwanzig im Norden!«, schrie er seinen Schützen zu und deutete mit dem Arm eine ballistische Kurve über die Palisade an. »Dann erst auf die im *Hafen*!«

Nicht alle seiner Schützen begriffen, aber immerhin etwa zehn taten es.

Die nördlichen Speerfrauen schlossen inzwischen hyänenheulend mit ihrem rollenden Zaun das Dorf nach Norden ab. Sie ignorierten die zwanzig Mann in ihrem Rücken einfach, vielleicht bemerkten sie sie vor lauter Eifer auch gar nicht. Sie führten die Speere durch die dafür in der Palisade vorgesehenen Öffnungen und begannen, die Palisade nach Süden vorzurücken, den für die Soldaren verfügbaren Raum enger zu machen.

Noch waren selbst die Spitzen der Speere etliche Schritte von den hintersten Soldaren entfernt, aber in die kam nun dennoch deutliche Unruhe. Einige schrien auf, riefen Warnungen nach vorne, alles in ihrer fremden Sprache. Die Fünferreihenordnung zerfiel dort hinten erstaunlich schnell.

Jetzt rasselte im Süden auch die zweite Palisade aus der Deckung hervor, ebenso grob, ebenso wackelig, ebenso untierheulend wie die nördliche. Bis hierhin klappte alles wie am Schnürchen. Hagetmau verwandelte sich in einen rüstungsschäumenden Kessel.

Soldaren drängten um den Gryph herum. Der stieg auf die Hinterbeine wie ein nervöses Pferd. Senkte sich wieder. Kein Feuer. Er konnte kein Feuer speien. Wo war Mardein?

Pfeile sirrten von den Sehnen, beschrieben Kurven, alle zueinander schief und krumm, die Schützen waren schließlich keine Soldaren, aber die Pfeile prasselten in die beiden Soldarengruppen außerhalb der Palisaden. Von der linken Gruppe stürzten drei, von der rechten nur einer, aber immerhin. Baresin schoss ebenfalls, aber sein Pfeil ging weit daneben in den Wald.

Wieder folgten seine Gedanken dem Pfeil ganz kurz zu dem Männchen, das er genau dort gesehen hatte. Dann schnellten seine Gedanken zu ihm zurück.

Vier waren gefallen, die ersten vier Opfer dieser Schlacht. Die Schützen luden nach. Die anderen, die nicht begriffen hatten, dass sie auf die Soldaren draußen hatten schießen sollen, ließen ihre Pfeile auf die Soldaren im Kessel los. Auch dort ging jetzt ein Heulen und Grollen los, dem Johlen der Speerfrauen nicht unähnlich.

Baresin sah Tautuns Eingreiftruppe, die von der Seite auf die rechte der beiden draußen stehenden Soldarengruppen zurannte, die jetzt zwar nur noch zu neunt war, aber dennoch in der Überzahl, denn Tautuns Männer waren – ihn mitgerechnet – lediglich zu siebt. Das konnte nicht gut gehen, Hagetmauer gegen Soldaren. Aber Tautun erhielt Unterstützung. Varlies Eingreiftrupp kam nun ebenfalls aus der Deckung. Und zwei der Speerfrauen, die die Soldaren in ihrem Rücken nun wohl entdeckt hatten, nestelten ihre Speere aus der Palisade hervor und stürmten damit auf die frei stehenden Soldaren zu. Das war gut, zwei Speere konnten zwei weitere Soldaren zu Fall bringen. Oder zumindest die ganze Gruppe durcheinanderscheuchen.

Niemand kümmerte sich um die linke der beiden Soldarengruppen. Baresin befahl seinen Schützen: »Nochmal auf die linke Gruppe!« An der rechten war nun Tautuns kleine Truppe schon zu nahe dran, das fehlte noch, dass unsichere Hagetmauer Schützen aus Versehen unsichere Hagetmauer Nahkämpfer trafen und womöglich umbrachten.

Was für ein Durcheinander, dabei war alles so klar geplant gewesen!

Die Schützen, die schon vorhin auf Baresin gehört hatten, sandten nun noch einmal eine Salve auf die linke Gruppe, aber es war wie verhext – kein einziger Pfeil traf. Sie surrten über die Helme hinweg, schepperten gegen Schilde, gingen links vorbei oder trafen genau die Lücken, wo bereits drei Mann gefallen waren. Einer von diesen Gefallenen hatte wohl noch gelebt und wurde nun abermals getroffen. Er zuckte und rührte sich dann nicht mehr.

Das war unnötig. Stattdessen mussten sie so schnell wie möglich alle noch Stehenden, Rennenden, Kämpfenden fertigmachen.

Die Soldaren unten begriffen langsam, dass ihnen der Fluchtweg durch die Seitengassen aufgrund der dort aufgetürmten Barrieren verwehrt war. Dennoch rannten etliche dorthin, um ihr Glück im Klettern zu versuchen. Obwohl der Capitar weitere Kommandos brüllte, waren diese Soldaren möglicherweise soeben desertiert, suchten ihr Heil nur noch in der Flucht. Hoffentlich waren Clardes und Sinions Gruppen zur Stelle, sonst würde es bald außerhalb der Barrieren von herumstreunenden Marodeuren wimmeln.

Baresin legte auf den Capitar an. Diesen auszumerzen würde den Nafarroanern einen besonders empfindlichen Schlag versetzen. Doch der Gryphreiter sah den Pfeil kommen und wehrte ihn mit einem Unterarmschild ab, den er aus seinem Sattelgehenk gezogen hatte. Für einen kurzen Moment sahen der Anführer der in die Falle gegangenen Soldaren und der breitbeinig auf einer Dachschräge um Halt bemühte Anführer des widerständigen Dorfes sich in die Augen. Dann trennte sie das Getümmel.

Mehrere Soldaren brachen nun von Pfeilen getroffen zusammen. Die Menschen begannen, übereinander zu rennen. Sämtliche militärische Struktur zerbröselte zu nackter Panik.

Das Geschehen begann hässlich zu werden.

Bislang hatte man es noch als eine Schlacht mit üblichen Waffen werten können. Aber nun öffneten sich ein paar Fensterläden, die auf den *Hafen* hinausgingen, und eine Hausfrau schüttete aus einem Kochtopf siedendes Öl auf die Soldaren. Die Getroffenen schrien schrill, dass es fast nichts Menschliches mehr an sich hatte. Einer schlug mit bloßen Fäusten ein Fenster ein, das Rettung nach drinnen verhieß, und zerschnitt sich dabei, bevor ihm von innen ein wütender Besen ins Gesicht drang.

Plötzlich sah Baresin Mardein.

Der Semane ging ganz alleine hinter der Nordpalisade auf die linke der beiden Soldarengruppen zu, die jetzt noch aus sieben Mann bestand. Beide Arme hatte er beschwörend erhoben. Das war natürlich großartig. Wenn es ihm gelänge, diese sieben Mann auf einen Schlag mit einer Feuersbrunst wie in der Ratshalle zu vernichten, dann würden Tautuns und Varlies Gruppen – unterstützt durch zwei Speerfrauen – sicherlich mit den restlichen neun Soldaren fertig werden.

Es konnte klappen.

Es konnte tatsächlich gutgehen!

»Schießt, ihr Akitanier, schießt alles, was ihr habt!«, rief Baresin mit sich überschlagender Stimme seinen Bogenschützen zu, und alle, auch die sonst so nüchterne Dorflehrerin Hernyet, folgten diesem Schlachtruf mit erhitzten Gesichtern.

96

Tautun sah, dass die neun Soldaren vor ihm in der Überzahl waren, aber es scherte ihn nicht. In der Brandnacht hatte er mehr als zehn, mehr als fünfzehn sogar von ihnen erledigt. Allerdings vereinzelt und nacheinander – das war der Unterschied.

Diese hier hatten Schilde und ließen ihn in seinem Ungestüm einfach auflaufen. Er prallte ab, wurde durch eine Seitenbewegung beinahe spielerisch zu Boden geschleudert.

Aber jetzt passierte etwas, was es in der Brandnacht so nicht gegeben hatte: An ihm vorbei stürmten sechs weitere Männer, die an seiner Seite fochten, schmissen sich ebenfalls gegen die Schilde und drängten mindestens drei der Soldaren durch ihr schieres Gewicht rückwärts.

Gleichzeitig kamen zwei Speerfrauen von der Seite und spießten zwei Soldaren auf, so dass von den neunen nun nur noch vier einen sicheren Stand hatten.

Tautun schnellte wieder auf die Füße zurück, und mit beinahe so etwas wie einem wilden Lachen stürzte er sich abermals auf seine Gegner, seine beiden Hämmer rotierten dabei wie Dreschflegel.

97

Varlie sah, wie Tautun zur Seite stürzte, aber sie sah auch, dass er nicht verwundet war und schnell wieder hochkam.

»Auf sie!«, rief sie vollkommen überflüssigerweise.

Dann verwandelte sich alles, ihre ganze Welt, in eine Abfolge von harten Schilden, weicheren Armen, Streithämmern, Erdboden, rutschenden Füßen, gebleckten Zähnen, riechendem Atem, Schweiß, dröhnenden Helmen, greifenden Händen, Zerren, Stoßen, Nachdrängen, vor und zurück, dann wieder vor, das Knarren der Krebsharnische, Keuchen, die bleiche Morgenfarbe des Himmels, ein Blau, das noch immer mit Rot vermischt war, das Klatschen des Brettes an ihren Brüsten, das Ziepen des Helms an ihren Haaren, ein Schlag, der sie traf, dann noch einer, die Schmerzen überall, sie wusste gar nicht, wo, beinahe biss sie sich auf die Zunge, schlug um sich, traf fast einen der Eigenen, sah sein Gesicht ganz nahe, es war einer, mit dem sie bei Hernyet zur Schule gegangen war und der damals plump hinter ihr her gewesen war, aber er war unansehnlich und dumm und hatte ganz schlechte Zähne, und jetzt kämpfte er Seite an Seite mit ihr um ihrer aller Leben.

98

Mardein rief Abelion an, rief ihn an, rief ihn an. Es war, als würde er mit beiden Händen durch Wasser rühren, dabei fahndete er doch nach Feuer. Aber das war normal. Abelion war ein rußiger, schweigsamer Gott, kein freigiebiger Verteiler, sondern eher ein heimliches, himmlisches Entzünden.

Die sieben Soldaren vor ihm zögerten, wussten nicht recht, was sie von dem Alten mit den dicken Gläsern vor den Augen zu halten hatten. Schließlich wisperte einer von ihnen: »Samana«. Was wahrscheinlich das nafarroanische Wort für »Semane« war.

Neben ihnen wurden ihre ebenfalls außerhalb der Palisaden verbliebenen Kameraden angegriffen, mit Lanzen rammte man in sie hinein, mit erbeuteten Streithämmern und anderem Werkzeug bearbeitete man sie, zwei Eingreiftruppen zugleich, Tautun und Varlie.

Die Soldaren, auf die Mardein zuging, sahen aus, als überlegten sie zu flüchten. Vielleicht erschien ihnen bereits alles aussichtslos. Aber irgendetwas hielt sie zurück. Womöglich ihre schöne Königin Belanca. Durch Liebe oder durch Furcht hielt sie die Herzen ihrer Soldaren im Griff.

Einer riss seinen Hammer hoch und schrie etwas. Dann stürmte er auf Mardein zu.

Mardein rief immer noch Abelion an. Er konnte sie alle auf einen Schlag tilgen und so am Flüchten hindern, am Nachrichtenverbreiten und Verstärkungholen. Oder daran, ihren seitlichen Kameraden zu Hilfe zu kommen und Tautun und Varlie gefährlich zu werden, die mit ihren Gegnern schon alle Hände voll zu tun hatten. Es konnte so einfach sein.

Mardein sah den Capitar in der Ratshalle vor sich, den Abelions Flamme von innen heraus zerrissen hatte. Weil Abelions Macht in allen Menschen wohnte und nur erweckt zu werden brauchte.

Er bewegte die Finger. Machte die Zeichen des Brennens.

Nichts geschah.

Abelion schwieg, die Arme vor der Brust verschränkt.

Unbewusst riss Mardein die rechte Hand vors Gesicht, als der anrennende Soldar ihn schlug; es war die Geste von jemandem, der Augengläser trug und diese und dadurch auch seine Augen schützen wollte. Deshalb brach der erste Schlag ihm lediglich den Unterarm.

Der zweite jedoch zerschmetterte Mardein den Schädel.

99

Baresin sah, wie Mardein auf die Soldaren zuging, dabei die geheiligten Gesten machte, und wie einer der Soldaren sich von den anderen löste und Mardein erschlug. Ganz einfach und dadurch ganz unwirklich sah das aus.

Dann teilten sich die sieben Soldaren, aus denen diese Gruppe noch bestand.

Drei bewegten sich nach vorne, um den Speerfrauen in den Rücken zu fallen und zwischen ihnen blutige Ernte zu halten. Die anderen vier bewegten sich hinüber zu ihren angegriffenen Kameraden, um Varlie und Tautun umzubringen.

»Eine…« – Baresin merkte, wie er jetzt stotterte wie Sinion, er begriff plötzlich, wie Sinions Sprachschwierigkeiten jeden Tag zustande kamen, es hatte etwas mit Angst zu tun, Angst, etwas Falsches zu sagen – »eine Salve nochmal auf die dort draußen! Schnell! Schnell!« *»Bitte!«*, fügte er in Gedanken flehend hinzu.

Wieder hörten ihn nur wenige. Die meisten waren damit beschäftigt, die im Kessel drängelnden Soldaren wie schreiende Hasen abzuschießen.

Aber ein paar hörten ihn und sandten ihre Pfeile über die Palisade hinweg. Zwei der Soldaren kippten um, wenigstens zwei. Einer, der zu den Speerfrauen wollte, einer, der Richtung Varlie ging. Jetzt waren es nur noch fünf.

Aber Mardein! *Mardein!*

War es möglich, dass außer Baresin niemand mitbekommen hatte, dass Hagetmau nun keinen Semanen mehr hatte? Wie würde seine Mutter das aufnehmen, die mit Mardein schon seit Jahrzehnten eine Beziehung pflegte, die sicherlich auch körperliche Nähe mit einschloss?

Mardein.

Dort lag er und rührte sich nicht mehr.

Baresin war vollkommen unvorbereitet, als etwas ihn an der Schläfe traf, hart. Ein Stein, geworfen von einem der Unteroffiziere im Kessel. Mittlerweile hatten die Hagetmauer nämlich begonnen, die Feinde nicht nur mit siedendem Öl und kochendem Wasser, sondern auch mit Steinen, die sie in den felsigeren Gegenden des Waldes aufgelesen hatten, zu beschmeißen. Einer der Unteroffiziere hatte einen solchen Stein in die Finger bekommen und ihn nach oben geworfen auf den Feind, der bei dieser Falle die Befehlsgewalt zu haben schien.

Baresin wurde dunkelrot vor Augen, dann blitzte Schwärze auf. Er ruderte noch kurz wie gegen einen jähen Wind, behindert auch durch die Aufgabe, seinen Bogen in Händen zu halten, dann schlug er der Länge nach auf die Dachfläche, geriet ins Rollen und stürzte in die Tiefe.

Dabei hatte er sogar noch Glück. Er fiel nicht in den *Hafen* hinein und dadurch in die Hände seiner Feinde. Sondern er fiel nach hinten in den Rücken der Schlacht, wo sein Leib schwer auf den festgetretenen Herbstboden aufschlug und fürs Erste von niemandem bemerkt wurde.

100

Die Speerfrauen machten inzwischen mit ihren Rollpalisaden den *Hafen* immer enger. Die Palisaden rollten nicht nur, um schnell aus dem Versteck gezogen werden so können, sondern vor allen Dingen deshalb, um unermüdlich auf die Gegner zuzuschrammen, dabei einen Wald harter Spitzen vor sich wuchern lassend.

Von den ursprünglich 120 Männern im Inneren des Kessels mochten jetzt nach all den Pfeilschüssen, den Ölangriffen, den Steinwürfen und den aus zwei Richtungen auf sie zurollenden Speerwänden nur noch siebzig bis achtzig auf den Beinen sein. Für diese siebzig bis achtzig wurde der Bewegungsspielraum zusehends knapper.

Langsam steigerten sich nämlich die Speerfrauen in ihre Aufgabe hinein.

Am Anfang war es ihnen alles andere als leicht gefallen. Das Kreischen, mit dem sie die Palisaden aus den Verstecken gezerrt hatten, sollte vor allem ihnen selbst Mut machen. Welcher Hagetmauer – mit Ausnahme von Tautun – besaß denn schon Erfahrungen darin, Verwundungen und sogar den Tod zuzufügen? Es war ein furchtbares Handwerk, das grässlichst vorstellbare überhaupt, aber sie hatten es sich ja nicht ausgesucht. Nafarroa war nach Hagetmau gekommen. Das Zurwehrsetzen war ihnen aufgezwungen worden.

So stocherten sie anfangs noch auf die Soldaren ein, als wollten sie sie nur vor sich her treiben. Es dauerte etwas, bis die erste Speerfrau den Mut fand, ihre Lanze richtig mit Wucht nach vorne durch das Palisadenloch zu stoßen, um Schlimmeres zu tun. Dann aber begann dieses Beispiel Schule zu machen.

Besonders die nördlichen Speerfrauen wurden schnell

grimmiger, denn sie bemerkten, dass man ihnen in den Rücken fiel. Während sie sich also vor ihren Bedrängern in Sicherheit zu bringen trachteten, stachen sie Dutzende von Männern im Inneren des Kessels nieder, verwandelten sie in rotes Geschmiere und kläglichstes Geschrei. Durch die Palisadenstämme hindurch konnte man wenigstens nicht alles sehen, nur hören.

101

Die drei nafarroanischen Soldaren, die auf die nördlichen Speerfrauen eindrangen, trugen somit zur Beschleunigung des Untergangs ihrer gesamten Kompanie bei. Sie begriffen das nicht einmal, es war für sie durch die Palisade hindurch auch nicht zu erkennen.

Sie waren ohnehin ratlos.

Man hatte sie ausgebildet, gegen Soldaren wie Ihresgleichen zu kämpfen, gegen Gerüstete, Wohlvorbereitete. Jetzt jedoch fanden sie sich in der Situation wieder, ganz gewöhnliche Dorffrauen, die ihre Körper mit nichts weiter als ein paar wurmstichigen Brettern geschützt hatten, von hinten mit den Streithämmern zu schlagen. Es waren Frauen! Niemand hatte ihnen jemals beigebracht, auf Frauen einzudreschen.

Es war auch gar nicht so einfach, an diese heranzukommen, weil die Lanzenschäfte ebenfalls nach hinten herausragten und als sprödes Gestänge den Weg verwehrten. Aber es war möglich. Dennoch: Den Frauen von hinten den Schädel einzuschlagen, war nicht einfach so machbar. Auch wenn sie das in ihrer Wut über diese Falle ursprünglich vorgehabt hatten. Auch wenn ihre Kräfte dazu ausgereicht hätten.

Sie beschränkten sich darauf, den Frauen auf die Schultern zu hauen, damit diese ihre Speere und die Palisade nicht mehr handhaben konnten. Die Frauen schrien. Einige weinten. Kaum eine wandte sich auch nur um und hielt in ihrem Palisadenhandwerk inne.

Die Soldaren verloren aufgrund ihrer Hemmungen kostbare Zeit, die es ihnen unter Umständen noch ermöglicht hätte, die Vorwärtsbewegung der nördlichen Palisade zum Stoppen zu bringen.

Dann fiel plötzlich Sinion mit seinem Eingreiftrupp von hinten über sie her und machte alle ihre Hoffnungen zunichte.

102

Bis hierhin hatten Sinion und Clarde mit ihren Eingreiftruppen verhältnismäßig leichtes Spiel gehabt.

Die Barrieren in den Seitengassen waren dermaßen vielwinkelig und sperrig konstruiert, dass sie sehr schwierig zu überklettern waren. Im Grunde genommen genügte in jeder Gasse ein einzelner Hagetmauer, der die Vorwitzigsten der flüchten wollenden Soldaren von der Barrierenkrone zurückstieß oder -schlug. Clardes Truppe übernahm so die Kontrolle über die östliche Flanke des *Hafens*, Sinion über die westliche.

Es zeigte sich aber schon bald, dass im Westen niemand einen Fluchtversuch unternahm.

Die Menge der panischen Soldaren im Inneren der Falle verhielt sich wie Wasser, das dorthin strömt, wo bereits Wasser geflossen ist. Die Ersten hatten sich ganz instinktiv nach

Osten gewandt, weil die Barrieren dort näher und niedriger wirkten, auch wenn es in Wirklichkeit kaum einen Unterschied gab. Nun strömten alle weiteren nach Osten hinterher und wurden dort von Clardes kleiner Truppe zurückgedrängt. Die Truppe hatte sich aufgeteilt, zwei Mann auf jede der Gassen, und dahinter lief Clarde hin und her, versuchte, einen Überblick zu behalten, feuerte ihre Leute an und griff sogar hier und dort selbst mit ein, wenn ihr das ratsam erschien. Die Wirtsfrau schien von einer unbändigen Kampfeslust erfüllt zu sein. Ihr rotes Helmband war ihr über ein Auge gerutscht wie der Verband ihres Mannes und ließ sie noch verwegener aussehen.

Sinion dagegen begriff rasch, dass seine Leute auf der Westseite gar nicht gebraucht wurden.

Selbstverständlich war es ein Risiko, den zugeteilten Posten zu verlassen. So etwas konnte im Ernstfall eine gesamte Schlachtordnung zum Einsturz bringen. Allerdings gehörte Sinion zum Kriegsrat. Wer, wenn nicht er, konnte Entscheidungen darüber treffen, seine kleine Truppe sinnvoller einzusetzen?

Also beschloss er, hinter der nördlichen Rollpalisade die Flanke zu wechseln. Dort stellte er fest, dass er dringend benötigt wurde. Denn dort lag nicht nur Mardein tot in seinem Blut, dort kam auch Tautun gar nicht mehr richtig auf die Beine, auf den mehrere Soldaren einschlugen, als ahnten sie, welche Verluste er ihnen in der Brandnacht zugefügt hatte. Nahebei wurden auch die Speerfrauen bedrängt. Hierhin lenkte Sinion seine Männer als Erstes.

Er kämpfte selbst mit, in vorderster Front. Obwohl seine Schulter ihm immer noch schmerzte von dem Hieb, den er in der Brandnacht von Tautun erhalten hatte. Vielleicht für immer schmerzen würde. Aber was bedeutete das schon? Er lebte. Er arbeitete sich in der Hierarchie seines Dorfes immer weiter voran.

Alle, die in Hagetmau fielen, waren unglücklicher dran als er.

Früher hatte er oft geglaubt, er sei der Unterste der Untersten.

In der Brandnacht jedoch hatten dreißig Soldaren sowie Ranien und im Grunde genommen auch Raniens Vater Folster sich als noch größere Verlierer erwiesen als Sinion.

Heute kamen mehr als einhundertundvierzig weitere hinzu. Und der Semane Mardein.

Je mehr fielen, umso höher stieg Sinion.

Das verlieh ihm Kräfte.

Seine Männer und er befreiten die Speerfrauen aus ihrer Bedrängnis. Dankbare Blicke trafen ihn. Blicke von Frauen. Das war alles neu für ihn, neu und unerklärlich schön.

Danach eilte er Varlie und Tautun zu Hilfe und stieg immer höher, fast als könnte er fliegen.

103

Ein Schwachpunkt des Plans, an den vorher niemand gedacht hatte, war, dass die Rollpalisaden sich irgendwann nicht mehr bewegen ließen.

Die Gefallenen lösten sich nicht einfach in Luft auf, sondern blieben als schmutzige Hemmnisse auf dem Boden liegen. Nichts ging mehr. Den Speerfrauen wurde es dadurch unmöglich gemacht, die Backen ihrer Zangenfalle richtig zu schließen, mit ihren blutigen Speerspitzen an alle der kreischend übereinanderkletternden Soldaren heranzukommen.

Aber das war nicht weiter von Bedeutung.

Dafür gab es die Bogenschützen. Die reichten von oben

herab überall hin, in jede Gasse, in jeden Winkel. Die Pfeilmacher hatten ganze Arbeit geleistet und jedem einzelnen Bogenschützen ein Bündel aus fünfzig Pfeilen geschnürt. Rechnerisch genügte das, um diese heutige nafarroanische Truppe siebenmal auszumerzen. Dennoch hatten einige der Schützen ihren gesamten Vorrat bereits aufgebraucht, während unten im Pferch immer noch Soldaren umherwankten.

Einige von denen sahen wie Igel aus, so viele Pfeile steckten in ihnen, von der Rüstung mehr oder weniger davon abgehalten, lebenswichtige Organe zu treffen.

Blut floss in Strömen, vermischte sich immer wieder mit heißem Wasser und rutschigem Öl.

Der Untergrund des Marktplatzes hatte sich zu rotem, blasigen Schlamm gewandelt. Durch den Dampf des heißen Wassers war es auch wieder diesig geworden in Hagetmau, ganz ähnlich wie in der Brandnacht nach dem Löschen des Feuers.

Aber heute wurde kein Feuer, sondern es wurden Leben gelöscht.

104

Der Capitar sah keine Rettung mehr.

Er war noch von ein paar wenigen Getreuen umgeben, aber einer nach dem anderen von diesen wurde hilflos und kläglich von Pfeilen niedergestreckt. Es gab überhaupt keine Möglichkeiten zur sinnvollen Gegenwehr. Die Falle war simpel, aber vollkommen ausreichend. Einzig der Tatsache, dass sich unter diesen Dörflern kaum wirklich gute Bogenschützen befanden, war es zu verdanken, dass überhaupt noch einige seiner Männer am Leben waren.

Dem Capitar blieb nichts anderes mehr übrig.

Er stieg auf mit dem Gryph.

Das war gar nicht einfach.

Das Tier musste seine Flügel ausbreiten, sich dabei Platz verschaffen, die eigenen Männer wegdrängen. Keines der Kommandos des Capitars bewirkte noch etwas Sinnvolles. Selbst wenn jemand ihn verstanden und den Wunsch hatte, ihm zu gehorchen, beendete kurz darauf ein Pfeil oder ein Schwall heißen Wassers diese Folgerichtigkeit.

Der Gryph ließ zweimal die Flügel in ihrer ganzen Spannweite flappen und schwang sich dann auf in die Luft. Mit einem Ruck. Mit einem Krallengriff nach den Wolken.

Wackelig sah das aus, schwergängig. Generar Gwaum hatte seinen Gryphenreitern nahegelegt, neue Ortschaften nicht aus der Luft zu erobern. Gryphen waren so unendlich heikle Tiere. Ein einziger bellender Hund konnte sie schon in Panik versetzen und jegliche Landung dadurch verunsichert aussehen lassen. Aber für die Flucht und auch für das Kontakthalten während einer weit auseinandergezogenen Eroberung waren Gryphen unschlagbar.

Gerne hätte der Capitar diesen Rädelsführer vom Dach getreten oder gefegt, aber den hatte ein geschickter Steinwurf eines seiner Unteroffiziere bereits beseitigt. Andere Steine flogen in Richtung anderer Bogenschützen, aber es war nicht zu erkennen, ob einer von denen traf oder – falls ja – die erhoffte Wirkung zeigte.

Schwerfällig und ruckartig stieg der Gryph auf, in einen geschossverseuchten Himmel.

Seine Männer machten Gesichter, einige aus Neid und nackter Todesangst, andere nickten trotzig und freuten sich, dass wenigstens einer von ihnen diesem Höllenkessel entkommen würde, um hiervon zu berichten.

105

Hernyet, die ihren Augen kaum traute, als sie das Fabelwesen fliegen sah, übernahm das Kommando, weil sie jetzt erst begriff, dass Baresin verschwunden war.

»Schießt auf den Gryph, auf den Reiter!«, schrie sie etwas konfus. »Er darf nicht entkommen, sonst war alles umsonst!«

Das war aber gar nicht so einfach. Die Flügel des Ungeheuers erzeugten einen ganz erstaunlichen, in Wellen kommenden Wind, der sogar in der Lage war, Pfeile aus ihrer Bahn zu drängen. Hernyet schoss mindestens viermal auf ihn, traf vielleicht zweimal. Andere taten es ihr gleich. Einer verlor dabei seinen Halt auf dem Dach und rutschte rufend in die Tiefe. Pfeile blieben im dichten Gefieder hängen, in der Kettendecke, mit der das Tier gepanzert war, in der Rüstung des Capitars, dem Unterarmschild, den er nach wie vor handhabte. Einer blieb in seinem Helm stecken wie ein absurder Federschmuck.

Das Blut des Gryphen sprühte warm gegen die Lehrerin.

Dennoch erklomm das Fabelwesen den Himmel, als würde es eine unsichtbare Treppe aufwärtsstürmen, und die Flügel knallten dabei und ließen Hernyets Augen tränen. Dann war es außer Reichweite und flog nach Norden, um Tausende und Tausende weiterer nafarroanischer Soldaren herzuholen. Der Gryph stieß dabei einen schrillen Schrei aus, lauter als einhundert Adler. Ein Signal. Ein Triumph, emporgestiegen mitten aus der Niederlage.

106

Nendlèce sah den Gryphen aufsteigen, und auch ihre Augen füllten sich dabei mit Tränen. Man hatte ihr ausdrücklich untersagt, an der Schlacht teilzunehmen, noch auch nur zuzuschauen. Ihre Eltern hatten es ihr untersagt, ihre Schwester, sogar Tautun, Baresin, Sinion und Rauthne.

Aber sie hatte es nicht ausgehalten, sich mit Citlali in ihrer Höhle zu verkriechen und zu warten, zu warten, zu warten – bis vielleicht als Nächstes siegreiche Nafarroaner sie dort aufspürten. Das konnte man nicht von ihr verlangen.

Als sie den Gryphen fliegen sah, von ihrem Versteck in einem Baum des südlichen Waldrands aus, erblickte sie ihre eigene Zukunft.

So also ritt man einen Gryphen wirklich.

Sie dachte darüber nach, dass sie jetzt vielleicht die Einzige gewesen wäre, die die Flucht dieses Capitars noch hätte vereiteln können: Auf Citlali ihm nachsetzend und ihn in der Luft stellend. Aber sie war noch nicht so weit. Ein einziges Mal bislang erst hatte sie sich auf den Rücken ihres Gryphenweibchens gewagt und war auf einer Waldlichtung auf ihm herumgeritten, aber nur am Boden. Und auch das schon hatte sich ganz anders als auf einem Pferd angefühlt. Es hatte sich angefühlt, als würde Nendlèce sich auf Gedeih und Verderb der Gnade ihres Reittiers ausliefern.

Sie wusste noch nichts über das Steuern in der Luft, hatte niemanden, der ihr das beibringen konnte. Sie musste sich alles alleine erarbeiten, Schritt für Schritt, und ganz Hagetmau vertraute ihr darin.

Für heute aber war es zu spät.

Der feindliche Anführer machte ihr vor, wie es ging, und verschwand nach Norden aus ihrer aller Sichtweite.

107

Der Zorn Hagetmaus entlud sich nun über die Männer des Capitars. Von jetzt an ging alles sehr schnell.

Die Bogenschützen entluden Pfeil auf Pfeil in heillos herumirrende und Arme der Abwehr hervorstreckende Leiber.

Clarde drängte alle Flüchtenden zurück, die dann von oben herab und von hinten erschossen wurden.

Mit Sinions Hilfe gelang es Varlie und Tautun endlich, die außerhalb der Nordpalisade verbliebenen Soldaren samt und sonders niederzumachen. Tautun, der sich an diesem heutigen Tag nicht gerade mit Ruhm bekleckert hatte, dem es kaum gelungen war, jemals vom Boden hochzukommen, fluchte und spie, was das Zeug hielt.

Am Ende lösten sich mehr als ein Dutzend Speerfrauen hinter ihren in Leichen festgefahrenen Palisaden hervor und machten mit ihren Lanzen Jagd auf Überlebende innerhalb des *Pferchs.* Dabei vermochte es noch ein einziger Soldar, in einem verzweifelten Sprung einer Speerfrau den Streithammer ins Gesicht zu schlagen, aber davon abgesehen gelang den Nafarroanern keinerlei Gegenwehr mehr.

Die Hagetmauer ihrerseits machten keine Gefangenen. Das Konzept, besiegte Nafarroaner durchfüttern zu müssen, kam ihnen vollkommen unsinnig, geradezu selbstmörderisch vor. Letzten Endes waren die Nafarroaner hier ungebeten einmarschiert und brauchten nicht zu erwarten, zuvorkommend behandelt zu werden.

108

Rauthne kauerte im Raum ihres Sohnes auf dem harten Holzboden und traute sich kaum, durchs Fenster nach draußen zu schauen.

Die Stimme der Schlacht, dieses Schreien und Wehklagen, dieses Drängen und Pressen wie bei der Geburt eines unaussprechlichen Ungeheuers, genügte ihr vollauf, um zu begreifen, wie schnell Hagetmau sich verwandelte. Dieses Dorf würde nie wieder dasselbe Dorf sein, dem Rauthne ihr ganzes Leben gewidmet hatte.

In jedem Krug Milch, in jedem Eimer aus den Brunnen würde man fortan das Blut schmecken können. Das Blut, das den Marktplatz tränkte wie eine Opfergabe aus uralten Zeiten. Mardein allein würde in der Lage sein zu beurteilen, ob so etwas Abelion überhaupt noch wohlgefällig war.

Möglicherweise durchaus. Weil es um Akitania ging und Abelion sich nie etwas gemacht hatte aus Nafarroa oder anderen Nachbarschaften. Möglicherweise rückte Hagetmau soeben ganz nahe heran an seinen Gott. Aber dennoch entfernte es sich dadurch von seiner Byrgherin. Die sich so alt, machtlos und nutzlos fühlte wie niemals zuvor.

Die Jungen hatten jetzt das Sagen übernommen. Der Kriegsrat, zu dem zwar auch sie und Mardein gehörten, aber in Unterzahl.

Die Jungen waren es, die da draußen schrien und starben.

Schreien wollten und sterben wollten.

Die den *Hafen* fluteten mit einer Glut, die weitaus kälter war als Schnee.

109

Baresin wurde gefunden, nachdem alles vorüber war.

Er kam ziemlich schnell wieder zu sich, hatte sich zwar schmerzhaft die Rippen geprellt, sich aber nichts Ernstliches getan. Beim Aufschlag auf den Boden oder vielleicht auch schon vorher durch die Einwirkung des geworfenen Steines hatte er lediglich kurz die Besinnung verloren.

Vielleicht weil sein Körper sich aus einem inneren Dunkel hochmühte, war seine Stimmung trüb.

»Wir haben Mardein verloren«, sagte er. »Und damit Abelions Segen.«

»Ich glaube nicht«, sagte Sinion, der neben ihm in die Hocke ging. »Wir haben gewonnen.« Sinion stotterte nicht mehr. Möglicherweise war das nur etwas Vorübergehendes, ausgelöst durch die Aufregung des gerade erfolgreich durchstandenen Handgemenges. Vielleicht würde es aber auch so bleiben. Sinion jedenfalls hatte das Gefühl, sich aus Ketten gesprengt zu haben, die ihn sein Leben lang quälend eingeschnürt hatten.

»Weitere Verluste?«, fragte Baresin.

»Niemand. Wirklich niemand. Der Plan war ein voller Erfolg. Wir haben drei Verwundete, verwundet wie Folster nach der Brandnacht, aber ebenso wie er werden sie es überstehen. Außerdem sind zwei Bogenschützen von ihren Dächern gefallen, aber alles harmlos.«

»Wir haben aber niemanden mehr, der sich um sie kümmern kann.«

»Wir werden uns alle um sie kümmern, Baresin. Und ich haha…habe nachgedacht.« Für einen kurzen Moment war es wieder da, wie eine unliebsame Erinnerung: das Stottern, das manchmal beinahe wie ein freudloses Lachen klang. Sinion überwand es erstaunlich mühelos. »In Banos gibt es ebenfalls einen Semanen, einen jungen Mann namens Vuilleth. Ich habe schon Erstaunliches von ihm erzählen gehört. Er ist zwar kein Feuersemane, sondern ein Flusssemane, aber einen Fluss haben wir hier auch. Den holen wir uns her.«

»Sinion, wir können nicht einfach so hingehen und den Banosern ihren Semanen wegnehmen.«

»Warum nicht? Wir gehören jetzt alle zusammen. Als Nächstes werden wir die sieben Dörfer in unserer Nähe befreien, auch Banos, und wir werden es schnell tun müssen, solange deren Besatzungen nur aus jeweils zehn Mann bestehen. Dann sind wir alle eins. Kein Dorf mehr. Sondern Akitania. Wir sind Akitania, Baresin. Nur wir, sonst niemand.«

Sinion half Baresin auf. Der Sohn der Byrgherin stand wackelig wie ein seiner Wurzeln beraubter Baum. Die Rippen schmerzten bei jeder Bewegung, auch beim Atmen.

Niemand erzählte ihm unmittelbar nach der Schlacht, dass der gegnerische Capitar sich auf seinem Gryph in den Himmel geflüchtet hatte. Das war aber auch nicht weiter von Belang. Den Tod dieser 140 Soldaren hätte Hagetmau ohnehin nicht vertuschen können wie das Verschwinden des ursprünglichen Besatzungstrupps. Nafarroa wusste jetzt, wo Hagetmau stand, gleichgültig, ob mit oder ohne einen Capitar als Zeugen. Der Capitar konnte seinem Generar höchstens die Hagetmauer Strategie mit den Rollpalisaden verraten, aber die war ohnehin nicht ein zweites Mal zu gebrauchen. Beim nächsten Angriff würde Nafarroa mit mehr Soldaren anrücken als lediglich mit 140. Mit viel mehr. Aber auch Hagetmau würde dann nicht mehr nur noch aus Hagetmau bestehen. Die Front würde sich verlagern, wahrscheinlich nach Norden, wahrscheinlich sogar genau nach Banos, wo der nächste Semane lebte.

Sinion stützte Baresin, gemeinsam trafen sie auf Varlie und

Tautun, dann auch auf Clarde und Hernyet, die von ihrem Dach heruntergestiegen war, und auf Rauthne, die mit zittrigen Schritten aus Baresins Hütte kam. Dann traten sie zu siebt an der leicht schief stehenden Rollpalisade vorbei in den heutigen *Kessel*, den ehemaligen *Hafen*, und sahen sich aus nächster Nähe an, was sie alles angerichtet hatten.

Überall blutverschmierte Rüstungen. Zerstörte und aufgebrochene Leiber in sämtlichen Haltungen des Schmerzes. Einer hatte wohl versucht, sich unter einer der Gassenbarrieren hindurchzuscharren. Ein anderer hing noch in ihr, als hätte ihn ein düsterer Schmücker zur Abschreckung dort hindrapiert. Ein weiterer krängte in ein Fenster hinein, durch das er aus dem *Hafen* zu entkommen versucht hatte, nur um aus dem Inneren heraus mit Küchenmessern empfangen zu werden. Wiederum ein anderer hatte offensichtlich versucht, eine Außenwand empor aufs Dach zu klettern. Insgesamt fünf Pfeile hatten ihn an diese Außenwand geheftet wie ein riesenhaftes Insekt.

Viele lagen übereinander. Manche hatten sich unter Toten vor den Pfeilen und dem siedenden Öl in Sicherheit zu bringen getrachtet. Sie wurden alle aufgespürt, denn Frauen gingen wie zerzauste Schreitvögel mit Speeren umher und gaben den noch Überlebenden den Rest.

Niemand jubelte oder lachte oder wagte einen Scherz. Dieser Tag des Blutvergießens war von einem heiligen Ernst erfüllt.

Von Norden hörte man sogar Wehklagen. Dort hatte man den Leichnam des Semanen gefunden und betrauerte den für das Dorf bedeutsamen, geradezu symbolischen Verlust.

»Abelion!«, entfuhr es Varlie, als sie inmitten von blutigen Pfützen stand.

»Er ist bei uns, er ist in uns, und er unterstützt jeden unserer Pläne«, sagte Sinion, und sein verzückter Gesichtsausdruck ließ ihn ein wenig wirken wie jemanden, dem eine plötzliche Heilung widerfahren war und der darüber seinen Verstand verloren hat.

Wird fortgesetzt.

ENTDECKE
NEUE WELTEN
MIT PIPER FANTASY
Mach mit und gestalte deine eigene Welt!
PIPER
www.piper-fantasy.de